中国法治文学网络作品征文获奖书系

警察与小偷

中国法学会法治文化研究会 编

群众出版社

图书在版编目（CIP）数据
警察与小偷 / 中国法学会法治文化研究会编 .—北京：群众出版社，2022. 1
（中国法治文学网络作品征文获奖书系）
ISBN 978-7-5014-6189-9
Ⅰ. ①警…　Ⅱ. ①中…　Ⅲ. ①长篇小说—中国—当代　Ⅳ. ①I247. 5
中国版本图书馆 CIP 数据核字（2021）第 249159 号

警察与小偷
中国法学会法治文化研究会　编

出版发行：群众出版社
地　　址：北京市丰台区方庄芳星园三区 15 号楼
邮政编码：100078
经　　销：新华书店
印　　刷：三河市荣展印务有限公司

版　　次：2022 年 1 月第 1 版
印　　次：2022 年 9 月第 2 次
印　　张：12. 875
开　　本：880 毫米×1230 毫米　1/32
字　　数：323 千字

书　　号：ISBN 978-7-5014-6189-9
定　　价：49. 00 元

网　　址：www. qzcbs. com
电子邮箱：qzcbs@ sohu. com

营销中心电话：010-83903991
读者服务部电话（门市）：010-83903257
警官读者俱乐部电话（网购、邮购）：010-83901775
文艺分社电话：010-83901330　　010-83903973

前言

为切实履行法治文学肩负的新时代使命，弘扬社会主义法治精神，推进法治中国建设，中国法学会法治文化研究会于2020年9月22日发布了举办“中国法治文学网络作品征文”活动的公告。

为确保此次活动成功，特别成立了“中国法治文学网络作品征文活动组委会”，组委会主任由中国法学会党组成员、副会长，中国法学会法治文化研究会会长张苏军同志担任；组委会办公室主任由中国法学会法治文化研究会常务副会长周占华同志担任，副主任由中国法学会法治文化研究会副会长朱克辛、易孟林、刘巍同志担任。作品征集时间为2020年10月1日至2021年3月15日。

经过长达近半年的征文，共收到作品121部（篇、首）。其中，小说33部（篇），报告文学10部（篇），散文17篇，诗歌61首。经初评委审定，提交终评委44部（篇、首）。经终评委审定，最终获奖作品为30部（篇、首）。其中，一等奖1部，二等奖3部，三等奖10部（篇），优秀奖16部（篇、首）。

此次征文评选的原则是：

1. 凡涉案作品，案件未经人民法院宣判，不宜选入。

2. 凡涉及敏感题材，须报有关主管部门审批的作品，不宜选入。

3. 一个作者，只能参评一篇作品。

“中国法治文学网络作品征文获奖书系”共5部，收录了一等奖、二等奖、三等奖作品。三等奖作品中的长篇小说和部分报告文学存目，同时附录全部获奖作品名单。

“中国法治文学网络作品征文获奖书系”编委会
2021年12月28日

警察与小偷

葛　辉

有小偷的地方，就有警察。

——警察老蔫儿

目录

第一章 惊天大案

1

黑影，像一条黑色的缎带，从天棚上飘下来，幽灵一般。

室内密不透光，伸手不见五指，地狱般黑暗。一道光线突然射过来，强烈地刺激着黑影的眼球。黑影的头部用黑头套紧紧包裹，只露出两只幽蓝幽蓝的眼睛。黑影眨了几下眼睛，很快适应了环境，脚下轻轻移动，没有一点儿声响。

外面，偶尔有稀稀拉拉的鞭炮声传来。除夕夜快要过去了，新年的曙光已经在西边的天际酝酿。凌晨三点，除夕夜的喧哗声消失在灰蒙蒙的天际。守夜的人们经过前半宿的狂欢，疲惫地进入了梦乡，只留下永不熄灭的万家灯火。朦朦胧胧的兴盛大街上，空气中弥漫着浓浓的火药味，还有细碎的纸屑与尘埃夹杂在一起。路灯的光线，像一个懒懒散散的醉汉，萎靡不振地照在街边的人行道上，两边的商铺门市便隐藏在这灰暗的夜色里。

一辆灰色面包车幽灵般地在朦朦胧胧的街巷里穿行。进入大街之后，它开始奇怪地左冲右突，在路灯的夹缝里跳舞，像驾驶员喝醉了酒。

黑影在室内轻轻地移动，来到了更夫值班室。只见更夫四仰八叉地躺在床上，衣服都没来得及脱就睡了，鼾声如雷。

黑影内心一阵狂喜：这家伙醉得跟猪一样，省去了我好多操作流程。

他打开墙壁上的电源开关，更夫值班室的吊灯一下子亮了起来。

黑影又眨了几下眼睛。

灰色面包车继续在街巷里穿行。

更夫依然睡得很死，像猪一样。黑影熟练地从腰间拿出一根长长的军用行李绳，把绳索从床底下穿过来，再穿过去，来回穿了几道后，就把更夫结结实实地绑在了床上。

更夫迷迷糊糊地惊醒过来，刚要喊叫，黑影就拿出一卷胶带，胡乱地在更夫的嘴上缠绕着。更夫呜呜了几声，再也没有了声息。

灰色面包车穿过街巷，停在一个没有路灯的黑暗处。

老大，里面搞定了。

黑影拨打手机，开始和车内的人通话。

干得好，我们马上下车！

一高一矮两个人从灰色面包车里钻出来，快步向金行的方向走去。他们全部用黑色的头套包裹着头部，只露出两只黑洞洞的眼睛。

几分钟时间，他们已经来到了金行的卷帘门下面。走在前面的矮个子按下遥控器开关，就听见金行门外的卷帘门在吱吱呀呀地上升。

黑影在里面拿出更夫的钥匙，打开了玻璃合金的门。

卷帘门外，两个蒙面人迅速闪进门里。其中一个人按下了遥控器的按钮，卷帘门又吱吱呀呀地落下。

三个人手里拿着微型手电筒，开始分头行动。

报警器、监控器都切断了没有？

放心，老大，外面的都搞定了，就差金库里面的了。

好，你抓紧操作！先把总电闸拉下来，待会儿出去时再推上。

嗯，明白了。

最初飘下来的黑影找到电源总开关，把开关关闭了。随后，他来到金库门前，顺利地打开金库外面的防盗门，剪掉了金库里面的摄像头和报警器的连接线。

在确保万无一失之后，黑影一个人静静地、慢慢地开启金库的密码锁。他把耳朵贴在锁上，用右手不停地左右旋转按钮，后进来的两个蒙面人拿着手电筒给他照明。

不到一分钟的时间，金库的门就被打开了。矮个蒙面人拿着手电筒往里面照，满柜子的金银珠宝瞬间发出了耀眼的光芒。三双贪婪的眼睛饿狼般地盯在这些金银珠宝上，在黑暗里放射出幽蓝的光。

这么多好东西！高个蒙面人不由得惊叹道。

别迟疑了，快装包！矮个蒙面人命令道。

高个蒙面人递过来一个黑色的大皮包。装东西的哗啦声响起，这些金银珠宝一件件地被装入了黑色皮包。

两个蒙面人一起拎着装满珠宝的黑色皮包向门外走去。

黑影断后，推上了电源总开关。随着遥控器的按钮被按下，卷帘门又吱吱呀呀地开启了。两个蒙面人抬着那个大皮包迅速地走出来，向停车的地方走去。

黑影随后出来，再次按下遥控器，卷帘门又开始吱吱呀呀地下降。黑影加快了脚步，跟上了前面的两个蒙面人。

西边的天际已经泛白，昏黄的路灯光有气无力地照在街道上，空气中依然充斥着淡淡的火药味。

三个蒙面人在空无一人的街边急速行进，很快就到了停车的地方。

矮个蒙面人发动了车子，高个蒙面人把皮包装进了面包车的后备厢。转瞬间，面包车便消失在迷迷蒙蒙的夜色里。

2

大年初一，清晨的阳光普照着大地，但强劲的冷空气还是毫不留情地刺激着人们的皮肤。外面干冷干冷的，用老百姓的话说就是“嘎嘎冷”。早起的人们在寒冷中又把鞭炮点燃了。于是，噼噼啪啪的鞭炮声驱散了一部分寒气。

北方的室内还算暖和。早上，郑东风早早地起来照顾老伴儿。他手里拿着一个小毛巾，把毛巾在热水里搓洗几下，拧干了，再把毛巾放在自己的脸上试一试温度。还好，不烫脸。随后，他把毛巾放在妻子凌海云的脸上，轻轻地擦拭着。

来来，老伴儿，大年初一了，外面又开始放鞭炮了。咱们洗把脸，干净干净，和大家一块儿好好地过个年。

郑东风一边擦脸，一边和老伴儿说着话。

卧在床上的凌海云似乎听懂了郑东风的话，用眼睛静静地看着郑东风，嘴唇似乎在翕动。

噼噼啪啪的鞭炮声把过年的气氛带到了屋子里，凌海云的脸上泛起了红晕。

老伴儿，听到了吧，外面放鞭炮了，春节到了。常言说，初一的饺子、初二的面。一会儿，让爽爽出去放挂鞭，咱们也煮饺子过初一。

凌海云的脸上露出了笑容。

擦拭了一遍，郑东风又把毛巾放在水里投了几下，拿出来拧干，然后轻轻抓住凌海云的右手，开始擦拭。

不知什么时候，爽爽走进来，站在郑东风身边，看着爸爸给妈妈擦手。

爸，过年了，今天妈妈真精神！爽爽说。

郑东风吓了一跳，说：傻丫头，进来也不打个招呼，吓了我一跳！

爽爽撒娇地说：爸，人家看您认真地给妈妈擦手，不忍心打扰你们嘛！

郑东风说：好了，别贫嘴了！我给你妈擦擦脚，你出去放挂鞭炮，回来咱们煮饺子过初一。

爽爽说：好的，爸，那我去放鞭炮了，您继续。

去吧，顺便让你姑姑把饺子煮上。

爽爽转身向外走去。郑东风回身看了一眼女儿的背影，满意地笑了。

鞭炮声在院子里噼噼啪啪地响了起来。

听见了吧，你姑娘在外面放鞭炮呢！

郑东风一边擦脚，一边和老伴儿说话。

鞭炮声不时地传到凌海云的耳朵里。凌海云似乎在微笑，那是一种发自内心的微笑。

放完了鞭炮，回到屋里，爽爽的脸被冻成了红苹果。

郑东风拿起一块毛巾，让爽爽暖暖。

餐桌被搬到了凌海云的房间里，摆在了床边。妹妹郑东英已经把煮好的几盘饺子摆到了桌子上，同时把炒好的八个菜陆续端上了餐桌。这八个菜里面，鸡和鱼是不能少的，预示着新的一年吉祥如意、年年有余。

爽爽去厨房取来了碗和筷子。她在妈妈的床头上也摆了一双筷子。她还给妈妈订了新年礼物，就是放在床头柜上的那束鲜花，上面还挂了几个小小的红灯笼，充满了喜庆气氛。

来来，东英、爽爽，快坐下，咱们全家过个消停年！

郑东风招呼女儿和妹妹坐下，自己也坐下来，拿起筷子，夹起一个饺子，放在了凌海云身旁的空盘子里。他转身对凌海云说：老伴儿啊，过年了，祝你新年快乐！我给你夹个饺子，是你最爱吃的三鲜馅儿。馅儿大，皮儿薄，你先尝尝。

说完，郑东风用慈爱的目光看着老伴儿。

凌海云似乎听懂了郑东风的话，嘴唇微微地动了一下。

老伴儿，你听懂了，谢谢你！郑东风回过身说。

一旁的妹妹和女儿都抹起了眼泪。

郑东风安慰她们说：她姑，这大过年的，咱们别哭天抹泪的。让你妈看见了，她也不会高兴的。你嫂子都吃上饺子了，你还抹啥眼泪！来，咱们高高兴兴地吃饺子！

说完，郑东风又夹起一个饺子，放在郑东英的盘子里。

妹妹，你先吃。你嫂子瘫痪在床上三年多了，哥哥和爽爽都是当警察的，每天东奔西走，也照看不上她。这三年，全仗着你伺候她！要不，还不知道你嫂子能不能熬到今天呢！

郑东风用感激的眼光看着妹妹。

郑东英抹了一把眼泪，坚定地说：哥，照看嫂子是我应该做的。有我在，你和爽爽就放心干事业吧，我保证嫂子健健康康的！

郑东风说：英子，你照顾得这么精心，哥有啥不放心的？看你嫂子被养得白白胖胖的，三年了，连褥疮都没得过。

郑东英说：三哥，这里面也有你的功劳啊！你一有空就回来给嫂子擦洗，陪嫂子聊天。像你这样对媳妇好的男人，现在可不多了。

郑东风深情地说：英子，哥哥就是个小羊倌儿。小时候受了那么多苦，直到进城后，娶了你嫂子，我才有了一个完整、幸福的家。所以呀，娶了你嫂子，是我这辈子最幸运的事了。为了感谢你嫂子给了我一个家，我下决心一辈子都对你嫂子好。可是，如今她变成了植物人，而且是跟了我这个警察才遭的殃……你嫂子以后要是苏醒不过来，我会内疚一辈子的！

郑东英抹着眼泪继续说：三哥，你也是，这些年抓小偷得罪了好多人，以后还是悠着点儿吧。那么多小偷，也不是你一个人能抓干净的。抓多了，遭报复是难免的。

郑东风看了看一直在抹眼泪的妹妹，明白她说这番话是出于好心。

他说：英子，话可以这么说，但是，事不可以这么做。中国的警察是啥？是人民的警察，是给老百姓干事的。小偷盗窃老百姓的钱财，警察抓小偷是天经地义的。如果因为怕遭到报复，就不去抓小偷了，那小偷还不得泛滥！国家每年拿这么多钱养我们这些警察，有什么用？

郑东英抬眼看了看面前的哥哥，发现他的鬓角已经变白了，额头上平添了几道深深的皱纹。

她心疼地对他说：三哥，我理解你，也知道你有警察情结，那是深深地刻在你的灵魂里的。可是，我还是担心，今天他们报复的是我嫂子，明天会不会报复到你的身上？

郑东风说：英子，别担心你哥了，谁让你哥是一名警察呢！快吃饺子吧，别抹眼泪了！一会儿饺子凉了，就不好吃了。

郑东英说：知道了，三哥，你也快吃吧！爽爽，你也吃！

知道了，姑姑。

说着，爽爽给郑东风夹了一个饺子：爸爸，你张嘴，我喂给你。

郑东风把嘴巴张得大大的，接住女儿的饺子，大口大口地吃了起来。

好香啊，还是我的大闺女好！谢谢爸爸的小棉袄！郑东风自豪地说。

郑东英说：那当然了，哥哥，爽爽现在懂事了。嫂子倒下了，爽爽就是你的小棉袄了呗！

郑东风说：妹妹也是哥哥的依靠！

郑东英说：当然是了，三哥。妹妹以后不嫁人了，陪你和三嫂一辈子。

英子，你别说傻话！你才多大年龄，个人问题还是要考虑的。等哥哥闲下来，就给你选个对象。郑东风充满感激地看着妹妹说。

凌海云被车撞成植物人之后，郑东风把乡下离婚的妹妹接到家里，帮助照看自己的老伴儿，一晃就是三年。

这三年，当警察的郑东风总是早出晚归，照顾老伴儿的重担几乎完全落在了妹妹身上。妹妹付出了多少，只有郑东风知道。可是，妹妹却任劳任怨，从来都没有抱怨过。他这个当哥哥的，欠着妹妹一份情义呀！

吃饭时，桌子上的手机屏幕突然亮了起来。紧接着，刺耳的手机铃声盖过了从外面传来的零星的鞭炮声。

郑东风看了一眼屏幕上显示的号码，是王局的。

大年初一，建军副局长来电话，是给我这个小民警拜年吗？不会吧！是慰问妻子凌海云吗？也不会！一准儿是有什么大事发生了！郑东风揣摩了片刻，拿起手机，按下了接听键。

老领导，过年好！是我，郑东风。

老蔫儿，过年好！我给嫂子拜年了！王建军副局长在电话的另一端说着。

郑东风说：老领导，您在家吗？您也给弟妹带个好，说我祝她新年快乐！

王建军说：在什么家呀？咱们这儿发大案了，我正带着刑事技术人员往现场走呢！

您说什么，发大案了？

是的，昨晚百丽珠宝金行被洗劫了，更夫被杀了。

什么？这么大的案子？

是的，抢劫金库、杀害更夫，“特”字号案件，会惊动公安部的。所以，请你这个足迹专家马上到现场来。

知道了，老领导，我马上出发。

郑东风放下手机，吃惊不小，拿手机的手一直在战栗。

谁的电话？咋了，三哥？郑东英放下筷子问。

爸，发生什么事情了？爽爽问道。

昨晚，大年三十啊！百丽珠宝金行被洗劫，更夫被杀了。我得马上去现场！郑东风急促地说。

啊，大年夜抢劫杀人？

爽爽听到爸爸的话，吃惊不小，知道这抢劫杀人意味着什么。

爸，你去吧，我和姑姑照顾我妈！

郑东风说：那我走了。爽爽，好好陪你妈和姑姑过年！

说完，郑东风转身就往外走。

哥，你吃几个饺子再走也不迟！郑东英朝哥哥喊着。

没时间吃了，破案要紧！郑东风来到客厅的衣柜前，穿上白大褂，又套上警服棉大衣，背起勘查箱就出了家门。

此时，大街上只有稀稀拉拉的鞭炮声，显得非常冷清，天气也非常寒冷。

郑东风快速来到路边，站在那里叫出租车。外面真冷，郑东风冻得搓起了手。

终于等来了一辆出租车。郑东风坐上去，焦急地说：快，去百丽珠宝金行！

司机在他的授意下加快了速度，车子向百丽珠宝金行方向疾驰。

岳队，知道了吧，百丽珠宝金行的事……

郑东风在出租车内拨通了岳剑支队长的电话。

知道了，师父。岳剑回答道。

知道了就奔现场吧。我正在赶往现场，咱们现场见！郑东风催促道。

师父，我是反扒支队长，去命案现场合适吗？

岳队，你原来不是老刑侦处的嘛！都是刑事案件现场，你去有啥不合适？快来吧，配合我一下，有啥事咱们俩好商量！

明白，师父。案情就是命令，不分你的我的。我马上就去，咱们待会儿见！

这边郑东风挂断了手机，那边岳剑便驾车从单位出发了。

3

大年三十发生了金库大劫案，价值上千万元的珠宝被洗劫一空，更夫离奇死亡。

这个消息像一枚重磅炸弹在江城炸开，随之成了江城百姓街谈巷议的重要话题。一辆辆警车呼啸着在兴盛路上奔驰，刺耳的警笛声把庆祝春节的鞭炮声淹没得无影无踪，更把春节的喜庆气氛冲刷得干干净净。

百丽珠宝金行门前，形成了一道被警车包围的独特风景。

金行，也以这种特殊的方式拉开了新年第一天的序幕。

大年初一，早上八点半左右，百丽珠宝金行的老板褚云仓照例来店里巡视一下。不过，这一天他感到很奇怪，因为他给前一天晚上值班的更夫拨打手机时，能够接通，就是没有人接听。褚云仓心里十分着急。金行是十分重要的地方，更夫是二十四小时不能切断联系的，必须时刻保持电话畅通。没有人接听电话，这就是异常情况。褚云仓驾驶着自己的轿车，快速赶了过来。到了店门口，他看见完好无损的卷帘门，这颗悬着的心才落了下来。应该是没事！更夫是不是昨晚看春节联欢晚会，睡得太晚了，还没有起床？

褚云仓把车停在路边，离得老远就按下了卷帘门的遥控器。卷帘门吱吱呀呀地慢慢升了起来。褚云仓加快脚步走到门口，这才发现了异常情况。他看见里面第二道钢化玻璃门的横锁是开着的，锁头只挂在一扇门的把手上，根本没有锁死两个把手。

出事了！褚云仓的脑袋嗡嗡作响。他推开双开的钢化玻璃门，急忙向更夫值班的里间屋走去。一推开里间屋的门，他就发现更夫被绑得结结实实，嘴巴被宽胶带封得严严实实。等他走到更夫的身边仔细一看，发现更夫僵硬地躺在那里，面色青紫，已经没有了生命体征。更夫死了！褚云仓吓得倒退了几步，好不容易才定住了神儿。

过了几分钟，褚云仓突然想到了金库。他疯了似的从更夫室冲到金库所在的小屋门前，发现防盗门是锁着的。他急忙拿出钥匙，打开防盗门，查看里面的金库。没想到，金库的门也是关着的。难道金库里的东西没有丢？他又掏出金库的钥匙，打开金库，往里面一看，惊得目瞪口呆——金库里存放的金银珠宝全部不翼而飞。

110，我要报案！百丽珠宝金行！金库里的珠宝被偷了，更夫也被害了……

八点四十五分左右，市公安局“110”报警服务台接到了一名男子断断续续的报警电话。

什么，金行被抢，更夫被害？是真的吗？

是真的，警察同志！你们快来吧！

百丽珠宝金行被洗劫，更夫被害身亡。

作为市公安局分管打击犯罪工作的副局长，王建军首当其冲。接到报警后，他第一时间给郑东风打了电话，随后带领市局刑事技术人员火速赶往现场。

警车在街道上飞奔而来，刺耳的警笛声与此起彼伏的鞭炮声混杂在一起，惊得路人纷纷驻足观望。

一定是有大案子了。

是吧，要不然警车不会玩儿命地叫唤。

几个路人在悄悄地议论。

4

属地派出所在百丽珠宝金行门前拉起了一条五十米长的警戒线，几名全副武装的警察在警戒线周围巡逻职守。二百平方米左右的金行内，王建军带着几名刑事技术人员在勘查现场。勘查灯把房间照得像白昼一样，照相机的快门儿随着闪光灯的爆闪咔咔地响着。

郑东风和岳剑几乎同时到达百丽珠宝金行门前，在警戒线外停了下来。

岳剑说：师父，大年三十发生这么大的案子，连个消停年都过不上了。

还过啥年呀！不是有那么一句话嘛，老百姓过年，咱们警察过关！你看看咱们今年这关咋过吧！郑东风说。

是啊，老百姓恐怕也过不好年了。恐怖啊！岳剑感叹着。

是够恐怖的！大年三十作案，是谁这么胆大包天?!郑东风诅咒着。

岳剑说：师父，这是劫匪特意选择的日子吧。大年三十，全国人民都在家过团圆年，劫匪却不过年，选了人们最放松的时刻作了这样一个完全出乎我们意料的案子。

处心积虑呀！可见，劫匪足够精明，也足够阴毒。郑东风说。

两个人都穿着警服棉大衣，里面套着白大褂，戴着洁白的手套和鞋套。他们在进入现场前，边走边聊。很快，他们就来到了警戒线附近。一名警察向他们敬礼，然后打开警戒线的封口，让他们进去。郑东风和岳剑一前一后，相继进入了现场。

老蔫儿，来得挺快！

王建军向郑东风打着招呼。

王建军习惯性地叫郑东风“老蔫儿”，是因为当年他和郑东风交情很深，对郑东风比较了解，感觉这样称呼更亲切。郑东风也觉得老领导这样称呼自己很亲切，用现在年轻人的话说就是“爱称”。这时，王建军看见了郑东风身后的岳剑。

怎么，岳支队长也来了！这案子和你们反扒支队也有关系？王建军问。

被王副局长质问，岳剑弄了个半红脸。

岳剑说：啊，王局，这么大的事，我也来主动参与一下，帮个人场，哈哈！

岳剑没有说“是师父让我来的”，他不能出卖师父。王建军看明白了，一定是郑东风把岳剑带来的。

来了就好，参与一下也没啥坏处。看来，你师父是想把你培养成全能型人才呀！难不成将来要接我的班？王建军说，语气冷冷的。

郑东风说：老领导，人家是主动来的，和我一毛钱关系都没有。

岳剑尴尬地说：哈哈，王局，我可没有抢别人班的意思。

王建军说：努力吧，多熟悉各方面的工作，功到自然成。

郑东风说：按老领导的指示办。

说完，郑东风和岳剑把棉大衣脱下来，放到柜台上，然后拿出勘查工具，开始工作。

两级刑事技术人员紧锣密鼓地在现场忙碌着。郑东风和岳剑专门找犄角旮旯，来到卫生间仔仔细细地观察。卫生间面积不大，仅能容纳一个蹲位。

当郑东风的目光停留在卫生间一进门左侧的墙壁上时，他倒吸了一口凉气。他眯起眼睛仔细观察，发现距离地面 2.5 米左右，接近棚顶的地方，有两个模糊的鞋形印迹。

岳剑，你看，这是不是人留下的鞋印?

郑东风指了指墙面。

岳剑把目光投向了那面墙。真的是鞋印！虽然很模糊，但是轮廓清晰。

郑东风让岳剑出去搬来一个凳子，踩在上面用放大镜观察了起来。

看完之后，郑东风吃惊不小。他对岳剑说：岳队，这人都跑到墙上走路来了。这么高的地方，竟然有一双鞋印?!

岳剑说：看清了吗，师父？是鞋印?

郑东风说：没错。你师父是足迹专家，就对鞋印感兴趣。他不仅可以确认这是鞋印，连这个鞋印是什么鞋留下的都能看明白。

啥鞋？岳剑问。

棉胶鞋。看这底部细细的纹路，应该是“爱步”牌的。郑东风说。

说完，他从凳子上下来，又对岳剑说：岳队，你再看看对面的墙壁。

岳剑说：看了，对面墙壁上啥也没有。

郑东风说：再看看，同样是从地面往上 2.5 米左右的位置。

岳剑仰起头来再看，还是没有发现什么。

郑东风说：那上面有两枚手掌印。从下往上看，因为有光线，是看不出来的。

说完，他让岳剑把凳子挪过来，踩上去用放大镜仔细查找。

然后，他对岳剑说：看见没，就在放大镜照到的位置！

岳剑这次再看，看到了一个油渍形成的手印。

手脚并用，都印在墙壁上了。岳队，你说说，这是啥幺蛾子？郑东风问。

岳剑明白了：这个人是支撑在棚顶了。对吧，师父？

鞋印与手印对应，空中悬人，这轻功实在了得！郑东风感叹道。

再回到地面上勘查，郑东风又在地砖上发现了问题——那上面有与墙壁上的鞋印相同的鞋印。顺着鞋印，郑东风一直追踪到了卫生间外面，发现这种鞋印在更夫值班室、大厅和金库的地面上都出现过。郑东风还发现，与这种鞋印同时出现的，还有两种很明显的鞋印。经过痕迹比对，郑东风感觉这两种鞋印比其他鞋印更新鲜。

郑东风一边拿着显微镜查看，一边对岳剑说：岳队，你看看，这两个鞋印应该是犯罪嫌疑人留下的。按照鞋印的走向，他们应该是从卷帘门进来的。然后，三个人一起从卷帘门出去了。

岳剑说：师父是足迹专家，您看准的事，估计错不了！

郑东风说：又来了！都啥时候了，还忽悠！

5

解剖室内，法医正在对更夫的尸体进行解剖检验。一旁的助理法医在做记录。一个小时以后，初步的尸体解剖检验结束了。主检法医放下手里的解剖刀，做了一次深呼吸。

怎么样？一旁的刑警支队支队长高广生问。

胶带封住口鼻，导致呼吸功能障碍，引起心肺衰竭，窒息死亡。

法医说出了更夫死亡的原因。

闷死的。真够狠的！高广生气愤地说。

胶带缠得太紧，把口鼻都封死了，无法呼吸。一般情况下，窒息五至六分钟，人体就会出现脑死亡，继而全身功能衰竭，导致死亡。法医继续解释道。

抢劫杀人！先把更夫弄死，再洗劫珠宝！

高广生攥紧了拳头，发泄着愤怒：策划得天衣无缝啊！

郑东风和岳剑又来到了金行外面。天气异常寒冷，他们呼出的气体很快就结成了冰晶。他们只好把警服大衣重新穿上了。

他们从金行的卷帘门外开始，顺着卷帘门下面的几个并不清晰的脚印一路向右侧追踪，细心地观察着水泥地上的各类足迹。最终，这些脚印在距离金行大门不到一百米的路边消失了。郑东风他们反反复复地在这段路上走，不断地俯下身子观察。

郑东风对岳剑说：我心里有数了。他们从这儿上车了。

明白了，师父。作案者乘交通工具来，又乘交通工具走，来无影，去无踪。岳剑说。

岳队，你只说对了一半。应该是里应外合，有一部分人乘坐了交通工具。懂了吧？郑东风说。

懂了。岳剑说。

还有就是，应该说“来有影，去有踪”。留下的足迹，就是他们怎么也抹不掉的痕迹。这痕迹对我们来说是证据，对他们来说是致命的……百密总有一疏。我们就是要利用他们的疏忽，一击致命。

郑东风给岳剑上了一课。

对呀，师父，现场留下的足迹太珍贵了。特别是对您这样的足迹专家来说，给您一个鞋印，哪怕是残缺的鞋印，案子的侦破工作都会一片光明。岳剑说。

岳剑是最了解师父能力的人。

王建军很认真地观察着，没有放过任何蛛丝马迹。作为江城市公安局的老一辈刑侦工作者，王建军对重大案件现场有着独特的视角和眼光。他觉得这起特大金库被盗案发生得特别蹊跷，犯罪嫌疑人对这里的环境了如指掌，还使用了高科技手段。卷帘门毫无损伤，玻璃合金门的门锁被打开，防盗门的门锁被打开，金库的密码锁被破解，这些都不是一般人能做到的。看来，犯罪嫌疑人一定是挖空了心思，下了不少功夫。所以，在江城市，这起案件将是有史以来侦破难度最大的案子。侦破这样的案子，需要郑东风这样的足迹专家提供强有力的支撑。

有郑东风来现场勘查，王建军就放心了一半。

郑东风和岳剑重新回到现场，又仔细查看了一番。

怎么样，老蔫儿，看出门道了没有？王建军问正在仔细观察的郑东风。

郑东风说：老领导，有点儿意思了。留在现场和门外的鞋印确定了几枚，奥妙却在那个卫生间里。

卫生间里有啥奥妙？王建军惊讶地问。

卫生间的墙壁上，留下了手脚并用的痕迹。郑东风说。

老蔫儿，你这是卖的啥关子？快点儿说明白就完了！王建军有些着急。

岳剑说：王局，我来说吧。卫生间两侧的墙壁上，都发现了痕迹——一侧有一双鞋印，另一侧有一对手掌印。这是我师父发现的。

啊，这么个手脚并用，太不可思议了！咱们去看看！

三个人一起走到了卫生间门口。郑东风先走了进去，王建军紧随其后。郑东风打开勘查灯，往墙上照了照，指着墙面让王建军看。

老领导，您看看，就这儿。仔细看看，鞋印是不是很清晰？郑东风说。

王建军抬眼观看：可不是嘛，这鞋印多清晰呀！是负责技侦的那帮人都是吃干饭的，看不出来，还是这个卫生间被他们给遗漏了？王建军气愤地说。

郑东风说：看来是漏了，或者没仔细看。

他们是不是眼拙呀？这么明显的鞋印，愣是没看出来？王建军有些质疑。

还有这边，同样的位置，有一对手掌印。郑东风说。

王建军抬头向上看了看，说：没看出来。

郑东风把放大镜递到王建军手里，说：老领导，您上去用放大镜看看就知道了。

王建军上了凳子，拿起放大镜，果然看到了两枚清晰的手掌印。

从凳子上下来之后，王建军把放大镜交到郑东风手里说：技侦部门这帮马大哈，这么重要的细节都没发现，回家种红薯去吧！

岳剑说：王局，还是我师父的眼光独到吧。

岳剑，你师父还说啥了？他有一双神一样的眼睛，就像达尔文的大脑一样珍贵，需要上巨额保险。王建军说。

“神眼”用在我师父身上绝不为过。岳剑补充说。

老领导，别谈论我了，咱们还是说说鞋印和掌纹吧。

郑东风说：这就是天上掉下个林妹妹——飞贼。

老蔫儿呀，好一个天上掉下个林妹妹，这个贼够厉害！

王建军感叹着：事先潜入，这个人的轻功了不得呀！

是的，身轻如燕——这样的形容一点儿不过分。郑东风说。

老蔫儿，这个发现太关键了！王建军激动地拍着郑东风的肩膀说。

岳剑说：王局，方才我和师父又到金行外面的卷帘门边，在水泥地上仔细看过了，有了一些新的发现。

是吗，发现了什么？王建军问。

又提取了两枚可疑的足印。岳剑说。

又提取了两枚？王建军激动地问。

郑东风说：是的。初步判断是三个人作案，其中一个人事先潜伏在里面，伺机干掉了更夫，再和外面的人里应外合，把他们放了进来。作案后，三个人一起离开了现场。

王建军吃惊地说：老蔫儿，你说得有点儿轻描淡写。有这么简单吗？

我觉得，就这么简单。郑东风自信满满地说。

那好吧，老蔫儿、岳剑，咱们是不是可以回到破案指挥部，把这个案子的最新进展说一下了？

郑东风说：老领导，我得躲到卫生间里抽支烟。里里外外折腾好几圈了，连支烟都没来得及抽。

说完，他从烟盒里把烟抽了出来，熟练地用打火机点燃，在大厅里抽了起来。烟雾慢慢地升腾，萦绕在郑东风的头顶上。

老蔫儿，你这烟瘾犯了，谁都拦不住啊！不去卫生间抽了？王建军调侃道。

郑东风无奈地笑了笑，也不出声，继续大口大口地抽烟。

6

江东公安分局的会议室成了破案的临时指挥部。

贺飞在这里陪着公安部和省公安厅刑侦部门的领导和专家，听取各路人马反馈的情况。作为副市长兼公安局局长，贺飞的主要工作还在公安局这边。所以，同志们都习惯于叫他“贺局”，贺飞也愿意让大家这么称呼他。

王建军带着岳剑、郑东风走进了会议室。

东风，你来了！刚从现场回来吧！先坐下休息一下！

贺飞热情地跟郑东风打着招呼，并把郑东风介绍给大家：这是郑东风同志，我们的足迹专家。

听说这就是郑东风，部里、厅里的同志们都肃然起敬。特别是从部里的刑侦局来的同志，第一次见郑东风，便仔细地打量起他来：早就听说过郑东风同志的事迹了，今日算是见到本人了！

郑东风和王建军、岳剑一起坐了下来。

郑东风说：领导，您过奖了。我就是放羊的出身，跟师父学了几天“码踪”而已。

部里来的领导说：东风同志呀，您就别谦虚了。这些年您参与侦破了那么多大案要案，早就在全国传开了。我是刚从别的部门调到刑侦局的，总听同事们说起您。他们说，您不仅是足迹辨认专家，而且是全国公安系统为数不多的反扒专家之一。

郑东风说：不敢当啊！这么多“砖头”，会压得我喘不过气来的。

郑东风的话把部领导和周围的人都逗乐了。随后，气氛又严肃起来。

贺飞说：建军，你是管打击的副局长。你说说吧，啥情况？

王建军看了看贺飞局长，又看了看坐在身边的郑东风，按捺不住激动的心情，说：贺局，重大发现啊！

听了王建军的话，贺飞局长也有些兴奋。

重大发现！我就觉得快有好消息传来了，要不然外面的鞭炮声不会又此起彼伏地响起来了。

贺飞局长激动地说：快说说，啥重大发现？

王建军汇报的时候，外面果然响起了一连串的鞭炮声。老百姓从早上的惊恐中缓过神儿来，又开始欢天喜地过大年了。

贺局，是老蔫儿同志……不，应该叫东风同志，在卫生间的墙壁上发现了鞋印和手掌印。王建军说。

在卫生间的墙壁上发现了鞋印和手掌印，太不可思议了！

大家都吃惊地看着王建军，然后又把目光集中到了郑东风身上，好像郑东风犯了什么错误似的。

郑东风说：是的，贺局。卫生间的墙壁上留下了鞋印，对面的墙壁上还有一对手掌纹。我分析了一下，应该是练轻功的人留下的。

练轻功的人留下的鞋印和手掌纹？大家更是吃惊不小。

对，从天而降的飞贼。

郑东风的话进一步刺激着大家的神经，考验着大家的承受能力。

厉害呀！方才我们省、市两级负责现场勘查的技术人员都没发现，会有这么大的疏忽吗？

部里来的领导提出了疑问。

不可能啊！我们去卫生间看了，墙壁上光溜溜的，没发现什么呀！

说话的是支队长于存安。郑东风刚参加工作时被分配到技术科，那时候于存安是郑东风的科长。

岳剑说：于支队，建军副局长都看见了，我们还能撒谎吗？再说了，足迹已经提取了，也进行了录像保存。

卫生间的墙壁上还有足迹，自己带来的人却没有发现，这让于存安有些无地自容。

愚蠢！你们一会儿再去现场看看！

于存安冲方才在现场勘查的人员发火了。

王建军说：存安，现在发火能解决问题吗？先听听郑东风同志的意见吧，这里还有新的发现呢！

还有新的发现？贺飞满脸惊诧地问。

东风同志，你说说吧。王建军说。

郑东风说：贺局，我们在勘查现场时，从若干足迹中发现了三组可疑的足迹，应该是作案者留在现场的。其中的一组就是卫生间墙壁上的那组，其余的两组是在室内的大理石地面上和门外的水泥地面上发现的。我们分别提取了这些足迹，经过技术处理之后再认真辨认，这样我们就能知道这三个人的一些情况了。

很好，东风同志，真的是重大发现啊！存安同志，把你们提取的足迹样本一并交给东风同志，让他做技术处理，一并辨认。

于存安很不情愿地说：好吧，我觉得我们提取的样本会更有价值。

贺飞说：存安同志，没人说你们提取的样本没有价值。就交给郑东风同志处理吧！东风同志辨认足迹的能力，你没有领教过吗？

见贺飞局长拉下了脸子，于存安沉默了。

王建军说：贺局，我看还是先让东风同志和岳剑同志回去处理一下这些足迹样本吧，我们继续听听其他各组的进展情况好不好？

贺飞说：建军啊，还是我领着大家继续听汇报吧，你带着东风同志、岳剑同志去分析足迹样本吧。

王建军说：是，贺局，我们马上出发！

说完，他示意郑东风和岳剑，三个人一起走出了指挥部。

7

郑东风点燃一支烟，狠命地吸了几口。

师父，方才在现场是不是憋坏了？岳剑说。

可不是嘛，咱们哪敢在那个地方抽烟啊！

郑东风又吸了一口烟，接着说：方才在指挥部，更不敢抽烟了。谁敢在那儿抽烟，那不是自讨没趣嘛！

岳剑调侃道：师父，专家不是可以例外吗？

郑东风说：那得等你当上局长的时候再说了。

郑东风又吸了一口烟，吐出的烟圈儿在电脑上方形成了一团烟雾。他把目光集中在电脑屏幕上，发现一枚足迹标本在一点点地放大，那是岳剑在操作电脑。

师父，您看看这个鞋底的纹路！能看出是什么鞋吗？岳剑说。

郑东风始终盯着屏幕上显示的足底纹路。

再放大一点儿！郑东风说。

岳剑移动鼠标，纹路逐渐扩大。

看出来了！没错，就是“爱步”牌的。这双鞋应该是刚买的，纹理很清晰。

师父真厉害，确实是“爱步”牌的。岳剑说。

你不是也很厉害嘛！早就看出来了吧！郑东风说。

岳剑微笑了一下。

可以出徒了，是不是？郑东风说。

那可不行！活到老，学到老——学无止境。我要把师父的本领都挖出来！岳剑说。

胃口不小嘛，可别撑着！

郑东风笑了笑。

这时，王建军推门进来了。郑东风掐灭了烟头，又点上了一支烟。

有谱儿了，老蔫儿？王建军开门见山地说。

郑东风吸了一口烟，吐出来的烟圈儿螺旋式地上升。

烟圈儿都能说明问题，看出来了吗？王建军说。

郑东风思考了一下，说：太熟悉了！怎么会是他呢?！

谁呀？

王建军一头雾水。

岳剑也蒙在鼓里：看出啥来了？师父咋没和我交流？“爱步”牌的鞋，怎么能和作案者是谁扯上关系？

难道是我判断错了，不是他们干的？

郑东风小声嘟囔着：不对呀，我的判断是不会错的。这么多年了，他的足迹我太熟悉了。江城市会这种轻功的人屈指可数，应该是他干的。

老蔫儿，谁呀？这儿就我们三个人，不妨说说看。王建军焦急地说。

郑东风吸了一口烟，吐出的烟雾一圈儿一圈儿的，像一个个句号。

老领导，我怀疑是“影子”干的。还有，他手下的人里面有一个会轻功。

谁呀？岳剑问。

神偷儿！那家伙身轻如燕。郑东风说。

“影子”、“神偷儿”？会是他们干的？

岳剑也在脑海里画着问号：“贼王”转行了，抢劫杀人了？

郑东风的脑子里同样有一个问号，他在怀疑自己的结论：不会吧，扒手变成劫匪了？

他产生了怀疑，提出了大大的疑问，随后又否定了自己的疑问：有这种可能性吧。从市局的“一号行动”开始，“影子”集团中就只有这两个人失踪了。两个多月，踪迹全无，大家正在苦苦地追踪。难道他们藏匿了两个月，就是为了这起惊天大案？

郑东风越想越怕。他不愿意再想下去了，惊出了一身冷汗。

是他干的！他的足迹，我太熟悉了。郑东风说。

是“影子”干的？王建军有些吃惊地说。

王建军当然知道“影子”是谁了。这段时间紧锣密鼓地工作，目的就是找到他的踪迹，尽快收网。可是，至今连“影子”的影子都没找到。

“影子”一出现就干了这么大一件事，这不是给我们这些警察上眼药吗？王建军想。

老蔫儿，能确定吗？王建军问。

不会错的，我对他太熟悉了，扒了皮都认得出来。郑东风说。

随后，他吸了一口烟，吐出的烟圈儿慢慢地升腾着。

这几年，这家伙一直隐匿着。五个月前，他突然出山，作了李富珍那个案子后又隐藏了起来。我已经摸不着他的活动规律了！捉迷藏和打太极，这就是“影子”的常态。

郑东风说：所以，老领导，我们必须找到他！

是啊，如今这个“影子”是杀人抢劫犯罪嫌疑人，抓他已经刻不容缓了。王建军说。

郑东风吸了一口烟，说：老领导，自从邱少千过了元旦从我们的视野里消失以后，我们就分析出了若干种可能性。那时候，我们的收网行动还处在绝密阶段，邱少千不可能提前躲避。那么，唯一一种可能性就出现了，那就是他在预谋一件重大的事。现在看来，就是抢劫金库这件事了。

王建军恍然大悟：老蔫儿说的很有道理呀！这家伙之所以早就从警方的视线里消失了，原因就在于此。

郑东风说：老领导，我还是有些怀疑。抢劫金库和杀人，这绝对不符合邱少千的一贯风格呀！既谋财又害命，这不是邱少千所提倡的。

岳剑说：师父，您是说，邱少千不可能做出这样的事来？可是，三年前师母被车撞成植物人这件事，怎么解释？

岳剑这一提示，使得郑东风眼前出现了一条抛物线。

那是一条血淋淋的抛物线，是老伴儿被车撞飞后在空中飞行的轨迹。在老伴儿落地的那一刹那，郑东风整个人都傻了。有一段时间，他甚至精神恍惚，生活中再也没有了幸福的感觉。

那辆可恶的灰色面包车，还有至今还躺在病床上的植物人老伴儿，以及至今都没有查到的撞伤老伴儿的肇事者……

郑东风始终认为老伴儿出事和自己有关，和自己抓小偷有关。这些年当警察，郑东风破了那么多案子，抓了那么多小偷，得罪人是难免的。所以，老伴儿的被害一定是有人打击报复。可是，他始终没有把报复自己的人和号称“当代贼王”的“影子”画上等号。他多年和“影子”较量，让“影子”在他手里“三进宫”。但是，他从来没有发现“影子”伤害过偷窃的对象，也从来没有见过“影子”及其手下与警察对着干。那么，老伴儿被撞的事究竟是谁干的呢？如果不是“影子”干的，那么会不会是“影子”的手下干的呢？这一点倒是真的值得怀疑。

把这两件事联系起来的时候，郑东风觉察到了“影子”邱少千的多面人生。

老领导，金行这个案子，“影子”是最大的嫌疑人。那么，我老伴儿被撞的事呢？会不会也是“影子”干的？我还是在画问号。

王建军说：老蔫儿，没啥画问号的。在利益面前，人是有最大的变数的，更何况“影子”是个贼呢！

三十年了，贼心与贼胆也是在变化的。

郑东风感慨着：盗亦有道！

王建军听出了郑东风的话外之音，深有感触地说道：老蔫儿啊，你相信贼会遵守道义吗？天下熙熙，皆为利来；天下攘攘，皆为利往。欲壑难填啊！欲望的闸门一旦打开，所谓的“道义”便轻如鸿毛了。

一语点醒梦中人，郑东风终于明白，为什么孔子批评庄子把“盗跖”写成“侠盗”了。

8

天阴沉沉的，破案指挥部的会议室里也因为没有阳光而让人感到窒息，这与室内异常严肃的气氛十分吻合。

贺飞局长眉头紧锁，坐在椭圆形办公桌的“顶头”，认真地看着一张现场足迹拓片。在他的面前，放着一些初步形成的调查材料。王建军坐在贺飞的左边，表情紧张而严肃，手里拿着同样的现场足迹拓片，认真地看着。部里和省里来指导破案的专家们坐在贺飞的右边，刑事警察支队支队长高广生、刑事技术警察支队支队长于存安、反扒警察支队支队长岳剑以及属地分局局长等人分坐在两边。

看了一会儿，贺飞把拓片放在面前的桌子上，率先打破了沉默。

足迹拓片大家都看过了，也研究、论证过了。以此来确定犯罪嫌疑人，大家有不同的意见吗？贺飞说。

他说话时，目光由远及近，扫视了一下。有几个人低下头，不敢直视，可能是不想第一个发言。

咋没有人发言？

贺飞再一次提醒大家。

贺局，我说说我的意见。

高广生申请第一个发言。

说说吧。

贺飞表示同意。

高广生说：贺局，东风同志作为足迹鉴定专家，眼光无疑是独到的。他的鉴定结论是经过深思熟虑和科学判断得出来的，所以我认为我们应该尊重东风同志的意见。

还有没有要补充的了？贺飞问。

没有了。高广生说。

贺局，我说两句。

岳剑面向贺飞局长说：大家都知道，东风同志是我的师父，我抓小偷的这两把刷子都是东风同志教给我的。以我对东风同志的了解，他得出的这个结论是相对科学的。刚才，在进行现场勘查时，我一直跟在师父身边。他的那种严肃认真、一丝不苟的态度，值得我们学习。是他第一个发现了印在卫生间墙壁上的鞋印和手掌纹。

卫生间墙壁上的足迹和手掌纹是东风同志发现的？贺飞插话道。

是的，是东风同志发现的。我们由此确定了“飞贼”的存在，并且得出了“有人事先潜入，然后里应外合”的结论。王建军副局长回答了贺飞局长的提问。

岳剑继续说：贺局，还有，东风同志作为反扒警察，现在也可以说是反扒专家级别的侦查员了。他和老贼邱少千本人以及他的犯罪集团成员打了多年的交道，可以说对邱少千非常熟悉。所以，邱少千的足迹无论印在哪里，只要东风同志看见了，他就跑不掉。

我相信郑东风同志。只要邱少千一出现，他就跑不掉。

贺飞突然接过话茬儿，肯定了岳剑的说法。

高广生接过话茬儿说：贺局，东风同志当年入警，就是因为有“码踪”的特长，才留在市局刑侦处的。那时，建军副局长是刑侦处的处长，我在刑侦处反扒大队当大队长。建军副局长说，郑东风有足迹辨认的底子，看小偷一看一个准儿。于是，就把他留在了我们反扒大队，成了我的搭档和助手。说起来，郑东风第一次抓邱少千，还是我配合的呢！

听了高广生的介绍，贺飞局长再次感叹道：广生啊，东风同志是咋入警的，我是知道的。这些年，大家都在讲他在反扒大队抓小偷的故事，也都在讲他靠辨认足迹破大案的故事。这些故事一直激励着我，感染着我呀！

贺飞局长的这番表态，把郑东风弄得有些不好意思。他的脸红一阵、白一阵的，很不自在。

郑东风说：贺局，您只知道我光鲜的一面，还不了解我走麦城的历史呢！当年，我跟着高大队长抓贼，把目标跟丢了不说，第一次抓邱少千就抓“刺啦”了。要不是高广生同志及时解围，我就得在众人的哄笑声中把邱少千给放了。

贺飞笑了。他看了看高广生，说：广生啊，有这事吗？老蔫儿也有这样的情况，哈哈哈！

贺飞的笑声缓和了现场凝重的气氛，也让郑东风陷入了回忆之中。

第二章　第一次抓贼

1

当警察满打满算一百多天，还没有过完穿警服的瘾，就要把警服脱下来，换上便衣了。

因为，郑东风当上了反扒警察，今天就要去商场抓小偷了。

反扒警察，就是抓小偷的警察。这里的小偷，专指扒手。抓小偷的警察是不能经常穿警服的，因为如果穿警服去抓小偷，就等于给小偷通风报信儿。明晃晃的警服穿在身上，小偷在暗处一看就明白了，肯定会撒丫子溜走。所以，反扒警察常年穿便装，警服对他们来说就像一种摆设，在单位开会时偶尔穿一穿。

时间长了，人们就会把穿便装的反扒警察称为“老便”，有的地方管反扒警察叫“便衣警察”。有个作家写的电视剧就叫《便衣警察》，但那不是专门写反扒警察的，那是写刑事警察的。这个电视剧的主题歌叫《少年壮志不言愁》，流行了多年且流传很广，深受警察们喜爱。郑东风虽然入警的时间不长，但是也学会了唱这首歌。特别是一群警察破了案之后喝庆功酒的时候，喝醉了再唱起这首雄浑豪迈的歌曲，就会热血沸腾，瞬间迸发出强大的激情和力量。

为了抓小偷，郑东风必须准备几件像样的便装。郑东风喜欢牛仔裤。小时候，他看过一部反映美国西部牛仔的电影，记不清叫啥名字了，只记得那里面的一个西部牛仔下身穿着牛仔裤，上身穿着流行的格子衫配马甲，头戴大檐儿礼帽，手拿双管散弹枪，那叫一个酷！

那时候，郑东风只挣四十几块钱的工资，买不起像样的牛仔裤。于是，他就买了一件廉价的帆布裤子冒充牛仔裤，还买了一件黑红格子的长袖T恤衫和一件土黄色马甲，又配上了一双白色高帮“回力鞋”。郑东风的这身打扮与西部牛仔相比，只差了一个礼帽和一把枪。尽管如此，郑东风也已经很满意了。

他对着墙上的镜子照了照，感觉还不错。

东风，你这身便衣还是挺有品位的，这搭配不赖嘛！高广生一走进郑东风的办公室，就看见郑东风在那里照镜子，不由得感慨道。

高队，你看行吗？我总觉得还是挺别扭的，没有穿警服舒服。

郑东风说着，对着镜子来回转身，左拽拽，右扯扯，生怕哪里不合适。

高广生走到郑东风跟前，上下打量了一番，说：东风，我觉得挺舒服的。就这么穿吧，应该没问题。

郑东风停止了转身，站在那里说：高队，你说没问题，就是没问题。我媳妇也说这身衣服搭配得挺好的。

东风，是海云帮你选的衣服吗？高广生问。

是啊！你不是告诉过我嘛，为了工作方便，咱们反扒警察平时很少穿警服，每个人都需要几件便衣。我把这事跟我媳妇说了。上个星期天，她陪我去了服装店，帮我选了这几件衣服。郑东风有些自豪地说。

行，海云很有品位。高广生说。

是的。她想把我打扮成西部牛仔吗？郑东风说。

我看，她不是想把你打扮成西部牛仔，而是要把你打扮成上海滩的许文强。穿上这身行头，再戴上太阳镜和礼帽，完全可以去上海滩大摇大摆地走一趟。别人还以为你是当年的许文强呢！

高广生一边说，一边哈哈大笑。

郑东风说：高队，别管是啥了，咱们穿上便装，有利于抓小偷。说实在的，长这么大，我还是第一次体验穿牛仔裤的感觉。

高广生说：这感觉不错！这身打扮，在商场里那么一溜达，小偷都容易把你当成同伙！

郑东风有些担忧地说：高队，别让小偷一眼就看出我是便衣就行。

高广生哈哈大笑着说：放心吧，小偷不会那么快就知道你是便衣的！

郑东风说：那我们就出发吧。

高广生说：手枪和手铐都带上了没有？

郑东风摸了摸左右腰间说：带好了。

高广生说：带好了，咱们就出发，上战场！

上战场?！郑东风蒙了：啥战场?

哈哈哈！高广生又是一阵大笑：东风，有小偷的地方就是我们便衣警察的战场。今天，咱们俩的战场就是第一百货商场。

哈哈！郑东风尴尬地笑了笑，说：明白了，高队。咱们上战场！

2

正午时分，天气闷热，几朵白云点缀着蓝天。

从市公安局的大楼里出来，穿过十字街上由北向南的斑马线，再走过一段人行道，就能看到一个小型广场。再向南走三十米，就是第一百货商场的正门了。

郑东风和高广生进得门来，郑东风就开始四处盯着人看，看得人有些发毛。

有人小声议论：这人是不是有病啊！

听到议论，郑东风显得有些尴尬。商场里很热，走了一会儿，郑东风的汗就下来了。高广生看出郑东风有些紧张，忍不住笑了笑。

花花绿绿的人群，怎样才能发现小偷，是个问题。郑东风在想。

高广生在郑东风的耳边说：东风，神经要放松，不要直勾勾地看人。记住“有心栽花，无心恋柳”，表面上有意无意，才能发现问题。就像看羊群一样，明白吗？

郑东风听到“有心栽花，无心恋柳”，感觉有点儿新鲜，就好奇地问：高队，啥叫“有心栽花，无心恋柳”呀？

高广生说：这“有心栽花，无心恋柳”嘛，就是看似若无其事，实则注意力全部集中在了想要观察的“目标”上。你知道自己盯着的“目标”是谁，那个“目标”却不知道你在盯着他，这就是“有心栽花，无心恋柳”的意境。

什么目标不目标的，怎么有点儿像绕口令呢？

郑东风说：高队，我都听糊涂了。

高广生耐心地说：东风，简单地说，真实的“目标”就是小偷，但是你不能让人看出来你在寻找小偷。你得装作若无其事地随便看看，才有机会在人群中发现真正的小偷。明白吗？

郑东风说：高队，这回我明白一些了。我的理解是，越重视，就越应该放松心态，装作不重视的样子，不能让别人看出你的真实意图。这样才更容易发现目标，紧盯目标。

高广生说：东风，这聪明人就是好，一点就透呀！

郑东风说：高队，我还是觉得有些紧张，眼睛不知道往哪儿看。

郑东风脸上的汗水还在流。高广生到附近的摊位买了两瓶矿泉水，递给郑东风一瓶。

东风，喝口水凉快一下。高广生说。

郑东风接过水，大口大口地喝了起来，绷紧的神经缓解了很多。

紧张啥？放松，放松！面部肌肉不要僵硬，眼神要柔和，走路的速度要放缓，与周围顾客的步频保持一致。

高广生像教小学生一样耐心地开导着郑东风。他也拧开瓶盖，喝了一口水。

郑东风听着高广生的话，很快就放松了下来，眼神也柔和了许多。他把步频放缓了，节奏感也出来了。一排排柜台在他的视线里缓慢地后退，周围的顾客在他的视线里逐渐地清晰起来。

嘿，不错，咱们俩现在很像来这里购物的顾客，别人也不再注意咱们了。郑东风高兴地说。

高广生说：东风，看来你是找到感觉了。凭你对羊蹄印的辨识能力，在人群中找到小偷是件易如反掌的事。

郑东风说：高队，谢谢你的提醒，我有点儿找到感觉了。我发现，心态放松以后，周围的一切都自然而然地尽收眼底了。

高广生说：东风，现在你的感觉越来越好了，要保持住。

是的，这和学“码踪”有异曲同工之妙呢！郑东风说。

他们边走边聊，时间过得飞快。商场里的温度似乎降了下来，郑东风不再出汗了。转眼间，一个楼层已经走完了，高广生把郑东风引向了二楼。他们顺着左侧的楼梯上到二楼，继续在人群里一边观察，一边聊天。

高广生在郑东风的耳边小声说着话。高广生说：东风，小偷到商场里来，是要第一时间进行观察。我们来这里，也是要第一时间进行观察。只不过，小偷观察的是钱包的位置，好伺机下手，而我们观察的是哪些人的眼睛在往顾客身上瞟——我们就是要从这些人中找到小偷。最主要的是，你要盯住那些眼神飘忽的人，从中找到那个小偷。所以，眼神非常重要，是我们识别小偷的关键。

郑东风说：高队，我们要做的就是在人群中把贼的“眼神”给找出来吗？

高广生说：当然了，我们把“眼神”找出来了，也就把小偷找到了。找到了小偷，剩下的就是在他出手时抓住他了。

郑东风说：高队，不谦虚地说，我觉得我的眼神就够厉害了，看羊群、马群，一看一个准儿。可是，看小偷与看羊群、马群还是有很大区别的，我需要适应一段时间。

高广生说：东风，虽然有所区别，但是道理是一样的。你把在羊群、马群里找出的羊和马当成小偷，这问题就解决了。

高队，有这么简单吗？郑东风反问道。

就这么简单。就像你当年学“码踪”一样，放松心态，耐心细致地观察，就能发现小偷了。

高广生继续鼓励郑东风。

郑东风说：高队，我懂了。可是，还需要下一番苦功夫。

高广生说：东风，下苦功夫是必然的。要想成为一名反扒能手，不经过艰苦的实战训练，是不可能成功的。比如说，今天我们来到第一百货商场，最需要的还有一点，就是尽快熟悉这里的环境。

郑东风说：高队，为什么要熟悉环境呢？

高广生说：熟悉环境是我们掌握小偷作案规律的最有效、最直接的办法，也是我们反扒警察抓小偷之前必须做好的“功课”。比如，今天我们走进第一百货商场后，包括以后到各类公共场所抓小偷时，必须把整个环境先熟悉一遍。一个是熟悉各个楼层的商品种类，以及各类商品的特点，还有业主的经营状况，这是确定小偷们会在哪个楼层作案的重要参考。再一个是熟悉场所的每一个犄角旮旯，以及平台的出口，还有视线的盲区，目的是确定哪些地方是小偷们认为最好下手的地方，在哪里逃跑最方便。我们需要在这些地方及时发现小偷，准确判断小偷作案后藏匿的地方或者逃跑的路线，以此来制订详细的侦查方案，避免在抓小偷的过程中只顾抓现行，忽略了小偷挣脱逃跑，甚至与抓捕人员进行搏斗、伤害失主等紧急情况的发生。一旦出现了这些情况，我们事先又没有防范，反扒警察就会陷入被动，甚至流血牺牲。所以，一个合格的反扒警察，在抓小偷时，一定要比小偷更熟悉环境，发现每一个关键的地方，随时准备应付突发事件！

郑东风说：高队，我这是又学了一招啊！原来，熟悉环境如此重要！怪不得你一进来就领着我在一楼转，一楼转完了又上二楼转。转的时候，几乎每个地方都走到了。你转的目的，原来也是熟悉环境。

高广生笑了笑，说：东风，第一百货商场的环境，我早就熟悉了。我主要是想让你熟悉这里的环境，进一步体验“有心栽花，无心恋柳”的意境。不知你是否留意了，咱们俩一起走的时候，我看似没有留意任何东西，其实有很多东西都在我的眼里了。比如说，这个商场一楼有几个出口，哪个出口是通的，哪个出口是不通的。还有，商场里有多少个柜台，都是经营哪类商品的，在哪些地方小偷容易得手。如果有可能，再观察一下过往的人流，根据他们的穿着打扮判断一下他们的身份。这就是我对环境的观察，你是不是也在做这些呢？

郑东风惊讶地说：高队，我哪儿注意得了这么多呀！你的眼睛竟然能看出这么多事啊！我还以为来了就是在人群里找小偷呢！

高广生说：东风，这回知道了吧，你不仅要找到小偷，而且要为最终抓获小偷做充分的准备。随着经验的积累，再进入场所时，你关注的目标自然会改变，观察的范围和视野就会拓宽。

郑东风说：高队，听你这么一说，我倒是没有信心了。看似简单的抓小偷，里面竟然有这么多学问。

高广生说：没问题，东风。时间是最好的老师，时间长了，你自然就会掌握这些。更何况，你还有“码踪”的绝活儿呢！

郑东风说：高队，我不会躺在那所谓的“绝活儿”上吃饭的。我要成为一个像您一样的反扒能手，抓更多的小偷，为老百姓服务。

东风，有情况！

两个人悄悄说话的时候，高广生突然发现前面有一个晃动的人影，十分可疑。

什么情况？

郑东风愣了愣神儿，说：没发现什么情况。

你看左前方那个穿深蓝色夹克衫的男子，身边还有一个和他牵着手的年轻女子。高广生说。

同时，他用眼神示意郑东风向左前方看。

郑东风会意地向左前方看去，果然看到了一男一女手牵着手在前面走。男子一头乌黑的短发，显得很年轻。女子一头飘逸的秀发，身材高挑。女子不时地把头靠在男子的肩上，很温柔的样子。男子始终用余光扫视着左边的一排女装柜台，女子也时不时地将目光转移到左边的柜台上。

高队，我也看见了。我觉得，这就是一对父女在逛商场吧。是不是爸爸想给女儿买衣服啊？他们的目光就没离开过女装柜台。

郑东风说出了自己的判断。

他们像一对父女，但不是真的父女。还有，他们的注意力并没有集中在商品上，而是集中在购买服装的人身上。高广生分析说。

听高广生说完，郑东风又仔细看了看这一男一女。乍一看，并没有发现什么异样。可是，再仔细看看，郑东风发现了端倪。

高队，我发现了，他们的目光正在顾客的腰间和拿包的手上聚焦呢！郑东风惊讶地说。

高广生说：东风，这回你看准了吧，这俩人就是我们要找的小偷，是贼。明白了吧？

明白了，他们是贼。郑东风说。

女的给男的“上托儿”，男的出手“拿钱包”，这就是即将上演的好戏。盯死他们，咱们就能看到精彩的表演了。高广生说。

好的，我会盯着的。郑东风说：高队，那个男的头发挺有特点。

啥特点？高广生说。

怎么那么黑呀！像黑炭灰，比正常人黑很多。郑东风说。

哈哈，东风，不要被表面现象蒙蔽了。那个男的天生“奶秃”，戴的是假发。高广生笑了笑说。

“奶秃”？天然秃顶吗？

郑东风十分惊异地说：高队，你是咋知道的？

这个男的叫邱少千，绰号“老千”，是铁东一带的老贼。我跟你说过，要尽快熟悉有前科的老贼。这个老千就是小有名气的老贼之一。你很幸运，今天让你遇到了他。高广生说。

他就是老千？

郑东风十分惊讶。

郑东风来反扒支队时间不长，熟悉小偷是反扒队员要上的第一课。

地皮子上都有哪些老贼，有哪些生瓜蛋子，没事的时候，自己就应该拿着照片翻一翻，看一看。等到抓贼的时候，贼一出现，就能尽早发现。这是初学抓小偷的警察发现小偷的捷径。

这是高广生对他说的话，郑东风都记在心里了。

曾经几次被打击处理的老贼邱少千的形象，郑东风是熟悉的。可是，今天突然遇见他，郑东风愣是没回忆起来。经过高广生的提示，郑东风又仔细观察了一下，与邱少千的照片对比了一下。高颧骨、高鼻梁、深眼窝，这些特征都能对上。只是，头发与原来的照片有区别，戴上了假发。但是，这并不影响主要形象的认定。

高队，您说的没错，是老千。

郑东风说：可是，他身边的那个女的，咱们不熟悉。

那个女的叫柳叶儿，是邱少千的“铁子”，跟了邱少千好几年。她既是贼，又是托儿，双料的。高广生说。

老贼还有“铁子”？

郑东风惊讶地提出了疑问：高队，你咋啥都知道？

这是经验！时间长了，你也啥都知道了。高广生轻描淡写地说。

3

邱少千不知道他们已经进入了高广生和郑东风的视线，正如鱼得水地一边闲聊，一边“溜活儿”。

第一百货商场的确比铁东那边的商场繁华很多，柜台上的商品琳琅满目，过道里的人群川流不息，大大增加了邱少千猎取“目标”的机会。原本光秃秃的头，戴上乌黑铮亮的假发，让邱少千看上去比实际年龄老成了许多。柳叶儿穿了一件飘逸的淡蓝色长裙，像小鸟一样依附着邱少千，亲昵地牵着邱少千的手。这画面，看上去就像女儿牵着父亲的手，在商场里悠闲地散步，还不时地耳语。

柳儿，这商场比咱们铁东那块儿的大不少吧。在这里逛，心情都不一样。有这种感觉吗？邱少千对柳叶儿说。

他亲切地称呼柳叶儿为“柳儿”。

柳叶儿笑了。她把头靠近邱少千的耳朵，柔声细语地说：感觉当然不一样了。我觉得，这里人的钱包比咱们那地方的厚，里面的钱在向我们打招呼。

行啊，柳儿！看来，在你眼里只有钱包，就认钱啊！

邱少千感慨道：在这方面，你会做得很出色，不当女贼就白瞎了。

师父，您说这话真的不招人爱听。人家哪里是女贼嘛，只是配合您行动一下。

柳叶儿说话的语气更加娇嗔了。

柳叶儿的话把邱少千给逗乐了。邱少千笑了笑，然后用严肃的语气说：柳儿，配合了也是贼，懂了没有？咱们俩是同伙，警察管咱们叫“同案犯”。

师父，我就愿意给您当“伴娘”，这辈子和您绑在一块儿才好呢！这就是我想要的结果。柳叶儿说。

邱少千嗔怪道：这是不可以的，柳儿。咱们俩如果真的绑在一块儿，警察来了，就谁也跑不了了。

柳叶儿杏眼圆睁，佯装生气地说：师父，您真是榆木脑袋——不懂风情。您是没听明白我的意思吗？

柳儿，商场就是战场。现在，我的眼睛里只有钱包。

邱少千说：现在，我就帮你普及一下怎么发现钱包。

柳叶儿说：师父，找钱包就是看顾客的“三部”：胸部、腰部、臀部，钱包基本上就在这三个地方。这我还不知道吗？

柳儿啊，你只说对了一半。

邱少千进一步解释说：“三部”的重点是“天窗”（上衣胸兜）、“平台”（上衣下兜）、“地洞”（左右裤兜）、“后门”（后裤兜），这些是常见的存放“猎物”的地方。这些地方也是我们的眼神最集中的地方。邱少千说。

柳叶儿笑了笑，说：师父，您说的挺有趣。那要是个女的，您总不能盯着人家的屁股看吧。人家发现了，会告您耍流氓的。

哈哈！

邱少千也笑了笑，说：柳儿，我们是在暗中看。重点是看“后门”，不是透过“后门”看。

那就是偷窥呗！

柳叶儿笑得更开心了。

柳叶儿牵着邱少千的手，边走边聊。商场里没有空调，有种闷热的感觉。经过冷饮摊时，柳叶儿说：师父，咱们买两支冰淇淋吧，降降温。

邱少千说：是够热的，去买吧。

于是，柳叶儿就松开邱少千的手，走到摊前买了两支冰淇淋。他们一人一支，慢慢地吃着。

师父，今天我想干一单，让您看看。您给我“上托儿”！柳叶儿边吃冰淇淋边说。

行啊，柳儿，要干事了，我支持你。

邱少千说：不过，“上托儿”需要两个人配合默契，当托儿的最好是你们女人。

为啥？柳叶儿问。

女人是特殊的资源，可以用色相，这是关键时刻俘获男人的杀手锢。邱少千说。

明白了，师父。柳叶儿说。

这时，柳叶儿用眼角的余光瞥见了一个男人，那个男人正用眼睛直勾勾地看着她。

师父，猎物来了。您看看，那个男的正用色眯眯的眼神看我。

柳叶儿说着，手中的冰淇淋差点儿掉到地上。

我注意到了，是那个梳背头的。

邱少千说：干他一炮，牺牲一下你的色相，还是你当托儿吧。

您确认不吃醋？柳叶儿咯咯地笑着说。

咱们这是为了干活儿，偶尔出卖一次，值了！邱少千不动声色地说。

您这是出卖我呀！

柳叶儿佯装生气。

说话间，柳叶儿已经吃完了冰淇淋，向那个男人靠了过去。经过眼神与眼神的短暂交流，男人果然魂不守舍地回过头来。走过去的柳叶儿回眸一瞥，男人竟然掉转身来，跟在柳叶儿的后面。柳叶儿来到一个女装柜台前，假意挑选衣服。男人也跟了过来，凑到了柳叶儿跟前。

妹妹，看中了哪件衣服？大哥帮你选选！“背头男”色眯眯地看着柳叶儿说。

柳叶儿的声音娇滴滴的，有些肉麻：这位哥哥，人家只是看看嘛，还没有太中意的呢！

妹妹，你随便选。挑好的，哥哥帮你付款。“背头男”用猥琐的语调说。

怎么好意思麻烦哥哥付款呢！谢谢您，人家还没有选好嘛！

柳叶儿与“背头男”的眼神激烈地碰撞着，声音的含糖量达到了极致。说话间，柳叶儿故意把她那大大的胸部往“背头男”怀里蹭了蹭。“背头男”瞬间陶醉，魂儿都飘到九霄云外去了。

柳叶儿的这一番表演，把邱少千看得瞠目结舌。邱少千差点儿喊出来：别他妈假戏真做，整得有点儿过火了啊！

他差点儿忘了自己该出手了，愣了半天才想起来“干活儿”。

出手的火候到了，再不出手，柳叶儿就很难脱身了。邱少千快速贴近“背头男”，从他左面的“天窗”里把厚厚的钱夹掏了出来。“背头男”把所有的心思都用在了正在假意挑选衣物的柳叶儿身上。钱夹被偷走后，他一点儿感觉都没有，还不由自主地把手伸向了柳叶儿的胸部。这时，已经得手的邱少千迅速把钱夹藏在暗兜里，转身一把就抓住了“背头男”摸向柳叶儿胸部的手。

大哥，这是我女儿。你这是想干吗，想占我女儿的便宜吗？

邱少千抓住“背头男”的手不放，严厉地质问他。

“背头男”自知理亏，脸色大变，支支吾吾地说：我们刚刚认识，是吧？

他用求救似的眼神看着柳叶儿。

柳叶儿说：爸，这位大叔是好心人，在帮我挑选衣服呢！

邱少千故意大声说：我看他不像好人，好像对你图谋不轨。

“背头男”赶紧说：大哥，您误会了，误会了。我就是热心肠，在帮您的女儿选衣服，是吧。

柳叶儿说：爸，放开人家吧，人家真的在帮我挑选衣服呢！

柳叶儿一边说，一边用眼神示意“背头男”，意思是“放开你以后，你要赶紧跑”。

邱少千说：好吧，既然我女儿都说情了，今天我就放了你。如果你再骚扰我女儿，我就报警，让警察来收拾你！

说着，邱少千放开了“背头男”的手。

“背头男”也没看看邱少千有多大年龄，只说了一句“大哥，我没骚扰，是吧”，就赶紧挤出人群，几乎是小跑着离开柜台，向楼梯口的方向逃去。

柳叶儿想笑，却被邱少千抓住了手腕。两个人一起快速地离开了商场。

途中，柳叶儿忍不住笑了起来。邱少千拉着她的手说：小丫头，别笑了。你出卖色相，一会儿警察就会来找你！

柳叶儿说：师父，人家表现得怎么样嘛，您还不夸人家几句！

邱少千说：好嘛，我要是再晚一点儿出手，你就被那个“背头男”的咸猪手给摸了。

柳叶儿说：那不是“牺牲我一个，幸福您偷窃”嘛！您不是说，当小偷也要有奉献精神嘛！

邱少千严肃地说：那也不能真的奉献！

柳叶儿说：我知道了，师父。

邱少千嗔怪地说：知道了就好，你以后可不能假戏真做。

柳叶儿说：师父，您就放心吧！

邱少千说：柳儿，别贫嘴了，咱们得快速离开商场，别等那个“背头男”报警。

柳叶儿说：师父，我认为那个“背头男”不会报警。

邱少千惊奇地看着柳叶儿说：柳儿，你怎么知道他不会报警？

柳叶儿说：他要是报警了，被我勾引的丑事不就被警察知道了吗？警察知道了，他老婆不就知道了吗？您说说，他是不是得打掉门牙往肚子里咽呀？

柳儿，你真行啊！入道了，将来会成为“扒坛高手”的！

邱少千把柳叶儿的肩膀扳过来，面对面地看着柳叶儿，突然在她的额头上猛亲了几口。

4

邱少千和柳叶儿在第一百货商场的一举一动，全部被高广生和郑东风观察到了。

发现目标后，高广生和郑东风若即若离地跟在邱少千和柳叶儿后面。郑东风几次急着冲上前去，都被高广生给拽住了。

东风，别冲动！时机还不成熟，不能打草惊蛇。

高广生说：老千警惕性极高，一旦发现了我们，就会放弃行动。

高广生话音未落，就看见柳叶儿像一缕清风飘向了一个梳着背头的男人，而邱少千则不远不近地跟在柳叶儿后面。

东风，你看，蛇出洞了。你注意看那个女人，她去勾引那个梳背头的男人，那是给老千“上托儿”去了。高广生说。

这么说，邱少千要有动作了。

郑东风说着，紧紧盯住了那个在“背头男”身边飘来飘去的女人。

当郑东风把目光集中在那个女人身上的时候，邱少千已经得手了。郑东风根本就没有看清邱少千出手的过程。郑东风看到的场景是：邱少千冲上去质问“背头男”，弄得“背头男”狼狈不堪，急忙逃走了。然后，邱少千拉着柳叶儿，快速撤离。

邱少千拉着柳叶儿的手，快速离开了第一百货商场。他们一会儿在人缝里穿行，一会儿又在柜台间的过道上快步行进。走出五十多米之后，他们拐进了另外一个过道。最后，他们选择最佳路线，快速找到了出口，向出口走去。

高队，邱少千跑了！咱们咋还不追呢？郑东风说。

高广生看了看郑东风，遗憾地说：东风，咱们今天没有当场把他按住。如果咱们继续追赶，把他抓回来，他不承认怎么办？我们手里没有证据，不可以随便抓人。

高队，这我就不明白了。钱包明明在他身上，我们为啥不能抓？总不能让他在我们的眼皮子底下溜之大吉吧！

郑东风有些急了，说话的声音比平时高了八度。

咋了，东风同志？还有点儿激动了！不是我不让你追，是这家伙出手太快，咱们错过了最佳的抓捕时机。高广生十分耐心地说。

没想到，郑东风的倔劲儿上来了。他趁高广生不注意，快速朝着邱少千和柳叶儿逃跑的方向追去。

东风，东风！

高广生朝郑东风喊了几嗓子。郑东风根本没有理会，一门心思地向前追去。

正如高广生所说，被称为“老千”的邱少千，在小偷界已经初步奠定了自己的地位，身手和步伐都在扒手里首屈一指。邱少千和柳叶儿像鱼儿一样在商场里纵横穿梭，游刃有余。很快，他们就从商场的西门逃离了。开始，跟在后面的郑东风还能看见邱少千和柳叶儿的影子，但是追着追着，邱少千和柳叶儿的背影就从郑东风的视线里消失了。郑东风仍然执着地追捕，没有放弃。到了北门外，也就是商场的正门外面，郑东风感觉有两个人影，貌似邱少千和柳叶儿，从北门出来，向左拐，向商场后面的明海胡同走去。于是，郑东风就朝着这个方向追赶了过去。郑东风穿过一条小马路，来到了明海胡同的住宅小区对面。他沿着步行通道向前走了不到一百米，就看见人行道边上有一个垃圾桶，一个穿深蓝色衣服的人蹲在垃圾桶旁边。郑东风想，怎么只剩下邱少千一个人了？是不是来这里洗钱呢？

郑东风冲上去，一下子就把那个蹲在地上的男人按倒了，嘴里喊着：邱少千，这回我看你还往哪里跑！

被郑东风按倒的男人反抗了一阵儿，歇斯底里地喊道：你是谁呀？干吗弄我？我蹲下来系鞋带也犯法吗？

郑东风不容分说：老实点儿！邱少千，把刚才偷的钱包交出来！

被他按在地上的那个人苦苦地哀求说：大哥，我不是你说的什么“秋千”。我叫纪春德，家就住在前面。你是不是搞错了，我偷谁的钱包了？

郑东风说：没错，就是你！你还敢狡辩？

错了，快把人放了吧！

一个熟悉的声音传来，说话的人正是高广生。高广生没有拦住郑东风，只好跟在了郑东风后面。

听到高广生的说话声，郑东风这才回过神儿来。他松开手，让趴在地上的那个人站起来，仔细看了看。可不是嘛，这个人除了上身穿的衣服与邱少千穿的夹克衫颜色差不多以外，与邱少千没有什么相同之处。

那个自称“纪春德”的男子站起来，拍了拍身上的尘土，说：大哥呀，你们这是哪儿跟哪儿呀！是不是把我当成小偷了？

高广生接过话茬儿，向纪春德赔礼道歉：这位兄弟，对不住了。我们是市局反扒大队的警察，这位是郑警官。方才，郑警官的确是把你当成我们正在追捕的一个小偷了，实在抱歉，不好意思！

郑东风有些尴尬地站在那里，听高队长向人家道歉，自己也出面解释说：对不起了，这位大哥。我追的小偷确实跑到了这里，和你穿的衣服颜色差不多，所以我就把你当成小偷了，实在对不起。不过，我怎么看你都像个小偷呀！

纪春德十分不高兴地说：你这个小警察，怎么说话呢？你们是不是有职业病啊，看谁都像小偷！就我这形象，跟小偷能一样吗？

高广生仔细看了看纪春德的长相：刀条脸，两只眼睛不太对称。高广生心想，就这长相，难怪郑东风把他当小偷。

高广生想笑，但是没有笑出声来，转而用严肃的口吻对郑东风说：东风同志，怎么说话呢？人都抓错了，还说人家像小偷！

纪春德十分滑稽地笑了笑，说：你们警察就这水平啊，连个小偷都抓不住，还抓错了！干脆，上我们厂当个临时工算了！

郑东风刚要发火，就被高广生拦住了。高广生笑着对纪春德说：兄弟，我们确实需要回去练练手，下次一定不会抓错了。

纪春德带着几分幽默说：没事，大兄弟。在我这儿，就算你们已经练过手了。郑警官，练得不错！预祝你下次抓小偷成功！

说完，他向郑东风做了个鬼脸，转身朝自己家走去。

望着纪春德的身影，郑东风木呆呆地站在那里，喃喃自语着：我怎么会跟丢呢？不会呀！

高广生拽了一下郑东风的衣襟，说：东风，别愣着了，走吧。这次跟丢了，下次咱们抓他个现行。

郑东风一脸难为情地说：高队，我没听您的。可是，我明明跟得很紧嘛，怎么就让他们逃脱了呢？

郑东风百思不得其解。

高广生拍了拍郑东风的肩膀，微笑着说：东风啊，需要总结的地方还有很多。怎么逃脱的？一个南辕，一个北辙，就这么简单。

南辕北辙？

郑东风有点儿蒙。

东风同志啊，咱们这么说吧，老千和那个女的是从西门出去的，而你是从北门出去的，然后又拐到了西边。等你拐过来的时候，邱少千他们早就已经乘上了公交车，没准儿在公交车上又作了一起案子！

听到这里，郑东风懊恼不已：高队，我明明瞄着他们的影子，他们怎么跑得那么快？

东风啊，老千跑得快不快，咱们先不说，人家来作案是有充分准备的。他对这里的环境非常熟悉，作完案后左转右转，绕来绕去，几下子就把你给绕蒙了。人家很快就绕到了最有利于逃跑的西门出口，而你呢，连目标都丢了。你觉得目标会从正门进出，所以就去正门追赶，结果连捕风捉影都没做到，邱少千自然就溜之大吉了。

郑东风对追赶的路线本来就不确定，只是看到了背影就紧紧地追了过去，所以闹出了南辕北辙的笑话。

抓小偷的警察，被小偷给捉弄了，这让郑东风十分懊恼，就像打了一辈子猎，最后让猎物给吃掉了。

高广生一个劲儿地安慰郑东风：东风啊，你这是第一次遇见小偷，就像打了鸡血一样，拦都拦不住就冲了上去。出现这种情况是很正常的，下次再遇见小偷就会冷静多了！

郑东风悻悻地说：高队，这次搞砸了，下次还能遇见吗？

高广生再一次拍了拍郑东风的肩膀，鼓励说：小伙子，你抓贼的日子还长着呢！不过，遇到老千这样的对手，还是挺难得的。所以，必须抓住机会。

高队，那你说说，老千还会来吗？我还有机会抓他吗？郑东风急切地问。

不久的将来，会有机会的。

高广生神秘地笑了笑，说：东风，肚子是不是饿得咕咕叫了？走，我请你撸串儿去，再整几瓶啤酒，给你压压惊。

郑东风依然闷闷不乐地说：好吧，高队。该我请您才对，您为我操心了。

东风，我比你挣的多，我请你。高广生爽快地说。

好吧。郑东风答应着。

他们一起走到了路边。郑东风叫了一辆出租车，两个人直奔烧烤店。

5

邱少千和柳叶儿在第一百货商场干了一个漂亮活儿。

出师顺利，而且还见证了徒弟柳叶儿“上托儿”的本领，邱少千感到心满意足。洗钱时，他清点了一下，钱夹里有三千七百多元人民币。邱少千对这次的战利品很满意，唰唰地数出一千元钱，慷慨地塞到柳叶儿手里，说：叶儿，这些钱给你打打牙祭，明天去商场买条漂亮裙子。

柳叶儿说：谢谢师父。

说着，她就上前亲了邱少千一口。

邱少千直说：淘气！

修整了两天，邱少千的手又有点儿痒痒了。

这商场是块肥肉，得挑最肥的地方切下来几块。邱少千对武追风说。

老大，您总是亲自出马，不太好吧。要不要冷静一下，让弟兄们去蹚蹚路？武追风劝说着。

兄弟，我准备趁着热乎劲儿再干两单。一是这阵地咱们刚发现，二是警察对这个阵地还没有进行控制。利用这个真空期，我想带着柳叶儿去干几单，也好让柳叶儿锻炼一下。邱少千说。

老大，您分析得很有道理，那您就去吧。不过，还是要增加些人手，以扰乱警察的视线。武追风说。

表面上，武追风不得不顺着邱少千的话茬儿说下去，可是内心里，他还是担心邱少千。他觉得老大最爱犯的一个毛病就是，喜欢在女人面前显摆自己的技术。商场里面三百五百的小活儿，让手下的弟兄们干就可以了。老大非要亲自出马干几单，这明摆着就是想在柳叶儿面前展示一下自己的能力，以此俘获女人的芳心。武追风心里明白，可是出于对邱少千的忠心，他又不能说破，这就是作为参谋的难处。没办法，他只好在老大行动时，多派些人进场保护了。武追风知道，这种保护是徒劳的，因为邱少千是老贼，目标太明显了。

邱少千下决心干的事，没有人能阻止。

只憋了三天，邱少千就与柳叶儿一起，再一次进入了第一百货商场。此时，他的对手郑东风恰好在这里苦苦地等待着他的出现。

那次追捕，郑东风追错了对象，有种“出师未捷身先死”的感觉。或许，老千和柳叶儿只是扒窃得手后本能地逃跑，根本就不知道后面有人在追捕，更不会知道这个人是新警郑东风。可是，郑东风不这样认为。他听高队长说，此人就是赫赫有名的老贼邱少千。邱少千能够在他的眼皮子底下溜之大吉，就是他的耻辱。

高队，今天让老千从我手底下跑了，我惭愧呀！郑东风说。

烧烤店里，郑东风拿起一个羊肉串，放在嘴里狠狠地嚼了起来。随后，他端起酒杯，可劲儿地把啤酒往肚子里灌。高广生放下酒杯，含含糊糊地说：东风，少喝点儿，别把今天的事放在心上。你要知道，今天咱们遇到的可是扒手里的高手。把他跟丢了，咱们不丢人。

高广生安慰着郑东风。

郑东风又喝了一大口啤酒，有些醉意。

高队，啥高手啊？您这是长他人的志气，灭自己的威风。

郑东风拿起酒杯，又喝了一口啤酒：我就是不服气！高队，我一定要亲手抓住他！

我相信你，一定能抓住他！

高广生说着，端起酒杯，和郑东风碰杯：干了这一杯，咱们明天就把老千抓回来！

商场里人头攒动，顾客们的情绪异常高涨。郑东风在人流里穿梭着，有心栽花，无心恋柳。顾客们的一举一动，都被他尽收眼底。三楼两边的柜台中间，一个熟悉的身影出现了。

这个人是谁？郑东风问自己。

瘦削的身形、油亮的头发——是邱少千！

不对吧，他的身边好像缺少了点儿什么。再仔细看看，郑东风一下子就明白了，邱少千的身边少了那个年轻女子。疑惑间，那个年轻女子不知道从哪里冒了出来。她来到邱少千身边，主动挽起了邱少千的胳膊。年轻女子出现了，说明这个人就是邱少千无疑。真是“踏破铁鞋无觅处，得来全不费工夫”啊！再一次相逢，郑东风绝对不会再错过机会了。

跟住他们！郑东风暗暗下定了决心。

郑东风不远不近地在暗中跟踪邱少千，并没有被邱少千发现。

这一天，商场里的人比往日多一些。柳叶儿挽着邱少千的胳膊，在人群里走着。

邱少千说：柳儿，三楼都是卖品牌服装的。你先在这里选一下女装，我去上面几层转转，回头再来找你。你要是买完了，就在一楼的出口处等我，咱们一起回去。

柳叶儿说：知道了，师父。那我就先去看看衣服，您上去吧。

柳叶儿直奔三楼的品牌店，邱少千则沿着楼梯到其他楼层观察动静去了。四十分钟后，邱少千转回来，从四楼向三楼走，准备到三楼去与柳叶儿会合。当邱少千从三楼和四楼之间的缓步台上走下来时，正好被盯梢的郑东风看见。这时，邱少千对这一情况浑然不知。

邱少千一边寻找柳叶儿，一边盯着进出专卖店的人们。找了半天，也没有发现柳叶儿。邱少千琢磨着，柳叶儿应该是买完了衣服，到一楼去等他了。于是，他就若无其事地扫视着顾客的胸部、腰部和臀部，把“无心恋柳”发挥到了极致。可是，他目光的细微变化还是没有逃过郑东风那鹰隼般的眼睛。此时，邱少千已经是插翅难逃了。只要他一出手，就会被郑东风抓个正着。

商场的三楼都是小型的奢侈品专卖店，专卖店和专卖店之间的隔断是透明的，让人感觉置身于透明的玻璃房子里，没有任何遮挡。这些专卖店里的设施十分豪华，隔断全是钢化玻璃的，所以人在走廊里行走，是没有秘密可言的，只有进入试衣间才能稍加隐蔽。

邱少千本来是想陪柳叶儿逛一逛，就打道回府的。可是，这时柳叶儿不在身边。他进入三楼的奢侈品消费区后，看到前来消费的男男女女，个个都是钱包鼓鼓的。于是，“贼不走空”的理念占了上风。邱少千来到一个专卖店，恰好看见一名四十岁左右的女子在挑选背包。这名女子的粉红色手提包鼓鼓囊囊的，里面可能有个大大的钱包。邱少千很清楚，这名女子正在挑选的这款女包，价值在万元以上。所以，这名女子的包里一定有不少钱。那鼓鼓的手提包，似乎在向他招手致意。做这样一单买卖，不是就像白白地捡钱一样嘛！面对诱惑，邱少千无法抵御，决定瞬间出手，拿了就走。发现“猎物”之后，邱少千那深陷在眼窝里的眼睛立即发出了蓝幽幽的光，这样的光束在“猎物”的身上来回打转儿。

能够再次遇见邱少千这样狡猾的对手，郑东风很兴奋。这就等于两个人在同一时间踏进了同一条河流，真的是千载难逢的机会。郑东风不远不近地紧随邱少千，时而借助中间的顾客把自己遮掩起来，时而隐蔽在靠过道的隔断旁，目的是不让邱少千发现有人跟踪。邱少千进了一个专卖店，上面的匾额上有英文字样。邱少千在门口用余光向后面看了看，发现有四五个顾客准备进入专卖店。于是，他放心了，大摇大摆地走进了专卖店。郑东风看不懂英文，也不管是什么品牌的专卖店，反正他也不买东西，目的是盯住邱少千，看看他是不是出手作案。邱少千进入专卖店后不久，郑东风便跟了进来。

专卖店里，分散的柜台上摆满了各种各样的箱包，还有各种服装和鞋帽。郑东风看了一下，加上他自己，总共有八个人在里面。这八个人中，有两个人进来的目的不是买东西：一个是郑东风本人，另一个就是老贼邱少千。其余的六个人，是邱少千的“猎物”，也是郑东风的保护对象。怒火在郑东风的心中熊熊燃烧，他恨不得立刻就把邱少千抓了。但是，他觉得还需要等待时机。这时，邱少千已经选好了扒窃目标，就是那个在柜台前挑选女式背包的四十岁上下的女子。女子气质高雅、落落大方，毫不在乎地把自己的手提包放在柜台上，细心地挑选着最新款式的女式背包。

她把一款淡黄色的背包拿在手里，反复观察之后，对女服务员说：小姐，你们这款包是今年最新的私人订制版吗？

女服务员说：大姐，您真有眼光，这款包就是今年最流行的私人订制版，全球仅售一千只。我建议您把它买下来，与您的着装和气质很搭配！

女子把包放在胸前，和自己的米黄色连衣裙对比了一下，说：还真别说，这款包包的颜色和我衣服的颜色还挺搭的，就买这款吧！

女子选包选得正起劲儿，完全忽略了自己放在柜台上的那个包。邱少千意识到，时机已经成熟了，到了该出手的时候了。他的身形像鬼魅一样飘到女子身旁，女子以为又来了个选包的男人，连看都没看他一眼，注意力都集中在这款私人订制的皮包上了。此时，邱少千迅速出手，右手从放在柜台上的手提包上急速划过。郑东风站在距离邱少千两米远的柜台拐角处，死死地盯着邱少千的每一个动作。他看见一道寒光在女人的手提包后面闪了一下，感觉邱少千已经得手了，便像箭一般飞奔了过去。这时，郑东风的脑海里出现了草原上牧羊犬追兔子时的情景。他突然爆发了速度，右脚蹬地，左脚瞬间启动，来到了邱少千面前。他利用集训时学到的擒拿术，瞬间将其撂倒。邱少千双腿跪地，双手被郑东风紧紧地反剪了过去。

郑东风说：老千，这次我看你还往哪里跑！先把钱包拿出来吧！

邱少千试图回头看看抓自己的那个人的脸，可是他努力回头张望了好几次，都没有得逞。邱少千心想，这个瞬间出手抓他的小警察，怎么从来没见过？还能当场叫出他的名字！莫非这个人就是那个郑东风？看来，他今天要栽在这个郑东风手里了。

想着想着，邱少千灵机一动，故意冲着人群大喊：打人了！打人了！大白天打人，还有没有王法了？

喊声惊动了专卖店里的人，大家纷纷围拢过来观看。

有个人说：哎，小伙子，这大白天的，你怎么打人啊？这是文明人来消费的地方，你怎么在这儿打架呀？

郑东风辩解说：这位大哥，我没有打人。我是便衣警察，他是小偷，我在执行任务呢！

执行任务？

那个人有些疑惑不解。

小偷！

大家十分惊讶，纷纷开始查看自己的钱包。

说我是小偷，你这个人是不是有病啊？我是来买东西的，怎么会是小偷？大家看看，这个人是不是有病？邱少千继续争辩着。

在场的顾客们查看了半天，都没有发现自己丢钱。于是，有人说：小伙子，你真的是警察吗？这儿没有丢钱的呀！

郑东风控制住邱少千，始终没有松手。邱少千极力挣脱，郑东风拿出手铐，把自己的左手和邱少千的右手铐在了一起。郑东风对方才被偷的那个女子说：这位大姐，你的钱包是不是被偷走了？

那个女子从自己的手提包里拿出一个粉红色的钱夹，打开看了看里面的物品，很遗憾地说：警察同志，我的钱包在这儿，里面的东西一样也不少。

郑东风求救似的说：大家再仔细看一看，有没有丢东西。

听了郑东风的话，有人开始查看自己的兜，还有人开始查看手提包里面的钱包。

我的钱包没丢。

我的东西也没丢。

查看完自己的财物后，有几个人对郑东风的提问进行了回答。

郑东风陷入了极其尴尬的境地。明明看见邱少千偷了那个女人的钱包，为什么大家都没丢钱包呢？郑东风用一只手快速地在邱少千身上翻找了一遍，没有翻到钱包。

郑东风在思考，邱少千却不依不饶：这个警察是真的还是假的？大家看看，他是警察吗？警察哪有冤枉好人的，大家评评理！

这时，人群里又有人说话了：人家没有偷东西，快把人家放了吧！

郑东风说：大家不要起哄！这个人是小偷，我抓的不会错。只是，这个人很狡猾，把偷到手的钱包藏了起来。

邱少千装作可怜兮兮，一脸无辜地说：我说小警察，你要是看谁都像小偷，就把他们都抓回去吧。你们警察就这样对待老百姓啊！要是再不放我，我就投诉你栽赃陷害。

郑东风进退两难，十分尴尬地站在那里。

有顾客开始指责郑东风了：警察同志，你是不是抓错人了？冤枉好人了吧！你们可别总是办冤假错案，我们老百姓可受不了！

郑东风出了一身汗，十分无奈地对周围的顾客说：这个人就是铁东一带的老贼邱少千，外号叫“老千”。今天，他就是没作案，我也要把他抓回去！

有个顾客还要争辩，这时，一个洪亮的声音从人群外面传了过来：好吧，我们受理你的投诉！

随着这个声音，高广生大队长推开人群，出现在郑东风他们面前，后面还跟着一个穿警服的民警。

顾客们发现，来的这个人不仅声音洪亮，而且身材魁梧，一看就是个警察。

高广生指了指郑东风说：大家别奇怪，我是市局反扒大队的。抓小偷的这个人叫郑东风，是我们警队的。别看他有些瘦弱，抓小偷的时候可利落着呢。大家要支持他呀！

说完，高广生拿出警官证给大家看。

有人上前看了看，说：真是警察呀！

还有人说：对呀，你没看见还有个着装的嘛！

小声议论之后，大家纷纷点头，不再说话。

听到郑东风的名字，邱少千不禁倒吸了一口凉气。他心想，自己口口声声告诫大家要熟悉新来的警察，特别是这个郑东风，怎么今天第一个撞到了郑东风的枪口上？真是应了那句“不是冤家不聚头”！这段时间，邱少千反复向大家强调，要把郑东风和新来的反扒警察搞清楚。可是，直到现在都没有摸清情况，连郑东风的照片都没有弄来一张。因为没有照片，所以邱少千根本不知道郑东风长什么样。不知道郑东风长什么样，邱少千就陷入了被动的局面。他进入第一百货商场时，小心谨慎地观察了半天，也没有发现有警察埋伏的迹象。而这时，郑东风其实就在商场里等着他的到来。那天，邱少千与柳叶儿在商场得手后，迅速撤离，根本不知道后面有人跟踪。今天，邱少千再次来到商场，认真察看了一番，没有感觉到便衣警察的存在。就这样，在毫无准备的情况下，邱少千贸然出手，被郑东风抓了个正着。

这就叫“智者千虑，必有一失”吗？邱少千暗暗自嘲。

第一次被郑东风抓到时，邱少千有些沮丧。一个刚刚出道的警察，把一个在江湖上很有地位的“老贼”给抓了，怎么说面子上也过不去。可是，郑东风的身手快得出奇，在他还没来得及反应的时候，就抓住了他，这就是郑东风的过人之处。

静下心来之后，邱少千暗暗佩服郑东风这样的对手。他们之间的较量就像武林高手之间的对决，若要打败对手，依靠的不仅仅是高超的武艺，更是良好的心智。邱少千不得不承认，在心智方面，郑东风略胜一筹。这大概就是斗来斗去，他始终处于下风的原因吧。不过，三十多年来，邱少千在斗智斗勇中逐渐成长、成熟，愈发地老辣了，就像一条多次咬钩又挣脱的老鱼，不会轻易地被鱼饵诱惑。由一个青涩的普通扒手发展到如今的“扒坛大哥”，成了纵横游走于江湖的“影子”，这恐怕不是技术成熟就能成就的，更重要的是心理的成熟。

眼看着邱少千被郑东风他们押上了警车，站在对面人群里的柳叶儿掉了几滴眼泪，迅速离开了人们的视线。

6

初生牛犊不怕虎。

老贼再狡猾，再厉害，也被我抓住了。虽然过程有些尴尬，但是老千毕竟被我铐起来了。郑东风对高广生说。

审讯对象是一个受过多次打击的老贼，所以对于即将到来的第一次审讯，郑东风是缺乏经验的。可是，郑东风骨子里有这样一个信条：警察和小偷，一个代表正义，一个代表邪恶。正义对邪恶的审判，是必然会取得胜利的。还有一个原因，让郑东风在心理上占据了优势：他亲手把小偷抓住了，那么这个小偷就是他的手下败将了。审讯一个手下败将，那还不是易如反掌嘛！

高广生说：东风，你有这样的心理优势，审讯起来不成问题。不过，当你面对老千这样一个成熟的对手时，你会发现，啃这块骨头是需要钢牙的。最重要的是，钢牙里面还要有巧舌。

明白了，高队。骨头在这儿，咱们不能不啃吧！

郑东风信心满满。

可是，当邱少千被押进审讯室的那一刻，郑东风还是感觉到了，这第一次审讯的难度将会远远超出他的想象。审讯室内剑拔弩张，老千绝对不是一个轻易缴械的对手。

铐得太紧了，都抠到肉里了。你们这些警察没人性啊，能不能给松一松？邱少千大声地呼喊。

郑东风心想，这哪里是小偷啊，一点儿怕警察的意思都没有。尽管邱少千喊得很卖力，但还是被押解他的两个警察强行按到了审讯椅里。

其中一个警察说：就你事多，进来了还不老实！

说完，他还是把钥匙拿出来，给邱少千松了松手铐。

邱少千继续嚷嚷着：我说，你们警察可真够狠的！想要我的命就直说，何必用手铐折磨我！

尽管邱少千一再地嚷嚷，押解他的两名警察也没有再理他，一前一后地走出了审讯室。审讯室的大门关闭了，邱少千只好面对审讯他的郑东风和高广生了。

从民警把邱少千押进来的那一刻起，郑东风的视线就没有离开过邱少千。邱少千进门以后的表演，被郑东风看在了眼里。郑东风在认真地审视这个刚刚被自己抓获的老贼，对自己初次抓贼就抓到了这么一条“大鳄”感到很满足。郑东风知道，老千扒窃的手段高超，速度十分惊人，出手快得像闪电一样。这些年来，在反扒警察当中，能够抓到老千这样的老贼的警察寥寥无几。反过来说，能够亲手抓到邱少千的警察，就是反扒警察里面最好的了。如今，郑东风做到了，而且是刚当上反扒警察没多久就抓到了邱少千。这个小小的成绩，让郑东风信心倍增。

毕竟是第一次与老贼对峙，郑东风多少有些心虚。对邱少千而言，这次贸然出手，被小警察郑东风给抓了，有些不服气。可是，他又暗暗佩服郑东风出手的速度。他知道，这样的出手速度是需要很深的功底的。他也了解，郑东风是放羊的出身，身体素质好，又会“码踪”的绝技，眼光独到。

郑东风仔细打量着眼前的邱少千，那油光锃亮的黑发不见了，只剩下像二百度灯泡似的光光的大脑壳，还有两个像小山丘一样凸出的颧骨和一双三角眼，眼球深深地陷入了眼窝。可以明显地感觉到，他的眼球在眼窝里飞速地旋转着，像一个看不见底的深潭，里面似乎藏匿着很多不可告人的秘密。郑东风发现，他看着邱少千的时候，邱少千也在用眼睛偷偷地看他。那眼神不是怯生生的，而是一副顽抗到底的架势，就像是他抓到了郑东风一样。仿佛他是警察，而郑东风却成了那个“小偷”，身份互换了。郑东风想，没想到邱少千有这么大的胆量，在审讯室里，在警察面前，丝毫没有惧怕的意思。是他这个“新来的”警察让邱少千不屑一顾了吗？

我是警察。

郑东风又想到了“警察”这两个字：对呀，我是警察，他是小偷，是我抓了他。他再有能耐，也是我抓了他。

对视只延续了几秒钟的时间，邱少千却从短暂的对视里读出了别样的郑东风。邱少千觉得，郑东风的眼神十分独特，眼睛里像藏着一把刀。这把刀藏在刀鞘里，随时可能刺过来。

郑东风千方百计地想把自己变得成熟一些，像站在自己身边的老警察高广生那样，把眼睛眯成一条缝，半睁半闭，像是在藐视对手，藐视整个世界。

高广生看出了郑东风有点儿紧张，小声对郑东风说：东风，思想要放松，这样肌肉就放松了。你是警察，面对的是罪犯，要建立心理优势，何必紧张呢！

郑东风尴尬地笑笑说：不紧张，不紧张。

高广生说：不紧张就对了。你是警察，他是小偷。咱们是正义的一方，他是邪恶的化身。正义面对邪恶，咱们紧张啥？

郑东风说：高队，您说的对，警察哪有怕小偷的！

高广生说：东风，这就对了。抓都抓了，还怕审不下来？

郑东风说：不怕，队长。我憋不住了，能先抽支烟吗？

抽烟？

高广生用疑惑的眼神看了看郑东风：怎么，烟瘾犯了？

不是，抽支烟提提神儿！郑东风鼓足勇气继续说。

审讯时抽烟可是违反纪律的！高广生佯装生气地说。

审讯室里就咱们俩，您就睁一只眼、闭一只眼呗！郑东风说。

哈哈，你抽吧，就当我没看见。高广生笑了笑说。

郑东风从口袋里拿出一支烟，又拿出打火机，把烟点燃，猛地吸了两口，吐出的烟圈儿慢慢地升腾着。吸了几口烟，郑东风立马就找到了感觉，精神顿时为之一振。

哈哈，精神了！

看见精神焕发的郑东风，高广生很高兴。

高广生说：东风，我给你搭台，你来唱戏，怎么样？

郑东风有些为难地说：高队，还是您来吧，我先学学。

高广生说：行啊，东风，还挺谦虚！按理说，是谁抓的就由谁来主审。考虑到你是第一次审讯，我就先给你开个头吧。

两个人在窃窃私语。邱少千没听清他们说了些啥，索性在那里懒洋洋地装睡。高广生心里明镜似的，邱少千又开始表演了。这场戏的开头，是邱少千昏昏欲睡，为的是消磨审讯人员的意志。高广生心想：你不是昏昏欲睡吗？好，我就不让你睡好，非刺激你一下不可。

高广生突然开始大声发问：邱少千，你想什么呢？

这声音好像一下子顶破了审讯室的天棚，天棚的顶盖差点儿飞出去。

此时，邱少千靠在铁椅子背上，头略微偏向左边，有气无力地耷拉着。他眼睛微闭，眼神迷离，昏昏欲睡。听见高广生的厉声断喝，邱少千突然惊厥，猛地把头抬了起来。

郑东风也被这突如其来的声音吓了一跳，拿着烟卷的手微微颤抖了一下。他从侧面看了一眼高广生，在心里说：高队，没事吧！

高广生根本没有看郑东风，而是眼神犀利地看着坐在铁椅子里的邱少千，目光咄咄逼人。

邱少千被高广生的喊声震醒了。

邱少千仓促地回答：我没，没想什么。

高广生说：没想什么，怎么总是耷拉着脑袋？怎么，白天干案子干累了，想来这审讯室休息休息？

邱少千说：没有。您是政府，在政府面前，我哪敢休息！我是被您吓的！对，是吓的！

高广生说：你以前认识我？

邱少千想了想，说：要说不认识呢，怕您有意见。您是咱们江城市赫赫有名的反扒警察，堂堂的反扒大队长，我们这些人哪个能不认识您，哪个敢不认识您呢？

邱少千阴阳怪气地回答着，心里却很不服气：高广生，你跟我装啥呀！江城市这些老一点儿的反扒警察，都被我们研究几个来回了，扒了皮都能认识你！我们不认识你才怪！

高广生说：哈哈，老千，既然认识，那咱们就可以打开天窗说亮话了，对吧？

邱少千抬头看了看站在那里侃侃而谈的高广生，说：咋打开天窗，说啥亮话？被你们抓了，算我倒霉！爱咋处理咋处理，我认命了。

哈哈，老千，你丢人不？还认命了！

高广生哈哈大笑着说：今天抓你的郑东风才当了几天警察呀，就把你给抓了！在一个新警面前栽跟头，你这个老贼哪还有脸呀！

他故意挖苦邱少千，就是为了扑灭邱少千的嚣张气焰。

邱少千想：是啊，郑东风刚当警察没几天，就把我这个“扒坛老贼”给抓了。这要是传出去，的确会影响我在江湖上的地位。

他不得不佩服郑东风这个新警的身手。

高广生步步紧逼：邱少千，你知道你输在哪儿了吗？我告诉你吧，你忽略了最致命的一点，那就是，你把主要精力放在了别人的钱包上。也就是说，你的心思没放在研究警察上。所以，我们在你的眼皮子底下盯梢，你根本就没有察觉。

我也纳闷，我每次来都事先观察一下，看看你们这些“老便”是否来了，这次为啥就忽略了呢？

邱少千陷入了沉思。

哈哈，老千啊，我告诉你吧！一个是钱，一个是色！

高广生哈哈大笑着说：老千，你的命门是不是就在这里呀？人为财死，鸟为食亡！这就是你的命！

唉！

邱少千长长地叹了一口气，说：我的命，我认。可是，我咋就栽在了一个小警察手里呢？疏忽啊，疏忽！

哈哈，小警察？老千，你可要知道，别看我们郑警官年龄小，基本功可是挺扎实，对你了如指掌！

高广生哈哈大笑着说：来吧，东风同志，给老千上上课！

郑东风正在观看高广生和邱少千的精彩对决，手中的香烟已经快要烧到手指了。听见高广生叫他，他在烟灰缸里掐灭了烟蒂，又拿出一支香烟夹在手里，点燃之后，迅速吸了一口。

把烟圈儿吐出来之后，他开始说话了：你听着，邱少千，让我来介绍介绍你！你叫邱少千，绰号“老千”，1958 年 11 月 4 日出生在江东区，从小在机床厂一带活动。你父亲邱永革，是机床厂的技术员。你母亲季凤兰，是机床厂的工人。你父亲邱永革早年在一次生产事故中去世了。从此，你与母亲相依为命。为了能让你过上好日子，你的母亲不得不去机床厂当工人，挣钱养活你。可是，你还是辜负了你母亲的希望。“文革”期间，你上小学，经常参加红卫兵的活动，包括一些批斗会。中学没毕业，你就流落到了社会上，成了铁东一带有名的小混混头目。打架斗殴、小偷小摸，没有你办不到的。1979 年，你因为打架斗殴被江东公安分局行政拘留了十天。1981 年 1 月，你因为扒窃被江东公安分局劳动教养两年。解除劳教后，你依然流落社会，以扒窃为生。1983 年，严打期间，你犯了盗窃罪，被江东区人民法院判了两年刑。1985 年，刑满释放后，你继续在社会上流浪，并且重操旧业，继续当小偷。

郑东风的话像机关枪扫射一样喷发出来，使得邱少千的神经像瞬间触电了一样。一个新警，竟然把他的情况摸了个底儿掉，果然厉害！这样的对手，让邱少千不寒而栗。

邱少千觉得，郑东风的出现，让他系上了“死结”。特别是这一次被抓，他感到非常沮丧，意识到这将是他在成长为“贼王”的道路上遇到的一个坎儿，而制造这个坎儿的人就是新警郑东风。

停顿了一下，郑东风又吸了一口烟。郑东风的眼神似乎透过烟雾，穿透了邱少千的灵魂。

老千，就你这潮底子，还有资格笑话我这个小警察？

郑东风在审问，目光如电。

邱少千知道，自己遇到了强劲的对手。这个对手在向他发起进攻，在叫板。在他面前坐着的这个吸烟的小警察，就像一只即将成熟的战狼，绝对不可以轻视。

邱少千勉强坚持着，不能让郑东风看出他此时的真实想法。

哈哈，小警察就是小警察！别以为了解了我的过去，就了解了我的全部。这样以偏概全，未免太嫩了，哈哈！

邱少千大笑起来。

郑东风说：哈哈，老千，你的笑声无法掩盖你虚伪的本质。说说吧，你这回干了几单？

啥几单？邱少千机警地说。

听到郑东风提到的这个敏感话题，邱少千再也不迷糊了，立马采取了“警觉性回避”。

郑东风轻蔑地笑了笑。

老千，关键时刻到了，你可别揣着明白装糊涂。你自己干的事，还用我告诉你吗？郑东风质问道。

邱少千转向高广生说：高警官，我听不明白郑警官说的是啥。他这是在诱供！

哎呀，老千，不错呀，你还知道啥叫诱供！

高广生以惊讶的口吻回击了邱少千。

不是诱供是啥？还问我干了几单！就这一单，还被郑警官给抓了。顶多也就是个盗窃未遂吧！我偷钱包了吗？钱包在我手里吗？

邱少千一通狡辩，甚至有些胡搅蛮缠：高大队，郑警官是新警，不懂法。您都是队长了，您不会不懂法吧。未遂，对吧？上次我在劳改队就学过这条了。

哈哈，老千，你都会给自己定罪了，还是未遂！你知道这叫啥吗？这叫承认了自己犯罪，只是没有成功。要不要我给你普一普法呀？算算吧，从上一次劳改释放回来，这些年你又干了哪些事？这些事，哪些能给你定罪，哪些定不了罪？知道吗，如果你就干了这么一单，还是未遂，我们就不会下这么大功夫把你抓来了！

听了这话，邱少千的眼珠子滴溜溜地转了起来。他心想：别来这个“蒙虎诈”！这些年干了啥，我能告诉你们警察吗？即使你们知道了，我也不能说呀！

高队呀，我也没干啥事呀！这些年，我一直在南方打工挣钱，准备回家投资兴业呢！弄不好，连你们市长都得请我吃饭！

邱少千故意绕起了圈子。

老千，你能不能好好说话？怎么着，你一个小偷，还要当招商引资的功臣？

郑东风气不打一处来，劈头盖脸地说了邱少千一顿。

怎么样，高大队，您看见了吧，郑警官就是在打击报复我吧！要是不把我抓到这儿来，明天我就去找市长申请投资。

邱少千还在挑事儿，目的是激怒郑东风，分散郑东风的注意力。对此，高广生看得明明白白。邱少千又在装疯卖傻，和郑东风兜起了圈子。再这样下去，郑东风就要被邱少千牵着鼻子走了。

高广生倒背着双手来回走动，眼睛盯着邱少千的脸。那目光像箭镞一样射了过来，邱少千不由得眨了眨眼睛。随即，高广生吹响了进军的号角。

怎么了，老千？看来，我们是抓错了，把一个斥资千万的投资商当扒手给抓起来了。既然你是投资商，那咱们就看一看你的财产是怎么来的吧。老千啊，在商场、市场、火车站、汽车站、影剧院这些地方，每年发案数百起，百分之七十以上是扒窃。算起来，失主损失的金额也有数百万元了。在这里面，你和你的集团能占多少份额？这些巧取豪夺来的不义之财，就是你用来投资的资本吗？

这，这，咋能这么算账？

邱少千有些语无伦次。

还有呢，老千，就算你个人只占三分之一，那二三百万元的巨款，也够判你十年八年的了。你自己算算吧！

高广生步步紧逼。

这一次，邱少千真的害怕了，冷汗顺着鬓角流了下来。他有些不知所措，乱了阵脚，情绪激动地大声喊道：高广生，你这是要把我往死里整啊！我提醒你，你还真得打听一下，我邱少千也不是一开始就当了小偷。我又不是神仙，一下子能作那么多案！

高广生趁热打铁，根本不给邱少千任何反扑的机会：老千，我只是想提醒你一下。你是个聪明人，自己干了啥，难道还要我来一件一件地问吗？

听到这话，邱少千说话的语气缓和了一些：高大队，我自己干了啥，我当然知道。可是，并没有你想象的那么严重。今天早上，我在家里待着闷得慌，就决定出来透透气。这不，走着走着就走进了第一百货商场。我想，这是咱们江城市最古老、最繁华的老字号商场，不进去看看会觉得遗憾。我溜达进去，想顺手干点儿活儿，没想到遇上了郑警官。这位郑警官，我以前真的没见过，所以就大意了。

老千啊，好一个“溜达进去”啊，还即兴出手！你以为那是在表演吗？遇上了郑警官，就算你不大意，也别想逃跑！高广生说。

这时，邱少千才认真地看了看郑东风。他发现，郑东风身材瘦削，但是肌肉很结实。他回忆起了郑东风抓他时的情形，出手的速度惊人，手腕的力量超大。他虽然有些功夫，但是根本比不过郑东风。郑东风把他的手腕牢牢地控制住了，他根本挣脱不了。

的确是高手啊！郑警官，我佩服的警察不多，你是其中的一个。我技不如人啊！

邱少千像一只绝望的老鼠在吱吱地叫唤。

好一阵精彩的对决！

郑东风一边吸烟，一边在升腾的烟雾中体会着高广生那充满智慧的审讯策略和语言，同时观察着狡猾奸诈的邱少千是如何应对的。郑东风觉得，邱少千能够成长为老贼，一定是有原因的。邱少千如果把智商用在正道上，也能成为国家的栋梁。这就是事物发展的两面性。

郑警官，能给我一支烟吗？你这烟圈儿总在我面前晃来晃去！邱少千万分期待地看着桌面上的烟盒，对郑东风说。

此时，他对烟的渴望胜过了其他任何心理需求。

郑东风从烟盒里抽出一支烟，放在邱少千的鼻子下面，让邱少千闻了闻。

老千，真的想抽？

郑东风问：态度会好吗？

会好的！竹筒倒豆子！

邱少千点头如捣蒜。

郑东风把烟点燃，递给了邱少千。邱少千用戴着手铐的手把烟嘴塞到嘴里，开始大口大口地吸烟，那样子不亚于瘾君子突然见到了白粉。后来，郑东风悟出一个道理：在审讯的时候，警察要是在犯罪嫌疑人面前抽上几支烟，让烟圈儿在犯罪嫌疑人眼前那么一飘，和在毒瘾发作的吸毒人员面前晃动白粉是一个效果。这时，你要是给他一支烟，他就会缴械，交代罪行。当然，这只是郑东风的一己之见。

7

刚当警察，第一次出手就把邱少千给抓了，这本身就不简单！

贺飞局长对郑东风的行为大加赞赏。

郑东风红着脸说：贺局，其实我干得太不成功了！跟踪跟丢了，还错把普通人当小偷给按到那儿了。最后，我虽然抓住了邱少千，但是差点儿就被邱少千给迷惑了。要不是高大队长及时赶到，给我圆场，我就得在周围群众的指责声中把邱少千给放了。毕竟，我抓到邱少千时，他手里没有拿着钱包。没证据呀！

尴尬嘛，是有点儿尴尬。可是，自从那一次抓到了邱少千，东风同志就让小偷们闻风丧胆。一个初出茅庐的小警察干翻了一个江洋大盗！从那以后，郑东风同志又经过了数次历练，反扒水平越来越高。江城的小偷们一提到郑东风的名字，就像听到瘟神的名字一样，唯恐避之不及。高广生说。

贺局，高队说的有点儿夸张。后来，我确实又抓了一些小偷，也多次跟邱少千这个老贼打交道，直到邱少千成了令人感到恐怖的“影子”。这一路走来，我对他的确是太了解了。所以，这次办案，我还是敢于向他叫板的！郑东风说。

建军，你有啥看法吗？贺飞环视了一下周围的人，然后对王建军说。

我还是那句话，以我对东风同志的了解，我支持他的观点。王建军说。

上级的同志们有啥要说的吗？贺飞问。

部里的同志看了看省厅的同志。省厅的同志说：您先说说吧！

部里的同志说：在现场提取的足迹，技术部门的勘查人员和专家与东风同志提取的足迹是一致的。东风同志经过辨认足迹，确定了犯罪嫌疑人。东风同志是我们的足迹专家，得出的结论具有权威性，我完全同意。当然，什么事情都不能绝对化。我建议，咱们不妨两条腿走路。一是根据现场的情况和我们调查到的情况，继续查找犯罪线索。二是对"贼王"邱少千开展秘密侦查，待进一步查实其他证据后，再对邱少千实施抓捕。

部里的同志说完，看了看省厅的同志。省厅的同志说：我同意部里同志的意见，请我们的专案组组长贺飞同志定夺。

贺飞说：那我就说说吧，综合大家的意见。我就想说明一条，这个邱少千作为犯罪集团的头目，号称"北方贼王"。建军，对吧？

对。领导，您连这个都知道啊！王建军惊讶地说。

怎么不知道啊？"一号行动"是我部署的。在我们要收网的时候，最大的鱼却脱网游走了。这是我们工作不力呀！现在，"贼王"在脱网期间又作了这样一起惊天大案。建军、岳剑，你们是不是该负责任啊？当然，现在不是追究责任的时候。当下的主要任务就是把所谓的"影子"、"贼王"邱少千抓住，掘地三尺也要抓住。懂了吧？贺飞局长有些愤怒地说。

懂了。就因为邱少千失踪了，"一号行动"的收网才拖延了。王建军副局长声音低沉地说。

建军啊，我倒是建议马上收网。同时，要全力追捕邱少千。追捕的任务就交给东风同志吧，岳剑和技术部门的同志作后盾。不过，在具体抓捕的决策上，要以郑东风同志为主。懂了吧？否则，上面干预的太多，每个人都想指手画脚，说几句意见，会弄得郑东风这样的普通民警左右为难，不好决策。我看，前期的抓捕失误就是这么造成的。大家听明白了没有？

听明白了！

王建军、岳剑纷纷表态。

在场的人都深深地受到了教育。贺飞局长的讲话重点突出，切中了要害。他对邱少千的案子了解得非常清楚，这让大家十分佩服。

老蔫儿啊，我也叫你一声老蔫儿！我们警界默默无闻的功臣，等着你的好消息！贺飞说。

第三章　谁的眼泪在飞

1

李富珍哭得昏天黑地，鼻涕一把泪一把。

我的钱！那是我女儿的救命钱啊！

李富珍捶胸顿足：我咋这么没用啊！

看到了警察，李富珍仿佛看到了救命稻草，把全部希望都寄托在了警察身上。

警察同志，你们可得帮我把钱找回来呀！那可是我女儿的救命钱啊！

李富珍像祥林嫂一样重复着一句话：那可是我女儿的救命钱啊！

大姐，我们都知道了。我们会尽力把案子破了，给你挽回损失。

夏雨荷扶着李富珍的一只胳膊，她才没有倒下去。

这是我师父郑东风，咱们这儿最能抓小偷的警察。请您相信他，好吗？

夏雨荷指了指站在李富珍面前的郑东风。

此时，郑东风心如刀绞。多年来，面对每一起扒窃案件的失主，看着他们伤心欲绝的样子，郑东风心里都会很难受。他觉得自己没有做好工作，亏欠失主的太多，永远无法偿还。这是不是反扒警察的心理疾病呢？郑东风甚至觉得，自己需要心理疏导，否则迟早会被心理疾病压垮。

面对警察，李富珍似乎找到了救命稻草，为号啕大哭找到了理由。她需要一个发泄的渠道，更需要一个发泄的对象。她突然站起来，拽住了郑东风的胳膊：你是警察，你最能抓小偷！那你就快点儿把我的钱找回来吧！你要是找不回来，我女儿的命就没了！求求你，求求你了！

呼喊声渐渐减弱，李富珍一下子瘫坐在郑东风脚下，松开了抓住郑东风胳膊的手。郑东风急忙俯身搀扶李富珍。见此情景，在一旁进行调查的岳剑迅速跑过来，协助师父和夏雨荷把李富珍搀了起来。

大妹子，快起来说话！你放心吧，我们会把钱找回来的！

郑东风气喘吁吁地说：岳队、雨荷，咱们让失主到车里冷静一下，然后再了解情况。

好的，师父。

岳剑说：大姐，咱们到车里休息一下，喝口水，然后您再配合我们，把事情的经过说一说。

李富珍被岳剑和夏雨荷搀扶着，向旁边停着的一辆客车走去，嘴里不停地念叨着：那可是我女儿的救命钱啊！

哭累了，李富珍坐在椅子上昏昏欲睡，一旁的夏雨荷哀伤地看着窗外。

岳队，我突然想起来一句歌词：谁的眼泪在飞，是不是悲伤的眼泪。这小偷也太缺德了，偷了人家女儿做手术的钱，让失主伤心绝望。夏雨荷气愤地对岳剑说。

雨荷，小偷从来就不同情眼泪。失主在这里哭，他们或许正在欢天喜地地庆祝胜利呢！现实就是如此残酷！

岳剑说完，表情十分复杂地看向车窗外。

2

丘陵山庄。

两个高脚杯碰在一起，发出了一声脆响。浓浓的酒液在杯中形成了旋涡，像两朵浪花。

飞鱼儿，咱们干杯，庆祝一下这开山第一单！邱少千得意地说。

五十八岁的邱少千看上去并不老，甚至可以说焕发了青春。他身体健壮、肌肉结实，光秃秃的脑门儿像镜子一样放着光，如同涂了一层油脂。

不嘛，干爹！咱们应该喝个交杯酒，这才叫好好庆祝嘛！

陈若煜坐在邱少千的大腿上，一只手揽过邱少千的脖子，另一只手端着酒杯慢慢地摇，优雅得像玛丽莲·梦露。

交杯，交杯！

邱少千顿有所悟。他一只手揽住陈若煜纤细的腰肢，另一只手举起酒杯，与陈若煜的手臂相互环绕，双双将杯中酒一饮而尽。

邱少千放下酒杯，把陈若煜紧紧地搂在怀里说：我的小飞鱼儿，让我好好亲亲你！

说着，邱少千把嘴贴近了陈若煜的嘴唇。

陈若煜用手轻轻地捂住邱少千的嘴说：别急，干爹——我心目中的大英雄！您出手干净利落，一单就拿下了十万啊！这回我知道弟兄们为啥对您毕恭毕敬，都称呼您“影子”了。

陈若煜的这番话很讨邱少千喜欢。邱少千轻轻地把陈若煜的手从自己的嘴边移开，得意地说：飞鱼儿，这回你知道你师父为啥是“扒坛一哥”、“江湖老大”了吧。没有真本事，哪能立足江湖呢，哈哈！

知道了，知道了，干爹！您是绝对的“扒坛一哥”、“江湖老大”！这次您带我出去，就是为了在我面前显摆显摆吧！

陈若煜咯咯地笑出了声。

邱少千假意不高兴，说：飞鱼儿，啥叫显摆呀？干爹是带你出去见识见识，顺便展示一下师父的实力，明白吗？

明白了，干爹。您一出手就获得了那么多战利品，咱们应该庆祝一下。祝贺您出山顺利，手到擒来！

陈若煜说着，在邱少千的脸上吧嗒吧嗒亲了几口，邱少千心里十分舒坦。

自从有了陈若煜，邱少千的生活发生了根本性转变。邱少千形容陈若煜“有沉鱼落雁之容”，给她起了个昵称叫“飞鱼儿”。

飞鱼儿是邱少千的“杰出作品”，也是邱少千晚年“最得意的收获”。老来得了个女儿，这是人生最幸福的事。年过半百的邱少千得到了飞鱼儿，是最让他自豪的事了。

想起飞鱼儿，邱少千感慨万千。八年前，邱少千刚刚从劳动教养队被释放回来，重新把以前和他一起打打杀杀、偷偷摸摸的几个小兄弟聚在一起，准备东山再起。

这天黄昏时分，邱少千、武追风、小凯、纪秃子他们几个人一起到一家小酒馆去吃饭。进入酒馆后，他们要了几个小菜和几瓶啤酒。刚准备喝酒吃菜，他们就看见了一个女孩，穿着破衣烂衫，长长的头发上粘着枯草。

女孩站在柜台前，怯生生地哀求：老板娘，能给我一点儿吃的吗？折箩也行。我都好几天没吃东西了！

女孩说着，眼泪流了下来。她那乞求的眼神，即使是铁石心肠的人，也会被感动。可是，这个满脸横肉的老板娘对女孩的哭诉无动于衷，不给她一口饭吃，还把她往外赶。

老板娘说：小要饭的，这么脏，去别的地方要吧！你没看见这么多人在这儿吃饭吗？你难道要脏了这饭店不成？

女孩继续哭着说：我已经好几天没吃饭了。给我一口吃的吧，要不然我就饿死了！

老板娘的心肠真的比铁还硬！她横眉立目地对女孩说：快滚出去！到别的饭店要饭去，别脏了老娘的地盘儿！

女孩绝望地哭着，要往外走。邱少千他们的饭桌距离柜台很近，所以柜台边发生的事，他们看得真切，听得清楚。

邱少千腾地站起来，指着老板娘的鼻子骂道：哎，那女的，你他妈还是人吗？难为一个要饭的小姑娘，你还有人性吗？

老板娘有些不知所措，急忙说：你是谁呀，管老娘的闲事儿？吃饱了撑的！

她说话的声音比邱少千的还要大。

这时，武追风和纪秃子一起将邱少千死死地按在了桌子上：大哥，你不能动手。你刚被放出来，再动手，警察来了就麻烦了。

然后，纪秃子冲到了柜台前。

纪秃子说：这位老板娘，您息怒。我这兄弟不懂事，得罪了。桌上摆的饭菜是我们点的，我们没吃几口。我看这样吧，就让这个可怜的小姑娘吃吧，钱我们一分也不会少给。

听纪秃子这么一说，老板娘更加不依不饶了：哈哈，你们倒是挺善良地装好人！这个小要饭花子在这里吃饭，别的客人还怎么吃得下去？我就是要她赶紧离开！

听到这里，邱少千不由得大骂：臭婊子，非要和要饭的孩子过不去，真不是人！今天老子非得收拾你不可！

邱少千一边骂，一边往老板娘身边冲，要上去揍她一顿。几个人上来，才把邱少千按了下去。

武追风赶紧出面对老板娘说：告诉你，老板娘，我这个哥哥脾气不好。把他惹急了，会出人命的！这是今天的饭费，一分不少。收了钱，你消消气。我们把这个小姑娘领走，可以吧！

武追风一边说，一边从怀里拿出几百块钱，放在桌子上。

刚刚还怒气冲天的老板娘看了看武追风放在桌子上的钱，又看了看周围怒气冲冲地盯着她的食客，吓出了一身冷汗。也是，对一个要饭的小姑娘，她的做法太不地道了，引发了众怒啊！挨骂就挨骂吧，万一得罪了那小子，再把她给杀了可咋办！索性借坡下驴吧！

这个老板娘满脸横肉，变脸的速度却很快。她皮笑肉不笑地说：这个大兄弟，还是你明白事理。他们要是都像你这么会说话，不就行了嘛！你们带这个小姑娘走吧，把桌上的饭菜一起带走。既然你们交了钱，那些菜我就不好留下了。

武追风冷冷地说：不用了，你留着卖给别的客人吧！

说完，武追风示意大家拉起邱少千还有那个小姑娘，离开了饭店。

不用你们拉我，我也会走。邱少千走过来，抱起小姑娘说：跟叔叔们走，领你吃好吃的去。

出门之前，邱少千恶狠狠地回头瞪了那个老板娘一眼，说：就你这样的，还敢开酒馆？

说完，一行人气冲冲地走出了小酒馆。

走出小酒馆之后，邱少千把纪秃子叫过来，耳语了几句，纪秃子心领神会。当天晚上，来了一伙蒙面人，把那家小酒馆的门窗砸得破破烂烂。

早晨起来，看见破破烂烂的门窗，老板娘跌坐在店铺前放声大哭。

从那以后，邱少千身边就多了一个捡来的流浪姑娘。这个姑娘就是后来的飞鱼儿，邱少千成了她的干爹。八岁的飞鱼儿，跟着邱少千他们四处流浪。那时候，飞鱼儿毕竟还小。邱少千他们偷偷摸摸地昼伏夜出，带着飞鱼儿不太方便。邱少千想给飞鱼儿找个稳妥的地方，让她能够安身，他自己也能抽出身子干点儿大事。于是，邱少千就想到了自己劳动教养时的队友钱伏齐，外号“夜猫儿”。

他给夜猫儿打了个电话，说：夜猫儿，我是老大。我有个闺女，想让你给带一带，方便吗？

夜猫儿说：可以。大哥，您就把她领来吧。正好我有个相好的叫椿姐儿，她很会照顾人。把您的闺女交给她，保证没问题。

邱少千说：那好，我就把闺女托付给你了，你可要给我照顾好了。

就这样，邱少千决定把飞鱼儿托付给钱伏齐，让椿姐儿给带几年，等她长大了再说。第二天，邱少千让武追风把飞鱼儿送到了钱伏齐那里。钱伏齐和椿姐儿接待了他们。最高兴的当然是椿姐儿了，凭空捡了一个大姑娘，陪伴在左右。椿姐儿把飞鱼儿领到自己的房间，给她换上了一身新衣服。人在衣服，马在鞍啊！再看飞鱼儿，就像换了个人一样。

十几年过去了，飞鱼儿从椿姐儿那儿回来，像鱼儿一样游到了邱少千面前。邱少千惊呆了，这还是当年那个黄毛丫头吗？简直就是一条美人鱼！

自从飞鱼儿进了屋，邱少千的那双三角眼就没离开过她。眼前的飞鱼儿，长长的头发自然下垂。她那略长的瓜子脸上，一双不大不小的眼睛在柳叶眉下扑闪着。只要她看你一眼，就能把你的魂魄勾走。她个子高挑，已经有一米六五了。从上到下，她的身材凹凸有致，曲线堪称完美。

看着邱少千直勾勾地盯着飞鱼儿，武追风不好意思地提醒邱少千：大哥，夜猫儿和椿姐儿让我给您带好了。他们说，今天算是把陈姑娘完璧归赵了。大哥，你看看，咱们陈姑娘是不是毫发无损啊？

邱少千上下打量了飞鱼儿一番，十分兴奋地说：何止是毫发无损啊，简直是完美无缺！找机会，我会好好感谢夜猫儿和椿姐儿的！

这时，飞鱼儿奔过来，扑到了邱少千怀里。

飞鱼儿激动地喊：干爹，我好想您！这些年，您过得好不好啊？

邱少千忘情地抱起飞鱼儿，疯狂地在地上转了几圈儿才放下来。武追风见此情景，赶紧知趣地退出门去，轻轻地把门关好了。

放下飞鱼儿，邱少千才觉得自己有点儿失态，不好意思地说：干爹这是高兴。没想到，你出落成了如花似玉的大姑娘，真是女大十八变啊！你进屋时，干爹差点儿没认出你！

飞鱼儿扭动着身体，柔声说：干爹，我变化大吗？

邱少千说：变化真的很大，变成了一条漂亮的美人鱼！

飞鱼儿高兴得手舞足蹈，十分激动地说：干爹，我真的像美人鱼吗？那您就给我起个名字吧！长这么大，我还没有一个像样的名字呢！

邱少千说：你姓陈，又像一条美人鱼，我看这大名就叫“陈若煜”吧，小名叫“飞鱼儿”，好不好？

飞鱼儿高兴极了，在地上转了一圈儿，仿佛回到了儿时。

飞鱼儿说：干爹，我终于有名字了！陈若煜——真好听！从此以后，我就是您身边的一条飞鱼儿，时刻陪伴着您，为您服务！

听了飞鱼儿的话，邱少千真的是老泪纵横。他冲过去，再一次抱起飞鱼儿，嘴唇紧紧地贴在了飞鱼儿的唇上。

飞鱼儿的到来，对邱少千来说，就像闷热的天气里吹来了一阵清新的风，使他充满了活力。特别是在丘陵山庄隐居的那段日子里，邱少千就像被困在深渊里的一头巨兽，怒吼的声音只能在深山老林里回响。在他最苦闷的时候，飞鱼儿迈着舒缓的步伐走过来，温柔地扑到了他的怀里。

邱少千改掉了“扒坛老大”的作风，放下了矜持，对飞鱼儿百依百顺、言听计从。他这次出山，是因为隐居久了寂寞难耐。更重要的原因就是，他要讨飞鱼儿喜欢，在美人面前显示一下自己的实力。

在心仪的女人面前，再大的英雄也没了脾气。他对飞鱼儿的宠爱，引起了一些手下弟兄的不满。

鱼儿，你也是我的战利品，是师父的小心肝儿和强心剂。

邱少千说着，与飞鱼儿激烈地拥吻起来。

3

十三路公交车成了临时破案指挥部。

大雨过后，天空还没有放晴，依然是灰蒙蒙的。公交车内，气氛有些沉闷。

郑东风站在两排座椅中间的过道上，面对着大家。夏雨荷坐在右侧的椅子上，手里拿着笔和记录本。女乘务员刘敏坐在夏雨荷对面，局促不安地将两只手放在了膝盖上。看上去，刘敏是个聪明的女孩，眼睛不大，眼神却很犀利。

小刘，不用紧张，我们只是想了解一下案发时的情况。郑东风对刘敏说。

面对郑东风的询问，刘敏的确有点儿紧张，声音有些颤抖。她觉得，郑东风那深深的眼窝里似乎藏着什么东西，就像一把刀子，一下子就能把人戳穿。

刘敏说：警察同志，你们可算来了。再不来，这些乘客就要把我逼疯了。

说话时，刘敏看着夏雨荷，放在腿上的手不由自主地哆嗦起来。

怎么，有压力?

说话时，郑东风看向了窗外。

天阴得很重，雨随时有可能下来。一群乘客聚集在不远处的一个临时搭建的帐篷里，七嘴八舌地议论着什么。

是啊，你们没来的时候，丢了钱的李富珍在哭。有的乘客看她很可怜，就同情地劝说她。有的乘客则“事不关己，高高挂起”，吵吵嚷嚷地找各种理由要离开。人家丢了十万元钱，他们不但不同情，还跟着捣乱。这些人啊！刘敏感慨道。

郑东风说：得谢谢你，还有司机师傅……把这些人留下来协助调查。

刘敏说：也有中途下车的。

有下车的？夏雨荷插话道。

有啊！在医学院站，下去了三四个人。刘敏说。

看着夏雨荷，刘敏紧绷的神经放松了一些。

还记得下车的人长啥样吗？夏雨荷问。

刘敏思考了几秒钟，然后说：有一个穿白裙子的女孩，戴着白色遮阳帽，很时尚靓丽。

郑东风把目光移向刘敏，眼睛里像藏了一把刀子。此时，刘敏显得有些不自然。

郑东风说：小刘，你又没干啥坏事，不用怕我。

刘敏的目光再一次转向了夏雨荷。她发现，夏警官白白的面庞，大大的眼睛，真的就像雨后的荷花，清纯得透明。刘敏说：夏警官，我觉得你很美丽。郑警官真的很吓人！

夏雨荷看了看师父，微微笑了一下，两个酒窝像两弯新月。

刘敏，不用怕。我师父外表严肃，内心是很善良的。夏雨荷说。

夏雨荷的话，刘敏似乎听进去了，再看郑东风时就少了几分敌意。

郑东风说：小刘，我这是当警察时间长了，职业病——看谁都像犯罪嫌疑人。你别介意！

刘敏说：郑警官，我知道了，您是个好人。

这一次，刘敏敢于直面郑东风的目光了。

郑东风说：小刘，那就帮我们回忆一下李富珍被扒窃时车上的情况吧，还有那几个下车人的特征。

刘敏说：好的，郑警官。我一定尽力回忆！

郑东风说：那就说说吧。雨荷，你记录一下。

夏雨荷说：是，师父。

夏雨荷说着，把笔记本摊在腿上，准备记录。

郑警官，那我就说说当时车上的情况吧。刘敏对郑东风说。

好的。郑东风说。

于是，刘敏便开始叙述当时车上的情况。

4

天阴得很重，大雨随时有可能下来。车内乘客很多，有的人没带雨伞。

红星站到了，下车的乘客请注意安全！刘敏声音甜美地提示着乘客。

十三路公交车停靠在红星站，有乘客陆续下车。下车的乘客离开了，上车的乘客陆续走了上来。一名男子“飘”上车来，身体像猴子一样轻便。他如果不是穿了一件灰色风衣，戴了一顶鸭舌帽，谁都不会注意到他的存在。

上车的乘客请注意，找到自己合适的位置，扶好把手，注意安全！同时，请保护好自己的物品，以免丢失！

刘敏的声音再一次响起。

乘客们站好、坐好之后，刘敏开始售票。

江城市的经济不算发达，几条公交线路都没有进行改造。这辆车还是那种老式的需要购票的车，两元钱就能从起点坐到终点。你要是想过坐公交车的瘾，交两元钱可以在车上待一整天。

因为是星期六，所以车上的乘客比较多，十分拥挤，一片混乱。

麻烦大家主动购票！前面的同志，麻烦把后面同志买票的钱传递过来，谢谢！

刘敏一边吆喝，一边卖票。

这时，她发现一个四十岁左右的农村妇女没有买票，站在中间的过道上，目光呆滞地看着前方。这个妇女就是李富珍。

刘敏喊了一声：大姐，就差您没买票了！请前面的人帮忙递一下大姐的钱！

很显然，李富珍并没有意识到自己没买票，听刘敏这么一喊才回过神儿来。她穿了一件褪了色的米黄色大衣，与周围人的穿着很不协调。大衣里面，一个鼓鼓囊囊的帆布包若隐若现。她的双手紧紧地捂在帆布包上。听见刘敏的叫声，她才知道只差她一个人没有买票了。

不好意思，我没听见。我现在就买票！李富珍红着脸，不好意思地说。

说完，她准备腾出左手，到左边的衣兜里掏钱买票。可是，没等她把手伸到兜里，身边的一个女孩便迅速地擎住了她的手腕。

大姐，您拿钱不方便。不就是两块钱车票钱嘛，我这儿正好有两块钱零钱，替您付了算了。

身边一个女孩热情地搭话。

这个女孩容貌姣好，穿着一件洁白的褶皱裙，戴着一顶白色遮阳帽，手里拿了一把遮阳伞，很灿烂地冲李富珍笑着。女孩笑容满面地用手拨开李富珍去掏钱的左手，然后转过身来，挡住了中年妇女看向刘敏的视线。她用右手高高举起两元钱，递给了刘敏。

有人给李富珍垫付车票钱，她十分感动，急忙解释说：这个妹子，咱们素不相识，我怎么能让你买票呢？

没关系，大姐。两元钱也不多，没准儿下次我忘记购票了，您也会给我买的。别多想了！女孩微笑着解释道。

这时，公交车到达了医学院站。公交车停稳后，女孩向那位中年妇女打了个招呼，就下车了。女孩下车后，向那个中年妇女投过去了轻蔑的一瞥，然后打开遮阳伞，头也不回地向前走去。那个穿风衣的中年男子紧随其后，环顾了一下四周，若无其事地和女孩一起离开了公交车站。

这时，下起雨来。雨越下越大，瓢泼似的猛烈地砸着车顶和车窗。公交车重新启动，车里的温度迅速下降。寒气袭来，乘客们都不由自主地哆嗦起来。

李富珍也感受到了一丝寒冷，下意识地抱了抱胸前那个硬硬的帆布包。她感觉不太对劲儿！怎么刚才还硬硬的帆布包，突然间空落落的，一点儿感觉都没有了？帆布包里的东西呢？她的心一下子提到了嗓子眼儿。她使劲儿摸了一下，又摸了一下，惊出了一身冷汗。帆布包瘪瘪的，里面的东西不见了。

啊，我的钱！我的钱被偷了！

李富珍几乎是撕开了自己衣服的前大襟。里面的帆布包露了出来，正面被割了一条长长的口子。她把手伸进去使劲儿掏，恨不得把帆布包给掏漏了。

她掏啊掏，最后绝望了。她知道，她再也掏不到自己拼命保护的东西了。

我的钱呀！我的钱到哪儿去了？那可是我女儿的救命钱啊！李富珍号啕大哭，引来了乘客们同情的目光。

怎么了？你的包里有多少钱呀？一个乘客问。

十万块，十万块呀！

十万块？干吗带这么多现金，疯了吗?！那个乘客惊讶地说。

我女儿得了白血病，这是治病的钱啊！李富珍继续哭喊着。

司机把车开到路边的开阔地，停了下来。所有人的目光都集中在了李富珍身上。刘敏从人缝里挤出来，走到李富珍身边。这个刚才忘记买票的大姐，给刘敏留下了深刻的印象。这个大姐带了那么多现金，一定是被扒手盯上了。

大姐，别着急！再好好找找，看是不是掉到地上了！刘敏劝说着。

找不到了。上哪儿找去呀？这该死的小偷！李富珍咒骂着。

您确定带了这么多现金吗？刘敏问。

怎么能不确定呢？早上从家里出来的时候，我把这钱用纸包好了之后，塞进帆布包，藏在了衣服里。一路上，我把它放在胸前，紧紧地捂着。这钱是求爷爷、告奶奶地向亲戚朋友借的，是交给医院的手术费。没有钱，医院不给做手术，女儿的命就没了呀！

一想起女儿，李富珍就又忍不住号啕大哭起来。

外面的大雨似乎被她的哭声吓退了，逐渐停了下来。李富珍哭得精疲力竭，在稀稀拉拉的雨点声中昏迷了过去。周围的乘客把她抱起来，放到了座位上。

出事了，出大事了！刘敏有些慌乱地喊着。

此时，车上的人乱作一团。有个胆大的男同志懂点儿中医知识，凑过来说：她只是一时气愤，晕倒了。赶快给她掐一掐人中，看能不能苏醒过来！

一位年岁大一些的女同志说：我们不敢下手啊！还是您来吧，您劲儿大。

刘敏冷静了下来，对那个男同志说：大哥，拜托了，救人要紧。

于是，那个男同志用左手抱住李富珍的头，用右手食指紧紧地压住了李富珍的人中穴。十几秒钟后，李富珍恢复了呼吸。她长长地吸了一口气，模模糊糊地看见了眼前的人们。

十万块钱啊，是我女儿的救命钱啊！

李富珍再次号啕大哭起来。

十万块，这么大一笔钱啊！

把这么多钱偷走了，这小偷也太损了吧！

钱被小偷偷走了，赶快报警吧！

是啊，车上怎么还有贼呀？公交车上这么不安全，我们以后还怎么坐呀！

大家七嘴八舌地议论着。

李富珍被偷走了十万块钱，刘敏和公交车驾驶员都很震惊。于是，他们拨打了“110”报警电话。

5

刘敏叙述的时候，郑东风注意到了几个细节。穿风衣、戴鸭舌帽的男子，还有穿白裙子、戴遮阳帽的女孩，他们十分可疑。女孩替李富珍买票，吸引李富珍的注意力，男子出手扒窃。得手后，两个人在下一站下车溜走了。

这是一个完美的“上托儿”护托儿过程，被这一男一女演绎得十分完美。很明显，问题就出在这一男一女身上。

刘敏，你能回忆一下那个男人的具体长相吗？郑东风问。

刘敏认真想了好一会儿，也没想出什么来。她不好意思地说：郑警官，当时我没把他们当成坏人，所以只记住了他们的穿着，没注意那个男人长啥样。他的眼睛好像跟您的一样，黑洞洞的，挺吓人的。

眼睛黑洞洞的，挺吓人，好像是三角眼！

郑东风若有所思，表情严肃起来。

我记得，那个女孩年轻漂亮，挺有爱心。

刘敏没注意郑东风表情的变化，继续说着自己对女孩的印象。听到“挺有爱心”这句话，郑东风有所触动，十分气愤地说：把人家女儿的救命钱都给偷了，这叫有爱心吗？

刘敏把眼睛瞪得老大，吃惊地看着郑东风说：郑警官，您是说，这个女孩，还有那个男人……是小偷？

没啥问题，是那个家伙出来了。郑东风十分肯定地说：那个男人三角眼，眼神很吓人……难道是他吗？

谁呀，师父？正在做记录的夏雨荷问了一句。

目前还不确定。老贼——那个与我们斗了多年的家伙。郑东风说。

夏雨荷似懂非懂。

岳剑和苏晨宇上了车，苏晨宇手里拿着一个帆布包。

苏晨宇说：师父，我把李富珍被割坏的帆布包拿过来了，您要不要看一下？这个包是李富珍装钱用的。

说着，他把手里的帆布包递给了郑东风。

郑东风接过帆布包，看了看，对刘敏说：小刘，麻烦你下车待会儿，需要时我们再找你。

刘敏说：知道了，郑警官。我先下车，你们聊。

说完，她就下了车。

刘敏下车后，岳剑、苏晨宇、夏雨荷向郑东风围拢过来，仔仔细细地翻看了这个帆布包。苏晨宇拿出手机，拍下了照片。

郑东风对大家说：你们看看这个刀口，齐刷刷的。好厉害的割包技术啊！举重若轻，恰到好处！

一旁的苏晨宇听了这话，脑袋里一团雾水。

郑东风指着帆布包上的刀口说：你们看看，这活儿干得多利索！

苏晨宇和夏雨荷都看了看这个刀口，却没看出有啥不一样的地方。

苏晨宇说：师父，这不就是小偷用刀片划的口子嘛！

夏雨荷说：废话，不划口子怎么把那么多钱偷出来？

郑东风说：你们俩看不明白就少说话吧，让岳队看看就明白了。

此时，岳剑也盯着这个刀口看呢！

“抹子活儿”！岳剑十分肯定地说。

岳队说的对呀，就是“抹子活儿”。郑东风说：大家看看，这活儿干的，“横割直刀”。这年头儿，有这手法的小偷已经不多见了。看看这刀口的茬儿，就知道不是一般的“炮”能干得了的。

岳剑从郑东风手里接过帆布包，仔细观察了一下那个刀口，不由得倒吸了一口凉气。

师父，这么利索的“抹子活儿”，我可是很多年没见了。一刀见底，不偏不倚。刀口整齐，干净利落。岳剑说：这得是有相当功底的老贼，才能达到这样的水准。

“抹子活儿”，一刀见底。苏晨宇和夏雨荷都有些惊诧。

郑东风说：岳队，你再给他们俩普及普及相关的知识！

岳剑说：晨宇、雨荷，这个帆布包上的刀口很见功力。没有相当的技术水准，根本就割不出这样的口子来。咱们都知道，扒窃有“掏、割、提、摘、拉、抠、夹、掐”八种手法。说到“掏”，大家都知道，就是掏兜、撮皮儿。这“割”嘛，就是“割包”，是扒窃者用刀片割划失主的背包、提包、衣兜。小偷们通常把“割包”叫“抹子活儿”、“青子活儿”。“割包”者多使用刀片——“飞鹰”牌双面刀片。他们把双面刀片从中间折断，只使用一个角，其他部分用胶布包上。当然，也有把手术刀当作案工具的。“割包”的小偷作案时讲究的是“动作神速、精准流畅、划过无痕、一刀功成”，所以“割包”的技术要求特别高。看准目标后，小偷的反应极快，出刀的动作神速，划割得十分精准，且刀口齐整，一条直线。划割的时候，一点儿响动也没有，刀刃还不能触碰包内的钱物。这就要求作案者精准地使用刀片，手法精炼纯熟。

岳剑说着，指了指帆布包上的刀口，让夏雨荷和苏晨宇看。

你们看看，这个包上留下的划割口，是不是齐刷刷的一条直线？当然，扒手往出拿东西时，割口会变形。但是，你们仔细看看，不管怎么变形，都能用手捋成一条直线。岳剑说。

岳剑一边说，一边用右手抚平了帆布包上的口子。大家一看，果然是一条笔直的线。

是呀，今天这个作案者技术高超，偷走了李富珍的钱，李富珍竟然一点儿感觉都没有。夏雨荷感叹道。

接着，她十分仰慕地看着岳剑说：岳支队，您的反扒知识学得不赖嘛！

岳剑说：咱守着现成的反扒专家，每天照猫画虎也能学几招啊！更何况，我是师父的亲传弟子！

夏雨荷羡慕地说：看来，师父对您是毫无保留啊！

岳剑笑了笑，说：雨荷，师父当年收我当徒弟时，心里很不情愿。他教我反扒技术的时候，故意保留了几手儿，就像猫给老虎当老师，把爬树这招儿保留了。所以，我到现在都比师父差那么几成功力。

郑东风调侃道：岳队，我总不能把看家的本领都教给你吧！要是把爬树这招儿也教了，你今天还不得爬到天上去！你要是也成了反扒专家，到时候就得跟我争食吃了。哈哈，姜还是老的辣吧！

真的很辣吗？岳剑说：晨宇、雨荷，这回你们知道咱们口口声声叫的师父是啥样人了吧。

苏晨宇摇着头说：不知道。

夏雨荷把头摇得像拨浪鼓一样，说：不知道，真不知道。

岳剑说：好啊！你们俩都不想得罪师父，对吧！

说完，岳剑自己也笑了。他看见郑东风紧盯着那个刀口，陷入了沉思，不由得想到了当年师父收他当徒弟时的情景。那年，市局领导把反扒业务从刑警支队分出来，单独成立了反扒警察支队。老领导把岳剑从刑警支队调整到反扒支队，交到了反扒专家、足迹辨认专家郑东风手里。那是岳剑警察生涯中的一次重大转折，让岳剑永生难忘。

市公安局反扒支队，郑东风的办公室。

岳剑推门进来的时候，郑东风一边抽烟，一边在办公室里翻看一本卷宗。

报告，反扒队员岳剑向您报到！

随着一个标准的敬礼，一个响亮的声音传了过来。

郑东风眯起眼睛，上下打量着眼前这个彪悍的小伙子。他身高一米八，气宇轩昂，一身威严的警服也掩盖不住那结实的身板，一双机灵的大眼睛充满了智慧。郑东风心想，这个小伙子身上不知是哪块儿长了“爱人肉”，一打眼儿就觉得他招人喜欢。可能是因为自己眼光独到，郑东风就是喜欢看别人的眼睛：一是在眼睛里能读懂人的善恶美丑，二是眼睛的辨识力决定了一个人看事物的能力。所以，只是近距离接触这么一回，郑东风就在内心里接受了岳剑。他这才想起老领导王建军向他推荐岳剑时说的话。

给你派个大队长。王建军说。

谁呀？郑东风问。

岳剑——反侵财大队大队长，省警校毕业的。放到你那儿学点儿业务！王建军轻描淡写地说。

郑东风说：老领导，反侵财大队那帮人每天接触的都是钱。接触的钱多了，就会养成坏毛病，钻到钱眼儿里是常事。再说了，从一个油水大的岗位来一个没有油水的岗位抓小偷，是不是傻呀？人家能愿意来？

王建军说：愿不愿意来，不取决于他。别忘了，把他派过来是给你当领导。你给他当师父，懂了吧！我敢保证，岳剑到了你这儿，不出三天，你就会喜欢他！

郑东风很不情愿地说：硬性摊派！没办法，我只能接受了！

在见到岳剑的那一刻，郑东风感到有些惊喜。他一打眼儿就看出来这小子是块抓小偷的料，不仅能够“码踪”、“看足迹”，而且能够识别人。看着站在那里的岳剑，郑东风突然很不高兴地质问道：岳队，你是来给我当领导的，我应该去你的办公室报告才对。咱们的礼仪是不是弄反了？

对郑东风的突然发问，岳剑似乎早有准备。他轻描淡写地回答道：东风同志，您是全国有名的专家，又是反扒大队的老同志，连市局领导都尊重您，我哪有不尊重您的道理！我来报到时，连支队长那屋都没去，就直接来拜访您了。希望您不要拒绝，否则就不是我们不敬了，而是您以专家自居，不和我们打成一片了！

岳剑连珠炮似的语言，把郑东风给听傻了，也逗乐了。郑东风想，岳剑的嘴真厉害，把理由阐述得十分充分。他把球踢给了你，不容置疑地让你接受。如果不接受，责任就是你的。人家对你尊重，你还不接受，这不就是自命清高，以专家自居吗？好一个“一箭双雕”！

郑东风吧嗒吧嗒地抽着烟说：岳队，好一副铁嘴钢牙啊！干净利落、不卑不亢，充满了智慧，佩服！

烟雾在郑东风和岳剑之间升腾着，逐渐消散在半空中。

岳剑说：在您这儿，不敢称“岳队”。您就叫我“小岳”吧，这样我更安心。另外，我和您相比，智商简直就是小巫见大巫、芝麻和西瓜，不在一个层次。所以，我这次来拜访，是来向您学习的。请您接受！

郑东风说：岳队，你这话不像是在恭维我。我问你，你来跟我学习，是为了啥呀？目的恐怕不太纯洁，另有想法吧。

岳剑没想到郑东风问话这么直白，愣了一下。他一时找不到合适的词语来回答，就直接应付道：纯洁，纯洁！

郑东风说：没听懂吧。我问你，跟我学习的目的是啥？是为了将来当官往上爬吗？

这一次，岳剑听明白了。岳剑说：前辈，您的直白感动了我。那么，我也很直白地告诉您，您“码踪”的绝活儿和抓小偷的本领不能失传，需要有人通过学习来继承。学好后，可以造福江城市的百姓。这就是我学习的目的，也是我们全体反扒警察学习的目的！

岳剑说这番话是发自内心的，郑东风打心眼儿里高兴。眼前出现了这样一位有理想、有抱负、爱学习的青年，挺好的！

郑东风鼓了鼓掌，随后说道：岳剑，说得太好了！在你身上，我看到了当年那个执着的我！

郑东风放下手里的卷宗，掐灭了抽剩下的烟头，站起来看着岳剑。两个人四目相对，感觉就像多年的知己在此刻重逢。随后，郑东风用拳头使劲儿捶了几下岳剑的肩膀：挺结实的小伙子，眼睛里写满了诚实，我喜欢。岳剑，你合格了。今后，我甘愿做你的搭档，给你牵马坠镫，把浑身的本领都传授给你。你愿意吗？

我愿意！岳剑斩钉截铁地回答：请允许我叫您一声“师父”，

好吗？

郑东风说：岳队，怎么叫上师父了？

岳剑说：在警队，您是我的前辈。在技术上，您是专家。我要向前辈学习技术，所以您就是我的师父了。徒弟这厢拜过了！

岳剑说完，双手合十，向师父三鞠躬，做出了拜谢师父的动作。

郑东风说：岳队，咱们是人民警察，可不能整出师父徒弟这一套礼节。

岳剑说：咱们警队向来都有师父带徒弟的传统。在我心里，您就是我的师父。行不？

郑东风很欣慰地笑了笑，说：你随便吧，真拿你没办法！

郑东风来到办公桌前，从抽屉里拿出一本书，走到岳剑跟前说：岳队，这本《反扒警察指要》是当年我刚当反扒警察时，高广生送给我的，快被我翻烂了。现在看来，这是一本“武功秘籍”。根据这本秘籍，我练成了现在的功法。尽管还不太成熟，有好多地方还没有领悟，但是眼下应用于反扒实战，还是收到了效果的。请你把这本书带回去好好钻研一下，把理论和实践结合起来。将来，你就是“神雕侠侣”了！

说完，郑东风认真地把书交给岳剑，岳剑郑重地接过了这本书。

岳剑说：师父，我一定好好研读，当好接力棒，做好传承！

郑东风说：是啊，岳剑，“师父领进门，修行在个人”啊！这本书就是入门用的，好好钻研是必要的。不过，还要好好地实践啊！只有在实战中锻炼，才能很快提高！

明白了，师父。我会好好努力！

岳剑拿着这本书，心满意足地离开了郑东风的办公室。

6

乌云还没有散去，几声闷雷轰隆隆地响过。这时，岳剑从沉思中醒了过来。

岳队，我想起了一个人。

郑东风的话语传来。

谁呀？

岳剑发现郑东风说话的时候，眼神还在那个帆布包上的刀口处徘徊。

郑东风说：你猜猜！

岳剑思考了一下，顿悟道：我也想到了一个人。会是他吗？

郑东风看了看岳剑。眼神与眼神的交流之后，两个人会心地笑了。英雄所见略同！

岳队，你看看，这样的作案手法，单说这用刀的功夫，没有十年八年的功底，是做不到的！郑东风感叹道。

岳剑说：是的，师父。在江城市，有好几年都没发现用刀这么纯熟的小偷了。一是那些老贼隐退了，轻易不出山。二是现在的小偷都不愿意在技术方面深造了，都想着走捷径，用笨办法致富。他们偷不成就抢，抢不成就杀。这种现象，在那些老贼当中很少发生。所以，过去的老贼都是靠"技术"吃饭，很少有扒窃不成就动刀伤人或杀人抢劫的。

你们听听，岳队说的很有道理。过去的小偷就是靠"技术"去偷，很少有动刀动枪"硬拿"的。那时的小偷，只愿意打盗窃官司，不愿意打抢劫官司，因为打抢劫的官司，最高量刑是死刑，是要出人命的。可是现在呢，小偷们技术很差，一出手就容易被发现。被发现了，他们就有可能出手伤人，就变成抢劫了。郑东风十分感慨地说道。

夏雨荷听了岳剑和师父讲的这些话，感觉既新奇又刺激，简直入迷了。她问：师父，今天这起案件，小偷作案的技术为啥这么高？难道是当年的老贼干的吗？

听了夏雨荷的问话，郑东风看了看岳剑，会心地笑了笑，然后说：岳队，雨荷也能看出门道了。从技术上看，应该是个老手，而且不是一般的老手！

岳剑接过郑东风的话茬儿，说：雨荷，据我和师父判断，是当年的“影子”重出江湖了。

“影子”？

夏雨荷不明就里，疑惑地睁大了眼睛。

是的，是“影子”！郑东风语气坚定地说。

第四章 “北方贼王”

1

邱少千的这个“北方贼王”称号，不是他自己给自己封的，也不是哪个皇帝下的圣旨。

为啥叫“北方贼王”呢？意思就是在北方广阔的地域内，也就是他们所说的“江湖”上，在至今仍然活跃着的扒手当中，邱少千是老大，是土皇帝。另外，邱少千的师父号称“东北贼王”，他不敢冲撞师父的名讳，所以就只好叫“北方贼王”了。

在北方扒手的“界别”里面，我的“刀活儿”无人能及，出手速度也无人能及。我干过无数“大活儿”，和“老便”的斗法能力最强！

这就是邱少千的理论。

在江湖上，邱少千凭借着“一招儿鲜”，打遍天下无敌手。后来，邱少千总是说：鸡蛋是可以孵出鸭子来的，原来我天生就是一块做贼的料！

暂且不说扒手有没有界别、谁给扒手规定的界别，邱少千是小偷里面的“顶尖高手”，这个概念应该是成立的。

从普通的蟊贼，到“老千”，再到“影子”，邱少千技术成熟的过程就是犯罪逐步升级的一个缩影。可以说，每一次升级都是用作案的数量来铺垫的。那些用老百姓的血汗钱堆积起来的“业绩”，才是把邱少千一步一步推向“贼王”的关键。

龙生龙，凤生凤，老鼠的儿子会打洞。按照这个逻辑，小偷的儿子长大后就会当小偷。其实，这是一个伪命题。

邱少千的成长过程恰恰否定了这个逻辑。他是工人的儿子，父亲邱永革是机床厂的技术员。母亲季凤兰没有工作，是个勤劳善良的女人。

邱少千的父母都是甘肃人。1958 年大跃进，全国支援东北，邱永革从大西北的一家工厂被调到了江城市机床厂。妻子季凤兰跟随丈夫，从大西北来到大东北，参加了火热的“大炼钢铁”。邱少千出生时，父亲是轧钢车间的积极分子，母亲是劳动服务公司的工人。家里的生活条件并没有因为邱少千的出生而受到影响，夫妻二人因为儿子的到来着实欢喜了一场。那时，邱少千健康地成长着。父亲、母亲对儿子倍加呵护，一家人其乐融融。然而，天有不测风云。1969 年，邱少千刚上小学三年级，家里就出现了变故。父亲邱永革在检查炼钢设备时，一脚踏空，不幸从钢架上摔下来，掉进了上千度高温的炼钢炉。当九岁的邱少千和妈妈一起来到炼钢炉前的时候，爸爸邱永革已经化成了一缕青烟。妈妈悲痛欲绝，邱少千似懂非懂。妈妈告诉他说，爸爸去了另外一个世界。

邱少千问妈妈：另一个世界是什么？爸爸在那里也上班吗？

妈妈说：那里是天堂。天堂很美好，爸爸不用再上班了。

邱少千记住了妈妈的话，但是那红红的炼钢炉带走了爸爸，成了他一生挥之不去的记忆，也改变了他后来的人生轨迹。

邱永革没有被认定为工伤，工厂每月只给季凤兰 22.5 元生活费。这点儿钱哪够季凤兰和邱少千用啊！尽管季凤兰省吃俭用，但是家里的日子依然难以维持。幼小的邱少千没钱读书，只好辍学了。即使不辍学，邱少千也已经加入了批斗游行的队伍。在父亲工伤的事情上，工厂处理得不公平。因此，妈妈还要打工挣钱，拼死拼活地养家糊口。残酷的现实在邱少千幼小的心灵里埋下了一颗不安分的种子。对很多人来说，“文革”是命运的分水岭。有的人把握得很好，“文革”后恢复了正常生活，回到了正常的生活轨道上。有的人把握得不好，生活便一泻千里，无法回头。对邱少千来说，他的成长与“文革”紧密相连，受“文革”流毒的影响越来越深。他直接离开学校，和社会上的一些小混混闯荡江湖去了。

2

出来混，迟早是要还的。邱少千的命运正在一步一步地印证这一点。

二十世纪八十年代，改革开放初期，国家兑现了好多政策。邱少千的父亲邱永革被机床厂重新认定为工伤，由机床厂负全部责任。同时，为了安慰邱永革的妻子季凤兰，解决以前对邱永革的不公正待遇问题，经过机床厂党委研究决定，允许邱少千接父亲邱永革的班，进厂当工人。可是，偏偏在这个时候，邱少千因为江湖义气而大打出手，被公安局拘留了。邱少千被释放回来时，工厂因为他受过公安打击而拒不录用。邱少千错过了一个招工进厂的机会，从此走上了另一条道路。

邱少千回到家之后，母亲捶胸顿足，拳头像雨点一样打在他的后背上。邱少千既不阻拦，也不躲闪，任母亲发泄着对不孝儿子的愤怒。

父亲去世后，是母亲把他一点儿一点儿地带大的。邱少千骨子里是个孝顺的孩子，他只能用欺骗的方式来安慰善良的母亲，试图把自己在外面的所作所为掩盖过去。直到他被公安机关拘留了，再也无法掩盖了，他也没办法向母亲解释清楚。即使解释清楚了，母亲也不可能接受。所以，邱少千只能继续欺骗下去，好让母亲对他抱有一丝希望。于是，他在母亲面前跪下说：妈，儿子不孝，太让您操心了。虽然我进不了工厂，但是我可以出去找一份正当的工作，走正道，做好人。今后，我不会再让您操心了！

季凤兰明知道自己再也管束不了儿子了，但还是愿意相信儿子的话是真话。她无奈地说：你好自为之吧。妈妈不希望自己的儿子将来是一个罪犯。如果结局是这样的，你们老邱家的祖坟可就不会收你了。

邱少千说：我一定会牢记母亲的教诲。您多保重！

邱少千说完，站起来，冲出了家门。

邱少千再也没有回头，开始“拉杆子”，准备干一番大事业。

他在铁东地区租了个大房子，作为集合地点。他以这里为阵地，召集了一帮原来和他一起打打杀杀的小混混儿。所谓的“大事业”，就是利用铁东地区繁华的环境，带领弟兄们另谋生路。这个“生路”就是做无本生意，去当不劳而获的小偷。

铁东区就是以江城市机床厂为核心设立的行政区，而江城市机床厂又坐落在火车站的东北方向，因此，机床厂的职工管这一片叫铁东地区。这个地区有火车站、长途客运站、菜市场、商场、电影院、文化广场、铁路货场，还有铁路客运段、机务段、电务段、车辆段等。这些场所顾客盈门，客流量大，是扒窃的理想场所。邱少千经过深思熟虑，认为最好的出路就是利用这里的天然资源，去进行扒窃。这几年，机床厂效益很好，有许多产品被卖到了国外。企业效益好，职工的钱包里就有钱。职工的钱包里有了钱，小偷就会有很大的收益——这就是邱少千的逻辑。

别看邱少千年龄不大，他可以为朋友两肋插刀，在铁东地区这块小天地也是“吹喇叭扬脖——名声在外”了。凭借江湖义气，他网罗了一些小混混儿、小流氓，其中包括武追风、红毛、小凯、申透明、纪秃子等铁杆兄弟。这些兄弟中，有能打的，有能出主意的，有能偷的，每个人都有“绝活儿”。

这天，邱少千把兄弟们找来，在议事大厅商议事情。

邱少千一边给大家倒水，一边说：各位，我接班的事彻底吹了。

红毛说：大哥，咋还吹了呢？

红毛的头发很有特点，染成了火红的颜色，发梢有点儿发黄，像一团火焰。所以，大家都称呼他“红毛”。时间长了，也就不知道他的真实姓名了。

邱少千说：还不是因为我被拘留的事嘛！你们说是不是“放屁赶裆裆”？就在我妈从人事部门取回来录用表那天，我被警察抓了。这表还没有填成，拘留证就来了。我妈当时就气抽了！

邱少千说话时有些愤愤不平。

红毛说：大哥，那后来咋办了？

邱少千说：后来，厂子的劳资部门把我的事向厂长汇报了。厂长一看我在公安局有案底，自然就不录用我了。只是，可怜我那望子成龙的老妈了。她这辈子对我的希望，一下子就落空了。

纪秃子安慰邱少千说：兄弟，这也是没办法的事。可能是命运的安排，就是不让你当工人。你说，你要是当了工人，我们这些人咋办呢？

纪秃子比邱少千大两岁，脑袋瓜上没几根头发，这一点和邱少千倒有些相似。邱少千也是从小就“奶秃”，所以他经常换发型，戴不同的假发。纪秃子原来就是铁东地区的扒手，商场、市场没少混，是当地小有名气的小偷。

红毛说：秃哥，你还劝呢，这事就是由你引起的！你那天要是不惹事，咱们千儿哥能出手吗？

纪秃子说：红毛，那天的场面，你没看见。你要是在场，也会出手的。邻桌那小子欺人太甚，跑过来要揍我。这时，我兄弟才出手的，一啤酒瓶子就把那小子给打晕了。于是，我们双方就混战起来。后来，饭店的老板娘就报警了。

红毛说：打就打呗！都怪这败家的老板娘！要是不报警，大家各看各的病，一走就完事了。

纪秃子说：可不是嘛！报了警可倒好，两家各有一个被拘留了。咱们这边，少千都承担了。那边，被少千打的那小子也被拘留了。这就叫“两败俱伤”。

邱少千说：红毛、秃哥，你们俩不要说了，这事就算过去了。那天，我揍他的目的就是灭了他们的威风。我要告诉他们，在铁东地区，我邱少千才是老大。谁敢动我的弟兄，我就收拾谁。

武追风接过了话茬儿：大哥，这件事影响了你进工厂啊！这可是一辈子的大事啊！

武追风是在铁东地区长大的，没有正当职业。他从一个小混混儿发展成了专门在火车上扒窃的扒手，是“蹬大轮”的行家里手。他是这几个人里最聪明的，鬼心眼子特别多。

邱少千说：追风啊，你哥就这命了。我觉得，这件事反而是帮了我了。我真不想去那个破厂子当工人，束缚了自由。正好，这么一拘留，把我妈的嘴给堵住了。我呢，也就变成了自由身，可以和哥儿几个一起甩开膀子干点儿事了。就像秃子哥说的，我要是真的进了工厂，咱们这些哥们儿咋办，谁来管呀？你们说是不是？

纪秃子自嘲道：我同意少千兄弟的想法。你们瞧瞧，我是不是成了少千的救星了？

红毛故意挖苦纪秃子说：行，秃哥，你有功。你有功还不行嘛，哈哈！

邱少千顺着纪秃子的话说：从这个角度看，秃哥的确有功。等我们将来做大了，再给秃哥记功。

纪秃子说：你们学学少千兄弟，多大气呀！少千，你快说说，准备领着我们干点儿啥？

邱少千说：秃哥，就干你和武追风、申透明正在干的活儿吧。

纪秃子惊讶地说：啊，“抠皮子”，当扒手？！

邱少千说：对，就当扒手。而且，不是一般的扒手。将来我们要当贼王！

邱少千立下了壮志。

纪秃子担心地提醒道：少千，你说的要是真的，那我们这些人可得好好练练手了！像原来那样小偷小摸，肯定是站不住脚的。

邱少千很有把握地说：秃哥，我说的当然是真的了！我们不仅要当小偷，而且要大干一场，练手是必然的。干这一行，是需要技术的。这一点，我很清楚，也自然有安排。昨晚，我想了一夜。咱们江城市这么大，这么发达，还怕没的可偷呀！更何况，咱们哥儿几个守着铁东地区，还有机床厂这块富矿，就是靠山吃山，也够咱们吃半辈子了。你们说是不是？如果你们同意，咱们就从铁东地区开始，在这一亩三分地用“窝边草”练练手。

纪秃子首先表态说：这是好事啊！少千，我原来干的那些活儿，都是零打碎敲，成不了大器。现在好了，你就领着我们大家干吧。技术上的事，如果大家不嫌弃，我可以帮助大家入门。

足智多谋的武追风眼珠子一转，说：大哥的这个主意真好！我们这个群体，不能总是打打杀杀。像我这样小偷小摸，终究成不了气候。我看，咱们就听少千大哥的，一起在铁东地区干点儿大事吧。

武追风性格狡诈而阴险，在这几个弟兄里面以能谋善断著称。这家伙眼睛不大，脸和鼻子却很大，有点儿像俄罗斯人。可是，武追风的那双圆眼珠子却很有特点。他的眼睛比一般人的要圆，眼珠子也很圆，圆得像两个玻璃球。所以，他的眼珠子一转，鬼点子就来了。后来，武追风成了邱少千的“狗头军师”。

申透明狡黠地眨巴着小眼睛说：大哥，我也同意您的意见。需要技术指点，我也可以。咱们捆在一块儿，一定能干成大事。

这时，申透明已经是在商场里活动得比较频繁的扒手了。申透明长得小巧玲珑，身轻如燕，扒窃的手法十分精湛，已经被小偷们称为“神偷儿”了。

小凯是个没啥主意的人，很少表态。他见大家都同意邱少千的意见，就说：我同意大家的意见，愿意跟着少千干。

这时，机灵的武追风眼珠儿一转，借机提议说：咱们少千大哥足智多谋、智勇双全，十几岁就带着咱们哥儿几个闯社会，没少给咱们遮风挡雨、打抱不平。出了啥事，他都挡在前面。实际上，他已经是我们这些人的大哥了。依我看，不如这样，我们六个人也学学当年的“刘、关、张三结义”。咱们来个“六结义”吧！不能同年同月同日生，但愿同年同月同日死，生生世世捆绑在一起！大家看怎么样？

红毛抢先说话了：武哥，你这个建议太好了，符合我们大家的心意。我们就拜把子吧，少千就是我们雷打不动的大哥，其余的人按年龄排列。

纪秃子说：我同意。不过，我比少千大两岁。

武追风眨巴眨巴眼睛，说：秃哥，尽管你年龄最大，但是按照道上的规矩，你也得管少千叫“老大”。你排第二，我第三，申透明第四，小凯第五。红毛最小，排第六。就按这个顺序，大家说行吗？

纪秃子说：好，就这么定了。咱们一致推举少千做我们的老大，都叫他“大哥”吧。今后，我们这些哥们儿有福同享，有难同当。

申透明说：秃哥，就这么定了。咱们哥六个，你年龄最大。在年龄上，你就是我们的大哥了。可是，咱们“干事业”的大哥，还是少千。按规矩，你也得管少千叫“老大”。

纪秃子说：那是自然。少千就是我们大家的老大！

听了武追风的提议和大家的表态，邱少千满心欢喜地说：谢谢大家对我的信任，我不会辜负大家的希望！咱们既然拜了把子，那么以后有我邱少千的，就有大家的。我一定和大家有福同享、有难同当，共同发展我们的事业！

武追风说：太好了，大哥！下面，我们就开始拜把子吧！红毛，你去准备几炷香。到厨房去找个碗装满米，咱们把香插在米碗里，就在大厅拜把子吧。

红毛说：明白了，我马上去办。

红毛回来之后，大家已经站在桌前了。红毛走过来，把装满米的瓷碗摆在桌子上，把一捆香交给了邱少千。邱少千从那捆香里抽出六支，将香点燃后，前后各三支插在瓷碗里。红毛回到队列里站定，邱少千站在队列的正中间，其余的人按年龄大小分列两边。

邱少千说：各位兄弟，请大家举起右手，握紧拳头！我来领誓，大家跟我一块儿宣誓！

好！大家异口同声地说。

邱少千说：苍天在上，厚土作证。今天，我们六个人结为异姓兄弟，要轰轰烈烈地大干一场。今后，我们要福祸相依、患难相扶、并肩战斗、同生共死。立此誓约，永不反悔！如有违背，定遭天谴！

邱少千说一句，大家跟着说一句。宣誓结束，大家一起跪在香炉前“三叩头”。

邱少千站起来说：众位兄弟，起来吧。今后，我们就是生死弟兄了，要在一个马槽里吃草了。我们必须清楚，我们要干的都是违法犯罪的事，是跟警察对着干。这样的买卖，是有风险的，随时都有可能被警察抓获。所以，大家必须做好这方面的准备。有人被警察抓了，一定记住，自己打自己的官司，咬紧牙关也要坚决挺住。切记，不要把大家都供出来，让警察把我们都搂进去。还有，我们必须苦练扒窃技术，熟悉掌握各种扒窃方法，提高我们扒窃的成功率，减少被失主发现和被警察抓获的次数。这是我们的当务之急！

大家认真地听着，暗暗佩服邱少千分析问题的能力。他们说：放心吧，大哥，我们都听您的。我们一定刻苦训练，提高扒窃本领！

邱少千满意地笑了。

3

练功吧。还有啥说的？让秃哥给我们讲讲扒窃的技巧，大家也都交流交流。特别是追风、透明，你们都很有经验，给大家上上课吧。邱少千说。

上午，邱少千把大家召集到议事大厅，让纪秃子给大家上了一堂扒窃的实际操作课。邱少千坐在板凳上，是听课最认真的一个。

纪秃子开始讲课之前，邱少千站起来说：我先说几句！咱们哥儿几个既然拜了把子，一个头磕在地上了，就绑在一块儿了。既然绑在一块儿了，我这个当大哥的就要发挥作用。无论是有扒窃经验的二弟、三弟、四弟，还是没有扒窃经验的五弟、六弟和我，从今天开始，都要从头学起，为我们干大事奠定基础。还有，我们以前干的那些偷鸡摸狗的小事，要尽量放下。以后我们要干，就要有计划、有步骤地干点儿大事。事先要做好分工，有在商场、商店的，有在公交车上、客运站里的，有在铁路沿线的，有在早市、晚市的，有在影剧院、歌舞厅的，等等。只有分工明确，大家才不至于撞到一块儿。而且，分散开来干活儿，有助于分散警察的注意力。你们说是不是?

武追风眼珠子一转，说：大哥说的极其有道理。今后，我们要干大事，必须练就过硬的技术。二哥，你说对不对?

纪秃子说：三弟说对了。练就一身过硬的本领，是奠定我们江湖地位的基础。

邱少千说：今天，我们大家当学生，听二哥给我们讲讲如何练就过硬的扒窃本领。听完课之后，我们就在这里开始实习！

纪秃子说：老大，那我就不客气了。干我们这行，首先就是要看看人家的钱包放在了哪里。也就是说，你要在茫茫的人海里找到一个目标。实际上，就是要找到目标身上的钱包等重要物品放在哪里。这就需要你的观察能力了，需要你的细心，或者说“留心”。这里需要注意，你不能用眼睛直勾勾地盯着人家屁股的位置看，“看”也需要技巧。发现钱包在什么地方以后，你就要贴上去，或者找个“托儿”，帮助你分散那个人的注意力。然后，你再贴上去“拿”钱包。拿钱包呢，动作一定要快。用力要恰到好处，不能让人感觉到你在偷钱包。

“拿”完钱包之后呢，你就开始撤。撤的时候呢，越快越好，这样就安全了。

纪秃子讲解得很认真，邱少千他们都听进去了。可是，实践起来是需要胆量的，这一点他最清楚。

邱少千对大家说：我觉得，除了秃哥讲解的这些要领以外，还有一个重要因素就是，无论遇到什么情况都要镇定自若，不能慌神儿。还没等下手呢，你就先慌神儿了，那可不行。你一慌神儿，手就会发抖。手发抖了，动作就变形了。动作变形了，你就会被失主发现。被失主发现了，你就离被抓不远了。所以，偷别人的东西时，你自己的心理素质特别重要。心理素质好，胜算就在百分之九十以上。

纪秃子说：还是咱们老大悟性高啊！别看他原来没干过这个活儿，可他说的完全在理呀！心理素质要是不好，在光天化日之下干案子，恐怕就难以实现了。所以，胆大心细是当小偷必须具备的心理素质。

邱少千说：秃哥今天给大家讲的这些，大家回去慢慢体会，好好消化理解一下。最好能在实践中应用，和实践结合起来。有机会，咱们再让三弟、四弟给大家讲讲使用刀片的方法。

红毛说：我们知道了。大哥，回去以后，我们一边消化理解，一边实习。

小凯说：大哥，我是笨了点儿，但是我可以慢慢学，不会落下的。

邱少千说：那好，今天就到这儿吧，咱们有时间再一起练习。

说完，大家都走了出去。

邱少千说：秃哥，你等一下。

纪秃子比邱少千年长两岁。邱少千很尊重纪秃子，所以就喊他“秃哥”。按照江湖上的规矩，纪秃子管邱少千叫“老大”。

纪秃子说：老大，您还有事？

邱少千说：秃哥，下午你带我去铁东菜市场一趟，我想干一单子碰碰运气，看看我是不是适合当贼。

纪秃子说：老大，就凭您这心理素质，我觉得您一点儿问题都没有。

邱少千说：有没有问题，咱们真刀真枪干了再说。

纪秃子说：好吧，老大，下午咱们就去。不过，我得确保您的安全啊！您这“人生第一单”很重要啊！

邱少千说：秃哥，这次你不要帮我。进入市场后，你就和我保持距离，让我先试试手。

纪秃子说：明白，老大。不到万不得已，我是不会出现的。

4

下午三点，太阳从东向西慢慢地移动着。光线柔和了许多，温度也降了下来，这可能是一天中最舒服的时刻。

邱少千和纪秃子进入了市场。他们一前一后，装作不认识，保持着四五米远的距离。他们各自提着塑料袋，佯装买菜，视线却在其他买菜人身上扫来扫去。因为是第一次扒窃，邱少千主要是想练练手。邱少千觉得，自己或许天生就是扒窃的材料。他右手的食指和中指十分纤细，两个手指并拢之后十分有力，夹出个钱包来问题不大。特别是，他胆大心细，心理素质超群，有着当扒手的优势。他坚信，再练习练习，他就一定能够成为出色的扒手。

邱少千用目光在一个个买菜人的身上搜寻着。这时，他认为合适的目标出现了。只见一个身材比较魁梧的三十多岁的女人站在一个卖水果的摊位前。这个女人身高一米六五左右，长得“大手大脚”。她穿了一件米色外套，里面套了一件白色小衫，乳房凸出，臀部浑圆。

邱少千心想：我可不是因为她臀部大就盯着她看。她裤子的后兜里明显有钱包露出来，被大大的臀部挤得直往外鼓。

邱少千觉得，这个女人就是他下手的对象。不出意外的话，他会很顺利地从这个女人的裤兜里掏出钱包来。根据钱包的厚度判断，里面装上千八百元应该没有问题。他装作要买水果的样子，迅速靠近那个水果摊，从那个女人的左边凑了过去。那个女人正在挑选苹果，注意力全放在苹果上了。邱少千瞬间伸出右手，很快就触摸到了钱包。然后，他用食指和中指用力向外夹，感觉钱包已经被夹出来了。这时候，那个女人突然下意识地用左手直接抓住了邱少千掏钱包的右手，钱包掉落在了地上。

干啥呀，大兄弟？偷钱包啊！

这个女人一说话，满口的东北方言，声音跟敲钟似的，吓得邱少千浑身哆嗦。他假装镇静，急中生智，说：大姐，我没干啥。你的钱包掉了，我帮你捡起来。

那个女人还攥着邱少千的右手腕，攥得邱少千右手发麻。她看了看邱少千，又看了看掉在地上的钱包，下意识地撒开了邱少千的手。

邱少千急忙捡起地上的钱包，说：大姐，你的钱包差点儿丢了，以后注意呀！

这时，附近的几个卖菜的围拢过来看热闹。他们看了看胖女人，又看了看邱少千。

有人小声说：咋回事，小偷吗？

女人说：不是，不是。是我的钱包掉了，这位大兄弟帮忙捡起来了。误会，误会！

这时候，一直跟着邱少千的纪秃子出现了。他说：大姐，这是我兄弟，我是他大哥。我方才也看见你的钱包掉了，你快看看有没有丢钱吧！

那个女人说：没有，没有。

纪秃子说：没有就好。那我们先走了！

说完，他拉着邱少千，挤出人群，迅速从市场撤离了。

到了市场外面，邱少千三步一回头地往市场方向看。直到纪秃子找到一个僻静的地方，示意他停下脚步，他才发现自己浑身上下都湿透了。他站在那里，不停地颤抖，胳膊和腿部肌肉酸痛。

邱少千十分纳闷，说：好险啊，这娘儿们怎么发现了呢？

他暗自思忖，这个胖女人真的挺厉害。他觉得自己没有惊动她，掏钱包时速度挺快，可还是被这个女人发现了。幸亏他反应挺快，可以用“机智”这个词来形容了。

纪秃子说：老大，你这是第一次，还有点儿紧张。这一紧张嘛，手就会发抖。手一发抖，夹钱包就不那么顺利了。钱包和裤子之间的摩擦力太大，那个女人自然就有感觉了！

邱少千似笑非笑地说道：这个肥肥的女人怎么这么敏感！

纪秃子坏笑着说：老大呀，你摸人家屁股了，人家还能没感觉？

邱少千说：秃哥，别说没用的了。我觉得，我失手有两个方面的问题：一个是技术问题；还有一个是心理问题，也是最主要的问题。我觉得，不亲身经历，怎么夸夸其谈都可以。真的到了现场，心理就会发生变化。这就是空谈和实战的差距。

纪秃子说：老大，你够厉害的了。那么胖的女人，你也敢动！没看见她像母老虎一样吗？哈哈！

邱少千狡黠地笑了笑，说：秃哥，我这不是第一次嘛，没经验。下次选个瘦的下手！

纪秃子说：可不是嘛，那么胖的屁股，钱包和肉挤在一起，能不敏感吗？所以，你的手一摸上去，她就有感觉了！

纪秃子没好意思说邱少千出手还不够快，幽默地用眼睛斜视了一下邱少千。

邱少千很有自知之明，说：秃哥，是我出手太慢，让那个胖女人有感觉了。

纪秃子说：几方面的因素都有，主要是你第一次出手。再练一练，下次就没问题了。

邱少千说：好险啊！有句话叫什么“出师未捷”来着？

纪秃子说：叫“出师未捷身先死”。

邱少千说：看不出来呀，秃哥你还挺有文化。

纪秃子龇着牙笑了笑，说：我也是蒙的。

邱少千说：秃哥，这事也怪了！那个女的开始指认我是小偷，后来怎么又突然变卦了？

纪秃子坏坏地笑了笑，说：就你那鬼看了都会害怕的眼窝，看你一眼能把人的魂给吓没了。我估计，那个胖女人发现你的眼神儿里全是杀机，怕你报复或者行凶，才自动放弃的。

邱少千说：周围有那么多人呢，她完全可以喊人报警啊！

纪秃子说：钱包没在你手里，警察来了，你不承认偷钱包，她也没辙。你要是告她诬告陷害呢？那个女人觉得，跟你扯这些就犯不上了。万一警察处理不了你，你再报复她，岂不是没事找事？

邱少千说：秃哥，你怎么像警察似的，分析得头头是道啊！

纪秃子说：最主要的是，那个女人钱包里的钱没有损失，她也就不想把事情闹大了。

邱少千说：你说这话就更有道理了，一般的女人都爱财如命。我要是把她钱包里的钱动了，估计她死也不会放过我。

纪秃子说：是这个理啊！

邱少千说：秃哥，这倒是给我提了个醒。一是我需要苦练基本功，练出一套扒窃的绝活儿。掏、夹、割、提、摘、抠、掐、拉，十八般武艺，我都要精通。二是绝对不能让被掏的人当场抓住。如果被当场抓住了，影响面马上就会扩大，我们逃走的概率就小了。我们要是再出手伤人，犯的罪就会加重。

纪秃子说：老大，大家都说你聪明，“走麦城”时都能想出点子来。不像我们这些有勇无谋的家伙，就知道盲目地干活儿。有了你，我们大家就有了主心骨。

邱少千说：秃哥，我既然入了行，就想带着大家干点儿大事。所以，我需要多思考，给大家出出主意。

纪秃子说：老大，就凭你的这个聪明劲儿，以后一定有大出息。我们都听你的！

邱少千说：听我的，今天就坏事了。走吧，咱们在附近找个地方吃口饭，压压惊！

纪秃子说：我请客。祝老大接下来一路顺利，马到成功！

两个人勾肩搭背地一起向前走去。

5

这天，已经是晚上九点多了，邱少千紧急把武追风叫到了自己的房间。

武追风问：大哥，啥事儿这么急?

邱少千说：我要找到那个“王瘸子”，去拜师学艺。

武追风愣住了，急忙问：大哥，哪个“王瘸子”?

邱少千说：就是号称“东北贼王”的“王瘸子”。

武追风这回听明白了。

偷胖女人的钱没能成功，邱少千十分沮丧和懊恼。

我怎么这么没用呢？邱少千拍着自己的脑门儿说。

邱少千反复思考失利的原因，最终得出了结论：还是自己的技术不过关。他认为，心理素质不好，临阵紧张，可以通过实战来弥补。但是，技术不过硬就不好弥补了。需要从两个方面加压加力：一个是自己苦练，一个是名师指点。他的目标是成为“北方贼王”。要想让小偷们服气，对他刮目相看，不练就一手绝活儿是绝对不行的。这里面包括与警察的斗智斗勇，必须时刻做好进“笆篱子”的准备。邱少千认为，蹲“笆篱子”本身就是对自身意志的磨炼，是成长为贼王的必经之路。要想成为更有作为的“扒坛高手”，不经过磨炼和生死考验是不行的。

于是，邱少千加大了扒窃的训练力度。同时，他打听到沈阳有个号称“东北贼王”的江洋大盗，因为走路时有点儿踮脚，江湖人称“王瘸子”。据说，这个“王瘸子”使了一手好刀，割包、干“抹子活儿”的水平很高，打遍东北三省无敌手。邱少千决定去会一会这个“王瘸子”，最好能拜他为师，学点儿“绝活儿”。他还打听到，这个“王瘸子”经常在列车上作案，并且案值都很高。他总是神出鬼没，别人很难捕捉到他的身影。江城市只有一个人与“王瘸子”交情深厚。这个人叫管兵，在江城市铁路公安处乘警队工作，身份是警察，经常跑江城至北京这条线。邱少千知道，自己的兄弟武追风经常在铁路上活动，与管兵有交情。所以，必须让武追风马上过来，连夜与管兵取得联系。

邱少千对武追风说：就是要把这个“王瘸子”找到，就是掘地三尺也要把他挖出来。

武追风说：大哥，我明白了。你是让我找那个乘警管兵，让他联系“王瘸子”。

邱少千说：聪明的兄弟！宜早，不宜迟啊！今晚你就和你那个乘警朋友联系，让他务必尽快联系上“王瘸子”。我一定要拜他为师，把他的手艺学到手。

武追风说：大哥，管兵可是个警察呀，在列车上照顾我和“王瘸子”是正常的。可是，要让他联系“王瘸子”，我不知道人家同意不同意。这可是个很危险的活儿呀！再说了，我和管兵有一段时间没联系了，不知道管兵和“王瘸子”还有没有联系了。

邱少千说：我们花大价钱，付出多少代价都要请管兵出山。不管他们现在怎么样了，你都要亲自去一趟，面见管兵。记住，必须亲自去！

武追风说：好吧，大哥，那我就试试看吧。今天晚上约人家不太好吧，我明天一早就去找他。

邱少千说：有一点，我想知道管兵为啥跟“王瘸子”这么铁。

武追风说：大哥，这不是明摆着嘛！“王瘸子”最早是在列车上扒窃起家的，管兵是乘警，这“猫儿”和“鼠儿”的关系，谁能说得清？有好多在列车上干案子的小偷，没有车上的内应是很难干成的。我听说，管兵帮“王瘸子”成功避开了警察的一次绝命追捕，两个人从此就结下了生死之交。

邱少千说：三弟，这个管兵太关键了。你明天见到他，要好好发挥，把他说服了。这事只准成功，不准失败。大哥给你准备十个数，必要的时候直接给管兵！

给大哥办事，武追风表现得十分殷勤，体现出了对老大的忠心耿耿。第二天，武追风就找到了管兵。

管老弟，这是十个数，作为你请“王瘸子”出山的酬劳。“王瘸子”那里，我们老大还会有重谢！武追风说。

一个方方正正的纸包摆在了管兵面前的桌子上。管兵一看这个纸包，心里就开始痒痒了。他心想，这个主顾很厉害，为了拜师，竟然肯出这么大的价钱。看来，这事必须得办成。

管兵假意推辞：武哥，给您办这点儿事，还要您破费吗？您以前没少关照我，我哪好意思收您的钱呀！

武追风说：管老弟呀，这是我们老大的一点儿心意。事成之后，我们老大没准儿还会赏你。你就收起来吧！把事情办好了，老大就高兴了。

管兵说：武哥，那我就不客气了。我争取三天之内让你们老大和“王瘸子”见面。

武追风说：太好了！管老弟，这事就拜托你了。

6

三天后，从江城开往北京的高速列车风驰电掣般地行驶在铁路线上，像一条急速爬行的蟒蛇。这辆快速列车十九点四十三分从江城市火车站出发，途经山海关等十几个著名城市，上下车的旅客络绎不绝。

车厢内，旅客们说说笑笑，好不热闹。八号到十六号车厢是卧铺车厢，其中十二号到十六号车厢是软卧包厢。在其中的一个软卧包厢内，一场特殊的会晤正在动中有静的列车上悄悄地进行。他们就是号称“东北贼王”的江洋大盗“王瘸子”和初出茅庐的江城市扒窃团伙小头目邱少千。

按照“王瘸子”的要求，邱少千他们必须打扮成生意人模样，事先在包厢内等候。包厢内，只允许邱少千一个人隐藏在铺位上，用帘子把铺位遮挡起来，不让他看见对面铺位的情况。“王瘸子”从沈阳北站上车，直接进入包厢。在包厢内，不允许邱少千看见他。进入包厢后，“王瘸子”坐在邱少千对面的铺位上。两个人隔着帘子开始对话，时间被限定在一个小时之内。一个小时之后，“王瘸子”自动撤出。两个小时之后，邱少千才可以离开包厢。

凌晨一点十分，朦胧的夜色笼罩着沈阳北站。站台上的灯光扑朔迷离，人们只能模糊地看见彼此的轮廓。

列车缓缓地停在了沈阳北站，下车的旅客开始陆续地走了下来。这时，谁也没注意，一个穿着橄榄绿色军大衣、戴着黄色军帽的男人从十五号包厢下面的站台登上了列车。这个男人走路时略微有点儿踮脚，很难被人看出来。他那长长的军大衣拖到了脚面，掩盖住了他走路时的这个缺陷。男人上车后，立即有一个身材高挑的男乘务员过来接他。两个人沿着包厢之间的过道走了十几步，就到了一个软卧包厢的门口。列车员用钥匙打开包厢的门锁，推开了包厢的门。于是，穿军大衣、戴军帽的男人便进入了包厢。这个跛脚的男人就是“王瘸子”，而那个负责接应的乘务员是管兵安排的。邱少千与“王瘸子”的这次“列车会晤”，从头到尾都是管兵策划的。

软卧车厢里非常安静，只有乘务人员来回走动，几乎没有旅客在过道上行走。

这一次，管兵能够把“王瘸子”调出来和邱少千见面，可以说是冒着很大的风险。这时，“王瘸子”已经是公安部挂牌的重点追捕和打击对象了。所以，这次列车上的冒险会晤，“王瘸子”给足了管兵面子，答应传授给邱少千一些扒手的技术和方法。

“王瘸子”走进包厢，坐定了。卧铺旁边的餐桌上早就摆好了茶水、饮料和几种干果。“王瘸子”暂时还不想喝水，只是模糊地看了看坐在对面铺位帘子后面的邱少千。他觉得，这个人看上去身形瘦削，和他差不多。这个人的身高比他要高一些，很符合“坐如钟，行如风”的贼王特征。只是扫了几眼，“王瘸子”就开始问话了。

你叫邱少千，是吧？外号“老千”？“王瘸子”问。

他的声音瓮声瓮气的，听起来像远古的钟声。

是的，前辈。“老千”是我的几个小兄弟给我起的名字，您就叫我“少千”吧。邱少千回答。

你的这些小兄弟挺有意思，怎么给你起名叫“老千”啊？你是不是在赌场上经常出老千骗钱啊？“王瘸子”问。

前辈，不是这样的。我的大名叫“少千”，弟兄们觉得少千显得不老成，就叫我“老千”了。谁知道这“老千”是“骗子”的代名词呢！邱少千自嘲道。

“王瘸子”笑了：哈哈哈，我还以为你是个经常出老千的骗子呢！哈哈！

邱少千说：小的从小本分，不会骗人。

“王瘸子”说：不骗人就好。可是，咱们这些当小偷的不是和骗子一脉相承吗？你是不是也这样认为？

“王瘸子”的问话让邱少千难以回答。他揣摩不出“王瘸子”说这些话的目的，一下子想到了“盗跖”，就随便编了几句：前辈，我认为小偷和骗子有本质的区别。我们小偷是侠盗，比如我们的祖师爷“盗跖”、“时迁”，都是劫富济贫，专门偷那些贪官污吏的钱。

邱少千的这句话把“王瘸子”给逗笑了。“王瘸子”说：哈哈，你小子有这样的想法，说明你还是人心向善，没给我们盗贼的祖先丢脸啊！

邱少千说：小的这只是一点儿拙见，真正做起来很难把握。

“王瘸子”说：老千，你这倒是说了一句实话呀！人在江湖飘，身不由己呀！通过这几句对话，我觉得你不错，是块好料。

邱少千说：谢谢前辈！前辈，桌子上面有干果、水和饮品，请您自己拿杯子！

“王瘸子”说：好小子，知道关心人，人品比较正啊！咱们言归正传，你说说，为什么想跟我学艺？

邱少千说：前辈，原因非常简单。一是慕前辈大名；二是前辈这么高超的“手艺”不能没有传承；三是老千酷爱扒窃这一行；四是我有恒心和毅力；五是不怕任何挫折；六是不以发财为最大目标；七是传承“盗跖”精神，没私心，团结道上的兄弟们干大事！

邱少千一口气说了七条理由，简明扼要、思路清晰、重点突出。“王瘸子”在扒窃这个“堆”里奋斗了这么多年，啥样的小偷都见过，就是没见过像邱少千这么有思想的小偷。他被称为“东北贼王”已经好几年了，道上的人一提“王瘸子”，那是无人不知，无人不晓啊！可是，他当了这么多年小偷，真的没有认真总结过。说说扒窃技术还差不多，真正问他有什么想法，他也说不出个子丑寅卯来。他暗暗思忖，这个邱少千年纪不大，扒窃的底子还不够深，但是他有这股劲儿，将来一定能干大事。

“王瘸子”说：老千，说得好啊！我就愿意听这种既有思想，又掏心掏肺的实话。你把跟我学习的目的说得一清二楚，不藏着掖着，真是太好了！正如你所说，我虽然本事不大，但是不能让“手艺”失传。把“手艺”传给你这样一个有恒心、有毅力又热爱我们这一行的年轻人，我此生值了。看来，这是咱们师徒的缘分啊！

邱少千一听，“王瘸子”收他为徒弟了，心中大喜。他说：师父，我请求马上跪下拜师！

王瘸子说：就不要这样的仪式了！只要你心里承认我是你师父，就足够了。这样，对你我都好。理由嘛，干咱们这一行的，有今天没明天。不瞒你说，我现在是公安部通缉的要犯。我偷了这么多年，受过无数次打击，都挺过来了。可是，这次如果进去了，恐怕就得在监狱里待一辈子了。所以呀，我不能在这个时候收你当徒弟，给你找麻烦。你明白吗？这也是我今天不想露面的原因。

"王瘸子"的声音仿佛在教堂里回响。

邱少千说：师父，我明白了。谢谢师父！您真是用心良苦啊！在我心里，您永远都是我的师父！

"王瘸子"说：老千，不用表态。我只希望等你的名字在江湖上叫响以后，大家能知道我曾经点拨过你。就这么简单！

邱少千说：师父，我记住了。

"王瘸子"说：记住了就好。我跟你说说当小偷的要领，以后你自己慢慢体会。我相信，凭你的聪明脑瓜，很快就会明白。

邱少千说：师父，您说，我全都记下。您喝口水再说吧！

"王瘸子"说：我还真渴了！

说完，他从桌子上端起一杯水，喝了几口，又把杯子放下，开始给邱少千讲解当小偷的要领。

"王瘸子"说：少千啊，这做贼呢，跟干别的事情是一个道理。也就是说，"王"有"王道"，"贼"有"贼道"，盗亦有道。所以，我们首先要明白的一点就是，要悟出"王道"。王道者，当世之规矩也。我们盗贼的老祖宗"盗跖"，带领数千"义盗"为国征战，而"鼓上蚤"时迁潜入百万军营盗窃图纸，为梁山好汉攻破大名府、曾头市立下汗马功劳，这就是恪守"王道"的先祖和榜样。所以，做贼不能和"王"对着干。这个"王"，就是政府和警察。人家代表的是正义，而我们在劫富济贫，也是违法犯罪。明白了这个道理，你就必须做到一些事情。一是可以和警察斗智，但绝不能在警察抓你时出手伤害警察，更不能报复警察，因为警察抓贼是天经地义的使命。现在有很多刚出道的蠢贼，自己没练好技术，被发现了之后，跟被偷的人干。警察来抓他，他就跟警察干，还动刀动枪。这样的贼，最后都被枪毙了。这就是教训和下场。

说到这儿，“王瘸子”又端起水杯，喝了几口水。

出乎邱少千意料的是，“王瘸子”这个赫赫有名的“东北贼王”，给他讲的第一个问题竟然是盗贼之“道”。这简直不可思议！邱少千转念一想，“王瘸子”说的很有道理。这些年，他大概也是这么做的吧。“谋财可以有，害命不可为”，这大概就是盗贼的最高境界吧。从“王瘸子”的经历来看，他也是被警察几次抓获，又几次被判了刑的，可以说是“三进山城”了。可是，从没听说他跟警察发生过冲突。这说明他是坚持用智慧去和警察斗，愿赌服输啊！邱少千不由得暗暗佩服“王瘸子”的智慧。

“王瘸子”接着说道：其次，我们要明白一点，那就是要悟出“贼道”。这个“贼道”，就是练出真正的本领，包括处变不惊的心态、过人的智慧、极速快捷的手法、纯熟的技巧等。当然了，做到这一切的前提就是你要有处变不惊的心态，这完全取决于你的心理因素。同时啊，扒窃就像是在打猎。面对你要“猎取”的对象，你有没有勇气，获取“猎物”是否顺利，最后能否成功，都取决于你是否有强大的、处变不惊的良好心理素质。有了这样的心理素质和必胜的信念，你的头脑和你的技巧就都能调整到最佳状态，最终获得成功。当然，良好的心理素质和过硬的技术是相辅相成的。技术过硬了，自信心自然会增强。自信心增强了，成功的概率就大了。所以，心态、技术和自信，是你通往成功的“金钥匙”啊！

邱少千听得入了神。邱少千没有想到，“王瘸子”没有简单地给他讲如何练习掏、割、拉、掐等扒窃手法，而是给他讲述了“盗亦有道”的道理和作为一个合格扒手必须具备的“贼道”之“艺术”。这些才是“贼道”的最高境界！至于那些扒窃的手法，都是“熟练工种”，花点儿时间认真训练，熟悉一下“刀子”、“镊子”什么的，就不成问题了。看来，要想成为真正的“贼王”，光“练手”是不行的，“练心”才是“要诀”。

邱少千说：师父，您的教诲我听明白了。原来，我只是想学点儿技术，在这条道上能吃得开。现在看来，这些都太肤浅了。师父的点拨让徒儿茅塞顿开，请受徒儿一拜！

“王瘸子”听了，马上制止说：老千，我承认你是我的关门弟子，但是我们不能破了规矩。我这一生都不会和你见面，今天更不可以。

邱少千说：我尊重师父！那我就在这个卧铺上给您磕头了。

说完，邱少千在卧铺上跪下，给“王瘸子”磕了三个响头。

“王瘸子”说：好吧，老千，我这辈子有你这样的徒弟，也就知足了。今后，你要好自为之！

邱少千说：师父，放心吧，我会努力的！

“王瘸子”说：再送你一句话吧——人间正道是沧桑。我们这辈子是把“正道”给走歪了！不能抱怨社会不公，只能说自己的心态扭曲了。只能用“盗亦有道”来美化自己，来慰藉那已经丧失了的“良心”！

“王瘸子”说完，瞬间从房间里走出去，消失得无影无踪。

屋内，邱少千泪流满面，怅然若失。

回到江城，邱少千把议事大厅当成了练兵场。他在一个三十平方米的宽敞房间里安上了三十多个橡胶模特，给模特穿上了不同类型、不同材质的四季服装，还配上了不同款式的背包、挎包和手提包，就像在商场里展示箱包和服装。邱少千又让红毛到日杂商店去买了十盒“飞鹰”牌刀片，还买了十个镊子。他想办法找了个医生，弄了十把手术刀。一切布置停当之后，邱少千把武追风、小凯、申透明和纪秃子都找来，带着他们刻苦地训练。

邱少千一边练习扒窃技能，一边练习太极功法。他认为，太极最重要的原理就是以柔克刚、刚柔相济。这样的功力，要把内劲充盈之气和内在的精神融合在一起，形成高级合力，达到“行气如九曲珠，无微不至；运动如百炼钢，无坚不摧”的境界。扒手如果练到了太极的境界，以功法的力道来使用刀片、镊子等工具，就能做到手法娴熟、运用自如，达到出神入化、攻无不克的效果。

在训练的间歇，武追风对大家说：告诉各位兄弟一个好消息，咱们大哥已经正式拜师在“王瘸子”的门下，得到了“东北贼王”的真传。所以，大家今后都要向大哥学习，听大哥的话，苦练本领，不能辱没“东北贼王”的名声，直到咱们老大成为北方唯一的贼王！

红毛用十分崇拜的眼光看着邱少千说：大哥，您拜“王瘸子”为师了，太好了！您的层次提高了，我们兄弟几个的层次也跟着上来了。

纪秃子也激动地说：老大，“王瘸子”能收您当徒弟，您真是幸运啊！我们作为您的兄弟，真是太荣耀了！这辈子，我们就跟您混到底了。

小凯说：看来，我们得好好练功了，不能给“王瘸子”的徒弟丢人现眼！

几个人纷纷表了决心。

邱少千说：那我可就要看大家的表现了啊！去把工具拿好，抓紧收拾一下，马上进入训练状态！

是！

大家回答后，分别去取工具了。

孩儿们，操练起来！

邱少千一声令下，这几个家伙纷纷开始了训练，俨然是一个美猴王带领着众猴操练起来了！

7

若干年后，一家名为“江城市聚财商贸服务有限公司”的企业在位于江城市郊区的一个并不显眼的三层小楼里挂牌成立了。这家公司表面上开展着各种贸易活动，实际上就是邱少千和他手下的一帮扒手共同经营的“小偷公司”。

随着时光的流逝，邱少千手下的这些拜把子兄弟的功力都见长了。

邱少千完成了由“老千”到“影子”的转变，以一手出神入化的“刀活儿”，凭借着“王瘸子关门弟子”的护身符，占据了“扒坛老大”的位置。武追风，人送外号“风神儿”，成了在列车上扒窃犯罪的老手。申透明，人送外号“神偷儿”，专门在早市、夜市偷窃。他身轻如燕，体型像鼓上蚤时迁，扒窃时鬼鬼祟祟，很难被发现。因此，他是这些人中“掉脚儿”最少的。后加入队伍的柳叶儿也成了在公交车上作案的行家里手，被称为“绺神儿”。纪秃子、小凯、红毛也各有所长，在江城市的小偷里排名靠前。这些小偷各有所长，聚集在邱少千的麾下，不干出一番惊天动地的“事业”怎么行！

当然，干事情是要付出代价的。尽管这些弟兄各有所长，但是他们常在河边走，哪有不湿鞋的道理！案子作得再高明，再天衣无缝，也会有“掉脚儿”的时候。警察哪有吃干饭的！这些年，邱少千手下的这些人或多或少都被警察处理过，有的还是反复被打击处理。就连邱少千本人，也被劳教过，还被判过刑。邱少千总结了一下，认为过去失败的原因主要有两个：一是警惕性不高，没有做到知己知彼；二是以磕头拜把子的方式来组织，不够严密，管理松散。所以，必须建立一个相对完整的组织架构，健全管理制度，制定工作章程，建立处罚机制，以公司化的运营模式，把扒窃当成产业来发展。经过认真地思考，邱少千的头脑中有了一个成型的方案。

早上，他把武追风叫到家里，让他坐在沙发上。柳叶儿过来给邱少千和武追风各倒了一杯茶水，准备退出去。

柳叶儿，你也参加一下。邱少千说。

于是，柳叶儿返了回来。

邱少千拿起茶杯，喝了一口茶，说：风神儿，我觉得，应该利用现在这个地方，去注册一个合法的公司。就用我当初设想的那个“江城市聚财商贸服务有限公司”注册！当然，表面文章还是要做的。找两个咱们的亲属当法人，实际上董事长、总经理由我一个人兼任。你当公司的行政总监，柳叶儿当公司的财务总监。你看这样可以吗？

武追风豁然开朗，说：太好了，大哥！您真是高明！组建个公司，表面上是商贸公司，实际上是小偷公司，目的是“聚财”。只不过，我们做的是无本生意。这样，我们就可以穿着合法的外衣干违法的勾当了！

邱少千说：瞎说！什么叫违法的勾当？这话好像是警察说的。

武追风尴尬地笑了笑，说：我错了。对我们来说不违法，不违法。

邱少千说：既然成立了公司，就要有不同的部门。我是这样考虑的，根据人员的特点，成立几个部门，包括市场开发部、文化旅游部、公共交通部、旅客列车部、公关部。此外，为了拓展市场，还要成立南下支队和北上支队。风神儿对铁路系统比较熟悉，可以做行政总监兼旅客列车部经理。神偷儿对早市、夜市和商场比较熟悉，习惯于夜间作案，可以做市场开发部经理。柳叶儿号称“公交杀手”，已经是道上小有名气的“绺神儿”了，可以做财务总监兼公共交通部经理。同时，可以把号称“夜猫儿”的钱伏齐叫过来。他对文化广场、公园、医院、影剧院、学校、歌厅、夜总会等文化娱乐场所比较熟悉，可以做文化旅游部经理。公关部的主要任务是，用包括美色在内的一切手段，打通各个环节。其中包括公司成员“掉脚儿”后协调捞人，或者当“上托儿”。经理暂时由柳叶儿兼任，成员是部分女扒手。此外，红毛暂时担任南下支队的负责人，小凯暂时担任北上支队的负责人。南下支队和北上支队的负责人可以根据“业务”的变化随时调整。南下支队的业务范围主要是长江以南的铁路沿线城市，北上支队的业务范围主要是长江以北的铁路沿线城市。秃哥主要负责市区内业务的总体调度和协调，看准时机开展业务。风神儿、柳叶儿，你们看，我这样分工合适吗？

武追风滑稽地笑了笑，说：大哥，太好了！这是我第一次听说，我们这些“地下工作者”竟然当上了董事长、总经理、经理、总监。有了这些“官衔儿”，我们自己都不知道自己是谁了。照照镜子，我们还是小偷吗？哈哈哈！

柳叶儿也激动了起来，说：师父，我一下子就有了三个头衔！不过，这公关部经理，我就别当了。

邱少千说：为什么不当呢？暂时没有合适的人选啊！

柳叶儿娇嗔地说：师父，您还不明白吗？我要是出卖色相过头了，您会不会不高兴呀？

邱少千假装生气地说：出卖色相？哼，别卖身就行！

柳叶儿故意挑逗邱少千说：师父，这个尺度可不好把握呀！

武追风说：柳叶儿，别气师父了！师父在这儿说正事呢！你的“身”已经卖给老大了，至于色相嘛，当然是大家的美食了。

柳叶儿说：武哥哥，你也学坏了。

邱少千说：别闹了！我说正事呢，你们听着！

8

柳叶儿的确长得很漂亮，特别是那精致的五官凑在一起，绝对是一桌色、香、味俱全的美味佳肴。别看她表面上低眉顺眼地眉目传情，要是发起火来，柳叶眉倒立，杏核眼圆睁，眉眼立马就变成了刀枪剑戟。邱少千就喜欢柳叶儿这一点：该温柔时，柔情似水；该发火时，暴跳如雷。

英雄配美人！邱少千觉得，和柳叶儿的相遇就是一个浪漫的过程。

那天，邱少千准备在滨城市的一个大型商场干一单。他瞄准了“猎物”——一个站在鞋帽柜台前的中年男子。这名男子防范意识不强，钱夹就在“后门”里面的明显位置。邱少千凑上前去，快速出手，在几秒钟内就把那名男子的钱包揣在了自己的怀里。没想到，那名男子非常敏感。虽然邱少千已经走出去很远了，但是那名男子还是反应过来了，突然发现自己的钱包被偷了。

那名男子当场大喊：有小偷！我的钱包被偷了！大家快抓！

但是，他并没有确定是邱少千偷的钱，只是在毫无目的地喊叫。久经沙场的邱少千当然明白这一点了，但他还是加快了脚步，准备从出口快速逃离。身处陌生的环境，没有事先踩点，邱少千显得有些惊慌。没办法，他只好停下脚步，辨认一下方向。这时，一个穿粉红色纱裙的女孩来到他的身边，轻轻地说了一句：哥，迷路了吧。跟我走吧！

邱少千只是短暂地愣了一下神儿，女孩就向前走去了。邱少千觉得，这个女孩不可能是警察。于是，他就跟着这个女孩快步向前走去。女孩沿着柜台间的通道走出去了十几米，向左拐进了另一个通道。又走了二十几米，她向左穿过一排柜台，进入了另一个通道。这个通道的前面就是出口。

看到出口，邱少千就像是抓到了救命的稻草，一颗悬着的心终于落了下来。他急忙从出口走了出去，却发现刚才引路的女孩不见了。邱少千很是纳闷儿——这个引路的女孩是谁呢？为什么给他引路？会不会是陷阱？邱少千觉得，自己是想多了。她要是警察，他早就被抓了，还能等到这个时候？他索性继续前行，找个僻静的角落把包“洗”了。邱少千向前走了二百米，隐藏在公共汽车站的站台后面，拿出了刚才偷的那个钱包。在打开钱包的一瞬间，他觉得战果显赫，里面足有三千多元的现金，还有两张不记名的购物卡，价值一万元。太棒了！他正要挥拳庆祝，眼前出现了一抹粉红色，那个给他引路的女孩又出现了。邱少千的魂差点儿被吓出来，钱包掉在了地上，里面的钞票散落了一地。

你是人还是鬼呀？邱少千惊恐地说。

女孩杏眼圆睁，显得十分愤怒：小声点儿！我是给你引路的人呗！刚帮完你，就把我给忘了！

她一边说，一边俯下身去捡拾地上的钱和钱包。捡完之后，她把钱和钱包递给了邱少千。

邱少千赶紧说：妹子，别生气！没忘，没忘！你吓死我了！你不是“老便”吧？

女孩转怒为喜：我的大哥呀，有长得像我这么漂亮的“老便”吗？放心吧，我不是警察！

邱少千说：不是警察就好！

女孩说：大哥，不好意思，我就是想给你个惊喜呀！

邱少千说：妹子，以后可不能这么玩儿了！好不好？

女孩温柔地说：知道了，大哥。

邱少千说：妹子，谢谢你，关键时刻给我引路。

女孩说：大哥，别这么客气！

邱少千说：妹子，你知道哥哥是干啥的吗？刚才我“拿活儿”时，你是不是就看见了？

女孩说：对呀，大哥，我都看见了！您做完了，我就跟在您后面了，直到那个男人开始喊叫。我怕您一时惊慌迷了路，就跟过来帮您指路了。

邱少千说：谢谢妹妹！可是，你为什么要帮哥哥呢？

女孩说：不瞒您说，咱们俩是“同道”。您选的那个“猎物”，也被我选中了。只是，那个时候您出手比我快，就被您抢了先。整个过程，我都在那里看着。所以，我发自内心地佩服您。我知道您是第一次来这个商场，没准儿会忙中出错，这就给了我一个帮忙的机会。

邱少千说：这样看来，是我对不起妹妹了，不仅抢了妹妹的“单子”，还让妹妹救哥哥于危难之中。今天这个“战利品”，哥哥一分不要，全部捐献给妹妹。

邱少千说完，把手里的钱包硬往女孩的手里塞，女孩却坚持不接。

女孩说：哥哥，您不必这样。咱们俩都是道上的，在此相遇也是有缘分啊！我感觉您非常仗义，我也就不藏着掖着了。我一直在滨城市“耍单帮”，有时候连个“上托儿”都没有。我想和哥哥联手，互相帮衬一下。不知道哥哥意下如何？

邱少千听了这话，就像看见天上掉下个林妹妹一样幸福。自从山杏儿带着儿子消失了之后，邱少千身边就连个女人都没有了。听说女孩要和自己搭档，邱少千立马就动了歪心眼儿。

想到这儿，邱少千不露声色地说：妹子，太好了，哥哥今天可是捡到宝了！这就叫“财色两收”啊！哥这是哪辈子积了德啊，哈哈哈！

邱少千笑得异常开心。

女孩害羞地说：大哥，我说的是真的。咱们俩联手，可以在不同的城市活动，能够互补啊！

邱少千说：这就叫“男女搭配，干啥都不累”！

女孩说：累了，我给哥哥捶背。

邱少千幸福满满地问：妹子，你叫啥名字？为啥要跟哥哥联手呢？

女孩说：大哥，我叫柳叶儿——柳树的柳，叶子的叶。我妈说，我这一生注定漂泊，像风吹柳叶儿！

邱少千说：我觉得，你叫“婀娜多姿”更好些。难道你不知道自己的腰条有多美吗？

柳叶儿说：大哥，您真会说话。您叫啥名字呢？

邱少千轻描淡写地说：我叫老千，道上的人都叫我“影子”。

“影子”？您是“影子”？不可能吧！我遇到的就是“扒坛”上赫赫有名的“影子”？

这下，柳叶儿吃惊不小。

是我。我叫邱少千，就是传说中的“影子”。邱少千淡淡地说。

柳叶儿几乎原地蹦了起来。她突然冲过去，抱住邱少千，激动地说：大哥，原来您就是赫赫有名的“影子”！遇见您真的是我的幸运！我太崇拜您了！您今天就把我带走吧！

此话正中邱少千的下怀。邱少千说：太好了！柳叶儿，咱们马上就出发，跟我去江城市。

柳叶儿说：好的，我现在就跟您走！

柳叶儿大胆地拉起邱少千的手，再也不想松开。

这叫“美人爱英雄”！

柳叶儿说着，笑容像春天的风。

第五章　黑色财富

1

成立了小偷公司，就是建立了自己的“王朝”。邱少千在这个王朝里呼风唤雨，为所欲为。他把“生意”做得越来越大，开始了疯狂掠夺和积累财富的过程。

邱少千把江城市的小偷们整合到了一起。可以说，整个社会面都在他的“掌控”之中。

狡诈而冷静，这是邱少千作为“贼王”的长处。管理这么庞大的一个小偷队伍，需要一个金字塔式的运行规则。在这个规则下，一级对一级负责，一级对一级严格保密。作为塔尖，他只接触第二个层级的经理，向每个经理单独发出命令。至于经理下面的组里的小偷或者一般的小偷，想接触到邱少千是不可能的。这是确保他绝对安全的关键环节。

架子搭起来了，还要有公司的运行规则。他要用规则来管理公司，约束“员工”们。

邱少千对武追风说：风神儿，你看看，我制定的规则怎么样？必要时，你可以补充。

邱少千对武追风的信任超过了任何人。当然，除了柳叶儿。柳叶儿相当于邱少千公司的财务总监，武追风相当于邱少千的高级参谋。

武追风说：老大，管理这么庞大的公司，没有规矩哪行啊！

风神儿，我说，你记录。这些都是我现想出来的。邱少千说：我总结了一下，大体上有这些规则，比如议事规则、联络规则、行动规则、分配规则、惩戒规则。

武追风说：老大，你能整出这么多规则，不容易啊！

邱少千的脸上露出了得意的神情。

风神儿，我这里还有注解呢！这议事规则嘛，就是公司在作出所有重大决策之前，都要由行政总监负责征求各部门负责人的意见。经过各个部门讨论之后，要将最终意见呈报给董事长。最终，由董事长来作决定。各个部门在开展重大“业务”之前，必须得到董事长的同意。董事长批准后，再由各个部门执行。联络规则就是，除重大事项外，各个部门的负责人禁止与董事长直接联系。确实需要联系的，要通过行政总监和董事长取得联系。一切指令都要通过行政总监下达，部门之间不允许互相联系，更不允许单线联系。任何人不得泄露董事长的通信方式和行踪。有人“掉脚儿”后，不许供出同伙。行动规则就是，重大行动由董事长根据形势统一安排部署，各部门负责人及其手下不得擅自开展业务。开展一般业务，需要报行政总监备案。分配规则就是，各部门收入的70%上缴财务，由财务总监按各部门的“贡献率”来分配，要“奖优罚劣、奖勤罚懒”。惩戒规则就是，对积极工作、贡献较大的员工，给予物质奖励。对“掉脚儿”后供出同伙、违反公司规定干私活儿和年度“业绩”倒数第一的员工，要严厉制裁。

邱少千一口气把这些规则讲解完之后，在一旁听着的柳叶儿立马鼓起掌来。

老大这么有学问，我是彻底服了。当年，我选择跟您来江城，真的是没有错。我选择了一个真正的老爷们儿！

柳叶儿表白得如此直截了当，真是敢爱敢恨。她给邱少千送上了一杯热茶。

武追风说：柳叶儿，我怎么好像闻到了醋味，酸不酸啊？

邱少千说：风神儿，柳叶儿的话尽管酸了点儿，但是我爱听。你就说一下，我这些规则中不中吧！

武追风说：老大，不是我恭维您，您制定的这些规则，那是相当棒啊！哪一条都可行，简直没啥漏洞啊！

柳叶儿一激动，突然在邱少千的脸上亲了一下。

武追风说：柳叶儿，你淑女一些好不好，都把大哥弄得不好意思了！

邱少千笑了笑，说：柳叶儿，别明目张胆地亲！我大小也是个董事长，需要尊重啊！

柳叶儿说：不嘛，就亲！感觉您不是董事长，而是个当官的，说起话来头头是道！

邱少千自信地笑了笑，说：是吗，我像个当官的？就我这块料，当年要是进了机床厂，现在即使当不上厂长，起码也是个副厂长了吧！

武追风说：老大，当了机床厂的副厂长，可没有你现在自由啊！想风流就风流，想干啥就干啥！

邱少千说：风神儿，你又不好好说话了。我啥时候想风流就风流了？你这是对老大人格尊严的侮辱和挑战！

邱少千说完，自己都忍不住笑了起来。

2

公司组建后，拓展业务成了一件迫在眉睫的事。为此，邱少千绞尽了脑汁。

进入了二十一世纪，中国的经济迅猛地发展。以北京、上海、深圳为代表的改革开放前沿阵地，城市经济更是一路高歌猛进。邱少千看准了经济发达地区的“市场”这块肥肉，决定派南下支队和北上支队去“捞金”。邱少千清醒地认识到，当小偷的被警察抓过几次，判过几次刑，是再正常不过的事了。所以，他认为，要在从被释放到下一次被抓之前的这段“黄金时间”，最大限度地“捞金”。还有就是，要与警察“斗法”，最大限度地降低被处罚的力度。只有这样，才能最大限度地延长“扒窃生涯”。

邱少千把纪秃子、红毛留在本地，让自己的爱将武追风担任南下支队的负责人，到南方去蹚一蹚路。他把自己心爱的女人柳叶儿派到南方去助阵，主要在南下广东的列车上“活动”。小凯担任北上支队的负责人，主要在北京和天津一带“活动”。

决定了之后，邱少千把武追风和柳叶儿叫到自己的办公室里面授机宜。

邱少千说：风神儿，派你去南下支队，既是不得已的选择，也是最合适的选择。现在，南方的“肉”的确太肥了，我们再不吃恐怕就来不及了。这肉吃好了，就是香的，可要是吃到了骨头，可是要锛掉门牙的，损失惨重啊！所以，我经过慎重考虑，让你和柳叶儿出马，主要是去探探路子，见机行事。但是，必须保证安全。

武追风说：老大，我听说南边的警察管得比较松，或许现在正是我们“吃肉”的最佳时机。

公司成立以后，邱少千以“董事长”自居，下面的所有弟兄都称他为“老大”。邱少千把原来的几个拜把子兄弟与公司的发展分割开来，要求对待“公司”的任何员工都一视同仁，公平公正地处理任何事情。邱少千要求，以前磕头的老哥儿几个，除了单独相处时可以称兄道弟以外，其余时间不可以称兄道弟，以免给后加入的成员留下“厚此薄彼、待遇特殊”的印象。邱少千不仅给别人立规矩，而且给自己立规矩。

邱少千说：这样的规矩，有利于“事业”的长远发展。

柳叶儿说：老大，我和风神儿配合，您就放心吧，保证给您拿

“大单”回来。

邱少千对武追风说：风神儿啊，让你去，还有一个任务。你知道是啥吗？

武追风早就知道邱少千要说什么了，故意装成不知道的样子：老大，真不知道是啥任务！

邱少千说：风神儿，你就给我装糊涂吧！带着谁去，你不知道吗？她要是少了半根毫毛，你就别回来见我了！

武追风笑了笑，说：老大呀，这关键时刻就看出来谁远谁近了吧！您这重色轻友的毛病，让我们好难过！

邱少千说：难过个屁！重色轻友是男人的本性嘛！

武追风不怀好意地乜斜着柳叶儿说：妹子，你这是用了啥勾魂药？把老大的魂都给勾去了！

柳叶儿脸红了，心想，这辈子能跟上这样的人，也不枉做一回女人了。

柳叶儿故意娇滴滴地气武追风：武哥哥，不是我的勾魂药好使，而是我有的东西你们男人没有！

邱少千说：柳叶儿，你不觉得脸红吗？去准备干正事吧！

柳叶儿笑盈盈地说：你看看，惹老大不高兴了吧！我去干活儿了，你们继续。

说完，她像一阵风一样走了出去，抛给两个男人一双媚眼。

安排完南下支队，邱少千又忙着部署北上支队。他送走了武追风，又把小凯给找来了。

虽然邱少千知道小凯有独来独往的毛病，还经常出现“干私活儿”、“觅黑钱”的问题，但是小凯毕竟是打小儿跟他一起创业的兄弟，关键时刻不得不信任小凯。其实，像狐狸一样精明的邱少千让小凯“北上”，后面还是留了一手的，那就是让申透明紧随其后。一方面，他是不放心小凯的技术。另一方面，他想监督小凯的一举一动。

邱少千对小凯说：兄弟呀，你这次北上，任务很艰巨呀！沿线的几个城市经济十分发达，但是不要为了弄钱而放松警惕，贸然行事。这一点，是我对你最不放心的。

小凯说：老大，我去了以后，干大事之前都会向您请示。有您在后方替我把关，我心里就有底了。

邱少千说：兄弟呀，大哥这次让你北上挑大梁，你可不能辜负大哥对你的一片心意呀！我把不把关无所谓，你踏踏实实地做事就好，干几个像样的活儿给大家看看！毕竟有南下的那伙人比着呢，咱们能自甘落后吗？

小凯说：老大，我听明白了。我会好好干活儿的，不会走样。到时候拿"货"来见你不就行了！

邱少千说：好兄弟，这我就放心了。

邱少千嘴上说对小凯放心，可是小凯转身出去之后，他就让武追风把申透明给找来了，表面上是配合小凯北上，实际上是监督小凯。

3

就这样，他们南下的南下，北上的北上。

一时间，邱少千带领手下的弟兄们在各地猖獗地活动起来。南到广东等经济发达的省份，北到北京、天津等核心城市，他们所到之处，就像蝗虫扫荡一样，洗劫着老百姓的钱财。特别是号称"南下支队"的北方扒窃团伙，在深圳一带臭名昭著，所到之处鸡犬不宁。

邱少千犯罪集团在全国范围内进行扒窃，资产像滚雪球一样迅速积累，邱少千也像成功的资本家一样迅速暴富。十几年下来，邱少千名下的资产已经达到了数千万元。

在此期间，邱少千犯罪集团的成员受到了不同程度的打击，邱少千本人也受到了打击。有了一次劳动教养和三次被判刑的经历，邱少千却"越挫越勇"。其中，有两次是拜郑东风所赐，是郑东风亲手抓了他的现行。他对郑东风这样的对手十分畏惧和忌惮，却又打心眼儿里佩服。

在邱少千眼里，郑东风是一个刚正不阿、充满智慧、英勇顽强的警察，十分敬业。小偷们因他的坚持不懈和持之以恒而感到畏惧，生怕落到他手里。

相比之下，有时候连邱少千自己都觉得他们干的活儿十分肮脏。一次，邱少千对武追风说：风神儿，扒手有时候和妓女很相似，都是在见不得人的角落里干着别人觉得肮脏的事。人家妓女还能带给人快乐呢，可是咱们这些小偷呢，只能让人痛恨。

武追风说：老大，咱们也有痛快的时候。比如，偷到钱包之后，在角落里数钱，比嫖娼还痛快！

邱少千哈哈大笑着说：风神儿，你的这个比喻挺有趣。咱们是扒并快乐着呗！

每当邱少千说这句话的时候，武追风就会完美地附和一句：老大的话就是精辟！

邱少千说：还是风神儿懂我！

邱少千在小偷生涯里，也尝试过贿赂警察，拉警察下水。邱少千在自己的财务支出项目里，专门列了一个“公关费”，就是每年拿出一定的钱，用来贿赂、拉拢警察和各类官员。这笔费用由柳叶儿和武追风两个人负责管理，给予拉警察下水有功的小偷特殊的奖励。在他们拉拢的名单里，就有郑东风的名字，并且是首选。邱少千了解到郑东风喜欢抽烟，而且烟瘾很大，就让武追风打听郑东风平时抽什么牌子的香烟。最后，他打听到郑东风抽的是旱烟。旱烟“跟不上溜”了，郑东风就抽几元钱一包的黑杆雪茄，这让邱少千大失所望。

邱少千说：风神儿，郑东风是不是买不起高级香烟啊？明天给他买一箱软“中华”寄过去，看看他收不收！

武追风说：大哥高见！即使他不抽这么高级的烟，我们也要给他寄。一箱三万元，弄不好他会把烟卖了换钱。

邱少千狡黠地笑了笑，说：他要是真的卖了烟换钱，那我们就知道他假正经了。下一步，我们就对症下药，拿现金直接给他砸上。搞定了郑东风，我们可就随便了。哈哈！

武追风说：明白了，大哥高明！我马上去办！

下午，武追风通过烟草公司的熟人买了五十条一箱的软“中华”，给郑东风寄到了单位。一个月过去了，郑东风都没有签收，并且如数退了回来。邱少千的计谋彻底失败了，他彻底了解了郑东风的为人。他不敢再打郑东风的主意，只好物色其他警察做自己的内线了。

有了钱，邱少千就开始在江城市购置房产了。他在山上修建别墅，给手下四股势力的主要扒手购买高级轿车。奔驰、宝马、凯迪拉克、劳斯莱斯等豪车成了邱少千犯罪集团成员的座驾，足见其资金积累的厚度。

随着时间的推移，邱少千的资产越聚越多，手下的人马、刀枪数不胜数，简直称得上是“扒窃王国”了。邱少千一贯赏罚分明、恩威并重，小偷们都死心塌地、忠心耿耿地为他干活儿。邱少千坐享其成，享受着国王般的待遇。同时，一些曾经和邱少千一起打天下的老贼自恃功高，一方面摆老资格，另一方面纵容手下干私活儿。邱少千意识到，机构过于庞大，会导致鞭长莫及。机构内部的人员之间钩心斗角，控制起来难免会顾此失彼，难度越来越大。

尽管公司成立时制定了严格的规章制度，但实际情况是，这些小偷我行我素惯了，不愿意被条条框框束缚。所以，如何严格管理，震慑那些居功自傲的老贼，成了摆在邱少千面前的一个重要课题。

邱少千冥思苦想，终于想出了一个杀一儆百的办法。

这天，邱少千分别给夜猫儿、红毛和纪秃子打电话说：前些天，咱们活动得有些频繁，引起了江城市反扒警察的重视。所以，告诉你们手下的弟兄，放假三天，不允许私自出去“干活儿”。否则，就是违反公司规定，发现了就要严惩。

接到指令后，夜猫儿、红毛和纪秃子都痛快地答应了。纪秃子还特别强调：老大，您放心，我的人执行您的命令最坚决，一个都不会出去。他们如果出去了，您就处分我。

邱少千心想，表态最快的也许就是最容易出毛病的。邱少千对纪秃子说：秃哥，不论谁的人，都不允许出去。一旦“干私活儿”被警察抓了，就会严重影响公司的发展。

纪秃子说：那当然，谁都不能出去！谁出去了，就狠狠地处理谁。

放下电话，邱少千就开始乔装打扮了。有时，他把自己打扮成有钱的绅士。有时，他又把自己打扮成中产阶级。有时他还打扮成流浪汉。邱少千化装的目的就是利用他给别人“放假”的时间，看看那些人是不是不听他的吆喝私自行动。当然，邱少千穿着各种装束去各类场所的时候，手里都提着个二尺见方的箱包。这箱包里装着他的秘密武器，就是一套崭新的警服。

想办法弄到警服之后，他心想，我也当一把警察，体验一下抓小偷的神圣和快感。

“放假”的第二天，傻笛子就有点儿坚持不住了。这几天偷惯了，“收入”也算可观，冷不丁地让他休息三天，还真有点儿无所适从。

晚上，傻笛子给纪秃子打电话说：大哥，这两天都憋坏了，明天我准备到外面去转转！

傻笛子半年前刚刚投靠纪秃子。这个家伙长得很结实，有股子蛮劲儿，在水果市场和蔬菜市场当过搬运工。他在市场上搬运水果和蔬菜，每天搬几百箱也赚不了几个钱。他正想改行，就碰到了在菜市场“干活儿”的纪秃子。他向纪秃子表决心，说想当小偷。

傻笛子说：大哥，虽然我没有手艺，但是我有资源。我知道市场里面采购水果的那些老板有钱，把他们的情况提供给你，你来偷。这不就是配合嘛！

纪秃子说：行啊，这倒是省了不少事呢！没过几天，傻笛子就给纪秃子介绍了几个腰包鼓鼓的销售水果的老板。扒窃得手后，纪秃子乐得合不拢嘴。他慷慨地分给傻笛子几千块钱，傻笛子也高兴了。还是有这个“手艺”来钱快呀！从此以后，傻笛子不再当搬运工了，跟纪秃子学了几招，便开始了“扒手”生涯。因为是新手，还没有尝过被警察抓的滋味，傻笛子干起活儿来无所顾忌。

纪秃子在电话里严肃地说：老大最反对私自出去“干活儿”了。这是行内的规矩，触碰了是要遭到处罚的。

傻笛子说：大哥，我是您的兄弟，不是那个老大的兄弟。我出去是给您干活儿，弄到了钱，咱们俩对半分。再说了，这事您要是不说，老大怎么会知道呢？

纪秃子说：万一被警察抓住了呢？

傻笛子说：您别被他们忽悠了！警察能总在市场上待着吗？估计早就撤了！

纪秃子说：傻笛子，你听好了，我坚决不允许你出去！你要是不听话，出了问题，我是不会替你承担责任的！

傻笛子说：大哥，您放心！我不去了，行了吧！

傻笛子放下电话，心想：大哥这是表面上严厉，内心里支持，又不能明说。这叫“反话正听”！前几次干私活儿，给老大返款，老大也没拒绝呀！还有，这叫“将在外，君令有所不受”啊！更何况，我只是一个最底层的小偷啊！明天必定要出去看看！

上午九点，傻笛子来到了水果、蔬菜批发市场。

这个时间，市场里最热闹。批发蔬菜和水果的商贩们在和前来采购水果的客商们讨价还价。如果价格合理，达成了协议，商贩们就要陪采购的客商到存放水果、蔬菜的车上去验货。验完了货，他们就会卸货，把水果和蔬菜搬运到客商指定的车上去。第二次装车完成之后，就到了交款的环节。水果市场和蔬菜市场都是现金结算，所以买水果和蔬菜的客商都会携带大量的现金。以前，傻笛子就是这里的搬运工，对这一套程序十分熟悉。他能够抓住扒窃的最佳时机，在商贩和客商讨价还价最激烈的时候下手，把客商裤兜里的钱包“掏”出来，然后迅速撤离。等到谈完价格、验完货，再装完车，要付款时，客商就会发现钱包没了。这时候，傻笛子已经在洗钱的地方把钱装进自己的腰包了。

对傻笛子来说，这个市场再熟悉不过了。他只是来回走了一趟，就确定了行动的目标。他看见了穿着衬衫和牛仔裤，脖子上戴着又粗又长的大金项链的男人。这个男人，傻笛子看着非常眼熟。他是附近县城的一个倒卖水果的商贩，是个“大款”。这个男人的腰里缠着一个装钱的口袋，后屁股兜里也都是钱。他一副大大咧咧、满不在乎的样子，正在和批发水果的女老板砍价。

傻笛子凑了上去。他的技术还不够熟练，不敢偷那个“大款”腰包里的钱，只好去偷藏在“后门”（后屁股兜）里的钱了。他把钱“拿下”之后，沿着后面的过道在人群中迅速地穿行。他必须尽快离开市场，所以他从过道中间绕过一个摊床，进入另一个过道，奔向了市场的一个库房区。库房区的前面有一条路，再往前走是出入市场的一个便门。这个便门是早晚开市、闭市时，商户和工作人员出入的地方。不熟悉这个市场的人是不知道这个通道的。傻笛子快速向这个通道走去，不时地回头看一眼，看看有没有人追赶。然后，他快速走出了大铁门中间打开的小铁门。傻笛子不知道，从他进入市场，到“拿货”，再到逃走，后面都有一个人在不远不近地跟随他，暗中监视他。看见傻笛子走出市场，那个躲在暗中的人拿出手机，发出了一条指令。

出了小铁门，走出一百米就是永裕大街，马路对面是一排排的住宅小区。傻笛子穿过永裕大街，进入了一个小区。这个小区的两栋楼房之间有一条过道，沿着过道跨过两栋楼房，就是两个楼区之间的过道。傻笛子沿着过道拐到了左侧的楼区，看见前面有一个电工房。他向四周看了看，确定没人，便隐藏在了电工房后面的房檐下。

傻笛子美滋滋地打开那个淡绿色的帆布钱包，掏出了厚厚的一沓人民币。几千元的收入啊，傻笛子乐疯了！他把钱攥在手里，高高地举过头顶，喜不自胜地庆祝着。

把钱交出来，我是警察！

一个声音传了过来。尽管这个声音低沉而沙哑，但是对傻笛子来说，犹如晴天霹雳。

傻笛子抬头一看，发现一个身穿警服的人威风凛凛地站在他面前，目光咄咄逼人。尽管傻笛子身体不算单薄，但这是他有生以来第一次面对警察，就像被一盆冷水自上而下浇了个透心凉，刚才那种“洗钱”的狂喜已经荡然无存了。他那高大的身躯顺着电工房的墙壁滑了下去。

起来吧，跟我们走一趟！那个“警察”用威胁的口气说。

这时，在“警察”的后面，出现了一个红头发的人。

走，去反扒大队！红头发的人也发话了。

傻笛子被“警察”架着走出小区，进入了一辆停在路边的轿车。“警察”坐在前排，傻笛子和红头发的人坐在后排。坐定之后，司机启动了轿车，驶向江城市的郊区。轿车向左转，进入了一段乡间公路。公路的左侧是一片废弃的烂尾房。司机把车开到烂尾房附近，停了下来。那个穿警服的人走下车来，红毛把傻笛子也带下了车。

傻笛子一看眼前这阵势，浑身抖得更加厉害了。他急忙跪地求饶：警察同志，你们不是要枪毙我吧！咋还把我整到这荒郊野外来了？

红头发的人严厉地说：枪毙个屁！到了里面，你就知道了！

“警察”在前面走，红头发的人押着傻笛子跟在后面。几个人进入了一个宽敞的大厅。这个大厅足有二三百平方米，尽管周围用彩条塑料布围着，但仍然显得十分空旷。冷风从塑料布的上方呼呼地向里面刮，发出呜呜的响声，使大厅里的气氛显得十分恐怖。

大厅里，事先摆放了一张长条桌子和一把椅子。左右两边各摆放了一排长条桌子，桌子后面散乱地摆放着几把椅子。钱伏齐和纪秃子分别坐在左右两边，中间的位置空着。那个“警察”径直走进来，站在了中间位置的椅子后面。大家都惊讶地看着他。

“警察”说：看什么看，难道不认识我吗？

这时，大家才看清楚，惊呼着：是老大呀！老大威武！

邱少千脱掉了警服上衣。左右两边各上来一个穿黑衣服的小伙子，把警服拿出去了。邱少千径直坐到了中间的位置上，看着红头发的人和傻笛子一起走进了大厅。这时，钱伏齐和纪秃子都看明白了，红头发的那个人就是红毛。那名长得十分结实的男子，钱伏齐不认识，纪秃子却惊出了一身冷汗。这不是傻笛子吗？我昨天不让你出去，你咋还是出去了？偷偷干私活儿，被老大给抓了！怪不得老大打电话说让我来看热闹呢！

这时，傻笛子看见了坐在右边的纪秃子。

他就像看到了救命稻草，不顾一切地朝纪秃子喊：大哥，救我！

纪秃子一个劲儿地向傻笛子使眼色，可是傻笛子就像没看见一样，依然喊着：大哥，救我！

别喊了！谁是你大哥？你大哥也救不了你！

坐在中间的邱少千说话了，声音阴沉恐怖。

傻笛子停止了喊叫，周围一片肃静。

邱少千说：放假这三天，我一直在市区的各个场所转悠，就是想看看我的地盘上有谁不听我的命令，擅自行动。前两天还好，我走过商场、市场、公交车站等地方，没有发现我们的人。那个时候，我还是挺高兴的。可是，今天早上我去水果、蔬菜批发市场，刚走了一会儿就发现了“目标”。我一直跟踪这个“目标”，直到他把“东西”拿到手，我才冒充警察在他洗钱的时候出手了。然后，我把他带到了这里。大家看看，是不是有人认识这个人呢？

邱少千环顾了一下四周。周围一片沉默，没有人接话。

邱少千说：难道大家都不认识他吗？我觉得，如果这个人不是我们的人，我们就应该把人家给放了，把钱还给人家。可是，如果他就是我手下的弟兄，未经允许擅自出去“干活儿”了，那可就另当别论了。大家再看看，这个人是不是我们的人啊？

钱伏齐看了看邱少千，又环顾了一下四周，立马站起来表态说：大哥，我保证，这个人不是我手下的兄弟。

邱少千阴阳怪气地对钱伏齐说：不是就好啊！敢拍着胸脯表态，说明心里没鬼。有没有心里有鬼，不敢表态的？

说完，邱少千看了看纪秃子，语气更加严厉地问：秃哥，这个人是不是你的手下呢？

事到如今，纪秃子也不敢隐瞒了。纪秃子是邱少千的拜把子兄弟，比邱少千年长两岁。当年，他们一起创业的时候，纪秃子是所有人的"大哥"。可是，自从大家推举邱少千做了他们的领头人，纪秃子就称呼邱少千"老大"了，邱少千称呼纪秃子"秃哥"。当年，邱少千刚刚学习扒窃，是纪秃子帮忙指点的。从这一点来看，邱少千无论如何都要对纪秃子高看一眼。

纪秃子吞吞吐吐地说：老大，这个人叫"傻笛子"，半年前刚刚投靠我们。

邱少千阴沉着脸说：秃哥，这么说，他是你的人了?!

纪秃子十分无奈地承认说：是的，老大。

邱少千说：秃哥，那我可要问你了，傻笛子入伙时，你有没有把相关的规定告诉他呀？

纪秃子说：老大，我当然把相关的规定告诉他了！而且，他这段时间干了几单子活儿，租子都按比例上交了。这些，柳叶儿那儿应该有记录。

邱少千说：既然这样，他违反规定是怎么回事啊？难道这件事是你同意他干的吗？

纪秃子说：老大，傻笛子出去"干活儿"之前，的确向我请示过，我没同意。今天这事儿，我确实不知道啊！

邱少千转而对傻笛子说：好吧，既然你们头儿不知道，那么你就说说，你为啥未经允许出去干私活儿呢？

傻笛子身大力不亏，搬运水果和蔬菜还是可以的。可是，面对一个小偷集团的头子，还是个假警察，傻笛子从被带到这里的那一刻起就蒙圈了。他哪里知道当个小偷会这么复杂，还需要请示汇报！早知道这样，还不如卖苦力赚点儿小钱呢，起码不用受窝囊气。

看着邱少千咄咄逼人的眼神，傻笛子浑身冰凉，直冒冷汗。他哆哆嗦嗦地说：警察！

纪秃子说：不是警察，是老大！

傻笛子说：老大，以前我就是个搬运工，干粗活儿的，冷不丁当了小偷，准备干点儿技术活儿。可是，这技术活儿还没练成呢，就被您给抓了。您问我为啥偷偷出去干活儿？我认为，干我们这行的，不能光明正大地出去，是不是？

没想到，傻笛子说出的话把在场的人都给逗乐了。可不是嘛，做贼的哪有光明正大地出去的道理？挂着个牌子，牌子上面写着“我是小偷”，这样出去扒窃是有点儿不着边际。

邱少千自己也想笑，可他还是忍住了。他瞬间拉下脸来说：都严肃点儿！难道是我的问话有问题吗？

纪秃子说：老大，不能怪你的问话有问题，应该是傻笛子的确有点儿傻，没理解老大的意思。还是我替他说吧！

邱少千说：秃哥，你是在说我傻吗？

纪秃子说：老大，您误会了，我想给您解释一下。傻笛子虽然入道的时间比较短，但是他既然下决心加入了我们的组织，就是好样的。只是，他理解我们组织的规定不深不透。不过，这也不能都怪他。我作为他的上级领导，没有教育好他。这一次呢，给他个教训，停止他半年的工作。半年内，不允许他进入市场。您看这样行吗？

邱少千用阴冷的眼神看了看纪秃子，心想：纪秃子，你这是在求情吗？可惜，这次不能按照你说的去做。必须给这小子点儿颜色看看，借此机会敲打敲打你纪秃子，还有那些自以为是的老贼！

想到这儿，邱少千的脸色更加阴沉了。他用十分严厉的口气说道：秃哥，国有国法，家有家规，咱们公司的规定在那儿摆着呢！如果每个人都以“加入时间短，不理解规定”这个理由来逃避处罚的话，那么公司的规定就形同虚设了，谁还会拿公司的利益当回事儿？不过，你在公司的起步阶段就跟在我的鞍前马后，我今天应该给你个面子。可是，规矩就是给我们这些人定的，我们应该带头执行和遵守。如今，你没有教育好你的员工，违反了规定，也要一视同仁，公正地进行处罚。只有这样，才能让全体员工服气，让后来的员工敬畏，让规定有威慑力！

纪秃子低下头说：老大，我接受处罚。您就发落吧！

邱少千说：来人，上案板，把傻笛子的左手食指剁下来一截，让他长点儿记性！纪秃子停止半年工作，以观后效！

随着邱少千的一声吆喝，从左右两边的屏风后面闪出了四个黑衣大汉。其中两个人架住傻笛子，还有一个人拿了块木制案板。另一个人手里拿着一把砍刀，凶神恶煞般地站在那里。

两个大汉把傻笛子拖了过来。傻笛子挣扎反抗，可是抵不过两个力大无穷的壮汉。一个壮汉把傻笛子的左手放在案板上，手起刀落，傻笛子的一截手指被砍了下来，鲜血从指尖喷出。傻笛子像杀猪一样号叫起来，瞬间晕了过去。

邱少千站起来说：秃哥，剩下的事，你来处理吧。没有剁他干活儿的手，就是给你留面子了！

邱少千说完，起身离开了。红毛赶紧跟上去，和他一起离开。

傻笛子“干私活儿”被剁掉手指的事，很快就在公司内部传开了。

有的说：老大真的很厉害，关键时刻毫不留情！

有的说：老大连纪秃子的面子都没给，称得上铁面无私了！

有的说：这回咱们可得小心点儿了，干私活儿是要被剁掉手指头的！

手指是扒手的命根子，没了就干不了活儿了。干不了活儿，扒手的生涯就断送了。

整顿队伍，邱少千只用了这么一招。一根血淋淋的断指，还有从断指处喷溅出来的血，这个画面牢牢地印在了新老扒手的脑海里。在一段时间内，喜欢干私活儿的扒手们纷纷住手了。可是，好景不长，新的一批干私活儿的扒手纷纷登场了。这就像吃河豚一样，尽管河豚有剧毒，会毒死人，但是也没见吃河豚的人减少了多少。

4

飞鱼儿能够出落成如花似玉的大美人，绝对是干爹邱少千的功劳。

飞鱼儿没读过书，所以就别谈识不识字的事了。在邱少千面前，飞鱼儿靠的就是柔情似水、温润如玉的表现。

干爹，我回来了！从现在开始，我就不会再离开您了。我要好好报答您的救命之恩！

飞鱼儿躺在邱少千的怀里，左手搂着邱少千的脖子，温柔地看着邱少千的眼睛，娇滴滴地和邱少千说着话。

鱼儿，你真的很乖！干爹当年出手救下你，是可怜你流落街头，根本没想到今天你会出落成这样一个绝顶的美人，还成了干爹的女人。

邱少千感慨着，轻轻地抚摸着飞鱼儿的秀发：我的乖女儿，你的出现就是干爹晚年的福分。干爹会为你做任何事情！

邱少千深情地看着飞鱼儿美丽的面庞。

飞鱼儿坐直了，双手环绕着邱少千的脖子，邱少千也搂住了飞鱼儿的脖子。两个人四目相对，泪水模糊了双眼。

干爹，我爱您！飞鱼儿喃喃地低语着。

鱼儿，我也喜欢你。邱少千把飞鱼儿紧紧地抱在怀里。

自从把飞鱼儿接回来之后，邱少千便沉湎在她的柔情蜜意之中。

在邱少千的生命中，有三个女人。如果说妻子山杏儿是一盘甜点的话，那么柳叶儿就是餐后的那杯浓浓的红茶，而飞鱼儿则是一杯浓浓的红酒。

如今，柳叶儿已经成了邱少千的左膀右臂，是邱少千最为信任的女人。当年柳叶儿能够跟随邱少千来到江城，加入邱少千的队伍，死心塌地跟着邱少千，仰慕的就是邱少千的才能。邱少千凭借自己的智慧和扒窃的技术赢得了“扒坛老大”的地位，令扒手们望尘莫及。出于崇拜和羡慕，柳叶儿心甘情愿地成了邱少千的情人。邱少千对柳叶儿高度信任，让她在公司里管理财务，可以说是独揽大权。同时，集泼辣、刚烈与细腻于一身的柳叶儿也在“扒坛”上有了一席之地，号称“绺神儿”。她扒窃时出入商场和市场，如入无人之境。对于飞鱼儿，柳叶儿虽然有些醋意，但是并没有强烈反对。相反，她支持邱少千和飞鱼儿在一起。她觉得，师父这一生颠沛流离、东躲西藏，还时不时地到监狱里“体验生活”，遭了不少罪，承受了很大的压力和痛苦。如今，师父年龄大了，有飞鱼儿和他在一起，愉悦他的身心，这无论对师父本人还是对公司的发展都有好处。柳叶儿的大气使她和飞鱼儿相处时就像姐妹一样。柳叶儿既主内，又主外，内外兼修。飞鱼儿呢，既不争权，也不夺利，一心一意地让干爹邱少千快乐。两个人相互弥补，相得益彰，成了邱少千晚年精神生活的全部支柱。

在这三个女人当中，邱少千最惦记的就是山杏儿，最对不起的也是山杏儿。现在，他每每想起山杏儿，都感觉十分痛苦。邱少千在第二次刑满释放后遇见了山杏儿，山杏儿便义无反顾地跟邱少千过上了日子。山杏儿是邱少千明媒正娶的唯一一个女人，给邱少千生了个儿子。山杏儿或许不是三个女人中最美丽的那一个，但她却是最温柔、善良的那一个。在她身上，有着与那些红尘女人不一样的气质。只是，山杏儿那时根本不知道邱少千是个贼。

邱少千闭上眼睛，想起和山杏儿在一起的往事，就像在放一部电影。

5

迷你夜总会的包房里，弟兄们推杯换盏，狂欢不停。从监狱里出来的第一天，邱少千的心思不在这里。他想尽快回家，看看自己的老母亲。

有一个梳着学生头的小姐十分温柔、端庄，与其他妖艳张狂的小姐形成了鲜明的对比。她并没有和邱少千勾肩搭背，拥抱在一起，只是把自己的右手放在了邱少千的左腿上，静静地看着这群人的表演。

邱少千说：你叫啥名字？我很喜欢你现在的样子！

小姐说：我叫山杏儿。

邱少千觉得这个名字真的很好听，就用恭维的语气对山杏儿说：山杏儿，这么好听的名字，有什么与众不同的地方吗？

山杏儿说：这是我妈妈给我起的名字。妈妈说，叫“山杏儿”好养活。妈妈还说，我们村口的山上，漫山遍野都是山杏树。这些山杏树呢，不需要浇水、施肥，就那么自由自在地生长着。每到春天，杏花儿开放的时候，杏花的花瓣像雨丝一样随风飘动。“杏花雨”来了，布谷鸟的叫声也来了，春天的种子洒在希望的土地上。所以说，我是伴着布谷鸟的叫声来的，是妈妈的希望。

山杏儿说着，眼睛里满是泪花。

邱少千被感动了。此刻，他甚至忘记了自己的小偷身份。邱少千想，山杏儿是一个多么善良、淳朴、天真的孩子啊，怎么能沦落到在夜总会当小姐的地步呢？就像他自己，本来可以做一个本本分分的工人，如今却成了人不人、鬼不鬼的“地下工作者”。从这个角度来看，他和山杏儿算是同病相怜了。同是天涯沦落人，相逢何必曾相识！他在内心里悄悄地喜欢上了这个叫“山杏儿”的小姐。

邱少千对山杏儿说：山杏儿，你妈妈真会起名字，她一定是个好母亲。

山杏儿抑制住心里的悲痛，说：大哥，咱们不谈我妈妈了，还是说说您吧。一看您就是个大老板，他们几个都对您毕恭毕敬。

邱少千的脸红了。如果不是在包房迷离的射灯下，他的那张红脸肯定会被发现。在这样一个纯真的女孩面前，他感到很尴尬、很心虚。他只能应付，只能说假话：哦，哦，山杏儿，哥不是什么大老板，是开公司的。一个小公司，小公司！

山杏儿问：大哥，我怎么称呼您？方便告诉我您开的是什么公司吗？

邱少千吞吞吐吐地说：山杏儿，我姓邱，叫邱少千。平时他们都叫我邱总，你就叫我邱哥吧，好吗？

邱少千心想：我开的是什么公司？山杏儿问的这个问题很难回答呀！是“小偷公司”，哈哈！这个目前还不能告诉山杏儿。不过，这偷鸡摸狗的勾当，也得起个名字，暂时蒙蔽一下山杏儿。

邱少千索性来了一句：邱哥开的公司叫“聚财公司”。对，就叫“聚财公司”！

山杏儿说：聚财公司！这名字真好，一看就能赚大钱！

邱少千说：是能赚大钱！

山杏儿说：邱哥，你们城里人都开公司，本本分分地做生意挣钱，多好啊！不像我们农村，一年到头也挣不了几个钱。所以，我们村的男孩子、女孩子都进城来打工了。

邱少千说：山杏儿，开公司虽然很好，但也有歇业亏本的时候，不都一帆风顺。就拿我们聚财公司来说吧，生意好的时候，就大把大把地赚钱。形势不好的时候呢，生意就不好做了。

山杏儿说：邱哥，做生意总是有赔有赚的嘛！我觉得您这个人很有才华，做生意一定只赚不赔。您不像一般的老总，整天花天酒地，沉迷于酒色，不思进取。所以，您的生意一定会越做越好。

邱少千开心地笑了笑，说：山杏儿，你真会说话！不管真的假的，邱哥今天都高兴。邱哥我以后要是发了大财，一定不会忘了山杏儿。来，山杏儿，陪邱哥喝一杯！

山杏儿说：邱哥，我不善喝酒。

邱少千说：好妹子，就一杯啤酒。

说完，他端起一杯啤酒，递给了山杏儿。山杏儿接过酒杯，和邱少千碰了一下杯。邱少千一饮而尽，山杏儿却因为喝得太猛而被啤酒呛了嗓子，猛烈地咳嗽着。邱少千见状，赶紧过来给山杏儿捶背。

红毛从舞池里出来，刚准备倒酒，就看到了邱少千给山杏儿捶背。他迷迷糊糊地凑过来，醉醺醺地跟邱少千说话：我说大哥，你是不是看上这个妹子了，要娶回去给我们当嫂子？一会儿，你要是把她给睡了，我们明天就来迎亲，接嫂子回……回家！

邱少千说：红毛，睡你个头啊！你赶快去唱歌、跳舞，窈窕淑女还等着你呢！

红毛说：小妞儿，你要好好伺候我大哥啊！把我大哥伺候舒服了，小费大大的！

见山杏儿的咳嗽有所缓解，邱少千便松开手，站起来说：红毛，快去舞池跳舞！

他把红毛推进舞池，自己又坐回来，对山杏儿说：山杏儿，别在意，我这个兄弟不懂礼貌。

山杏儿说：没关系。我在舞厅当小姐，啥人都见过，啥事都经历过。

邱少千诧异地看着山杏儿。

山杏儿说：邱哥，您误会了。我虽然是小姐，但是从来不出台，从来不卖身。

邱少千认真地看着山杏儿说：我相信你，山杏儿。你的确和她们不一样，我一眼就看出来了。

山杏儿说：邱哥，您是怎么看出来的？

邱少千说：你怯生生地站在最后面，我一看就知道了。你是发自内心地不想被别人挑选，可是为了生活又不得不出来接受挑选，你这是听天由命啊！

此刻，山杏儿温柔地看着眼前的这位“老总”。邱少千有些不好意思，再一次红了脸，心跳也加快了。

山杏儿说：邱哥，您是好人。只有好人才能知道我是怎么想的！

邱少千说：山杏儿，你还小，有些事情得等你长大了才能知道。

山杏儿懵懂地看着邱少千。

邱少千说：山杏儿，把你的联系方式告诉我吧。今后，你要是遇到了什么事，就给邱哥打电话，邱哥会保护你的。将来有了机会，邱哥给你找个公司去上班。

山杏儿笑了，笑得甜蜜而真诚。她说：邱哥，遇见您真好！不过，我们店里有要求，不让服务小姐给客人留联系方式，特别是当着这些人的面。

邱少千说：那就把我的联系方式留给你，好吗？

说完，邱少千才想到，自己刚刚出狱，暂时还没有联系方式。

山杏儿说：邱哥，可以变通一下。一会儿，我假装去卫生间，找个纸条把联系方式写下来，偷偷塞给你。

邱少千说：好吧。山杏儿，你去吧！

山杏儿站起来，向卫生间的方向走去。她从卫生间里出来的时候，已经把自己的联系方式写在了餐巾纸上。她把餐巾纸团成一个小团，捏在了手里。回来后，她小鸟依人般地重新坐在邱少千身边，偷偷地用右手碰了碰邱少千的左手，贴在邱少千的耳边，小声说：写完了，给你。

邱少千接过小纸团，小心地揣到了自己的上衣口袋里。然后，他对山杏儿说：山杏儿，我会好好保存你的联系方式。方便的时候，我会给你打电话。等我安顿好了，就来找你。

山杏儿说：邱哥，我们现在是在这家夜总会集中食宿。平时，老板不让我们与外界联系。只有周六下午，我们可以随便活动，包括接听电话。而且，我们的身份证都在老板那里，活动不自由。

邱少千说：怎么，老板还要囚禁你们不成?

山杏儿说：不是的！现在，老板不像以前了。以前，老板经常会逼良为娼，想方设法残害小姐。这几年，警察加大了打击力度，夜总会、歌舞厅的老板们收敛了许多，变得比以前好多了。只要你自己愿意，经过讨价还价，老板是会允许小姐到别的地方去的！

邱少千说：看来，现在的夜总会老板也有人性了。

山杏儿说：是的。不过，我们迷你夜总会的小姐要是提出换地方，老板要以扣留身份证来要挟，留下赎证钱才能放人。

邱少千说：山杏儿，没事儿，到时候邱哥来赎你。我会让你恢复自由的！

山杏儿说：邱哥，不管怎么说，我这么个三陪小姐，也不配让您这个大老板来赎我。

邱少千说：三陪小姐怎么了？你又不是天生就是三陪小姐！再说，你跟别的三陪小姐不一样。你不卖身，和她们有本质的区别。

山杏儿说：邱哥，您真好！

说着，她凑过来，把手放在了邱少千的大腿上。邱少千把左胳膊伸出来，试探着揽住了山杏儿的肩膀。山杏儿乖巧地把头靠在了邱少千的左肩上。

邱少千问：山杏儿，你要喝点儿什么吗？饮料好吗？

山杏儿说：邱哥，我啥也不想喝。我就想在您这儿靠一下！好想有这样一个肩膀来依靠啊！

邱少千又被感动了，说：山杏儿，我要让你靠一辈子，好吗?

山杏儿差点儿哭出声来，眼泪顺着面颊流了下来，流到了邱少千的衣襟上。邱少千拿起一张餐巾纸，轻轻地给山杏儿擦拭着眼泪。

山杏儿，别伤心，以后你就有邱哥了。别怕！

邱少千安慰着山杏儿。

山杏儿说：邱哥，我的爸爸、妈妈在我十三岁那年因车祸而双双离开了人世。后来，我被寄养在舅舅家里。舅舅家生活也不富裕，怕白白养活我这个吃闲饭的，就让我出去打工了。没办法，我只好离家出走了。

山杏儿说着，眼泪再一次流了下来。

听了山杏儿的这番话，邱少千感到十分伤心。他一边给山杏儿擦眼泪，一边安慰山杏儿：现在好了，山杏儿。我今天刚出来就遇上了你，咱们也算缘分不浅了。

山杏儿十分诧异地抬头看了邱少千一眼。邱少千感觉到自己差点儿说走了嘴，急忙说：是从机场出来，一到这儿就认识了你。本来，我是要回家看看老母亲的。可是，这几个哥们儿太热心，非要第一时间给我接风。你说，遇见你是不是咱们俩有缘分？

山杏儿破涕为笑，说：邱哥，您说有缘分就有缘分吧。但愿我们真的有缘分，这缘分能够永远都在！

邱少千说：山杏儿，相信哥哥，我绝不是薄情寡义的男人。

山杏儿又笑了笑，说：邱哥，我相信您。我看您对朋友挺仗义，还想着回家去看母亲，说明您既仗义又孝顺。我呢，也想孝敬爸爸、妈妈。可是，他们早早地就躺在了丘陵山上的那一片杏林里了。现在我才明白，妈妈给我起名叫“山杏儿”，就是想让我像山杏树一样自然地成长，在丘陵山下陪伴他们吧。

邱少千说：山杏儿，你的父母葬在丘陵山？

山杏儿说：是的。我们家就在丘陵山下的那个叫“丘陵庄”的小山村里。每到春天，村里都会下花瓣雨。山上的杏花一飘进村，孩子们就在这杏花雨里玩耍。

邱少千对丘陵山产生了无限的遐想。

邱少千说：山杏儿，早晚有一天，我会把咱们俩的家建在丘陵山上。

山杏儿无限向往地说：咱们俩的家？！

邱少千说：对，咱们俩的家。只要你愿意！

山杏儿依偎在邱少千的怀里，邱少千抱紧了她。

此时，在舞池里，几个小兄弟和小姐妹有唱歌的，有跳舞的，还有搂抱在一起亲热的。

刚跳完一曲的小凯拽着自己的女伴儿走过来，含含混混地说：来，老婆，咱们给大哥倒杯酒，陪大哥喝一杯！

他身旁的那个小姐也是醉眼蒙眬，色眯眯地盯着邱少千和山杏儿。她说：老公，大哥他们正亲热呢，咱们过来捣什么乱呢？

小凯晃晃荡荡的脑袋终于停了下来。他定睛一看，邱少千正搂着山杏儿的肩膀。于是，他哈哈大笑着说：你们看啊，咱们大哥今天这是要抱得美人归呀！哈哈哈！

恭喜大哥，贺喜大哥！

包房内响起了一阵嘈杂的叫喊声。

这时，邱少千推了推躺在自己怀里的山杏儿说：山杏儿，我一会儿要早点儿回去，母亲还在家里等我！

山杏儿说：邱哥，我建议您早点儿回去。您让大家早点儿结束吧！

邱少千说：好的！

山杏儿整理了一下自己的头发和衣服，站起来，拿了自己的包。邱少千也站起来，把红毛喊了过来。红毛趔趄着走过来说：大哥，啥事？

买单，付小费！老妈还在家等着我呢，我不回去，她一定不会睡觉。邱少千说。

提到“老妈”，红毛明白了邱少千的意图。他挥了挥手，说：大家撤吧！服务员，买单！小姐们的小费，我来付！

大家纷纷穿上外衣，红毛给了每个小姐二百元小费。小姐们领完小费，纷纷退出了包房。

山杏儿在门口停留了好久。她回身深情地看着邱少千，眼里噙满了泪水。目送山杏儿离开，邱少千如在梦中，百感交集。

6

回忆总是痛苦的。

那时，面对天真无邪的山杏儿，邱少千一见钟情，很快就沉浸在了幸福之中。为了山杏儿，邱少千编织了自己是公司老板的故事，隐瞒了自己的真实身份。邱少千觉得自己是个好人，是个把山杏儿从夜总会救出来的好人，是对山杏儿有恩的人。那一次，从在夜总会见到山杏儿的那一刻起，他就打心眼儿里喜欢上了这个流落红尘的姑娘。他记得，那天晚上他一直在陪山杏儿聊天，再也没有看其他小姐一眼。就在第一次见到山杏儿的那天晚上，他听山杏儿述说了她不幸的身世。她被寄养在别人家里，遭受了歧视，被迫离家出走，不得不到夜总会去当小姐。邱少千痛下决心，一定要把山杏儿娶回来。他要心疼她，照顾她。不管发生了什么事，他都会呵护山杏儿一辈子。那时，邱少千完全忘记了自己的小偷身份，把自己想象成了救世主，要挽救这个受苦受难的女孩于水深火热之中。那一刻，他是多么高大、自信啊！他觉得自己是世上最伟大的男人。后来，他实现了自己的诺言，真的把山杏儿从夜总会解救了出来。

山杏儿自由了，这自由是邱少千给的。邱少千是山杏儿的恩人，也是“公司”的老板。面对邱少千的求婚，山杏儿没有拒绝，心甘情愿地嫁给了邱少千。那时的邱少千，是山杏儿心中的白马王子。那时的山杏儿，是邱少千心里的宝贝疙瘩。然而，邱少千知道，他和山杏儿之间的婚姻再完美幸福，也会被一个无法解开的心结死死地缠绕。而且，婚姻越是完美幸福，他们就陷得越深，将来就越绝望、痛苦。邱少千明白，那一天迟早会到来，就像那埋藏已久的活火山一样，迟早会爆发。一旦爆发，摧毁的就是一切曾经的美好。对此，邱少千早有准备。果然，还有好多愿望都没有实现的时候，邱少千就被郑东风抓了个现行。就在山杏儿生下邱向明的这一天，邱少千落网的消息传到了她的耳朵里。山杏儿受到了晴天霹雳般的打击，几次昏厥在了病床上，幸亏有医生和护士照看。回到家里坐月子的那段时间，山杏儿一边给明明喂奶，一边理清了思路。为了儿子的将来，她必须和邱少千断绝一切来往，绝对不能让明明知道他有这样一个做贼的爸爸。山杏儿决定，在儿子满一周岁的时候，搬离现在住的地方，把儿子的户口迁到别处。经济上，她不再接受邱少千的任何资助，想自己打工挣钱养活儿子。

在山杏儿的心目中，邱少千是公司的经理或者董事长。当她知道邱少千是个小偷时，就像五彩缤纷的肥皂泡突然破裂了，连影子都不见了。

那个曾经甜美的梦，那个曾经带给山杏儿无数快乐的梦，彻底破灭了。从那以后，山杏儿就带着儿子邱向明像人间蒸发了一样，彻底从人们的视线里消失了。留给邱少千的，只有无尽的忏悔和懊恼。

现在，邱少千成了“贼王”，成了“老千”，成了“影子”，又遇见了柳叶儿、飞鱼儿这两个女人，却一直没有找到山杏儿他们母子。他只是听别人说，山杏儿带着儿子又结婚了，嫁给了一个和他同姓的男子。

邱向明已经成了别人的儿子。

第六章　警察老蔫儿

1

与邱少千的轰轰烈烈不同，郑东风是在更加艰苦的环境中成长起来的。

郑东风总是用“基因突变”这个词来形容自己的成长。关于染色体是不是变异了，郑东风说：好像没变，我至今还是个男人。羊倌儿当上警察，这本身就是个奇迹。

郑东风有个绰号叫“老蔫儿”，这也是农村的家里人给他起的小名。

警察老蔫儿其实并不蔫，有的时候蹦出一句话来还挺幽默。老蔫儿虽然不蔫，但是脾气有点儿倔，用老百姓的话说就是“听不进言语”。

倔强自然有倔强的道理，岳剑支队长总能为师父的倔脾气作出合理的解释。

岳剑说：有本事的人，哪个没有点儿小脾气？师父就是这样的人。他是足迹专家，抓小偷的能手。当了抓小偷的警察之后，师父更是如鱼得水，与江城市的小偷们斗智斗勇，抓的小偷不计其数。小偷们听到郑东风的名字，个个胆战心惊，有的甚至都酥骨了！

郑东风说：岳队，你说这话可有点儿过头了。小偷们怎么会酥骨呢？那是他们好久没吃钙片了，哈哈！

郑东风这一笑还不如不笑，冷冷地，眼睛里放射出阴森森的光，好像和他说话的不是岳剑，而是因为缺钙而酥骨的小偷。

郑东风点燃了一支烟，吐出的眼圈儿先是圆圆的，然后又变成了椭圆形，萦绕在他的头顶上。

一旁的夏雨荷凑热闹说：师父，那些小偷在您面前为啥都缺钙了？挺有意思的！

郑东风笑了笑。

哈哈，雨荷，这你就不知道了吧，他们有先天性软骨病！郑东风说：常言道，吃人家的嘴短，拿人家的手短。小偷们总是习惯性地拿人家的东西，很没面子。所以，你瞅他一眼，他就会有缺钙的感觉，自然就软了。

夏雨荷调皮地说：师父，您说的不对。您的眼睛里有一种特殊的东西，让小偷们无处可藏，无法抗拒。这种东西只可意会，不可言传。您有这种东西，我们就没有。

啥东西呀，这么神秘？

郑东风故意卖弄了一下。

咋形容呢？夏雨荷思考着，眼神仿佛能杀人：大概是这样吧，就是形容不好。

岳剑说：好啊，雨荷，敢情你把师父说成杀人犯了。哈哈，好阴险的小姑娘呀！

郑东风并没有生气，又吸了一口烟。烟圈儿升腾了起来，很慢，说明空气流通得很慢。

雨荷呀，应该说，你的眼神很独到，穿透力极强。郑东风说：这样的形容才温柔些。

就是嘛！说师父的眼神能杀人，这也未免太血腥了，赤裸裸的。岳剑说：雨荷同志还有提升的空间。

是的。你看师父这词用得多贴切啊！或许该叫“杀人不见血”吧！

夏雨荷在作进一步的说明。

岳剑忍不住大笑了起来。

哈哈，雨荷呀，你咋越说越离谱了！你看看你师父，脸都绿了！

岳剑边说边看向了郑东风。郑东风若无其事地吸着烟，根本没有理会他们的调侃。

夏雨荷说：本来嘛，师父就是为抓小偷而生的吧！要是哪天把小偷都给抓没了，师父您会不会失业呀？

小偷还能抓没？

郑东风对这句话很感兴趣。

可不是嘛，师父！现在，人们都挖苦传统的扒手，说他们扒窃的技术含量太低。所以，有的扒手就把扒窃改成诈骗了。夏雨荷说。

传统的扒窃技术含量低，这是谁说的？那些老贼玩刀片玩得出神入化，扒窃时快得惊人，这还不算有技术含量？郑东风貌似生气地说。

师父，我不是指这个。我是说，随着微信、支付宝等现代支付手段被广泛应用，使用现金的人越来越少了。好多扒手都把扒窃改成电信诈骗了，那些传统的扒手是不是就要失业了？您说，这小偷要是没了，咱们这些反扒警察还有存在的必要吗？

夏雨荷向郑东风提出了一个尖锐的问题。

郑东风吧嗒吧嗒地抽了几口烟，很认真地思考着夏雨荷提出的问题。

郑东风想了一下，开始说话了：天真啊，雨荷！现在，使用现金的人确实少了，可是毕竟还有人在使用现金啊！没有小偷了？案子都作成这样了，还能没有小偷？天下无贼，那是理想的境界。所以，在相当一段时间里，我们的反扒警察还是有存在的必要的。

就是嘛，雨荷，小偷是永远抓不完的！他们只是换了个方式存在而已，懂了吧！岳剑说。

郑东风意味深长地说：有小偷的地方，就得有警察。警察和小偷是天然的对立面。一边是矛，一边是盾，永远针尖对麦芒，没法融合。

针尖对麦芒，有意思！

夏雨荷咯咯地笑了起来，像一只百灵鸟在叫。

哈哈，师父，用你的矛刺你的盾，如何？

夏雨荷调皮地发问，弄得郑东风有点儿接不上话茬儿。他只好一口接一口地吸烟，来缓解气氛。过了一会儿，郑东风才缓缓地说：傻丫头，用我的矛刺我的盾，那不是自相矛盾吗?!

郑东风继续抽烟，烟圈儿一圈儿又一圈儿地升腾着，飞上了天。

哈哈，师父，这回我可知道天上的乌云是从哪儿来的了！夏雨荷说。

从哪儿来的？傻丫头，难道是你师父造成的？要是我抽点儿烟就能形成云，那国家还强调吸烟有害健康干吗？干脆说成“吸烟能够下雨”得了！我岂不是给国家作贡献了?！郑东风说。

哈哈！

夏雨荷笑得更开心了。

夏雨荷说：师父，你那是偷换概念，变相为你吸烟找理由。

得得得，傻丫头，你就不是偷换概念了？还用你的矛刺你的盾如何？师父说的矛和盾，不是你想的那个矛和盾——此矛盾非彼矛盾，彼矛盾也非此矛盾。我们的矛是共和国的矛，我们的盾是共和国之盾，它们都是警察的化身。懂了吧！

郑东风就像一个理论家，一本正经地给夏雨荷解释着矛和盾的关系。

哈哈！

夏雨荷几乎笑出了眼泪：师父，您弄的这一系列矛呀、盾呀的，让我彻底晕菜了。您还能说出一堆大道理，佩服，佩服！

岳剑说：师父的这套理论，我也是第一次听到，挺新鲜的，也挺贴切，感觉像大学教授说的。

基础不牢，地动山摇嘛！郑东风说：岳剑，我连初中都没毕业，文化基础和业务基础照你们这些科班出身的警校生差远了，只好用磕磕绊绊地学习来弥补了。

岳剑很认真地看着面前的师父，发现师父的额头上已经在不知不觉中增添了几道皱纹，鬓角的头发逐渐变白了。快六十岁的人了，师父还像小伙子一样拼命地干活儿，手头有很多疑难的案子等着他去侦破。

岳剑打心眼儿里心疼师父。

师父，您永远都是我们的楷模！

岳剑说着，泪水在眼睛里打转儿。

啥楷模不楷模的！党给了我这么多，让一个放羊的当上了警察，我这辈子都报答不完党的恩情。郑东风说。

他把烟头掐灭在烟灰缸里，差点儿把烟头给掐碎了。

小偷就像这烟一样，你不掐灭它，它就会死灰复燃。你抽完了一支烟，还会有另一支烟。生命不息，抓贼不止。所以，我们只要还活着，抓贼的事就不能停止。

说到这里，郑东风的眼睛瞬间眯成了一条缝。

夏雨荷很熟悉师父的这种深邃、犀利的眼神。有时候，它像利剑在飞舞，又像子弹从瞳孔里飞出。

岳队，您再看看师父这个眼神，像不像孙悟空的火眼金睛？夏雨荷对岳剑说。

岳剑说：师父的眼神是小时候学“码踪”时练的。对吧，师父？

对的。小时候，我一边放羊，一边跟我师父练习“码踪”，慢慢地就把眼力给练出来了。郑东风笑眯眯地说。

您的师父那么认真地教您，您怎么不认真地教我呢？夏雨荷调皮地开玩笑说。

谁没认真教了？

郑东风佯装生气。他喜欢夏雨荷的这种调皮和聪明劲儿。

夏雨荷刚毕业就被分配到了反扒警察支队重案大队，岳剑故意让郑东风带一带她。

岳剑嬉皮笑脸地对师父说：老猫炕上睡，一辈传一辈。前些年，您带了我。现在，我把雨荷交给您，您可要发挥余热呀！

郑东风说：岳队，咱们能不能不这样？我不习惯带女生！

岳剑说：您怎么还这么老封建呢？什么男的女的，搞性别歧视吗？

郑东风说：岳队，怎么能往性别歧视上靠呢？主要问题是，你已经出徒了，应该由你来带雨荷。

岳剑说：师父，有您这位老专家在，哪轮得到我这个晚辈呀！要是连我都带徒弟了，您会不会觉得我自不量力？

郑东风说：臭小子，叫你"常有理"得了！

岳剑说：谢谢师父！看来，您是接受雨荷了。我替雨荷谢谢您！

就这样，夏雨荷成了郑东风的关门弟子。

既然收了关门弟子，郑东风就想把自己的本领毫无保留地教给她。

师父，您给我说说您小时候的事呗！夏雨荷顽皮地冲着师父做了个鬼脸：师父，别抽烟了，我给您沏一杯茶吧。您润润嗓子，好给我讲故事。

岳剑说：师父，既然雨荷这么强烈地要求，您就给我们讲讲您的经历吧，我也想听一下。

郑东风说：好吧，恭敬不如从命，我就给你们俩讲讲吧。

讲吧，师父。夏雨荷给郑东风倒了一杯热水，递到郑东风手里说：师父，您喝口水再讲。

郑东风喝了一口水，开始给岳剑和夏雨荷讲自己的故事。

2

郑东风出生在二十世纪五十年代末的"大跃进"时期。

在那个“东风吹，战鼓擂”的年代，郑东风的老爹虽然没啥文化，但是也在紧紧地跟随“大跃进”的步伐。他索性就给儿子起名叫“东风”，再加上姓“郑”，就应了“东风正劲”和“东风压倒西风”的俗语。后来，郑东风也琢磨了一下自己的名字，觉得“东风”和“郑”完美地结合在一起，简直就是极品。

后来，郑东风每次回到家里都会和父亲简单交流几句。郑东风说：爹，我终于找到一个小羊倌儿能当上警察的理由了，是您给我起的名字好！

每到这个时候，农民出身的父亲都会感到自豪。他说：别看你爹是个农民，起名还是有一套的！比如，你大哥郑东升和你二哥郑东明，还有你妹妹郑东英，一个旭日东升，一个曙光明亮，一个东方英雄，不是都挺好的嘛！

这时，郑东风就会感到沮丧，因为二哥过早夭折，大哥和妹妹至今还在农村种地，无论如何都成不了英雄，圆不了父亲的梦了。这时候，郑东风觉得还是自己的小名起得好，叫“老蔫儿”。老蔫儿，关键时刻可不蔫。爸爸说：你小时候总是蔫儿了吧唧的，不爱吭声。一双小眼睛总是眨呀眨的，像是在琢磨事。邻居说，你长大了一定很聪明。你七叔说，这孩子脑袋里全是道道，长大了一定错不了。

郑东风说：爸，那您就管我叫“老蔫儿”好了。您不知道，这些年别人一管我叫“老蔫儿”，我心里就别扭。用咱们农村的话来说，我就像“一杠子压不出来个屁”的闷棍儿，在别人面前抬不起头来，多磕碜哪！

父亲说：看看现在的你，都快成话痨了。我觉得，这就是“老蔫儿”的外号起对了，触动了你的“说话神经”。

父亲竟然认为说话是有“神经”的，郑东风觉得这是农民出身的父亲的一种进步。

新时代了，连农民都会唠城里的嗑了！

郑东风没忘了揶揄老父亲一句。

“顺境”和“逆境”，这是郑东风在人生这本词典里经常遇到的词。

郑东风出生时，正赶上三年自然灾害。上学时，他又赶上了“文革”，荒废了学业。初中还没毕业，他就辍学回家放羊了。每每想起这段经历，郑东风都觉得自己有点儿像关云长，如果没有走麦城的经历，就不可能过五关斩六将。后来，郑东风分析了矛盾的两个方面，认为当羊倌儿就是逆境的巅峰，也是顺境的开始。十三岁辍学回家放羊的郑东风，虽然还有些不谙世事，但是内心深处却难免会有些沮丧。那时候，家里太穷了，穷得揭不开锅。没有粮食，妈妈只好到田野里去捡拾一些甜菜梗、白菜帮熬水喝，害得二哥因为营养不良而得了重病，过早地夭折了。为了生存，大哥早早地就下到生产队去挣工分了，妹妹也回来帮助妈妈操持家务了。眼看着就要家徒四壁了，郑东风也不能再坚持去上学了。

可是，那时候的郑东风骨子里是最爱学习的孩子，小学课本里雷锋的故事，还有董存瑞舍身炸碉堡、黄继光堵枪眼，以及农夫和蛇的故事，郑东风都背得滚瓜烂熟。他的学习成绩是班里最好的。那时，他模仿骆宾王写了一首叫《咏鹅》的诗：鹅鹅鹅，每天叫哥哥。妈妈来喂草，妹妹来学舌。

这首诗形象地道出了妈妈喂鹅时，一家人欢天喜地的场景。另外，描写了妈妈喂鹅时，妹妹调皮地学大鹅叫的样子。

老师说，这首诗堪称少年郑东风的杰作，可以和年少的骆宾王媲美。后来，郑东风总是说，如果没有“文革”，他肯定能考上名牌大学。每到这个时候，岳剑都会揶揄郑东风说：师父，您完全有这个实力。

郑东风说：岳队，你还真别说，那时候我万一考了个三流大学，被分到工厂去，现在说不定就是一个下岗工人了！

他十三岁辍学，是干不了重活儿的。于是，父亲就把他托付给了在村里放羊的七叔，让七叔带着他一起放羊。郑东风只想安心地当一个羊倌儿，不再和命运抗争。

自从当了羊倌儿，他每天和七叔一起放羊，和一群羊在一起。那段时间，失落和沮丧被渐渐地遗忘了，青春年少的郑东风爱上了羊群，爱上了带着他放羊的七叔，开始了无忧无虑的生活。

当羊倌儿，改变了郑东风的生活，也改变了郑东风的命运。他认为，当羊倌儿的时候，有两件事是他终生难忘的。其中一件事是坏事，也可以说是不健康的事，那就是他和七叔学会了吸烟。还有一件事，是天大的事，那就是他跟七叔学会了“码踪”的绝活儿。

郑东风清晰地记得当年师父吸烟的样子。

茫茫的草原一望无际，洁白的羊群在草原上悠闲地吃草，牧羊犬在羊群的周围逡巡。师父端坐在一棵老榆树下，右手拿着一个一尺长的烟袋锅，左手从挂在胸前的烟袋里抠出旱烟，往烟袋锅里面装。装完之后，他用拇指把它压实。然后，他拿出火柴，点燃了烟袋锅，一口接一口地吸烟，又一口接一口地把烟圈儿吐了出来。直到烟袋锅里的旱烟彻底燃烧起来，他才把烟袋嘴从嘴里拿出来。隔一会儿，他就吸上两口。烟袋锅忽明忽暗，烟圈儿从师父的嘴里缓缓地冒了出来。烟雾飘向天空，融入了蓝天白云。那一刻，师父在郑东风的心里是那样的高大神圣！他觉得，师父不是羊倌儿，而是天上的神仙。

我也想抽烟！

郑东风缠着师父，请求着。

师父一本正经地说：老蔫儿，吸烟有害健康，小孩子不能学。

有害健康，您怎么还抽？郑东风有些调皮和倔强。

我是大人了！抽烟能解闷，心里有啥事，抽袋烟就过去了。

那时候，郑东风不知道师父有啥心事，只知道师父是一个人从内蒙古大草原来到村子里的，放羊的本领十分高强。后来，郑东风偷偷地学起了抽烟，只是不像师父那样用烟袋锅抽，而是把笔记本撕成小纸条，用纸条卷上旱烟末，自制卷烟。时间久了，郑东风觉得烟真的是很好的东西。赶羊赶累了，吸上一支烟，疲劳就会消失殆尽，精神就会为之一振。

孤独和寂寞伴随着郑东风的整个童年时光，抽烟成了他和七叔驱赶寂寞的良药秘方。

茫茫的草原上，蓝天白云下面，羊儿在悠闲地吃草。七叔装上一袋烟，点燃后，吧嗒吧嗒地抽了几口。然后，他深情地给郑东风讲述了一个惊人的故事。

七叔说：那年冬天，科尔沁草原上最大的农场主的一群羊走失了。那天，下了一夜的雪。雪下得不大，但是刮了七八级的大风，把农场主家的羊圈门给刮开了，一百多只羊一夜之间就跑光了。第二天一大早，农场主顶着大风来找我，让我帮他把走失的羊群找回来。我顶着刺骨的寒风来到羊圈大门处仔细查看了一番，根据羊蹄印和粪便，很快就确定了羊群走失的方位。农场主按照我说的方位，很快就找到了羊群。

农场主激动地说：老七，你快说说，你是怎么确定羊群走失的方位的？你咋这么厉害呢？

我说："码踪"呗！看羊蹄印，看羊粪蛋儿，看羊留在地面上的痕迹走向，就这么简单！

农场主狐疑地看着我说：就这么简单？不对吧！

我说：当然，需要一定的功夫，我练了很多年了。

"码踪"的故事引起了郑东风的极大兴趣。

七叔，您讲故事，简直就像说书一样，太神奇了！您的这个本事是啥时候练成的？郑东风好奇地问。

好多年了，跟我师父学的。

七叔吧嗒吧嗒地吸了几口烟，充满了向往地继续说：我师父实在是太厉害了！

七叔，您有师父？厉害到什么程度？您跟我说说呗！郑东风像刚吃过一颗酸酸的野果子，胃口全开了：七叔，您讲讲您师父的故事吧，我想听！

七叔说：想听啊，就去把羊圈一圈，别让羊走远了！回来我再给你讲！

郑东风并没有起来圈羊，而是把自己的手放在唇边，吹起了响亮的口哨。远处的牧羊犬听到哨声，圈起羊群就转向了郑东风他们。

老蔫儿，行啊，都学会吹口哨了！七叔惊讶地说。

您不是总用这种办法嘛，我就偷偷地练了！

郑东风有些不好意思，转头看向远处，发现羊群正在牧羊犬的驱赶下向他们跑来。

看着眼前这个聪明的孩子，七叔由衷地喜欢。

七叔不仅要给你讲故事，而且要把“码踪”的绝活儿教给你。七叔深情地说。

真的吗，七叔？那我就跪下给您磕头，正式拜您为师了！

说完，郑东风就跪下来给七叔磕头。

师父，请受徒儿一拜！

郑东风双手合十，准备再一次磕头，被七叔制止了。

老蔫儿，别来这世俗的礼节，我现在就收下你这个徒弟！

郑东风在七叔的搀扶下站起来，又和七叔一起坐了下来。他往七叔的烟袋锅里加满了烟末，划着火柴，点燃了。七叔开始吸烟，烟圈儿升腾了起来。这时，七叔给郑东风讲起了自己师父的故事。

七叔说：老蔫儿啊，我的师父呢，特别神奇。他是旧社会苦海里长大的，跟你一样，也是十三岁就开始给人家放羊。不过，你是给共产党放羊，我师父是给地主老财放羊。师父从小就聪明机灵，在放羊时学会了“辨踪”、“码踪”的本领。经过长时间地细致观察、耐心琢磨、刻苦训练，他能够根据羊的大小、肥瘦等体貌特征精确地判断出地上的羊蹄印是哪一只羊留下的，也能够通过羊留在地上的蹄印，准确地判断出每只羊的大小、肥瘦、蹄型。更绝的是，你赶着一群羊从他身边走过，他用不着数，看几遍羊蹄印就知道这群羊一共有多少只了，连羊群中随便哪一只羊有多重都能看出来。还有，不论是整个群羊，还是几只羊或者一只羊走失了，他都能顺着羊蹄印找到走失的羊。不仅如此，我师父对其他动物的踪迹也特别敏感，比如猪、马、牛等牲畜，他都能通过蹄印准确地判断出其大小、体重等特征。后来，师父又学会了辨识人的足迹。人留在地上的脚印，他只要看一眼，就能推断出这个人的性别、身高、体重、年龄等特征。他积累了一整套辨识人的脚印的经验，可以根据轻重、步态、步幅、虚边、压力等的细微差别，分析出留下脚印的人的性别、职业、身高、体重、年龄、生活习惯，以及瘸腿、踮脚、八字足等。后来，他学会了在沙土上、草地上、水泥地上、雪地上、河水中、雨水中辨别脚印的方法，形成了比较全面的辨别足迹的方法。很快，他的这个本领就在十里八村传开了。后来，谁家的牲畜丢了，都来找我师父帮忙。师父是个热心肠，谁的忙都愿意帮。就这样，他的这个绝活儿传遍了我们内蒙古。再后来，师父在生产队劳动，始终没有丢掉自己的绝活儿，而且还越练越精准。

听到这里，郑东风更加入迷了，甚至忘记了羊群的存在。他继续追问道：您师父现在怎么样了，干吗去了？

讲到动情处，七叔忘记了吸烟，烟袋锅里的烟灰已经熄灭了。他吧嗒吧嗒地抽了两口，见没有烟冒出来，就索性把烟袋拿下来，磕了磕烟灰。

师父，再点上一支吗？郑东风问。

等会儿再抽，我先说说。那时候，我师父可是出了大名，五十岁的时候被破格招录为警察，成了有名的足迹学专家，大家都称呼他“神踪马玉林”。

讲到这里，七叔的脸上洋溢着骄傲和自豪。

听了“神踪马玉林”的故事，郑东风下定了学习“码踪”的决心：师父，您一定得教教我！我会好好跟您学本领的！

他对七叔说：师父，我长大以后也想做一个“神踪马玉林”那样的人，当一名警察，用自己的本领破案子。

七叔认真地打量着郑东风，心想：这孩子还真有些想法！有了好奇心和学习的欲望，将来干啥事都能行。

七叔拍了拍郑东风的肩膀，说：老蔫儿，从现在开始，我要好好地教你这个徒弟。可是，师父告诉你，学“码踪”可是个苦差事，你要准备好挨累受冻，在艰苦的环境中磨炼自己。

郑东风说：师父，您放心，我能吃苦。

就这样，经过几年的磨砺，郑东风学会了“码踪”的本领。

于是，“码踪”成就了郑东风命运的一次重要转折。

3

一个羊倌儿，怎么就成了警察？郑东风觉得自己就像是在梦里。这个梦很长，也很精彩，是他记忆最深刻的一场梦。

十六岁到村委会工作，十八岁当上村里的治保主任，二十岁被招进城里的工厂，二十二岁当上工厂的保卫干部——这些都是郑东风的梦的组成部分。那时候，保卫干部身穿黄色制服，有的还配发枪支，威风凛凛，很像警察。他们除了负责安全检查，还配合公安机关经济保卫部门的工作，办理发生在企业内部的盗窃案件。一次，造纸厂发生了一起内盗案件，郑东风当羊倌儿时学的“码踪”的绝活儿派上了用场。

这天，造纸厂材料库里存放的管道阀门被人盗走了。这些阀门是紫铜做的，耐高温、腐蚀，价值十几万元。案子惊动了市公安局，内保部门的人来到工厂指挥破案。专案组从现场提取的一枚足印成了破案的唯一线索。市公安局的技侦人员用石膏把这枚足印拓下来，拍成了照片。

参与破案的民警围拢在桌边，目光集中在那张照片上。郑东风一边倒水，一边看了一眼照片。很快，他就看出了门道。

郑东风对市局来的民警说：警察同志，这枚足印是穿“解放”牌黄胶鞋的人留下的，是四十三码的，是踩在水泥地上留下的。根据痕迹判断，这名男子的体重七十五公斤左右，身高在一米七五至一米七八之间，体态微胖。

郑东风说完，在场的人全都愣住了，直勾勾地盯着他看。

郑东风说：我说的没错。大家对照一下鞋子的种类，就知道我说的不是假话了。

那名破案的警察好奇地说：这位同志，你说的没错，我们也看出来是“解放”牌黄胶鞋了。可是，你说的身高、体重、体态，我们还是有些怀疑。这些你是怎么看出来的？

郑东风说：我学过“码踪”，也会辨认足迹。

就你，学过“码踪”，还会辨认足迹？！

大家都瞪大了眼睛看着郑东风，就像在看动物园里冲出笼子的动物，把郑东风看得有些不好意思。

保卫科科长黄宝玉也愣住了：小郑，你能辨认足迹？这都哪儿跟哪儿呀！我这个当科长的咋不知道呢？

郑东风说：黄科长，您没问过我，我哪好意思说呀！

从市公安局来的警察还是有点儿不相信，心想：现在的年轻人呀，怎么啥都敢吹呢？

他从上到下把郑东风仔细地打量了一番，发现眼前这个年轻人额头宽阔、鼻梁高挺、面庞冷峻，真的是不同凡响。特别是他的两只眼睛，虽然不大，但是目光冷峻深邃，透出了机灵和睿智。看样子，这小子应该不会吹牛吧！

小郑，你真的会看脚印？

黄宝玉依然不放心。

郑东风拍着胸脯说：真的。要不，你们带我去现场看看！我可以进一步确定留下脚印的人的体貌特征！

听了郑东风坚定的话语，黄宝玉对市公安局的同志说：要不，咱们和小郑再去一次现场吧，领略一下小郑的本领！

市公安局技侦部门的同志有些不服气地嘟囔着：怎么能听一个啥也不懂的小保卫干部的呢？这不是胡扯吗？

对呀，一个小保卫干部能判断足迹？简直是笑话！

大家七嘴八舌地议论着，黄宝玉却坚持让郑东风到现场去看一看。

到了现场，郑东风很快就把和照片上相同的脚印从地面上众多的脚印中找了出来。然后，他蹲下来，认真细致地查看了一番。二十分钟过去了，郑东风一直蹲在地上，目光就没有离开过那些足迹。郑东风知道，这是在破案，来不得半点儿含混。他毛遂自荐来辨认足迹，如果判断不正确，就会影响下一步的工作。所以，他十分慎重。如果像当年那样看个羊踪、马踪什么的，他早就下结论了。此时，郑东风在看地面，周围的警察和保卫干部在看他。有的人甚至怀疑郑东风现在是下不了台了，才迟迟不敢站起来讲话。正当大家用期盼甚至怀疑的眼光盯着他时，他站了起来。他对黄宝玉说：科长，我有了新发现。除了刚才我说的体重七十五公斤左右、身高一米七五至一米七八、体态微胖以外，这名男子的年龄应该在三十岁左右，走路有点儿“外八字”。

是吗？走路“外八字”，你是怎么看出来的？黄宝玉问。

郑东风说：我仔细地看了一下这名男子留在现场的脚印，从进门到取走阀门，一共走了七步，留下的脚印都是向外翻的，边缘的痕迹比较重。所以，我判断这个人走路时“外八字”比较明显。

听了这话，黄宝玉感到十分震惊。他觉得，眼前这个小郑绝对不是一时兴起才夸下了海口，是真的有本事。市公安局的领导也有所触动，立即决定按照郑东风的意见进行调查。他对黄宝玉说：黄科长，作案的应该是你们厂内部的职工。马上从这千八百名工人里查找符合这种体貌特征的人，重点排查三十岁左右的走路“外八字”的男职工！

好的，我们马上安排人查找！黄宝玉说。

排查结果很快就出来了。一个叫范涛的运输车间的工人符合这种体貌特征。这个工人听说保卫科的人找他核实情况，立马就知道自己偷阀门的事暴露了，如实交代了盗窃的罪行。

保卫科的郑东风能辨别足迹，协助公安局侦破了大案。这个消息很快就在造纸厂传开了，当然也在公安系统传开了。

造纸厂有个叫郑东风的保卫干部能辨认足迹，这是特殊人才呀！他要是当上了警察，肯定能破案！

不久，郑东风的警察生涯就开始了。

4

郑东风的传奇故事让他实现了自己的警察梦，并且收获了一个姑娘的芳心，体验到了美丽的爱情。

东风，咱们确定关系吧！凌海云温柔地请求道。

郊外的草原上空，几朵白云在悠闲地漫步。洁白的羊群缓缓地移动，就像镶嵌在碧海中的一颗明珠。郑东风和凌海云面对面地站在草原上唯一的一棵老榆树下，深情地对望着。这片草原就是郑东风小时候放羊的地方，这棵老榆树下就是七叔当年给郑东风讲故事的地方。如今，郑东风带着女友凌海云来到这里，就是想让自己心爱的人身临其境地体会一下他小时候的生活。

郑东风把手放在凌海云美丽的秀发上，轻轻地抚摸着，说：海云，你高中毕业，文化水平高，又那么温柔善良……我是羊倌儿出身，连初中都没读完。咱们俩是不是很不般配？

凌海云挣脱了郑东风的手，假装生气地说：东风同志，咱们咋不般配了？你那么勤奋上进，又那么聪明，还那么踏实善良，现在又成了人人羡慕的大名人！你说说，咱们俩哪里不般配！

凌海云把郑东风给问蒙了。郑东风明知道凌海云爱着他，还说这样的话刺激她，心里很是过意不去。

郑东风说：海云，我错了。我不该用这些话来刺激你！我也喜欢你，我也爱你！你的爸爸妈妈要是没意见，我也没意见！

听了郑东风的话，凌海云转悲为喜。她大胆地抱住郑东风，郑东风把她紧紧地搂在了怀里。这两颗相爱的心，终于融化在了蓝天白云里。

那时候，凌海云是厂里宣传部的干事。郑东风刚来工厂时，凌海云和他在一个车间工作，彼此有了一些了解。那时，踏实肯干、乐于助人的郑东风给凌海云留下了深刻的印象。分开到不同岗位工作以后，凌海云与郑东风之间的联系没有中断。两个人互相关心、互相爱慕，直到郑东风成了名人，凌海云才敢于大胆地表白。

于是，郑东风便收获了渴望已久的爱情。后来，他又有了一个温暖的家和可爱的女儿爽爽。

5

运气就像洪水，该来的时候挡也挡不住。

这一年，市公安局的领导决定从企业招聘一批警察。郑东风作为造纸厂保卫科的干部，很幸运地被选中了。当然，选中他的理由是他能够运用“码踪”的绝技侦破案件。

郑东风，你到市局刑警队去报到！

一个女干部甜美的声音传了过来。

市公安局后院的草坪上，三十名穿着作训服的警察齐刷刷地站好了队。他们就像被细雨冲刷的白桦树，个个精神饱满。结束了九十天的集训，这些新警就要被分配到工作岗位上去了。市公安局政治部的女干部正在宣布他们的去向。

听到女干部说的话，郑东风有些吃惊。集训队中的三十个从企业招录来的新警，只有他留在了市局机关，还被分配到了最让人羡慕的刑警队。刑警队，这也太夸张了吧！是不是听错了？郑东风有点儿不相信自己的耳朵。

郑东风，你被分配到了市局刑警队。听清楚了没有？

女干部还专门强调了一下。

是，听清楚了！郑东风大声回答道。

我们一共三十个人，为什么只把郑东风留在了市局机关？

为啥把他分到了刑警队？

人群中，提出异议的声音不绝于耳。

对不起，我只是负责宣读一下名单。具体为啥，你们问主任去。

女干部的回答十分干脆。

女干部所说的主任，是市公安局专门管干部的。作为集训的警察，谁会认识主任呢？谁又会真的去问呢？大家带着疑问，很快就接受了这个结果。

到刑警队报到之后，郑东风才知道，因为他有“码踪”的特长，刑侦处的王建军处长才特意向市局领导申请，把他留在了市局机关。后来，郑东风凭借自己的过硬本领，在侦破案件时发挥了重要作用。那年，在中心城区的鑫鑫食杂店发生了一起抢劫杀人案。郑东风通过辨认犯罪嫌疑人撤离时留下的一枚足迹，准确地说出了犯罪嫌疑人的身高、体重等体貌特征。据此，查出了作案者就是食杂店隔壁江中公安分局食堂的厨师。在侦破这起案件的过程中，郑东风通过分析现场的足迹，很快就画出了犯罪嫌疑人的清晰“影像”，最终挖出了隐藏在公安局内部的凶手。这起特大杀人案惊动了公安部，公安部派破案专家到现场督办。这么重大的案子，让郑东风给破了。从此，郑东风的事迹便轰动了全国，足迹专家的地位就此确立。

东风同志在足迹辨认方面这么出色，抓小偷也不会差。今天我们有了一位足迹专家，明天我们就会有一位反扒专家。我觉得，把东风放在这里最合适！王建军处长把郑东风交给反扒大队大队长高广生时，语重心长地说。

那时候，高广生是江城市便衣警察中最能抓小偷的。王建军把郑东风交到高广生手里，就好比把一块儿璞玉放在了打磨的机器里，放对了地方。

能行吗？长得这么瘦，能抓小偷吗？高广生对郑东风说。

他斜躺在靠椅里，拿着一把纸扇，不断地扇风。扇面上画的是水墨画《八骏图》。郑东风觉得，高大队长应该是属马的，对这把扇子情有独钟。

与人高马大的高广生相比，郑东风的瘦削更加明显了。

瘦怎么了，没准儿抓小偷更灵活。我有的是力气，要不咱们比试一下掰腕子？

站在高广生面前的郑东风不卑不亢，敢想敢说。

掰腕子？就你？

高广生愣住了。

你这么瘦，还想和我较劲儿！大家都管我叫“铁腕”，长这么大，我掰腕子还没输过谁呢！

那咱们就掰一下呗！

郑东风依然不放弃。

好吧，你拿把椅子，咱们俩就在茶几上掰。

茶几是实木做的，挺结实的。郑东风搬过来了一把椅子。高广生把自己的椅子转过来，正好面对茶几。高广生把手里的纸扇放到茶几上，和郑东风掰起手腕来。高广生根本就没把瘦弱的郑东风放在眼里。两个人的手掌搭在一起的时候，高广使劲儿一掰，就把郑东风的手腕压在了下面。

哈哈，这小体格，还跟我较劲儿，小心把你的手腕子给掰折了！高广生哈哈大笑着说。

郑东风脸上的表情异常严肃，看不出半点儿失败后的沮丧。他不动声色地对高广生说：高大队长，咱们再来一局好吗？三局两胜！

高广生表情异样地看着郑东风，心想：小伙子，你今天是不是吃错药了？我要是一使劲儿，把你弄成了骨折，他们也不给你算工伤啊！

高广生说：东风同志，你刚来，我这个当队长的怎么能和你较劲儿呢？算了算了，一会儿咱们还有正经事。

郑东风依然坚持：高队，再掰一次又何妨呢？输给一个刚入门的部下，不算丢人！毕竟，屋里就咱们两个人。

嘿，小伙子，你这是非要我出手啊！高广生有些生气地说：好吧，再来一局！不行了，就主动放弃，别硬撑啊！

说完，两个人重新坐下来，把胳膊肘支撑在了茶几上。

一、二、三，开始！

高广生喊话后，率先发力。他本想像上次那样，一下子就把郑东风的手腕子压倒。可是，这一次他失算了。他猛地发力，郑东风顶住了，手腕子纹丝不动。他接着发力，郑东风的手腕子依然稳如泰山。他再次发力，郑东风的手腕子就像一颗钉在茶几上的钉子，纹丝不动。高广生这才意识到，遇上掰腕子高手了。经过三次发力，高广生的手腕已经麻木了，再也没有力气发起进攻了。这个时候，只要郑东风稍微用力，高广生的手腕就会被压下来，高广生只能宣告失败了。可是，僵持了几秒钟，郑东风都没有发力。两个人的手腕依然立在茶几上，像金字塔一样。这时，郑东风主动把手放下来，说：高队，这局平局，谁也没掰过谁！

高广生心里很清楚，这是郑东风给他留了面子。他不由得对面前这个瘦弱的新反扒队员感到很钦佩。后来，高广生和郑东风在兄弟们面前再提起那次掰手腕，郑东风就笑着告诉大家：就比了两局，一胜一平，高队胜出。

高广生则哈哈大笑着说：论风格嘛，是郑东风同志胜出！论腕力嘛，打了个平手！是吧，东风？

这时，郑东风就会附和一下：高队说的很正确，真的是平手啊！

这就叫“此地无银三百两”。

王建军处长的眼光不错，郑东风的确是个好苗子。高广生暗下决心，一定要带好郑东风这个新警。他从小书架上拿了一本书，甩给了郑东风。郑东风反应很迅速，急忙伸出双手，接住了高广生抛过来的书。

反应挺快呀！不错，身手敏捷！高广生满意地说：这是《反扒警察指要》，拿去看看吧。把这本书看个八九不离十，你当抓小偷的警察就算入门了。

郑东风看了看手里的书，发现封面上印的是一个便衣警察抓小偷的画面。画面形象生动，扒手正在伸手扒窃，便衣警察紧紧地抓住了扒手的手。这两只手是用特写表现出来的，画面显得特别夸张。在这两只手的上方，是一副铮亮的手铐。

郑东风说：高队，这书不错，一看封面就知道能给人以力量。我会好好学的！

高广生说：东风，你基础不错，肯定没问题。听说，你还会辨认足迹，眼神的独到之处就不用再考证了。只是，抓小偷的业务和你的专长有时会不搭界。所以，你要好好看看这本书，初步了解一下反扒的知识。

郑东风说：是，高队，我回去一定看。有不懂、不会的地方，我再向您请教。

高广生说：回去吧，我等着你向我汇报心得体会。

郑东风说：谢谢高队！

郑东风转身向门外走的时候，高广生用严肃的口吻说：东风同志，掰腕子的事不能跟别人说！

郑东风笑了笑，说：高队，我还怕您哪天憋不住了说出去呢！

6

老蔫儿干啥都有一股子钻劲儿和悟性——这是当年的村支书对郑东风的评价。

如今，郑东风当上了警察，必须得熟悉抓小偷的业务。几天下来，他几乎把《反扒警察指要》的每一个章节都背诵下来了。

什么是反扒警察、扒窃案件有哪些种类和特点、侦破扒窃案件的策略等知识，郑东风都有所掌握。

虽然他连初中都没有读完，但是他爱学习的劲头始终没有减弱。那时候，他一边放羊，一边借书看。《青春之歌》《艳阳天》《钢铁是怎样炼成的》这几本书，他都读过。虽然识字量不是很大，但是他通过查字典和问其他人，识字的数量增加得很快。有了文字的基础，他阅读《反扒警察指要》这本书就轻松了一些。当然，还有一些不认识的生僻字。遇到这样的字，他就向高中毕业的凌海云求助。

读到小偷的起源时，郑东风不认识盗跖的“跖”字，把它读成了“石”。

郑东风问：海云，小偷的老祖宗叫“盗石”吗？

凌海云笑了笑，说：老公，那不叫“盗石”，叫“盗跖”，发“zhi”的音。

郑东风说：和直接的“直”一个读音吧！

凌海云说：对了，老公。盗跖，是传说中小偷的鼻祖。我们上中学时，历史老师给我们讲过。老师说，历史上对盗跖的评价褒贬不一。有人说，他是侠盗，崇尚“盗亦有道”。他率领义军揭竿而起，杀富济贫，与统治阶级作斗争。还有人说，他是滥杀无辜、祸害百姓、横征暴敛的盗贼，十恶不赦。反正，我们需要辩证地看待这个传说中的人物。既然他是小偷的祖宗，那就也是“老鼠过街，人人喊打”的现代小偷的祖宗。所以，不能把他们归结为好人，他们应该是你们警察打击的对象。

郑东风在凌海云的脸上亲了一口，说：我老婆就是比我懂的多，以后可以做我的老师了！

凌海云温柔地说：老公，我会好好配合你，让你成为一个合格的抓小偷的警察。

这天，高广生依然斜躺在办公室的椅子上，手里拿着那把纸扇，慢慢地扇着。郑东风站在他面前，手里拿着那本《反扒警察指要》。

怎么样，东风同志，给你的书看完了吗？高广生慢悠悠地说。

郑东风说：看完了，高队。您交给我的任务，我不敢怠慢。

是吗？把里面的情节说给我听听！高广生说。

他不停地扇动着手里的纸扇，一股凉风吹到了郑东风的脸上，让郑东风觉得十分清爽。

郑东风说：高队，我给您说说啥是扒手吧。人们通常把小偷称为“扒手”、“掏兜的”。不同地区的扒窃行为，有不同的叫法。在四川一带，管扒窃叫“白钱”、“洗了”、“弯着”。在广东，叫“开工”。在深圳，叫“地扒”、“车扒”、“打荷包”。在东北，叫“细活儿”、“老细”、“抠皮子”、“蹬大轮”、“蹬小轮”，等等。还有一些识别小偷的方法，诸如看眼神、看着装、看携带的物品、看行为举止、看体貌特征，等等。

听着郑东风侃侃而谈，高广生暗暗佩服他的毅力。至此，他才明白王建军处长把郑东风同志安排在反扒大队的良苦用心。高广生了解到，郑东风是小时候放羊时跟师父学的“码踪”。后来，他经过苦练，学会了自己辨认。他入警的时候，市局领导用五个人留下的足迹来考验他辨认足迹的能力，结果全部被他辨认出来了，丝毫不差。有了这样的功底，郑东风很容易识别小偷。也就是说，郑东风识别小偷的能力一定优于一般人。

高广生说：东风，用了这么短的时间就把这本书的一部分内容记下来了，不简单啊！就看以后的实际操作了！

郑东风说：高队，我这是在死记硬背，脱离了实际。我更希望亲手抓到一个贼，建立起心理优势。

高广生说：东风啊，你马上就有实战的机会了，没问题！咱们局对面的第一百货商场里，最近扒手不少。领导要求我们尽快进驻！明天我就安排便衣警察到商场去，把你也带去，现场体会一下。我估计，你很快就能适应，能力在那儿摆着呢！

郑东风说：高队，我能适应得那么快吗？

高广生说：能！我对你很有信心！

郑东风说：那好，我会认真学习。

高广生说：干刑警，是个苦差事！熬夜是家常便饭啊，你要做好这方面的准备！另外，咱们警察来到现场，要穿便衣。要学会化装侦查，善于把自己伪装起来。咱们在暗处，小偷也在暗处。一旦发现了小偷，就要把握好抓捕时机，快速出手，将小偷制伏，把赃物拿下，做到人赃俱获，这就叫"抓现行"。你要记住，一定要瞅准了小偷下手的瞬间，不能早也不能晚。最好的时机就是，在小偷拿到钱包的一瞬间，你抓到了小偷，当场缴获了钱包。这就是固定证据，让小偷无法抵赖！

郑东风羡慕地看着高广生说：高队，原来抓小偷有这么多学问啊！

高广生说：不仅如此，东风，还需要识别小偷。要领就是，要从人群中发现特殊人群，再从特殊人群中发现特殊人，然后根据特殊人的表情、动作等准确地识别出小偷，需要细心和眼力。当然，最主要的是用心专一、凝神聚力。心思不在这儿，一切都是零。有句话说得好，热爱是最好的老师。这个道理很简单，与识别羊群中的某只羊有异曲同工之妙。你要是不热爱，就不会用心。你要是不用心，就算小偷站在你面前，你也发现不了。所以，你热不热爱抓小偷这项工作，是最关键的问题。

郑东风说：明白了，高队。热爱是最好的老师，我当然热爱抓小偷这项工作了。当年，跟师父学“码踪”的时候，我把心思全放在羊群里。现在，我把心思全放在小偷经常光顾的地方，潜心研究抓小偷的方法。

高广生说：东风，只要热爱，你很快就会有收获。

第七章　山雨欲来

1

早晨刚上班，郑东风坐在办公室的沙发上凝神思考。晨光从窗口斜照进来，映在他的面颊上。

岳剑一进来，郑东风就准备起来让岳剑坐下。岳剑说：师父，您不用动。

说完，他直接坐在了斜对面的沙发上。夏雨荷进来给他们各倒了一杯茶，放在茶几上，然后走了出去。

岳剑拿起茶杯，喝了一口水。水很烫，他便啜了一小口，然后把杯子放下，说：师父，最近这案件怎么就按不住了呢，像疯了一样地发案！这就是我一大早就来找您商量的原因！数字噌噌地往上蹿！

多少了？郑东风问。

光这个月就发案一百零九起，您说是不是有点儿多？岳剑说。

是有点儿多。郑东风说：像突然发了洪水似的。

可不是嘛，都是些什么人干的呢？岳剑有些疑惑地说。

沉寂了好长时间的“影子”出现了，我感到很意外。很唐突地作了一起案子，这不像邱少千的风格。简直是由人变兽了！郑东风很不理解地说。

岳剑说：师父，洪水和猛兽之间有时候只差一道坝的距离。洪水在变成猛兽之前，总是表现得很温顺。可是，它一旦偷偷地完成了对坝的侵蚀，就离猛兽不远了。

有道理！也许邱少千真的变成猛兽了。郑东风说：对了，岳队，这些案子都是在哪里发生的？

商场、市场、公交车，哪儿都有可能发案。不知道这些小偷是从哪儿冒出来的！至于原因，我这不是向您请教来了嘛！岳剑说。

郑东风眯起眼睛，一口接一口地吸烟。这支烟吸完了，他又拿出一支烟继续吸。

师父，您啥时候变成闷葫芦了？您倒是说话呀，急死我了！

见郑东风一声不吭，岳剑有些着急。

郑东风又吸了一口烟，吐出了长长的烟雾。终于，他开口说话了：岳队，这些案子有点儿复杂。不瞒你说，根据这段时间的发案情况，我作了一下分析。一是我们这段时间打击不力，地皮子太松。二是，如果邱少千亲自出山这件事得到了证实，那么就说明原来的那批老贼又开始活跃了。这恐怕是一个重要原因！再有就是，外地的一些新贼认为我们这儿有活动空间，想趁机来打打野食。当然，也不排除我们本地的贼勾结外来的贼，内贼引来外鬼。

岳剑说：师父，您分析的有些道理。看来，情况确实有点儿复杂。“影子”出来了，他手下的四股势力就应该是扒窃案件增多的罪魁祸首，恐怕很多案子都是他们作的。

越来越接近了，我甚至闻到了这群老鼠的味道。郑东风调侃道：岳队，你没觉得神偷儿、夜猫儿、柳叶儿、风神儿，他们就在我们的眼皮子底下活动吗？我能感觉到！

是的，师父。山雨欲来呀！把大家找来商量一下吧！岳剑说：雨荷，通知各位大队长，让他们到会议室开会！

夏雨荷说：来了，岳队！

话音刚落，夏雨荷就来到了郑东风办公室的门口。

怎么来得这么快？岳剑惊讶地问。

夏雨荷走进来，对岳剑和郑东风说：岳队、师父，你们不叫我，我也会来汇报！昨晚又发生了一起大案，“110”刚把报案记录传过来。

又发生了一起大案？岳剑有些吃惊地说：在哪儿发生的？多大的案子？

古龙街夜市。两个外国人被偷了三千美金！夏雨荷说。

外国人被偷了三千美金？听到这里，岳剑的头都要炸了：涉外案件，三千美金被盗！这事情可闹大了。

事情闹大了，涉外案件啊！连省厅都介入了！郑东风也很吃惊：这个贼胆子也太大了，连国际友人都不放过，玩儿得有点儿过！

岳队，昨晚在古龙街夜市，还有一个男的被盗了，丢了三千多元人民币。夏雨荷补充道。

古龙街夜市，一个晚上两起，其中一起涉外。这还让不让人活了？岳剑的情绪有些急躁。

郑东风说：岳队，兵来将挡，水来土掩。案子扎堆儿了，需要马上安排警力。

问题是，这起涉外的案子有些棘手。岳剑叹了口气，说：雨荷，马上通知大队领导们到会议室开会！

是，岳队！

夏雨荷敬了个标准的举手礼，退出了会议室。

2

邱少千始终像影子一样时隐时现。

经过多年的交手，邱少千对郑东风这个胶水一样的对手打心眼儿里发怵。

人们常说，不能被同一块石头绊倒两次。可是，邱少千何止被同一块石头绊倒过两次，他被这块石头绊倒过无数次！所以，一想起这块石头——那个像胶水一样黏着他的石头，那种丢不下、甩不掉的感觉便会在他的脑海里盘旋，使他的脑袋像气球一样瞬间膨胀。

这些年来，邱少千历尽了坎坷，一次次地跌倒，又一次次地爬了起来。用他自己的话说，就是“在斗争中成长，在风雨中磨砺”。所谓的成长和磨砺，让邱少千变得越来越老道、狡猾、奸诈，在所谓的“江湖”上奠定了基础，在扒手中树立起了威信。所以，他才有本事把那些愿意归到他门下的昔日的兄弟笼络到一起，建立了一个表面上庞大、实际上松散的“小偷王朝”。他稳稳地坐在老大的交椅上，俯瞰芸芸众生。

与郑东风的缠斗，就像卡在他喉咙里的一根刺。郑东风是他通往“贼王”道路上的拦路虎和绊脚石，他们有点儿三国演义中的诸葛亮和周瑜的感觉。既生瑜，何生亮？邱少千常常发出这样的感叹。他自比周瑜，机智勇敢、智慧超群，但在计谋上却总是比郑东风差那么一点点。这一点，他有时候承认，有时候又矢口否认。多数的时候，他有自己的精神胜利法。每到这时，他就拿出当年耍笑郑东风的那段经历炫耀一番。

邱少千说：兄弟们，你们知道当年我把郑东风玩儿得团团转的感觉吗？郑东风，哼，什么反扒神探，传得神乎其神，还不是被老子牵着鼻子走！

这时候，会让人不禁想到阿 Q。他明明挨了打，还说：哼，儿子打老子！

不过，邱少千引以为自豪的这段故事的确很精彩。

郑东风，你来抓我呀！我就在这里，哈哈哈！

在一百米开外的大岗子上，邱少千向郑东风等人高声呐喊。

邱少千骑着一辆“哈雷”越野摩托车，身穿土黄色的骑手服装，威武潇洒。他把头盔前面的玻璃面罩向头顶高高扬起，整个人看上去像上古时代的武士，威风凛凛。这压倒一切的气势，简直就是在向郑东风示威！

邱少千，你以为你玩儿得很漂亮吗？小儿科而已！

大门外的郑东风在大声喊话。

小儿科？哈哈！小儿科，你不是也上当了吗？扑了个空吧！

邱少千依旧十分得意地喊着。

邱少千，算你聪明。有能耐，你再跑！我就不信，你个孙猴子能跑出如来佛的手心！郑东风喊道。

这一次，邱少千和红毛有分有合，在江城市各大医院的收费口作了三十多起案子。红毛被郑东风和岳剑抓了现行，邱少千则逃离了现场。

师父，抓他！岳剑说。

对，抓！郑东风说。

邱少千租住的房屋坐落在江城市郊区的东风村，在一个相对独立的院子里。院子的四周是两米多高的围墙，上面有防护用的铁蒺藜。两扇黑漆大门，从里面用铁闩插死了。外面的人想进到院子里，比登天还难。

通过技术部门的配合，郑东风摸准了，邱少千就在这个院子里。

上午九点，岳剑、郑东风、夏雨荷带领十几名荷枪实弹的反扒队员，驾车赶到院子外面，迅速包围了这个院子，随时准备行动。

郑东风说：岳队，根据技术部门提供的定位，邱少千近期经常使用的手机就在这个院子里，没有移动的迹象。我们是不是开始行动？

岳剑说：师父，既然咱们已经来了，就马上行动吧，来个瓮中捉鳖！

郑东风稳操胜券地说：好的，我们立即行动，让邱少千插翅难逃。

郑东风从口袋里拿出一个塑料袋，从里面掏出几个肉团子。

夏雨荷好奇地问：师父，您这是干吗？

郑东风说：经过侦查，发现院子里有两只大狼狗，十分凶狠。咱们需要投进去几个含有麻醉剂的肉团子当诱饵，把狗麻醉了。这样，咱们就可以顺利地进入院子了。

夏雨荷说：还是师父想的周全。对呀，要是不放倒了这两只恶狗，我们很难进院。

岳剑说：师父，我去投诱饵吧！

郑东风说：还是我去吧，我侦查过狗窝的位置。你在这里指挥比较合适！

说完，郑东风从车里下来，向院子的左前方快速移动。很快，他就来到了左侧墙根下，把几个肉团子抛到了高墙里面。过了一会儿，传来了狗争抢肉团子的声音。不一会儿，狗叫声就消失了。郑东风在墙外面判断，这两条狗已经被麻醉了。随后，郑东风返回了车旁。

此时，岳剑正在指挥几个反扒队员将两个软梯搭到高墙上。队员们顺着软梯爬上高墙，用钢剪把上面的铁蒺藜剪断之后，从中间打开了两个缺口。岳剑、郑东风、楚梦琪陆续爬上软梯，从高墙上跳进了院子。随后，几名反扒队员也跟着跳了进来。只见院子左侧的角落里，卧着两只被麻翻的狼狗。岳剑、郑东风在前面擎着手枪，带领大家迅速靠近右前方的墙根，向中间的门口推进。

到了门口，岳剑开始向里面喊话：邱少千，你被包围了，赶快出来束手就擒吧！

郑东风也大声喊话：邱少千，我是郑东风！你快点儿出来，不然我们就要强攻了！

屋子里死一般地沉寂，没有任何声响。

岳剑说：师父，邱少千好像不在这里。

郑东风说：不对呀，定位是不会错的！

岳剑说：师父，如果他在里面，不会一点儿动静都没有吧！

郑东风说：破门吧，冲进去看看！

随着一声吆喝，后面的一个反扒队员用钳子把锁头夹断了。房门被迅速打开，岳剑、郑东风率先冲了进去。他们在两边的屋子里紧急搜查，没有发现邱少千的踪影。于是，他们返回客厅，看见桌上放着一部手机。夏雨荷拿起手机，给岳剑和郑东风看了看。岳剑和郑东风同时明白了，他们中了邱少千的调虎离山计。邱少千故意把手机放在这里，自己早就逃跑了。

岳剑和郑东风面面相觑。这时，郑东风的手机响了，屏幕上显示了一个陌生的手机号码。

郑东风接通了电话，手机里传来一个男人沙哑的声音：郑东风，你不是在抓我吗？我略施小计，就把你们给耍了。告诉你吧，那房子是我临时租的，目的就是耍你们一下，考验一下你们的智商。哈哈哈！没想到，你还真上当了，哈哈哈……

郑东风说：邱少千，你很得意是不是？敢耍我！我就不信，你能逃出我们布下的天罗地网！

邱少千说：哈哈，郑东风，其实我没跑多远！我知道，这次的事不大，你们判不了我几年。我就是故意耍你们玩儿的！不信，你们推开黑漆大门，向前面的大岗子上看一看。一百米以外，那个骑摩托车的人就是我邱少千！哈哈，明白了吧！我就站在这儿不动，等你们来抓我！这样，算不算投案自首啊？

听到这里，郑东风关掉手机，急忙从屋子里冲了出来。岳剑带着大家，紧跟着郑东风向院子里走去。

郑东风来到大门旁边，把里面的铁闩拔下来，用双手推开了两扇黑漆大门。大门外一百米左右，有一个高高的土丘。土丘上，一个骑在“哈雷”越野摩托车上的男子，看上去特别高大。

是邱少千！郑东风对岳剑说：这家伙没跑远，是要跟咱们叫板吗？

哈哈，师父，他这是跟您叫板呢！技高一筹，把咱们小小地戏耍了一番！但是，不会影响大局。是吧，师父！岳剑和郑东风开起了玩笑。

邱少千喊了半天话。

郑东风喊道：邱少千，你耍够了没有？要是耍够了，表演就该结束了！

哥玩儿的就是潇洒，哈哈哈！

邱少千仰天大笑。

随后，他发动摩托车，箭一般地向郑东风他们驶来，瞬间停在了郑东风他们面前。岳剑、郑东风他们还没有回过神儿来，邱少千就把摩托车停在了那里。他摘下头盔，露出了本来面目。

把我铐起来吧！

邱少千走近郑东风，伸出双手，让郑东风给他戴上了手铐。

审讯室里，邱少千看了一眼郑东风这个老对手。郑东风一边吸烟，一边看着邱少千，就像刚刚获得了一件古董，正在欣赏上面的纹路。

能给我一支烟吗？你自己抽，是不是太自私了？

邱少千像是在和老朋友调侃。在郑东风面前，他的角色似乎不是罪犯。

你确定今天不会嚼舌头？郑东风慢条斯理地说。

烟头忽明忽暗，烟雾缭绕。

不就那么点儿事嘛！我竹筒倒豆子，行了吧！把烟拿过来吧！邱少千说。

郑东风从烟盒里抽出一支烟，叼在嘴里，用打火机点燃，轻轻地吸了一下。他把烟捏在手里，并不急于给邱少千递过去。

每次你都说要竹筒倒豆子！可是，一到关键时刻，你就避重就轻！老千啊，你都成“影子”了，言而有信好不好？郑东风深有感触地说。

一事一议，就事论事。我就干了这一起，你非得把我没干的强加于我！这些屎盆子都扣在我头上，我能受得了吗？你们这些警察呀，最大的毛病就是捏造罪名！

邱少千振振有词。

一事一议？收费口那儿都三十多起了！再说，红毛都归案了，人家态度好着呢！郑东风说。

郑警官，不能往死里整我吧！三十多起，你问红毛去吧，我可没参与那么多起！邱少千辩解道。

放心吧，老千，整不死的！要我给你补补法律课吗？郑东风说。

邱少千说：郑警官，我来替你说吧。没有犯罪嫌疑人的供述，证据确实充分的，一样能追究刑事责任。对吧？快点儿把烟给我吧！

看完了邱少千的滑稽表演，郑东风笑了笑，说：行啊，老千，都会抢答了！既然这样，就到你抽烟的时候了！

说着，他把手里的烟递给了邱少千。邱少千接过烟，猛抽了几口，呛得猛烈地咳嗽了几声。咳嗽完之后，邱少千精神了许多。

早点儿把烟给我不就结了！

邱少千说完，又吸了一口烟。

郑东风也吸了一口烟，吐出的烟圈儿升腾起来。他看着邱少千，眼睛里似有剑光闪过。

几年？你给自己量个刑吧！郑东风轻描淡写地说。

邱少千说：就一年吧！

三年！你觉得呢？

郑东风看着他，目光如炬。

你是政府的人，嘴大！邱少千轻蔑地说。

这是依法办事！用事实说话，用法律衡量。郑东风说。

两个人被吐出的烟雾包围了起来。

3

当然，邱少千只给小兄弟们讲述了他“戏耍”郑东风的经过，还刻意渲染了一下，好让兄弟们觉得，他们的老大能把郑东风玩弄于股掌之间。至于后来他是如何在审讯中向郑东风缴械投降的，他是不会提及的。

如今，邱少千像鼹鼠一样蛰伏在丘陵山下，这是心理成熟的表现。

丘陵山位于江城市市郊，是小兴安岭余脉的主要山脉。每到夏季，丘陵山就呈现出郁郁葱葱的景象。一片片森林覆盖着丘陵山，红松、落叶松、白杨树、白桦树、香樟树在山脊上茂盛地生长着。山下，弯弯曲曲的松水河绕着山流淌。几间小木屋坐落在苍松翠柏之间。一条幽静的小路蜿蜒曲折，像蚯蚓一样爬向山下，神秘而隐蔽。

在丘陵山庄，邱少千不需要太多的曝光率。即使需要觅食，他也要像鼹鼠一样，晚上偷偷地出来，打一枪换一个地方。

表面上，邱少千过着隐居的生活，隐居和悠闲成了他生活的主旋律。暗地里，他却指挥着千军万马，把“四股势力”牢牢地掌握在手里。每次“掉脚儿”，都会使他变得更加成熟，让他变得越来越狡猾奸诈。

邱少千与各股势力之间，已经不是单纯的拜把子兄弟了。他把自己当成了“贼王”，把手下的兄弟们当成了诸侯和大臣。要来拜会“贼王”，就要遵守规矩。“贼王”接见谁、什么时候接见，都有一定之规。单线联系和单独接见，对他们来说是常态。他的隐居地也不是所有小偷都能知道，只有几个头目知道。一旦有什么风吹草动，他就赶快搬到别的地方去。

邱少千身披紫红色的大氅，从小屋里走了出来。他下身穿一条黑色宽裆裤，脚穿软底黑布鞋，走起路来十分洒脱。他在屋前的空地上练起了太极拳，走起了太极步。只见他轻舒猿臂，脚步闪转腾挪，动中有静，虎虎生风。

练了半个钟头的功，邱少千精神大振。

陈若煜迈着舒缓的步伐走了过来，风姿绰约，飘飘欲仙。她那轻盈的脚步像一阵清风，吹得邱少千十分舒坦。

干爹，神偷儿来了！

传来了飞鱼儿甜美的声音。

在哪儿？邱少千问。

在一号房的厅堂里等您呢！飞鱼儿柔声细语地说。

好，鱼儿，我马上就去见他！邱少千说。

说完，邱少千向一号房走去，陈若煜像鱼儿一样紧随其后。

厅堂虽然只有四十平方米，但却显得十分威严。一进门，北侧有一个高出地面十厘米左右的平台，上面有一把虎皮椅子。一张虎皮夸张地覆盖在椅子上面，虎头上的牙齿像是在撕咬着万事万物。虎皮椅子前面是一张红木桌子，豪华气派。椅子两边各摆放着一对真皮靠椅，靠椅前面有茶几相配。

虎皮椅子后面的墙壁上，挂着一幅盗贼的老祖宗“盗跖”的画像。画像上的“盗跖”怒目圆睁，威风凛凛，完全不像个小偷。画像下面有个匾额，上面有四个遒劲的大字“盗亦有道”。

平台的前面就是厅堂，号称“议事大厅”。

邱少千迈着轻盈的步伐走进了议事大厅，俨然一个神仙大佬。号称“商场流星”的申透明早早地就站立在厅堂的中央了。

申透明是邱少千非常喜欢的弟兄之一。应该说，除了邱少千的两个女人和武追风以外，邱少千最喜欢的人就是申透明了。他喜欢申透明的原因是：申透明的技术水平较高，和他很接近；申透明凭借骨子里的那股韧劲儿，练就了一身轻功。还有一个原因，也是最重要的原因，那就是申透明对他十分忠诚，从来不藏心眼儿。

的确，申透明进步飞快，成了扒手行列里赫赫有名的高手，不愧为“神偷儿”。他能在百步之内看见“猎物”，在三步之内窃得“猎物”。其身手之快，除了号称“影子”的邱少千，无人能出其右。此外，听人说申透明有特异功能。他身轻如燕，借助一个支撑点就能把身体贴到天棚上。所以，人们说他是“燕子李三转世”。

申透明看见邱少千威风凛凛地走进厅堂，赶紧双手抱拳问候道：老大安好，小弟这厢有礼了！

如今，申透明已经成了活跃在大型商场里的“重要扒手”。他的“活动”范围，从江城市的各类商场、市场，发展到了滨江的省会城市，现在又拓展到了南方的发达城市。因此，申透明的“业绩”是邱少千最满意的。

神偷儿，不必拘礼。

一看见神偷儿，邱少千就十分客气地说。

是，老大！

申透明转身走到一边，让邱少千先过去，才转过身来。

邱少千径直走到台上，端坐在了虎皮椅子上。

神偷儿，这些天你都忙乎了些啥？邱少千随意地问了一句。

老大，我带着弟兄们干了点儿小活儿。申透明毕恭毕敬地说：老大，听说您的太极功夫见长。

是啊，神偷儿，我每天都会找时间练功！这练与不练，真的不一样，确实提升了一些呀！可是，与你这个“燕子李三”相比，恐怕还有很大的差距。邱少千说。

老大，您太谦虚了！我的那点儿功夫，也没啥可炫耀的。申透明说。

神偷儿，我就佩服你这一点。不声不响地干大事，凭的是一身真本领啊！邱少千感叹道。

这还不都仰仗老大您的栽培嘛！申透明微微一笑，说：老大，您找我来，有啥吩咐吗？

邱少千说：神偷儿，今天我找你来，就为了两件事。现在，在社会面上干活儿的太多了。你是我最信任的兄弟，我想让你替我查查，是谁在“作妖儿”。另外，还有咱们要干的那件大事。抓紧踩点，把里面的情况搞清楚，懂了吧？

申透明说：老大，我明白了。这段时间，的确有好多势力在社会面上活动，您是该出手管管了。我出去探听一下！后面那件事嘛，我已经潜进去几次了，很快就会把图给您画出来。另外，我建议减少参与的人，把红毛替下来吧！

神偷儿，听你的。就说计划取消了，让红毛干别的去。邱少千说：至于社会面上的其他事，也不能让大家太疯了，在咱们的地盘上为所欲为。你查一下，顺便给警察出点儿点子。否则，我们很快就会引起警察的注意。估计现在警察就已经采取行动了，只是我们还不知道。那样的话，我们就太被动了。

申透明说：知道了，老大。我马上就去查，查完了再向大哥汇报。

邱少千亲切地搂住申透明的肩膀，使劲儿拍了拍，说：神偷儿，你是我最信任的好兄弟呀！所以，把这件最能体现我人生价值的事交给你，我是放心的！

申透明说：我一定辅佐大哥完成这件神圣的大事。

好的。兄弟，别走了。让飞鱼儿告诉后厨，整俩菜，咱们哥儿俩今天不醉不回。

邱少千喊道：飞鱼儿，让后厨弄俩菜，我要和你神偷儿哥喝两杯！

听见邱少千的喊声，飞鱼儿从门外“飘”了进来。

知道了，师父，我这就去办！

飞鱼儿说着，又“飘”到了门外。

4

上午，钱伏齐的手机忽然响了起来，是一个陌生的号码。钱伏齐犹豫着接起电话，听筒里传来了一个阴沉的声音：是我。你在干什么？

是老大！老大，我在家。

钱伏齐听出来是邱少千的声音，急忙谦恭地回答着。

邱少千接着说：夜猫儿，待得挺消停啊！就没出去干点儿活儿？

没有，老大。没有您的吩咐，我们不敢轻举妄动。钱伏齐毕恭毕敬地说。

钱伏齐狡猾得很，江湖人称“夜色幽灵”。原因有两个：一个是他习惯于夜间神出鬼没地作案；再一个就是他“鬼机灵”，像个夜猫子。所以，小偷们就给他起了个绰号“夜猫儿”。

别当面一套，背后一套！你们背着我干的活儿还少吗？这段时间，各种场所都在“响雷”，你的人就一点儿没干？邱少千面色阴沉地说。

老大明察秋毫！我的人干了，一定会交租子！

钱伏齐点头如捣蒜，一个劲儿地表态。他表面上毕恭毕敬，实际上却背着邱少千让手下人作了好多案。他觉得邱少千是警方重点关注的对象，轻易不敢亲自出手。邱少千每天东躲西藏，顾头不顾尾，领导力在下降。另外，他听说，最近邱少千身边多了一个飞鱼儿。邱少千对这个飞鱼儿言听计从，宠爱有加，对手下这帮弟兄却十分苛刻。所以，必须趁机干点儿活儿，弄点儿零花钱。他是不能跟邱少千说实话的，尽管邱少千已经有所警觉了。

邱少千说：夜猫儿啊，干没干活儿，交没交租子，你我心里清楚就行了。我这次打电话是要提醒你，这段时间外面的情况很不乐观。在江城市地面上活动的人十分复杂，鱼龙混杂呀！这样下去，警方的“老便”恐怕很快就要出手了。别忘了，狮子睡着了也终归是狮子呀！

钱伏齐说：我明白了，老大。谢谢老大提醒！对这个情况，我也有所察觉。

邱少千说：察觉了就好啊，千万不能麻痹！同时，告诉你手下的弟兄们，要收敛一些，别轻易出手，避一避风头。

钱伏齐说：知道了，老大。我会告诉他们的！

邱少千还是不放心，嘱咐道：还有啊，你要亲自到市场上去看一看！一是看看你的人是否还在频繁地活动；二是看看“老便”是否开始活动了；三是观察一下形势，回来向我汇报。

钱伏齐说：知道了，老大。我这就去办！

邱少千说：千万要小心，惊动了警方可不是什么好事情！

钱伏齐说：放心吧，老大。

邱少千挂断了电话。他刚给申透明布置完任务，就又给钱伏齐安排了工作。他做这些事情的目的不言而喻，那就是让两个人互相牵制。钱伏齐觉得，邱少千提醒得很及时。

接完邱少千的电话，钱伏齐陷入了沉思。他觉得，邱少千提示得很有道理。小偷们在江城市频繁“干活儿”，受害的群众纷纷报警。警察出手是迟早的事，甚至不排除警察已经开始行动了。可是，这些小偷大概不愿意收手，抱着侥幸的心理。都是金钱的诱惑啊！他觉得，应该到夜市之类的地方去看一看，然后向邱少千汇报真实的情况。

虽然脸蛋儿没有猫那么经得起端详，但是钱伏齐的那股机灵劲儿，倒是比猫有灵性。最突出的就是，他的两只眼睛和鼻梁骨都自然地微微倾斜，类似于轻微地斜视，怎么看都不是很顺溜儿。他个子很矮，这就有了当小偷的天然优势。他随便混入人群，躲到某个角落里，就很少被发现。小偷们都知道，钱伏齐最厉害的是会轻功。据说，他从小就开始练轻功，身轻如燕，闪转腾挪的时候几乎没有声响。所以，他自诩为“鼓上蚤”时迁的传世弟子，可以神不知、鬼不觉地出入任何场所。说他能飞檐走壁，有些夸张。不过，他能像猴子一样跳到房脊上，健步如飞地奔跑。因此，他躲过了警察的无数次追捕。此外，他扒窃财物的本领非常高超，瞬间就可以将百米之内的“目标”拿下。

古龙街夜市位于江城市江南区古龙街。

古龙街是远近闻名的步行街，街道两边有许多明清时代的建筑物，有些是后来模仿的。所有建筑物都是用青砖碧瓦搭建的，楼顶的檐壁上镶嵌着烫金的鸟兽。

这些仿古建筑是江城市的一大特色。一楼是门市房，对外出租。在这里，经营着各种传统美食、茶叶、金银珠宝和丝绸等。中外游客在这条街上观光旅游，大把大把地花钱，购物成了一种时尚。

入夜，古龙街的夜市上灯火辉煌。各种霓虹灯、花灯交相辉映，给街市增添了无穷的魅力。在郊外游玩了一整天的客人们，晚饭后来到这里悠闲地逛街，观灯赏月，十分惬意。在这样一个人山人海、热闹非凡的夜市里，小巧玲珑的钱伏齐很快就被无边的人海淹没了。

钱伏齐很随意地在夜市里走着，像个常来逛街的当地人，丝毫没有引起别人的注意。钱伏齐喜欢这样的状态，也喜欢这样的环境。他认为，这里简直就是扒窃的天堂。只有在这种复杂的环境里，财富才能源源不断地进入他的口袋。在这种环境中，他会很有安全感，并且会有很多出手的机会。在这里，他可以连续干上几个活儿，别人都发现不了。因为别人发现不了，所以他不用为仓皇逃窜而发愁。

人多好干活儿啊！他把老祖宗的话用在了这里。

夜市是南北走向的，长度接近三公里。钱伏齐无法把这三公里的夜市全部走完，没那个闲工夫。他在人群中走了一公里，边走边观察。他发现，夜市里并没有多少小偷。这些“同行”，有的是他的手下，有的是其他帮派的，还有他新招来的那个“特殊人群”。钱伏齐觉得，还是要控制一下局面。他要让自己的人撤一撤，把外来的人往外赶一赶，净化一下“空气”。

按照以往的习惯，钱伏齐从东边的一个三层的角楼登上了三楼。楼梯在角楼的后面，是个旋转的外楼梯。钱伏齐进入角楼之后，沿着楼梯走到了二楼。然后，他穿过了三楼楼梯口的一个铁栅栏门。因为身体轻巧，所以他能从两个铁栅栏中间顺利地穿过。穿过铁栅栏之后，他沿着楼梯顺利地爬上了三楼。整个三楼的房间都是空的，客厅里有一个门直通外面的露台。在露台上，能看到步行街上熙熙攘攘的人流。楼层虽然不高，但是视觉效果很好，便于钱伏齐观察街市里的人群。观察了一会儿，他就被西侧一楼的一个卖金银器皿的摊位吸引了。吸引他的不是那个摊位本身，而是在摊位旁挑选银器的顾客和站在顾客旁边的一个男人。从三楼看过去，那个男人上身穿了一件普通的咖啡色T恤衫，下身穿了一条牛仔裤，左胳膊上搭了一件米黄色的夹克。那个男人在几个挑选银器的顾客后面挤来挤去，佯装购买物品。钱伏齐看见那个男人用搭在左胳膊上的衣服作掩护，右手快速出手，从一个顾客右侧的裤兜里掏出了一个钱夹。得手后，那个男人并没有罢手的意思。他用同样的方法，把手伸进第二个顾客的右侧裤兜，掏出了一沓现金。随后，那个男人一边撤离，一边不停地叨咕着什么。

看着这个行窃时如鱼得水的男人，钱伏齐不禁冷笑了一下。这个人他很熟悉，正是他的手下靳二拐，绰号“二怪”。“二怪”出手不凡，钱伏齐很高兴。但是，钱伏齐还是要考验一下“二怪”，看看这小子到底藏了多少心眼儿。

钱伏齐想看一看，到这里来的这些小偷都是什么货色。通过观察，他发现确实有几个生瓜蛋子，还有一男一女两个未成年的小孩儿，看上去也就十四五岁的样子。这几个孩子应该是结伙扒窃，他们之间并没有语言交流，只用眼神和手语交流。钱伏齐觉得，这几个孩子应该是聋哑人。如果是聋哑人的话，就应该是李晓雨的人在行动。这是他引进的一个“杰出作品”，邱少千是不知道的。他给他们定下的目标是“打一枪，换一个地方”。如果他没有猜错，这伙聋哑人在市场和夜市里活动频繁，在公交车上也没少“活动”。他们必须抓紧时间，否则就会被“同道”盯上，报告给警察。所以，钱伏齐必须把握时机，让聋哑人团队速战速决。

钱伏齐顺着步行街西侧的商铺看向北面，发现左边一个穿蓝色夹克的男人十分可疑。那个男人不是盯着货物、摊床看，而是盯着过往的人群看，目光总是停留在人们的腰腹部。钱伏齐一下子就明白了，这是个“雷子”、“老便”。不出意外的话，在这个“老便”后面，会有其他的“老便”。果然，在和那个男人相隔二十米左右的地方，有一个专门盯着人群的女孩，盯人的部位和那个男的一模一样。而且，她和那个男人遥相呼应。钱伏齐确定，这是个女“老便”。这两个便衣对钱伏齐来说都很陌生，说明是从上面或者其他地区派来的警察。据他分析，便衣警察一旦进入了夜市，就说明这个夜市已经引起了公安机关的高度重视，今后再“干活儿”就要加倍小心了。

贼不走空！据说，这是小偷的祖师爷“盗跖”定下的规矩。钱伏齐觉得，自己既然已经出来了，就一定要“干一炮”再回去。况且，这活儿也不需要什么技术，顺手牵羊而已。

对于警察，钱伏齐必须重视。如果来的是反扒队的那帮抓小偷的警察，钱伏齐觉得还是要避一避的，否则就有被抓现行的危险。他看出来了，出现在这里的警察只是巡逻防范的警察，不是专门抓小偷的警察。因此，他决定在这些警察的眼皮子底下干上一票。

他站在三楼上，瞧准了街对面的一个销售工艺品的商店。他发现那个商店里顾客虽然不是很多，但都是层次很高的消费者，还有几个外国人。于是，他决定就去那家店。他立马原路返回到一楼，从一楼的一家店铺走了出去。钱伏齐走路像风一样快，转眼就到了那个工艺品商店的门口，推门进到了店里。店里卖的都是有地方特色的高档工艺品，包括达斡尔族的渔猎工具模板、满族的“满绣”、双龙湖的芦苇画、丹顶鹤玉石雕塑等。

钱伏齐进来时，店里有六位顾客——四个中国人和两个外国人。他身材矮小，进来后没有引起任何人的注意。

那一男一女两个外国人，男的人高马大，白皮肤、蓝眼睛、白头发，像是欧洲血统；女的金发碧眼，身高比旁边的中国女人高出十厘米左右。钱伏齐把这六个人一一打量了一下，决定不在中国人身上下手。他仔细观察了一下，那两个外国人正在挑选丹顶鹤玉石摆件，估计是想买回去当纪念品，而他们的钱包应该在那个外国女人背着的简易背包里。那是个上面带盖子的小挎包，里面有一个拉锁。对钱伏齐来说，把这一切都看清楚了以后，扒窃就是十分简单的事了。那个人高马大的外国男人和那个金发碧眼的外国女人还在认真地看那个丹顶鹤摆件。外国女人的挎包就吊在她和外国男人之间，在柜台的下面。从表情上看，他们一点儿防范意识都没有，叽里咕噜地说着外语。钱伏齐虽然听不懂他们说的是什么，但是他知道应该在什么时候下手。他瞬间移动到那个外国男人身后，用左手顺利地掀开背包盖，拉开拉锁，熟练地从袖口里拿出小镊子，快速把背包里的钱夹了出来。这个“夹活儿”干得干净利落，无声无息。得手后，钱伏齐迅速从店内撤出，挤进了熙熙攘攘的人流。

5

一会儿的工夫，大家就聚集在会议室里，围坐在了椭圆形的会议桌旁。他们看着岳剑支队长的那张冷若冰霜的脸，预感到发生了什么事情。这段时间，发案比下雨都快，而且每次都是暴雨级别，谁当这个支队长都得上火。

苏晨宇、尹大力、楚梦琪等人，都保持着沉默。尹大力低着头，摆弄着手机。他盯着手机屏幕，不停地用手在手机屏幕上滑来滑去。

刚坐下就开始玩手机，是小道消息还是桃色新闻？就那么有吸引力吗？岳剑没好气地质问道。

大家都抬起了头。尹大力也抬起头，晕头转向地说：岳队，您是在说我吗？这不是还没开会嘛，我看看微信！

苏晨宇向尹大力的手机屏幕瞟了一眼，说：尹大队长，一大早跟谁聊呢？勾搭上哪个女贼了？

尹大力不屑一顾地说：苏队，顺便解释一下，不是我勾搭女贼，而是女贼看我长得太帅，在勾搭我。

岳剑气急了，说：你们俩别扯没用的！看看桌上的那张表，案子都发成啥样了，你们还有心思逗乐！

这时，尹大力和苏晨宇不说话了。大家把注意力集中在了这张表上。这张表是夏雨荷在会前特意打印出来的，以便大家及时地了解情况。

看看吧，这几天从1路到16路的公交车上，几乎都有扒窃案件发生。从101路到109路公共汽车上，也几乎都有扒窃案件发生。还有早市、夜市、大型商场，特别是古龙街夜市，竟然有两个外国人被偷了三千美金。这可是涉外案件！

岳剑说话时，一脸的严肃。

大家看了材料，都耷拉着脑袋，像犯了错误的小学生。

怎么了？反扒支队的“五虎上将”，一个个都像霜打的茄子，蔫儿了！平时那种趾高气扬的劲头儿都到哪儿去了？

岳剑措辞严厉，明显带着讽刺和挖苦的味道。

尹大力嘟囔着：岳队，我觉得吧，这段时间发案是多了一些，但是也不必大惊小怪。

尹大力的这句不疼不痒的话又把岳剑的火气给勾了上来。岳剑怒目圆睁地说：大力同志，耗子都上了房梁了，还不要大惊小怪呢！你自己说说，这些天你们二大队都破了啥像样的案子？抓了几个小偷？

尹大力狡辩道：岳队，不是都没破啥像样的案子嘛，也不光是我们队吧！

岳剑质问道：好啊，都不破，你就不破？作为副支队长兼大队长，你能和别人一样吗？

火药味出来了，郑东风赶紧灭火。

烟瘾上来了，我得抽一口。

郑东风边说边拿出打火机，点燃了香烟。

岳队，怎么不一样了？这也不能怪我吧！是不是你的指挥有问题？

尹大力不依不饶。

郑东风从烟盒里抽出一支烟，递给了尹大力：来，大力，你也来一支！我给你点上！

尹大力接过烟，火气立马消了一半。郑东风给尹大力点上烟，尹大力狠狠地抽了一口，呛得直咳嗽。

郑东风说：慢点儿抽，尹队！抽上烟就能少说话，少说话对你有好处。岳队在气头上，你不但不压事，还呛呛上了，难道还要打架不成？这么多案子一股脑儿地压上来，我们却没有有效地去应对。作为反扒警察，我们都有责任。现在需要想办法破案，把案件多发的势头给压下去。咱们都冷静一下，让岳队给大家分分活儿。养兵千日，用兵一时。我们都该干活儿了！

郑东风慢条斯理地说着，慢悠悠地吸着烟，吐出的烟圈儿在头顶上盘旋。

就像火辣辣的天空中忽然落下了雨丝，尹大力的火气消了。他低下头，不再说话了。岳剑也冷静了下来，四周一片寂静。

过了一会儿，尹大力充满歉意地对岳剑说：岳队，师父说的在理。刚才是我不冷静，我向您检讨。这段时间，发生了很多案子。我们二大队破案不力，给您添堵了。

岳剑说：大力，责任不在你。的确是我这个支队长把握全局的能力不强，没有拿出好办法及时应对。我估计，我也快被市局的领导收拾了。

听了岳剑支队长的话，大家心里都酸酸的。

岳队，您就吩咐吧。咱们便衣队是有传统的，最多也就是打一场大仗。我们宁可扒掉一层皮，也要把顶风作案的势头给压下去。苏晨宇说。

是啊，岳队，您就吩咐吧！楚梦琪说。

好的。我想问问，大家手头上有没有正在侦破的案子？岳剑看了看大家，用征求意见的口吻说。

尹大力说：岳队，我们二中队已经有线索了，有时间再单独向您汇报。

岳剑说：好的，尹队。看来，你们已经行动了。会后，我再单独了解一下情况。

楚梦琪说：岳队，我手里也有一个案子，还挺大。

岳剑说：我知道，是从咱们这儿开往北京的那趟列车上的案子吧？

楚梦琪说：是的。一万美金，外加一张二十万元的银行卡，卡上的钱都被提走了。

岳剑说：梦琪手里的这个案子很复杂，也很重要，已经引起部里的重视了。失主是在北京做二手车生意的，很有钱。昨天上午，失主发现钱款和银行卡、身份证被盗了，便报了案。昨天下午，北京警方把这个案子通报给了我们。我安排梦琪带人协助北京警方破这个案子。

楚梦琪说：岳队，线索已经找到了。有证据显示，那天，我市的一个老贼在这趟车上出现过。

是的，老贼。我让东风师父辨认了一下，他说，应该是这个人干的。楚梦琪说。

师父，谁干的？岳剑惊讶地说。

风神儿，邱少千的得力干将。郑东风说。

又和“影子”有关！岳剑看了看郑东风，把自己的想法说了出来：老鼠们在鼠王的带领下全面出洞！

是啊，几个案子都有“影子”的影子，我们要集中目标了。郑东风说。

他把手里的烟头在烟灰缸里掐灭了。

梦琪，这案子你继续办。要抓人的时候，我们一起研究。岳剑说：看来，还不能轻举妄动。

楚梦琪说：我知道，岳队。

大家还有什么要说的？岳剑环视了一下四周，问道。

苏晨宇说：岳队，我们这一组最近工作的效果不好。我们派便衣上车跟踪，发现有几伙人在活动。另外，我们运用了一些侦查手段。我就不多介绍了，大家等着看结果吧！

岳剑说：晨宇，最近的案件多数发生在公共汽车上。你自己看着办吧！反正一会儿下达命令之后，完不成任务的组长就要好好掂量一下了！

苏晨宇说：岳队，活儿已经开始干了，盖子或许很快就要揭开了。

岳剑坚定地说：我相信你们，相信各位大队长！大敌当前啊，咱们要像当年打三大战役那么打！

岳队，你的意思是，夺取全国胜利就差这一步了？楚梦琪幽默地说。

楚梦琪说完这话，大家一下子就都笑了起来，现场不再沉闷了。阳光从窗户照进来，映照在大家的脸上。

看来，大家的精神头儿来了。那就让师父给我们出出主意吧！大家欢迎一下，好不好？岳剑提议道。

会场内响起了掌声。

郑东风手里拿着刚从烟盒里抽出来的一支烟。他把打火机打着，蓝色的火苗跳跃起来。把烟点燃之后，打火机的火苗熄灭了。郑东风吸了一口烟，轻松地开口说：事儿呢，就是秃子头上的虱子——明摆着。大家再不干，市局的板子就拍下来了。好在，我们意识到了问题的严重性。岳队领着我们及时地研究了一下，现在大家都有目标了，就抓紧干吧！如果需要我这个老朽，我会豁出我这把老骨头，为大家服务，好不好？我就说这些，岳队！

太好了，师父！岳剑激动地使劲儿鼓掌，然后对大家说：咱们当警察的，关键时刻就得像老蔫儿这样，豁出这把老骨头也要和小偷们死磕到底。关键时刻，岳剑又想起了师父的别名。每到这时，郑东风都会白他一眼。然后，岳剑就会说：师父，这是对您的爱称！

6

得手后，钱伏齐从步行街走出来，来到了一个路灯下面。他想验证一下刚才的战利品，便打开刚刚偷来的那个布包，发现里面只有几百元人民币。其余的，全是绿绿的美金。厚厚的一沓，足有三千美金。

三千美金啊！钱伏齐觉得，这是重大收获，要好好庆祝一下。这时，他忽然想起了刚才在夜市看到的靳二拐。这小子出来干私活儿，并没有向他报告。这段时间，老大邱少千安排了好多人进行暗访，也有可能假扮成抓贼的人。靳二拐万一被老大抓住，可就坏菜了。今天被他发现了，也算靳二拐幸运。他决定戏弄一下靳二拐，顺便庆祝一下。于是，他拨通了靳二拐的电话。

钱伏齐问：二怪，你现在在哪儿？

靳二拐接到钱伏齐的电话，差点儿被吓出尿来。他心想，夜猫儿突然来电话，一定是发现他干私活儿了。这可怎么办？说还是不说？靳二拐犹豫着。

大哥，我，我，我在家呢。

刚才你没出去溜达溜达？

没有，大哥。我在家老实待着呢！

没你个屌啊！我在夜市看见你了，还装吗？

大哥，我……

靳二拐支吾着，差点儿尿裤子。按照他们的规矩，干私活儿被发现了，是要剁掉手指的。傻笛子被剁掉了一节手指，血淋淋的画面在靳二拐的眼前反复出现。

钱伏齐仿佛看到了体如筛糠的靳二拐的样子，十分得意地哈哈大笑着说：哈哈哈，二怪呀，害怕了吧！放心吧，我不会向老大告密的！你是我手下的兄弟，我怎么能出卖自己人呢！

大哥，你吓死我了！

靳二拐哭笑不得。

钱伏齐说：二怪，我不是来兴师问罪的。大哥今天也拿到了战利品，准备去你那儿，咱们哥俩庆祝一下。你住在哪儿？方便不？

靳二拐听了这话，如释重负：大哥，我住在通达街八号，我自己租的。

钱伏齐问：安全吗？

靳二拐说：我十天前刚搬到那儿，应该很安全。

钱伏齐说：二怪，安全就好。一会儿，我顺便买点儿鸡爪子、猪蹄、花生米、豆腐丝啥的，去你家喝点儿酒。咱们这做贼的，每天神经都绷得很紧，今儿个就放松一下。

靳二拐说：明白了，大哥。

钱伏齐说：好，我现在就打车往你住的地方去。对了，家里有酒吗？

靳二拐说：有酒，还是茅台呢！

钱伏齐惊讶地说：真的假的呀？就你，还有茅台？

靳二拐说：我也不知道真的假的，是一个兄弟给我的。那个兄弟是干“地勤”（入室盗窃）的，说是从一个当官的家里偷的战利品，估计应该是真的吧。

钱伏齐说：哈哈，那应该是真的！往当官的家里送酒，谁敢送假的呀！

很快，钱伏齐就来到了靳二拐家。他把买好的熟食交给了靳二拐。靳二拐把熟食分别装在了六个盘子里，有猪蹄、鸡爪子、花生米、凉拌干豆腐丝、蜇头拌黄瓜丝、哈尔滨红肠等。

看着桌上的小菜，钱伏齐很高兴。

靳二拐说：大哥，您坐上座。我去把酒取来，陪大哥喝两杯。

靳二拐说完，就从里屋取出来了一瓶茅台酒。

钱伏齐说：真有茅台呀！那咱们可得好好品品！

靳二拐打开酒瓶，拿出两个小杯，倒上了酒。

靳二拐说：大哥，听说喝茅台酒就得用小盅慢慢地品，哪像咱们平时似的，一大杯一大杯地往死里干呀！

钱伏齐说：二怪，你一天学都没上过，懂的还挺多！

靳二拐说：大哥，我这不是读了社会大学，逐渐积累了经验嘛！

钱伏齐笑了笑，说：咱们这些贼呀，知道孝敬大哥就行！来，咱们干一杯！

说完，他端起酒杯，想和二怪碰杯。二怪也举起了酒杯，可是钱伏齐又把刚刚举起的酒杯放下了。二怪以为钱伏齐要找后账，收拾他呢，冷汗都冒出来了。

钱伏齐看了看靳二拐，瞅得他直发毛。钱伏齐却笑了，说：二怪呀，你紧张啥？明人不说暗话，我今晚可不是来找你兴师问罪的。你干的那点儿活儿，大哥心里清楚得很。再说了，我能当上你们的大哥，凭借的不就是心胸宽广嘛！凭良心说，你们哪一个交账时不私藏一点儿？我就是睁一只眼、闭一只眼，假装不知道。毕竟，这钱是你们辛辛苦苦顺来的，何必去斤斤计较呢？更何况，你大哥干的活儿比你们高级得多。这不，今儿个你大哥就干了一炮，对象是两个老外，收获的全是美金啊！兄弟，你大哥今天高兴，要和你一起庆祝一下！

这下，靳二拐听明白了，思想包袱全部卸下了。他激动地说：祝贺大哥，又干了漂亮的一炮！

两个人举起酒杯，一饮而尽。

几杯酒下肚，靳二拐的胆子大了一些。他问钱伏齐：大哥，你方才偷那两个洋人钱的时候，干得干净利落，用的是啥手段呀？

酒至半酣，钱伏齐有些得意。他说：二怪呀，你大哥不就是凭技术让你们服气的嘛！

说完，他把左边的袖口一抖，一把小巧玲珑的不锈钢镊子露了出来。随后，他迅速用左手拿住镊子，在靳二拐身上一晃，钱夹就被他夹了出来。

靳二拐吃惊不小，张大了嘴巴，半天闭不上。

靳二拐说：大哥，厉害呀！你把我的钱夹给夹过去，我怎么一点儿感觉都没有？

哈哈哈！钱伏齐哈哈大笑着说：二怪呀，这就是你和大哥的区别！你们这些生瓜蛋子，虽然也不少拿活儿，但还是稍微嫩了点儿呀！技术上的事，还得苦练啊！

是，大哥。

靳二拐点头称是。

钱伏齐说：二怪，你要记住，我的这个“夹活儿”贵在一个“快”字。我做到了“五快”，那就是“眼神快、身法快、出手快、回收快、撤离快”。看准了以后飞速贴身，然后迅速出手，打开兜盖，拉开拉锁，把袖口内用皮筋固定的镊子迅速抛出，拿在手上。把镊子伸进包里，迅速夹出钱夹或物品，然后快速把镊子收回，把夹出的钱或物装进口袋。所有的动作，几乎在同一时间完成。完成之后，要马上逃离现场。总之，从看准猎物的这一刻起，所有动作要在三秒钟之内完成。从镊子出手到夹钱归袋，只能用三秒钟的时间。

听完钱伏齐的叙述，靳二拐心想：大哥虽然长得瘦小枯干，貌不惊人，可是他本领高强，不愧为“夜色幽灵”和“夜猫儿”。比起我笨拙的“掏兜儿”方法，大哥使用镊子的“夹活儿”可以说是独门绝技。看来，我真的需要好好向大哥学习！

靳二拐激动地给钱伏齐倒了一杯酒，然后给自己也倒上了。他说：大哥呀，您这招简直太神奇了，恐怕就是天下第一了！来，咱们再干一杯！

说完，他和钱伏齐碰了一下杯，把酒干了。

大哥，您啥时候有时间，教教我这个绝活儿呗！靳二拐恳求道。

钱伏齐醉醺醺地说：二怪呀，就你那脑子，还想学本事？脑子比猪还笨，手比脚还笨，怎么学呀？

靳二拐说：大哥，我知道自己笨。可是，我不是会用心学习嘛！

只要您肯教我，我再笨也要好好学。

钱伏齐说：好吧，看在你一片真心的分儿上，大哥有空就教教你。不过，你可得认真学习，不能三心二意。

大哥，我……我一定认真学。

二怪也醉了，说话更加结结巴巴。

下定了决心就好！先别唠叨学习了，来，喝酒！咱们今天一醉方休！钱伏齐说。

钱伏齐和靳二拐搂脖子、抱腰地继续喝起酒来。

7

第二天，钱伏齐把前一天晚上“检查夜市”的情况通过电话汇报给了邱少千。

钱伏齐在电话里说：老大，按照您的吩咐，昨天晚上我去了一趟古龙街夜市。

那里的情况怎么样啊？邱少千问。

情况很复杂！我感觉地皮子还是太松，没有紧下来的意思。钱伏齐说。

都什么人在那儿活动？邱少千问。

我在那儿观察了两个小时，发现我的人只有二怪。其他几股势力的人也在活动，我怀疑“风神儿”、“神偷儿”他们的人也没有收敛。此外，还有从外面流窜来的。还需要进一步摸一摸情况，我已经安排我的人进行筛查了！

夜猫儿，你看得很准。现在，好几路人马的信息都反馈到我这儿来了。大家都在逐步收回人马，但还是有胆子大的收回得太慢，心存侥幸啊！还有，有的人是不是表面上唯命是从，背地里不听我吆喝呀？这样的话，你得帮我盯着点儿这些家伙。

邱少千以师父的口吻谆谆教诲着。

钱伏齐不断地点头应允：老大，事实就像您说的这样。可是，我盯着那几位合适吗？

怎么不合适？他们要是违背我的意志干事，就是误判了当前的形势。夜猫儿，不是我吓唬你们，我感觉警察这次是要对我们下死手了。继续放任大家干下去，不及时制止，后果咋样，不用我说，你们也应该想象得到。邱少千敏锐地意识到了一些情况，十分担心地提示说：山雨欲来风满楼啊，我们不能有须臾的大意！

我明白了，老大。不过，我还是感觉没您说的那么严重。昨晚，我在夜市确实看见“老便”了，可是人数少得可怜。好像连专业抓小偷的“老便”都没来，只有两个巡逻的便衣出来应付，做做样子。钱伏齐轻蔑地说。

夜猫儿，万万不可以轻敌呀！夜市里也来“老便”了！别看他们不是抓小偷的，这些陌生的面孔一上来，情况就会越来越复杂。咱们和警察打交道，已经不是一年两年了。警察要是想抓你，肯定会先把证据固定好了，一旦时机成熟，就会统一动手抓人。所以，这段时间，我们可要万分小心呀！要是有不知死活的硬往上撞，会坏了我们的大事！明白了吧，夜猫儿？邱少千意味深长地说。

明白了，老大。我这块儿，您就放心吧，不会给您惹麻烦的。钱伏齐表态说。

他这边信誓旦旦地向邱少千表态，那边却打着自己的小算盘。钱伏齐想：我要是现在把自己的手下全部撤出来，会损失很大一笔钱。再说了，这伙聋哑人刚刚进来，正在兴头上，如果现在让他们收手，损失更大。索性让他们再干几天，看看形势的发展再说吧。钱伏齐打定了主意，决定横下心来糊弄到底。鬼知道邱少千会不会发现！

那就好，那就好！夜猫儿啊，我对你是放心的！你的手法很过硬，技术是一流的。我主要是担心你的手下呀！一定要看好他们，绝不能让他们在市场上频繁活动！邱少千继续嘱咐道。

邱少千哪里知道，表面上忠厚老实的钱伏齐，背后却在招揽大“客户”。

明白了，老大。

钱伏齐说着，脸上露出了狡黠的笑容。

还有，必要的时候给警察递递点子，让他们破点儿案，也好转移一下他们的视线！懂了吗？邱少千说。

这是“贼王”邱少千多年积累的经验，钱伏齐当然明白了。

钱伏齐立刻就保证道：老大，还是您厉害！我想把外地人作案的情况搞清楚，提供给警察，让他们破案，转移一下他们的注意力。

邱少千说：好啊！必要的时候，咱们可以进一步投放“炸弹”，让警方连续破获几起案子。在此期间，我们按兵不动，等风头过去了，再杀他个回马枪。明白了没有？

钱伏齐说：明白了。我们就按老大的吩咐去做！

邱少千说：还有，以后汇报工作不要用手机了，在丘陵山庄见面。

钱伏齐说：明白了。

邱少千挂断了电话。

钱伏齐露出了一丝不易察觉的笑容。

第八章　“一号行动”

1

该来的终归会来。

岳剑的预料就像天上的乌云，不知啥时候就布满了天空。看样子，下雨是迟早的事。

雨终于下来了，直接就是大到暴雨。窗外的雨哗啦哗啦地，像用盆子向下倾倒。惊雷夹杂着闪电，在屋外炸响。贺飞局长的训斥就像这霹雳般的闪电！

岳剑，案子都发成这样了，你还要麻木到什么程度？贺飞质问道。

他坐在办公桌前面的椅子上，手里拿着“110”指挥中心给他的发案统计报表，方方正正的脸上，肌肉一块一块地跳动着。王建军副局长、岳剑和高广生坐在贺飞办公桌后面的三把椅子上。此时，王建军副局长也在看手里的报表。岳剑虽然抬着头，但却总是回避贺飞的目光。高广生拿着手机，好像是在低头沉思。

贺局，是我的失职！

岳剑不得不接过了话茬儿。

一个“失职”就想混过去吗？江城市大大小小的商场、市场、车站，都快成了专门给小偷提供方便的超市了。小偷简直猖獗到了无孔不入、无恶不作的程度了！你们反扒支队干什么去了？社会上有传言说，反扒支队和小偷穿一条裤子。你们不能真像他们说的那样吧！你说说看，你这个支队长是不是也和小偷穿一条裤子了？否则，社会面都一塌糊涂了，你咋一点儿主动作为的意思都没有，一点儿办法都没想出来？你这是严重的失职、渎职，懂吗？

贺飞说出的话很重，句句都砸在了岳剑的心里。此时，岳剑的心仿佛被撕开了一道口子，鲜血直流。

贺飞觉得还不解气，便一边训斥，一边用手使劲儿拍着桌子。

岳剑无地自容，王建军和高广生也很不自在。三个人情不自禁地站起来，像惹了祸的小孩子一样，低着头一声不吭。

怎么了，你们都成哑巴了？

贺飞的火气依然很大，像外面噼里啪啦下着的暴雨。

岳剑率先发话了：贺局，您收拾我一顿、骂我一顿，我都接受。最近，案子的确很多。面对这样的形势，我们反扒支队没有及时应对，工作十分被动。这是我的严重失职，是部下工作不力。我请求处分！

外面的雨还在下，贺飞局长的火气依然没有消退。

他严厉地继续说道：不要总是拿工作不力来搪塞！案子破不了，小偷抓不到，老百姓的生命财产没人管，我们就是人民的罪人，就是真的失职、渎职了。你懂吗，我的岳大支队长？

贺局，我懂了。

岳剑继续检讨着。

还有你，刑警支队的支队长，负责全市的打击刑事犯罪工作。现在，窃贼们猖獗到了如此程度，为什么不见你们部署打击行动？案件频发，老百姓的财产严重受损。我听说，有一个农民，连给女儿治疗白血病的救命钱都被小偷给偷走了。有两个外国人，美金被扒窃了。这些案子破不了，势必会引起老百姓的严重恐慌，甚至会造成国际影响。时间长了，人们就会对警察的威信和形象产生怀疑，老百姓就会对我们失去信任。你们刑警是不是都刀枪入库、马放南山，整天躺在那里呼呼睡大觉呢？

贺飞局长的这把火烧到了高广生身上，一点儿面子也没给留。

两位部下挨训，王建军的脸红一阵，白一阵，心里很不是滋味。表面上，贺飞局长是在训斥岳剑和高广生，而实际上是指桑骂槐，对他这个分管刑事打击工作的副局长心存不满。因为和他在同一个领导班子里，所以王建军副局长心里明白，却不敢直接批评他。

这段时间，扒窃案件的发案率大幅度上升，而打击犯罪的行动却没有跟上，说明他这个分管全市刑事打击工作的副局长没有组织相关部门的同志对当前的形势进行分析研判，没有拿出具体的解决问题的办法。

想到这些，王建军觉得，必须立即接上话茬儿，缓解一下紧张而尴尬的气氛，顺便给贺飞局长一个台阶下。他发现贺飞面前摆着满满的一杯水，就走过去，端起水杯，从桌子的侧面绕过去，毕恭毕敬地把水杯递到了贺飞手里。

领导，您说了半天，是不是渴了？喝口水缓一缓吧！王建军说。

贺飞接过水杯，算是给王建军一个面子。

贺飞把矛头指向了王建军：建军啊，咋的，嫌我发火了？别以为没你啥事！我那是骂他们俩吗？多半是说给你听的，懂了吧？

王建军说：领导啊，我再笨，也能听明白。您指桑骂槐的艺术，我早就领教过了。

这话把贺飞给逗乐了。

哈哈，建军，你行啊！怎么，我这指桑骂槐都成艺术了？贺飞说。

窗外的雨越下越小。

当然了，领导，我们刚进屋，您就对他们俩劈头盖脸地一顿收拾。您说说，我这个当主管领导的会有啥反应？我都想找个地缝儿钻进去！他们工作不力，我这个分管领导干吗去了？您这是一箭双雕，可不是一般的艺术啊！王建军深有感触地说。

好啊，建军同志，又整出个一箭双雕！既然你们都听明白了，那咱们就一起说说吧。你们说说，下一步该怎么办？贺飞对王建军说。

外面的大雨变成了蒙蒙细雨，很符合深秋的天气特征。

领导，您再喝口水，消消气！造成现在这样的局面，的确是我的责任。我没有认真研究“110”发案报告，也没有和岳剑、高广生他们坐下来认真梳理，拿出具体的意见。作为负责全市打击工作的领导，我应该承担打击不力的责任。这一点，和岳剑、高广生没关系！王建军说。

行了，建军同志，我不想听这些表态和检讨。你就说说下一步咋办吧！贺飞说：我要的是实际效果，这才是检验你们工作的唯一标准。

王建军说：我知道了，贺局。您的指示，我们已经深刻领会了。剩下的事，我们几个人再仔细研究一下，保证给您一个满意的答案。您就等着听信儿吧！广生、岳剑，一会儿来我办公室一趟，咱们马上研究具体办法，回头向领导汇报。

是。岳剑、高广生一起回答道。

然后，三个人准备向外走。

你们都是功臣，我得亲自送你们。贺飞站起来说。

是功臣，还是罪人？

三个人有些尴尬。

贺飞说：建军啊，不如这样，再有几个月就到新年了，为了让老百姓过个消停年，咱们就部署一个打击扒窃犯罪的专项行动吧。就叫“一号行动”吧！你们看行不行？

“一号行动”，太好了！领导，那我们就按照您的要求，迅速拿出方案，在全市范围内部署行动。王建军说。

要秘密部署，公密结合。贺飞说。

领导，懂了！王建军说。

2

“一号行动”表面上悄无声息，却在反扒支队内部掀起了一场暴风骤雨。

大家说说怎么干吧！岳剑说。

怎么干？破案就是硬道理！破不了案，光咋呼有啥用？苏晨宇说：我们一大队早就准备好了。

尹大力用玩世不恭的口气说：苏队，破案容易，不就是抓几个小偷吗？不是吹的，我们大队长要是喊几嗓子，就得有几个吓跑的，还得有几个主动来投案的。可是，有的时候呢，干的不如看的，看的不如捣蛋的。所以，大家就没有破案的积极性了，是不是？所以呀，你说破案是硬道理，那你们大队先给大家做个榜样呗，我们向你们学习学习！

听完尹大力阴阳怪气的话，苏晨宇大为不悦。苏晨宇说：尹队，你这是说给谁听呢？要将谁的军？干就干，不过我们可不敢保证喊一嗓子就有人来投案。我们是靠实力，扎扎实实地破案。

尹大力针锋相对：苏队，你这是啥意思？难道我们就没有扎扎实实地破案吗？

苏晨宇说：请问，你们破的案子呢？案子在哪儿呢？拿出来让大家学习学习呗！

尹大力有些急了：苏晨宇，你们破的案子呢？

讨论的现场散发出了火药味。岳剑咳嗽了两声，制止道：唉，晨宇、大力，你们这是干吗呢？别在这儿吵了，把力气用在破案上好不好？

苏晨宇和尹大力不再说话了。岳剑接着说：市局部署了“一号行动”，咱们是负责具体落实的重要部门。作为打击扒窃犯罪的主力，咱们要完成“一号行动”的主要任务。所以，咱们必须拿出点儿像样的战果来。换句话说，这第一炮就应该在我们这儿打响。为了实现这个目标，我建议先让师父给大家出出主意。你们认为好不好?

太好了！我们就听东风师父说说吧！大家异口同声地说。

岳剑领着大家开完会之后，郑东风进行了一番思考。针对扒窃案件的发案率居高不下的态势，市局领导决定开展“一号行动”，这是从市局的层面下达的重要工作任务。作为一名资格比较老的反扒队员，郑东风对此有着比较清醒的认识。

郑东风点燃一支烟，接连抽了好几口。

岳队，那我就说说吧。郑东风说：大力和晨宇争吵起来，说明他们真的着急了。工作上要是这么着急，案子自然就破了。现在，我们反扒支队面临的问题是，如何按照“一号行动”的要求研究出一套攻坚克难的办法。所以，我建议，把我们经办的案件认真梳理一下，交给各大队，让每个大队都分担一些破案的工作。然后，建立考评责任制，奖优罚劣，进一步调动反扒队员的积极性，在全支队掀起破案的高潮。

好一个考评责任制，奖优罚劣！

岳剑十分赞同郑东风的提议。

岳队，我还没说完呢！郑东风吸了一口烟，继续说道：具体到县区，我们也要给他们分配任务，把一部分小的案子分给他们。破案多的，给予一定的表彰和奖励。这样一来，就形成了上下一致、重点攻坚、全面覆盖的打击模式，确保了“一号行动”的顺利开展。

一语点醒梦中人！听了郑东风的话，在座的同志们都有所触动。

楚梦琪说：师父说的很在理。我们各大队都直接承担破案任务，免得像过去那样乱成一锅粥。

苏晨宇说：是啊，这叫“亲兄弟明算账”，省得大家为了破案你争我抢。

尹大力说：把基层的力量发动起来，这太重要了！

气氛活跃起来，大家争着发言，岳剑十分高兴。

雨荷，你记录一下大家的发言！回头，你把这段时间侦破案件的情况统计一下，分出主攻案件和一般案件。会后，咱们就把指标分给各个大队和县区。岳剑激动地说。

姜还是老的辣呀！我们大家给师父鼓鼓掌，好吗？

掌声响起来了，大家都用崇拜的眼神看着郑东风。

郑东风右手拿着烟卷儿，烟头上冒出丝丝烟雾。

突然，会议室的门被推开了。

怎么还鼓起掌来了，这么精彩！

传来了王建军的声音。

王建军副局长带着几个人走进会场，看到这热烈的场面，感到十分惊讶。岳剑站了起来，大家也跟着站了起来。

岳剑机智地说：大家这是在用掌声欢迎领导的到来啊！

王建军笑了：岳支队长，怎么这么巧啊！我记得，我们来之前没有通知你们啊！

岳剑说：我们凭的是第六感，哈哈！

王建军笑了笑，说：大家坐下吧。我今天带着广生、存安等技术、网安部门的一把手来，就是给大家助阵来了。

岳剑说：欢迎，欢迎啊！大家快坐下！雨荷，再去泡几杯茶来！

夏雨荷放下记录本，出去泡茶了。

岳剑说：王局，您这是来了个突然袭击，弄得我们有些措手不及呀！是不是到我们反扒支队兴师问罪来了？

王建军说：哪里是兴师问罪呀！“一号行动”的主战场是你们反扒警察支队。行动马上就要开始了，根据贺局的指示，我们几个人到你这儿来听听情况，助助阵，只帮忙不添乱啊！

岳剑说：王局，这可太好了！我们刚刚研究完，正等着和技术部门协调呢！现在办案要上手段，离开技术部门，我们是寸步难行啊！

这么说，我们来得正是时候。是雪中送炭还是及时雨呢？王建军说。

都是，都是。岳剑笑得很灿烂。

对了，方才你们为啥鼓掌呢？王建军好奇地问。

岳剑看了看郑东风，转而对王建军说：王局，是这样，你们来之前，我们开了个小会，研究“一号行动”的细节。东风师父给我们提了个很好的建议，我们大家就不约而同地给他鼓起掌来。

哈哈，又是老蔫儿的好主意！王建军开心地看向郑东风，说：老蔫儿同志！对不起，还是叫“东风同志”吧。你是我们的主心骨啊！在“一号行动”的战场上，需要你这样的老反扒战士呀！

郑东风把手中的烟头掐灭了。

老领导，别总表扬了。当年不是您推荐我来反扒大队的吗？一晃三十多年了，积累点儿东西太正常了！否则，也对不起老领导对我的信任！郑东风谦虚地说。

王建军说：老蔫儿啊，对不起呀，我总是叫你的小名，习惯了！还是叫“东风”吧！我说东风同志啊，当年你既会“码踪”，又会辨认足迹，这些特长是我们侦查破案最需要的。你入警后，我知道了你的特长，决定把你放在技术部门。另外，根据你“码踪”的能力，我断定你的眼光很独特，观察事物的能力超常。所以，我决定让你来抓小偷。现在怎么样，验证了我当年的判断吧！你的观察力在警察里是出类拔萃的。你成为了著名的足迹专家，为公安事业作出了贡献。如今，你成为了赫赫有名的反扒专家。我为自己发现了你这个人才而感到骄傲啊！

谈到这里，王建军副局长深有感触，心情随之激动起来。

当然了，老蔫儿同志首先得是金子。王建军补充说。

郑东风也有些激动：啥金子呀？啥专家呀？就是有一技之长，为组织干点儿事！

咱们都要向老蔫儿同志学习！对了，是向东风同志学习！一定要把“一号行动”这项任务完成好！王建军说。

3

岳剑办公桌上的陈设很简单。右上角有一部电话机，电话机的右侧散乱地摆放着一些文件。文件旁边有一个木制的笔筒，里面放着各种各样的笔。左上角摆放着一把一尺长的青铜剑，剑鞘的顶端镶嵌着一颗宝石，十分精致。青铜剑放在一个紫铜的支架上，十分醒目。

参加完会议之后，王建军让随行人员先回市局，自己来到岳剑的办公室，准备再和岳剑商量一下“一号行动”的几个细节，顺便关注一下正在侦破的几起案件的进展。

王建军坐在岳剑的椅子上，发现了桌子上的青铜剑。

好剑啊！

王建军把它拿起来欣赏着。他把剑从剑鞘里抽出来，只见寒光一闪。

喜欢研究剑？王建军好奇地问。

哈哈，王局，不是喜欢剑。因为我的名字里有“剑”，所以我就让朋友给我铸了一把青铜剑。赝品，仿吴王夫差的剑。岳剑说。

我知道是赝品，真品在故宫里。王建军说：岳剑，你还真别说，这把剑足可以以假乱真。剑柄很精致，纹路很细密。

岳剑笑了笑，说：王局对文物还挺有研究，能看出地摊货精致在哪里。

王建军说：因为我没见过地摊货！

哈哈，这说明您有一双慧眼，见到的都是货真价实的东西。岳剑说：有铁观音和普洱，您想喝哪种？

普洱吧。天凉，喝普洱暖和些，还养胃。王建军说。

岳剑走到茶几旁，从茶叶盒里取出一勺茶叶，放到了茶碗里。然后，他拿起茶壶，往茶碗里倒满了开水。他盖上碗盖，把茶碗端起来，放到了王建军面前的桌子上。

王局，您将就着喝吧。岳剑说。

王建军端起茶碗，用碗盖慢慢地刮一下，轻轻地喝了一口茶。

味道不错，贡茶！王建军说。

还是领导会品茶！岳剑说。

不会破案吗？王建军问。

当然会了。您破的案子比我们走的路还多。岳剑奉承道。

岳剑，别贫嘴了，研究点儿正事！去把你师父郑东风喊来！王建军说。

好，我打电话请他过来。岳剑说。

他拿起手机，拨通了郑东风的电话：师父，到我的办公室来一下！王局没走，要见您。

好的。郑东风很爽快地回答道。

不一会儿，郑东风就来到了岳剑的办公室。敲门进来后，他看见王建军和岳剑正在说话，就跟王建军打了个招呼：老领导，散会了，您还没走呀！

王建军很有礼貌地站起来说：来，老蔫儿，你请坐，我坐到沙发上去。

郑东风说：老领导，还是您坐那儿吧，我和岳剑坐沙发好些。

王建军说：也好。你和岳剑坐下吧，咱们一块儿商量点儿事。

郑东风坐到沙发上，岳剑给郑东风泡了一杯茶，也给自己泡了一杯。郑东风说：不喝茶了，我还是抽烟吧。老领导，批准不？

王建军说：抽吧，老蔫儿。总觉得叫你“老蔫儿”顺溜，就像你习惯了抽烟，不抽难受一样。

郑东风说：老领导，我在你面前太随意了吧。

说着，他从烟盒里抽出一支烟，点燃之后猛吸了一口。

看这抽烟的姿势，就像专家！王建军调侃道。

老领导，啥专家呀？我就是一个普通的便衣警察，抓小偷的。

郑东风说着，又吸了一口烟。

王建军一想，郑东风说的很符合事实。这些年来，郑东风不争不抢，不图名也不图利。除了获得了足迹专家、反扒能手、反扒专家等头衔外，他没有什么特别的，只是个没有任何行政级别的民警。再看看郑东风，已经年近花甲了，头发都白了一大半。可是，他从来都没有为自己考虑过，更别说跑官要官了。王建军以前不知道自己为啥总想起这些，现在终于想明白了，他是被郑东风的敬业精神感动了。

王建军说：老蔫儿啊，你的确是一个普通得不能再普通的警察了。方才听你这么一说，我才认真地想了一下。以前我还真没这么想过！我在想，一晃儿，你当警察都三十多年了。在这三十多年里，你破了那么多案子，抓了那么多小偷，作出了那么多贡献，可至今还是个普通的民警。作为市公安局的副局长，我没有关心你的成长进步，这是我的责任，我感到十分惭愧呀！

老领导，别说这些了，咱们还是研究案子吧。我当个普通民警挺好的，起码不会像你们这些领导那么操心。

郑东风说话时依然十分谦虚。

王建军说：老蔫儿啊，在追求进步这方面，你还真的是蔫儿了吧唧地往后退。等“一号行动”结束了，我一定向贺飞局长请示，把你破格提拔起来。

岳剑鼓起掌来，说道：王局，我替师父谢谢您，也替躺在病床上的师母谢谢您！

听了岳剑的话，王建军一下子想到了变成植物人的凌海云。

老蔫儿，嫂子好些了吗？王建军问。

红光满面的，一天一个样！最主要的是，她躺在那里享福，不用思考，也不用起床干任何活儿。郑东风有些心酸地说。

老蔫儿，嫂子出车祸都三年多了，我关心得不够啊！王建军说：岳剑，一会儿研究完案子，咱们一起去看看你师母吧！

好的，王局。岳剑说。

老领导，就别麻烦您了。她躺在床上没有知觉，您去了她也不知道。郑东风说。

我去了，嫂子会知道的。况且，这对我自己来说也是个安慰。王建军说：对了，岳剑，这起车祸案还没有结果吗？

岳剑说：王局，还没有呢！

怎么搞了三年多，这个案子还没破？不是安排刑警按刑事案件侦破吗？王建军有些生气。

安排了！刑警支队那边，高广生支队长很重视，指派重案队进行侦破呢！只是，那辆肇事的灰色面包车还是没有找到，所以就没有了直接证据。岳剑说。

告诉高广生，要加大力度破案。要尽快找到凶手，还凌海云同志一个公道。王建军说。

是！我一会儿就通知高广生！岳剑说。

一时间，气氛有些凝重。

为了缓和气氛，郑东风抽了一口烟，在烟雾中慢慢地说道：老领导，海云的事，大家都尽力了。我自己也在努力，请您放心。咱们今天要研究啥事，需要我干啥，您尽管吩咐吧！

王建军说：痛快！老蔫儿，那我就开门见山了。市局安排的“一号行动”的目的是啥，你们清楚吧？目的就是，像秋风扫落叶一样狠狠地打击扒窃犯罪，打掉一批扒窃集团，最大限度地保护人民群众的生命财产安全。要达到这个目标，我们大家就必须齐心协力。特别是你这个反扒专家，更要发挥威力，给我们的行动提供支撑啊！

郑东风说：老领导，我会尽力的。全市的反扒队员都憋着一股劲儿呢！“一号行动”部署得很及时，在我们积极踊跃参与的同时，还要发动群众啊！要动员广大群众参与进来，打一场反扒的人民战争。有的受害群众害怕报复，不敢报案，不敢当面指认，我们要做大量的宣传工作啊！

王建军说：老蔫儿，你又说到点子上了，和我的想法一致。

郑东风说：老领导，反扒斗争要想取得决定性胜利，就要做到心中有数。

王建军说：怎么个心中有数呢？

郑东风说：摸清目前有多少股势力在我们江城市活动，掌握他们的活动规律和特点，做到知己知彼，方能百战百胜。

王建军说：老蔫儿，说得好啊！不愧是专家！我倒是想听听，这段时间的发案高峰是怎么形成的。还有，在咱们江城市的地面上，有多少股扒窃势力蠢蠢欲动，还有多少股扒窃势力已经大张旗鼓地开始行动了。

郑东风看了看岳剑，岳剑也看了看郑东风。岳剑的意思是“师父，你说吧”，而郑东风的意思是“岳队，你先说”。王建军看了看他们俩，只好先表态了：东风，你说说吧，我想先听听你的意见。

郑东风不再推辞：说实话，市区这么大，人口这么密集，发上几百起案子也是正常的。今年的发案率确实比去年略高了一些，但是大的方面是受到了经济下行压力的影响。还有就是，现在的支付手段现代化了，大家都使用银行卡、购物卡、微信、支付宝结算和支付，手中的现金减少了。因此，小偷们要靠增加偷窃的次数来保证收入。现在，监控设备实现了全覆盖，小偷就像被放到了镜子底下，很难找到作案的机会。不增加作案的次数，他们很难维持生计。他们不断地出手，无疑会增加被抓获的风险。

王建军质疑道：减少现金支付的确是个原因，可是这经济下行压力和小偷增多有什么关系呢？

老领导，的确是有关系的。经济条件好的时候，人们购物时携带的现金就多，消费的次数也会增加。经济一旦下行，就很难拉动消费了，小偷们的日子也就不好过了。

郑东风开玩笑似的分析着。

王建军说：东风同志，你说的很有道理。各种“卡”的出现、各种先进支付手段的使用、经济下行的影响、摄像头的覆盖，把小偷们逼到了死角。在这种死角里，他们增加了作案的次数，这恰恰给我们创造了抓获他们的机会。

老领导，扒窃案件增多，还有一个小小的原因。郑东风说。

快说说，什么“小小的原因”？我就想听小的方面！王建军急迫地说。

我感觉，被我们打击过的四股势力又死灰复燃了。如果我没猜错的话，如今这四股势力应该整合成了一股势力，他们在同一个首领面前争功领赏，所以才出现了商场、市场、公交车站、火车站遍地开花的情况。郑东风说。

老蔫儿，这些年我真的是久疏战阵了。地面上形成了四股势力？王建军问道。

是的，老领导。这四股势力就是以夜猫儿、神偷儿、风神儿、柳叶儿这四个小偷为代表的扒窃集团。他们是目前江城市最活跃的贼了。您当刑警的时候，有可能跟他们都交过手，您大概已经忘记了吧。

王建军说：老蔫儿，我对他们的确没有印象了。

岳剑在一旁提示道：王局，我给您提示一下。老贼邱少千，您知道吧？

邱少千，“影子”吗？怎么，这些贼和“影子”有关？王建军惊奇地问。

王局，据我和师父掌握的情况，“影子”邱少千就是这四股势力的幕后操纵者。我们怀疑，这段时间发案率上升，就是邱少千在幕后策划的。

岳剑向王建军进一步说明。

有这事？老蔫儿，你也这么认为？

王建军向郑东风求证。

趁岳剑插话，郑东风又点燃一支烟，很惬意地抽了起来。

听到王建军副局长的问话，郑东风把烟从嘴上移开，立即回答说：老领导，是这样的……他们应该是邱少千犯罪集团的主要成员。邱少千这些年把事做得这么大，与这几股势力不断给他卖命有很大关系。虽然这几股势力之间也是钩心斗角、尔虞我诈，但是在邱少千面前，他们往往能达成一致。他们中也会有人暗中背离邱少千，但是邱少千犯罪集团过于庞大，管理起来难度非常大，所以有很多事情他只能假装看不见。

原来是这样啊！我说最近江城怎么都快乱套了！这么多势力在这儿折腾，能不乱套吗？

作为在江城公安系统成长起来的干部，王建军当过刑侦处处长，在打击犯罪的战场上与小偷们打过交道。那个时候，反扒队只是刑侦处的一个中队，还没有专门的反扒警察，刑警们都是一专多能。所以，王建军领着刑警们抓了不少小偷。老贼邱少千刚出道的时候，王建军就亲自处理过他。有几个后来发展成扒窃高手的贼，都是被王建军他们多次打击处理过的。这些贼往往是多次被劳动教养和判刑，刑满释放后有的隐退，有的重操旧业。可以说，这些小偷都是“老油条”，是社会上的毒瘤。这些情况，王建军心里很清楚。

王建军说：东风，这几年我确实忽略了这些啊！没想到，这些被咱们多次打击的小偷又开始危害社会了。

岳剑说：王局，我师父说的这些情况，我们俩都认真分析过了。我觉得，他们有的是亲自出手，有的是派小兄弟出来作案。现在，斗争形势越来越严峻了。

是啊，跳梁小丑纷纷出来表演，给我们带来了很大压力。所以，我们必须全员参战，同时要发动群众，打一场人民战争。王建军副局长说。

是的，王局，我们要广泛发动群众，在公交车站、火车站、宾馆、商场、市场、医院、饭店等场所大量张贴宣传标语，还要让受害群众勇敢地站出来，揭发身边的窃贼。

岳剑受到了极大的启发。

王建军说：很好！岳剑，这叫“专群结合”！我们要打赢这场人民战争，还给江城市一片净土。

岳剑说：王局，我们要果断行动，给江城人民一个交代。

我们共同努力吧！王建军看了一眼郑东风，问：老蔫儿，还有什么好的建议吗？

没有了，老领导。我会好好配合岳队，把“一号行动”搞好。请您放心！郑东风说。

好的，老蔫儿。你不表态，我也放心。

说着，王建军转向了岳剑：岳剑，李富珍那个案子有进展了吗？

岳剑说：我们正在侦查，有了一些突破。

有突破了？太好了！要知道，这个案子影响很坏。农村妇女被扒窃了巨款，这些钱是给女儿治疗白血病的手术费。这个话题太敏感了！最近，咱们《江城晚报》的记者还专门采访了那个农村妇女。微博、微信上都转发了采访的消息，你们没注意看吗？王建军说。

郑东风不习惯看微信、微博上面的消息。岳剑倒是看到了这个消息，但是没好意思跟师父说，怕师父上火，因为郑东风是这个案子的主办侦查员。

岳剑接过话茬儿说：王局，我看到了。报纸上报道得不太客观，有点儿误导的意思。他们说现在公交车上扒手太多，要加倍小心，看好自己的钱包。否则，就会像李富珍那样，巨款被偷走了，警察一时半会儿也破不了案。即使有朝一日破了案，钱款也不一定能追回来。

王建军说：岳剑啊，不能批评媒体的报道啊！人家媒体是干啥的？是专门从鸡蛋里挑骨头的！你的鸡蛋是清白的，就挑不出骨头了吗？总之，要认真对待。

岳剑说：我们知道了。

知道就好。唯一的办法就是尽快破案！还好，你们已经有了突破，是不是？王建军说。

师父，您说说吧！

岳剑让郑东风汇报一下情况。

郑东风正在吸烟。烟圈儿升腾着，弥漫在他的头顶。

郑东风说：老领导，目标还是“影子”。

怎么又是“影子”？他自己干的？王建军惊诧地问。

是的。尽管他化装了，但是根据售票员的描述，还有他作案时割破的帆布包上的刀口来判断，作案者就是“影子”。郑东风非常肯定地说。

又是“影子”！这段时间发生的案子，都与他有关。他亲自动手干活儿了，难道是最后的疯狂吗？王建军说。

我们觉得，他的确很反常。这是要自取灭亡的节奏吗？岳剑说。

郑东风抽了几口烟，吐出的烟圈儿升腾着。他自言自语地说：该撒个“绝户网”了。

听到这话，王建军深情地看了一眼郑东风，非常理解他此刻的心情。他想，老蔫儿作为一个老警察，与扒手斗争了大半辈子，目的就是把祸害老百姓的小偷都抓干净！

老蔫儿、岳剑，这一次，我们要拿到铁证，将“影子”集团一网打尽！

王建军下定了决心。

明白了。岳剑说。

郑东风继续抽烟，烟雾一圈儿一圈儿地飘向头顶。

4

案子就像大海的浪花，一浪高过一浪，真是“按下葫芦起了瓢”！

这下可把以郑东风为代表的便衣警察们给忙坏了。当然，以邱少千为代表的小偷们却美透了。

这是老贼邱少千下的一步大棋。从秋收到办年货，一次又一次地进攻，打乱了警方的阵脚，直到大年三十发起总攻。这是他成为“贼王”以后最精彩的作品！当然，完成这部作品是要冒很大风险的。虽然进行了认真的准备，经过了长期的踩点、细致的研究、周密的部署、绝密的安排，几乎可以说是万无一失，但邱少千还是作了最坏的打算。完成了这部作品，他就要从人间消失，彻底地消失。他要结束这种颠沛流离的生活，把余生过得像正常人一样精彩。

为了完成大年三十的这部精彩的作品，他要把前言写得足够吸引人，把警察的思路引向歧途。警察如果只对前言和导语感兴趣，就会忽略他的最终目标。

从“夏日会战”开始，几股势力就分别在商场和市场展开了攻势。商场和市场引起警方的注意了，他们就迅速转移到公共汽车上。他们打一枪换一个地方，一直干到秋天。

到了秋天，邱少千安排了“秋收战役”，把人马拉到了影剧院和早市、夜市。把警察引到这些地方之后，他们就立即撤出，开辟“第三阵地”，向车站、码头、酒店和火车上转移。

这些活儿都干完了，就到了“冬季攻坚战”了。这时，邱少千让他的手下偃旗息鼓一段时间。他们主动给警察提供线索，打击外部势力。一方面，他们给警察一些甜头，让他们破点儿案子，对上级有个交代。有的警察抓了几个小偷，会立功受奖，风光一阵子。另一方面，他们转移了警察的视线。

警察放松警惕之后，邱少千就会启动“冬季攻坚战”，也就是决战。他把手下的小偷们一股脑儿地撒出去，让警察忙着抓小偷，达到调虎离山的目的。这样一来，就上演了他精心导演了一年之久的“年三十大戏”。

这就是邱少千的全部秘密，也是邱少千成为“影子”和“贼王”的关键。能不能成为“贼王”，关键要看他能不能完成一部惊天地、泣鬼神的力作。完成这部力作，是前无古人的壮举，是摆在警察面前的难题。为了这部“绝世精品”，邱少千策划了很久。

“夏日会战”是从红毛扒窃开始的。邱少千之所以让红毛打第一枪，是因为红毛好久没在这一片儿出现了。他的突然出现，会打警察一个措手不及。红毛在医院的门诊大厅收费口、大学食堂的打饭口、旅游景区的售票口等“三口”，作了二十多起案子，可谓“顺风顺水”。他不断地向邱少千汇报战果，上交给了柳叶儿十几万元的管理费。对红毛的“战绩”，邱少千非常满意。同时，邱少千敏锐地意识到，红毛出手的次数太多了，到了该收手的时候了。邱少千让柳叶儿打电话给红毛，柳叶儿打通了红毛的手机：毛哥，等着，老大有话跟你说！

柳叶儿把自己的手机递给邱少千，邱少千对着话筒说：红毛兄弟，这段时间干得不错，值得表扬啊！

红毛说：还不是老大您领导得好嘛！

邱少千说：红毛兄弟呀，咱们见好就收，懂了吗？你干过活儿的那几个地方，都有危险。

红毛说：我知道了，老大。今天还有一单，完成了这一单就打道回府了！

邱少千沉思了片刻，本想制止红毛，但是一想到红毛最近的表现，就默许了。他说：好吧，红毛兄弟。不过，要加倍小心。你不同于别人啊，别让郑东风把你抓去！

没想到，邱少千一语成谶。红毛这一次出手，遇到了邱少千多年的老对手郑东风。

红毛的橘红色爆炸式头发特别扎眼，他只好戴了一顶米黄色的鸭舌帽，把自己的头发伪装起来。同时，他还戴了一副咖啡色太阳镜，让人很难看清他的真实面目。医院的门诊大厅里光线很暗，戴着太阳镜太显眼，所以他刚一进去就把太阳镜摘下来，塞进了上衣口袋。

因为是上午，所以门诊大厅里的人多数都聚集在了收费窗口附近。为了避人耳目，红毛先在一个不引人注目的角落里细心地观察了一番。他来过几次，这里的环境对他来说并不陌生。现在，他要观察的是有没有警察布控，周围有没有他熟悉的便衣警察在行动。这些年与警察打交道，他积累了不少经验。他对岳剑、郑东风他们这些老字辈的反扒警察已经很熟悉了。当然，所谓“熟悉”，只不过是熟悉他们的照片而已。红毛记得，邱少千手里曾经有过一沓子江城市反扒警察的照片。邱少千把这些照片分发给手下的弟兄们，让大家熟悉上面的便衣警察，以便在“干活儿”时避免与这些警察遭遇。现在，小偷们对郑东风已经是闻风丧胆了。即使是邱少千这样的老贼，也会对郑东风忌惮几分，更何况红毛了。所以，红毛他们把郑东风的长相牢牢地记在了心里。但是，让这些小偷感到奇怪的是，他们在商场和市场里活动时，很少能够发现郑东风。往往是被郑东风抓了现行之后，他们才知道郑东风原来就在他们活动的地方。郑东风发现了他们，他们却连郑东风的影子都摸不到。

便衣警察在暗中识别扒手，扒手也在暗中窥探便衣警察。这很像是猫捉老鼠，互相刺探，考验彼此的智商。红毛在大厅里转了一圈儿又一圈儿，没有发现便衣警察。最主要的是，他没有发现郑东风的踪迹。于是，他便放下心来。他慢慢地向收费口移动，在收费口的右侧找到了一个便于观察的位置。大厅里很热，红毛摘下帽子，扇了扇风，又很快戴上了，怕别人注意他的红色头发。

红毛从外衣兜里拿出了几张带小格子的纸，看似医院的检验报告单或者处方笺。随后，他环顾了一下四周，确认没有人注意到他，便马上排到了队伍里。在他的前面，就是刚刚选定的目标——一个身穿浅蓝色上衣，正准备交款的女人。这个女人在前，红毛在后。红毛又经过了一番观察，发现后面又有很多人排进了交款的队伍。前面的人缓慢地交款，队伍隔几分钟就会向前移动一下。红毛拿出手机，佯装打发难熬的排队时间，心思却没在手机上，连手机屏幕上的内容都没有看。他的精力全部集中在了前面那个女人的黑色皮包上，因为那里面藏着他今天的收获。他不在乎排队等候的时间，他只需要选择最佳的时机“出手”。

5

夏雨荷把手插在郑东风的臂弯里，和他一起走进医院的门诊大厅，就像女儿陪着父亲来看病。

他们来到观光梯的缓台认真地观察，搜寻着可疑人员。观察了一会儿，郑东风说：雨荷，你盯一会儿吧。我的眼睛累了，啥都看不清楚。

师父，您把身体靠在墙壁上，闭上眼睛稍微休息一下，缓解一下视神经的疲劳吧！夏雨荷关心地说。

好的，那我就先闭一会儿眼睛。

郑东风说完，把身体靠在墙壁上，闭上了眼睛。

师父，您可以尝试着做一下眼保健操，进一步缓解一下视神经的疲劳。夏雨荷说。

好的，我试试看。

郑东风说完，便开始做眼保健操。

夏雨荷继续观察着门诊大厅的人流。此时，红毛进入了她的视线。红毛大热天戴一顶鸭舌帽，鬼鬼祟祟地东张西望，显得很不正常。

夏雨荷用胳膊肘碰了一下郑东风，说：师父，您看看，那个戴鸭舌帽的人是不是不太正常？

你说的是哪个人？郑东风问。

您顺着我的手指看！夏雨荷指着前面的一个人说：师父，您看，就在那儿！那个戴鸭舌帽的！

郑东风看见了夏雨荷说的那个人，钦佩地看着夏雨荷说：不错，雨荷。目标出现了，是你发现的。

夏雨荷说：师父，您不是说过反扒警察要做到“六看”嘛！我一看这家伙的样子，大热天戴着个帽子，就不像好人。

郑东风笑了笑，说：雨荷，还好，记得挺牢固，还会应用了。

夏雨荷用撒娇的口吻说：师父教我啥，我都会认真记的。您说是吧，师父！我就愿意听您的！

郑东风说：是听党的话！咱们都听党的话！

夏雨荷发现，这名男子就是红毛。其实，郑东风早就发现了红毛的踪迹，只是没有说破。他假装眼睛累了，让夏雨荷独立观察。果然，徒弟没有辜负师父的良苦用心，及时发现了红毛。郑东风的目光跟着红毛的步伐移动着，就像两道红外线的暗光。光点打在红毛身上，红毛却全然不知。

这时，郑东风他们发现红毛在东张西望。看了一会儿，红毛从兜里拿出几张白纸，拿在右手上，装成患者，走向了排队交款的队伍。郑东风说：雨荷，你注意看，红毛看准的目标，就是那个穿浅蓝色半袖上衣的女子，还有那个半挂在她右侧腰间的黑色皮包。

夏雨荷说：师父，我看见了。

这时，红毛已经装模作样地凑到了女子的后面，紧跟着她排起队来。他若无其事地玩儿着手机，眼睛却不停地左顾右盼，还不时地看几眼那个充满诱惑的黑色皮包。

大厅里人很多，四个收费窗口全部开放，交款的人一点儿都没减少。前面的人交完款，拿着收据走了，而后面的人则紧紧跟上。红毛和那名女子在第二个窗口前面排队，郑东风则排到了第一个窗口前面。他让夏雨荷排在第三个窗口前面。郑东风猫着腰，捂着肚子，低着头，装成了一个患病的老人。可是，他一直盯着红毛，暗中观察着红毛的一举一动。此时，红毛把所有的注意力都集中在了选定的目标上，一刻也不放松。一旦放松了，他就害怕煮熟的鸭子会飞走。

红毛迟迟没有动手。眼看那名穿浅蓝色上衣的女子前面只有一个人了，很快就要轮到她交款了，红毛还是没有动手。夏雨荷有些着急了，一个劲儿地给郑东风发信息。郑东风给夏雨荷回复了四个字：稳住，盯住！

这时，穿浅蓝色上衣的女子前面的人交完了款，轮到她交款了。窗口里的收银员说：把单子和医保卡递进来！

女子急忙把处方单子和医保卡从窗口递了进去。就在这名女子和窗口里面的收银员交流时，红毛瞬间开始出手了。他用拿着几张纸的左手把那个女人挎在腰间的黑色皮包罩住，右手迅速拉开皮包的外拉锁，把右手伸到包里，夹出了一个黑色钱包。他把钱包放入左手，用白纸遮挡了一下，又用左手把钱包迅速地放入了衣袋。这一系列动作在几秒钟之内就完成了，排在红毛后面的人没有一点儿感觉。红毛嘴里叨咕着“内急”，迅速从队伍里撤出来，向后面走去。可是，还没走出去两步，他的身旁就出现了两个人，瞬间架住了他的两只胳膊。红毛使劲儿挣扎了几下，毫无效果。

红毛，别挣扎了，挣扎也没用。我是郑东风！

红毛听到“郑东风”这三个字，不由得一激灵。

郑东风，你怎么在这里？不可能啊！进来的时候，我观察得很仔细呀！红毛惊讶地说。

他抬头看看，面前站着一个美丽大方、面带杀气的女子。

你是……

红毛惊讶地看着面前的夏雨荷。

夏雨荷说：我是江城反扒支队的便衣，盯了你很久了。明白不？

不明白。

红毛仍然试图挣脱。

郑东风严厉地说：别挣扎了，落到我手里还想走？

唉……

红毛长叹了一声。他没想到，郑东风这样一个干瘪的瘦老头儿会有这么大力气，手像钳子一样死死地抓住了他的手腕。红毛动弹不得，确认是郑东风抓了他以后，立马就像泄了气的皮球，没有了挣扎的力气。

郑东风和夏雨荷突然出现在红毛面前，的确让红毛感到很意外。红毛心想：我踩点已经够到位的了，没发现有“老便”在这儿呀！“老便”怎么来得这么迅速？

红毛本来想用“一哭、二闹、三上吊”的小伎俩引起大家的注意，好趁乱逃跑，可是一听到“郑东风”这三个字，他瞬间沮丧到了极点。郑东风现在是江城市反扒警察的“一号人物”，是扒手们的重点研究对象。郑东风进入江城市公安局反扒支队之后的这些年，栽在他手里的小偷不计其数。所以，一提起郑东风的名字，小偷们就会十分害怕。特别是多次被郑东风打击的贼，他们都对郑东风恨之入骨。这一点，红毛十分明白。红毛经常听老大邱少千说起郑东风，并且通过看照片把郑东风的形象记得十分清楚。他此刻见到了郑东风的“庐山真面目”，感觉这个人比照片上更加威严，眼神里仿佛藏着一把剑。郑东风的目光就像X光一样，能够瞬间穿透小偷的骨头。所以，红毛暗暗叫苦。像中了邪一样遇见了郑东风，自认倒霉吧！

郑东风的动作飞快，一眨眼的工夫就把藏在红毛外衣口袋里的钱包拿了出来。随后，他说：红毛，这钱包刚一放进去就被你给焐热乎了，火力挺壮啊！

红毛苦笑着，又像要哭出来。

证据确凿！雨荷，送给他一副“银镯子”吧。郑东风对夏雨荷说。

夏雨荷掏出手铐，迅速地把红毛铐了起来。

第九章　黑吃黑

1

这段时间，咱们地皮子上的“过客”是不是有点儿多？踅摸踅摸，是不是该给警察递些点子了？

邱少千威严地坐在虎皮靠椅上，手里拿着一支粗大的古巴大雪茄，悠闲地吸了一口，然后慢条斯理地对在下面垂手侍立的申透明说着话。

我明白了，老大。我出去转转，看看都有谁在咱们的地面上活动，没来老大这儿报到，也没交租子。发现了，我就把他“递出去”。申透明说。

申透明说这话时，心里已经有了谱儿。他早就发现了一个聋哑人犯罪团伙，在半个月前“进驻”了江城市。这伙人的特点就是，一男一女两个聋哑人搭配作案，互相当“托儿”。据可靠消息，这伙人是来投奔“夜猫儿”钱伏齐的。同样是靠身轻如燕起家的贼，“神偷儿”申透明和“夜猫儿”钱伏齐的业务有时候会重叠，免不了会争食吃，争抢得很激烈。有时候，两个人手下的弟兄们为了争地盘、抢生意，会大打出手。但是，只要不出人命，邱少千是不会知道的。或者说，即使邱少千知道了，他也懒得管。毕竟，不管怎么竞争，双方都得给邱少千交租子。而且，邱少千愿意看到申透明和钱伏齐之间的争斗，就像他愿意看到柳叶儿和飞鱼儿争宠一样。争斗的结果是，他可以利用其中的一个有效地监视另一个。争宠的结果是，两个女人都对邱少千好上加好。

申透明打定了主意，要把钱伏齐引来的外鬼出卖给警察。这样，既完成了老大交给的任务，又可以杀一杀钱伏齐的威风。

老大，我明白了。下一步，我亲自下去走走，第一时间把情况告诉您。

申透明心领神会。

邱少千吸了一口雪茄，感觉浑身清爽。在弟兄们当中，他对申透明的信任无疑是最高级别的。他总是坚持“用人不疑，疑人不用”的原则，所以他往往对申透明委以重任，连他的军师武追风都无法比拟。比如，大年三十的那场精彩大戏，是他和申透明一手策划的。前期，红毛参与了一点儿。现在，邱少千考虑再三，又让红毛撤出了，而且是在红毛还不知道最终目的的时候，果断地把他撤了出来。这样一来，整个任务就只有邱少千和申透明两个人知道了。前期的策划、踩点、画图，还有开启卷帘门、防盗门、金库等，都由申透明来完成。为啥要选择申透明来做这么重要的事情呢？邱少千有自己的理由：一是这个小巧玲珑的家伙聪明、机灵、反应快；二是他练就了一身轻功，更方便潜入，里应外合；三是他对邱少千忠诚。当然，这最后一点最重要。其实，在忠诚这方面，申透明或许没有武追风忠诚。

神偷儿，金行那件事，你要做得精细一点儿。记住，要绝对保密，做到天衣无缝。邱少千嘱咐道。

放心吧，老大。开启防盗门和密码锁的技术，我还得研究一下。必须做得精准无误！申透明说。

从网上下载的东西，有时候没有把握。邱少千说。

这回可是花了大价钱！网上说，不好用加倍返钱。申透明说。

哈哈，别被骗了就行！邱少千抽了一口雪茄，慢慢地吐出烟雾，说：总之吧，别到时候打不开金库门就行！那时候掉了链子，就一切都晚了。

我必须保证，老大！申透明拍着胸脯说。

每次见面，邱少千都要和申透明密谈几分钟，讨论扒窃金行的细节。他们之间的谈话，连飞鱼儿都不知道内容，处于绝密状态。

2

浪潮购物中心是改革开放以来江城市最大的小商品集散商场。商场只有五层楼，建筑面积达到了六万平方米，经营着不同品牌的商品。商场里，各种时装、日用百货、金银珠宝、古玩玉器、家居灯饰琳琅满目，应有尽有。

商场建成以后，与历史悠久的江城市第一百货商场相互辉映，一个具有古老的城市印记，一个具有现代的城市气息。这座大型的现代化商场开业后，很快就成了江城市区群众的购物天堂和江城市所辖十七个县区老百姓的理想休闲购物场所。

商场兼顾着商品的批发，内蒙古自治区的海拉尔市、满洲里市、扎兰屯市等城市的商家都来这里批发商品。所以，这里被称为“西部地区最繁华的地方”。

市场的繁华在于人气。人们愿意聚集的地方，就是财物聚集的地方。财物聚集的地方，就是小偷最愿意光顾的地方。

虽然商场的保卫部门在每一个楼层的显要位置都张贴了“小心扒手”的警示标语，但是购物的时间长了，再加上人员密集，顾客们自然就会放松警惕。他们放松了，小偷们却一刻也没有放松。“小心扒手”的提示，恰恰对他们来说也是一种警示。他们往往会逆向思维：“小心扒手”的提示越多，购物的顾客就越会认为这个商场安全，因为小偷都被这提示吓跑了。这么一想，小偷们反而会感到高兴。越危险的地方就越安全！在这样的商场里，谁敢于铤而走险，谁就是最大的赢家。你提示你的，小偷们还会在这个商场里肆无忌惮地活动。他们的眼睛，一分一秒都没有离开过顾客的口袋。他们在估算顾客鼓鼓囊囊的口袋有多少分量，观察顾客什么时候最懈怠。他们在把握最佳的出手时机，寻找得手后最佳的撤离路径。

早些年，申透明是邱少千手下的一个小兄弟，流浪街头混社会，打打闹闹、偷偷摸摸，是铁东地区的一个小混混儿。后来，申透明专注于扒手方面的训练，经常在小型市场、商场扒窃作案。在此期间，他经常被行政拘留和劳动教养，出来之后找不到工作，只好重操旧业，继续以扒窃为生。

后来，申透明始终跟随着邱少千，成了邱少千的拜把子兄弟，发展成了邱少千"公司"的主要力量。他练就了一手"掏兜"的绝活儿，在江湖上小有名气，再加上他身材矮小、机智灵活、身轻如燕，获得了"神偷儿"的绰号。再后来，邱少千允许申透明自己拓展市场，发展了几个弟兄，另立门户。从此，申透明便开始"财务独立"了。但是，他依然拜在邱少千门下，在一些大的行动中还是听老大邱少千调遣。

掏兜，行话叫"抠皮子"，就是用手指从你的衣兜内夹出钱夹或贵重物品。这就需要作案者准确观察、眼疾手快，瞬间成功。

经过这些年的苦练，申透明已经练成了这样的功夫。他能在五米之内发现目标，在两米之内准确定位，在两秒钟之内擦身取物。为了练成这样的功夫，申透明除了和老大邱少千一起训练外，私下里还加练了各种技术。

每天早晨起来，申透明都要练习短跑，训练速度和耐力，还要练习手上的功夫。他的右手食指和中指相当于作案工具，用它们来进行偷窃。为此，申透明在家里准备了五十克、一百克、五百克、一千克、五千克的铁块，每天练习用这两个手指夹这些铁块。最后，申透明可以毫不费力地用这两个手指夹起五公斤重的铁块。所谓的"神偷儿"，就是这么练成的。

一次，一个刚入道的小偷怀疑申透明的“神偷儿”功力，非要和他叫板。申透明拉上另外一个小偷作见证，与那个叫板的小偷一起来到了一个商场。

兄弟，我要让你知道什么才是真正的“神偷儿”！申透明说：看见前面那个挑服装的男人了没有？

哪一个？那个小偷问。

顺着我手指的方向看，前面三米远的地方，站在品牌服装柜台前面的那个男的！

申透明把作案对象指给那个小偷看，那个小偷看清楚了。

是那个穿牛仔裤的男的吗？小偷问。

对，就是他。如果我没看错的话，他的钱夹在左侧的屁股兜里，里面有不足八百元人民币。申透明说。

啊，你看得这么准！你有透视眼吗？那个小偷有些怀疑地问。

说了你也不懂！咱们可以打赌，你作证。申透明指着自己带来作证的那个小偷说。

好的，我给你们作证。谁输了，也不能反悔！作证的小偷说。

好吧，那咱们就赌一句话和一顿饭吧！申透明说：谁输了，就管对方叫“师爷”，再请对方吃一顿大餐。筹码就是，我和那个男的接触后，在两秒钟之内取走钱包。超过两秒钟，算我输。再就是，钱包里的钱超过八百元，也算我输。如果你也能做到的话，那么请你按照我的方式操作。你要是能达到我的标准，也算我输。

我……我可达不到，还是看你的吧！如果你做到了，我认输。

那个小偷说话时还带着点儿嘲讽的语气。他心想，两秒钟能偷个钱包，谁信啊？看他输了以后管我叫“师爷”是啥滋味吧！

申透明根本没有理会那个小偷的嘲讽，他说：你们俩注意了，我要开始行动了。说完，他飞快地蹿了出去，瞬间就到了那名男子的身后。那名男子正在聚精会神地选衣服，根本没注意有人在他后面擦身而过。申透明瞬间就取走了男人左侧裤子后兜里的钱夹。这速度，简直像流星闪过。这边观看的两个小偷根本没有看到申透明是怎么出去的，又是怎么回来的，更别说看到申透明偷钱包的过程了。

一转眼，申透明便出现在了两个小偷的身后。

我在这里，钱夹到手了。申透明小声说。

他打开钱夹，让两个小偷看了一下，里面有七百二十元现金、两张卡和一个身份证。

这么神，这么准！

两个小偷都傻眼了，这可是名副其实的“神偷儿”啊！

一会儿回去再叫“师爷”，扇自己嘴巴子吧。我们赶快撤，这里不可久留。申透明看了看刚才还叫板的那个小偷，说道。

说完，他便带着两个小偷快速撤离了。

3

这天，申透明西装革履，装扮得十分气派。他身穿一件咖啡色西服，配一条黑色西裤，里面是暗红色衬衣，配了一条深蓝色碎花领带。

还真别说，小个子穿上一身正统的西装，显得十分滑稽可笑，不过也有像绅士一样的风度了。不知道申透明身份的人，怎么也不会想到这个小巧玲珑的家伙穿上西装也能人模狗样儿的！

申透明对着镜子照了照，感觉自己酷酷的，像个老板。

就是太矮、太瘦了，要是能再胖点儿，再高大点儿，就更像老板了。将就吧，谁让爸妈没给我一副好皮囊！申透明自言自语道。

申透明的眼睛不大，却十分聚光，能够在百米之内看清楚你的体貌特征，特别是能够瞬间揣测出别人身上藏钱的位置。申透明说，他有“特异功能”。他的身高只有一米六四，体型偏瘦，走起路来悄无声息。他动作轻盈，步履匆匆，有种风吹杨柳的感觉。

有时候，魔鬼和绅士其实是一样的。申透明有些得意地自言自语道。

这些天，小兄弟们频繁出手，把市区内大大小小的商场折腾得差不多了。申透明觉得，再这样闹腾下去，警察很快就会出手。警察一旦出手，就会有一批小兄弟被送进“局子”。

从老大那儿出来之后，申透明更加坚定了信心。他要按照老大的要求，窥探一下市面上小偷们的底细，做到心中有数。然后，他再挑重点给警察提供“点子”，让警察高兴地破案。当然了，申透明已经在心里面把重点确定了，今天的任务就是看看这伙聋哑人在不在。进一步确认之后，他再向老大邀功请赏，把他们出卖给警察。更重要的是，要打击一下他的老对手钱伏齐。一开始，钱伏齐不是邱少千的兄弟，他是后来被邱少千收编的。虽然邱少千很器重钱伏齐，但是邱少千的兄弟们都不太看好钱伏齐，申透明跟钱伏齐更是格格不入。所以，申透明决定举报钱伏齐的手下，从某种角度来看是符合其他弟兄的心意的。

进入购物中心之后，申透明明显感觉来这里干活儿的小偷增多了。这些面孔似乎都很熟悉，却又不算熟悉。申透明觉得，这段时间大家手头上都不太宽裕，原因有很多。其中一个原因就是，人们开始使用各种各样的卡了，包括银行卡、现金卡、支付卡，支付的方式还有手机支付、微信支付、支付宝支付，大大地降低了人们使用现金的概率。使用现金的人，大部分是现金爱好者和中老年群体。财源少了，小偷们作案的难度加大了。没办法，他们只好增加作案次数，以此来增加收入。另外，被偷窃的老百姓不断地拨打“110”报警电话，不断地把江城市的扒窃案件在警察那里“挂号”，引起了警察们的高度重视，这是必然的结果。再说，警察们也要抓几个小偷，为立功受奖和提干做准备。这些都是对小偷们极其不利的因素。

今天是周末，浪潮购物中心比以往更加热闹，顾客比平常增加了一倍。申透明习惯从北门进入商场，走出不到二十米就是上行的滚梯，可以到达五层。

过去，每次来商场作案，申透明都会把商场五层的网点看上一遍，在观察的过程中发现猎物。同时，他还要观察商场内有没有反扒队的便衣警察。一旦发现了熟悉的面孔，他就会尽快离开商场，并把信息发送给同伴。

申透明进门后，朝电梯的方向走去。他一边走，一边观察着周围的人群。他首先要判断警方最近有没有大的举动，其次要看看有几个自己的弟兄在这儿“干活儿”。还有，他要看看有没有陌生的小偷团伙进入商场。

申透明乘上电梯，眼睛一刻也没闲着，不停地左顾右盼。到了二楼，他在卖日杂用品的摊床间转了几分钟，又乘上滚梯继续上行。到了三楼的服装鞋帽售货区，他发现有一个身影一晃而过。那个人与他目光交错，应该也看见了他。

是小凯！又出来单干了！邱少千想：这个兄弟平时挺好的，就是有时候爱耍“单蹦儿”，还时不时地被警察抓住。

作为邱少千的拜把子弟兄，他和小凯都对邱少千很忠诚。可是，小凯就爱耍小聪明，总想背着老大邱少千干点儿事，或者藏点儿“私房钱”。他干事时往往不够巧妙，说不准啥时候就让老大知道了。老大没办法，有时候会收拾他一顿，有时候就只能睁一只眼、闭一只眼了。毕竟小凯是跟随邱少千打天下的“梁山好汉”之一，功劳和苦劳兼备。关键时刻，他还是站在老大这一边的。这也是老大姑息迁就小凯的主要原因。

这一回，小凯又背着老大出来“耍单了”。活该小凯出师不利，碰上了申透明。申透明心想：一会儿有机会，得好好吓唬吓唬他，谁让他总是吃独食呢！

申透明继续乘滚梯来到了五楼。他在五楼转了一圈儿，又回到了电梯口。

申透明感觉这段时间小偷们虽然活动很频繁，但是来浪潮商场作案的还不是很多。另外，他明显地意识到，反扒警察并没有在这个商场布控。最起码，那几个老面孔都没有出现。可见，反扒警察现在还没有活动。据他判断，这里很快就会有便衣警察出没。过了今天，这个商场恐怕就会被便衣警察控制了。申透明仔细观察了每一个楼层，发现一楼的那对男女就是聋哑人那伙的，正在寻找机会“干活儿”。

一天也不闲着，跑到这儿来抢地盘，还不交租子！马上就让你们没有好果子吃了！申透明叨咕着。

贼不走空，申透明也有这样的信条。趁着今天警察没来，好久没练手的申透明决定干上一票。

五楼是经营古玩和珠宝玉器的，是申透明最愿意逛的楼层。申透明很清楚，光顾这个楼层的客人非富即贵，兜里有的是钱。可是，这些人往往都是用银行卡支付，带现金的很少。不过，偶尔也能碰上带一万元以上现金的顾客。这样的顾客，就是申透明眼睛里的“大鱼”。这就是申透明愿意逛这个楼层的原因。不利因素是，这里顾客稀少，环境不利于扒窃作案。所以，只有申透明这样眼疾手快的“神偷儿”才敢在这里出手。

在卖玉石的柜台前，一个戴眼镜的中年男人引起了申透明的兴趣。

这个男人一袭黑衣黑裤，带帽子的黑色风衣垂过臀部，尽显男人的高雅。本来，申透明来商场的主要任务是观察一下形势，预估下一步行动会遇到的风险，确定未来的行窃计划。可是，当他看见这个男人在认真地挑选一件翡翠玉镯时，便产生了拿下这个玉镯的想法。

来商场一回，怎么也得开个张！把这个玉镯拿下，献给自己刚刚“泡”到手的小情人，小情人一定会惊喜万分，没准儿还会给他一个大大的拥抱。申透明自言自语着，仿佛小情人已经来到了他的面前。他把玉镯给小情人戴上之后，小情人冲上来抱住他，给他来了一个忘情的吻。

想到这里，申透明微微一笑。没准儿这个男人也是给情人买玉镯，就等于替申透明付了款，把申透明送给情人的礼物买下了。等那个黑衣男人交完款，拿到玉镯，他就下手。

请问，这只玉镯要多少钱？黑衣人问。

标价六万块钱。春节期间本店优惠，六折您就可以取走。卖玉器的女服务员温柔地说。

好的，给我包起来吧。我这就去付款！黑衣男人说。

说完，他看了一眼邻近的柜台，发现一个西装革履的矮个子男人也在挑选玉器。于是，他便放心地去收银台交款了。交款回来，女售货员已经将玉镯装在一个精致的盒子里了。她把盒子交给黑衣男人，黑衣男人将盒子装进了夹克衫的口袋。他转过身去，与那个西装革履的男人擦肩而过。申透明出手真是出神入化，迅速地把那个男人的盒子收入了囊中。

申透明走出商场，很快就拐进了一个小胡同。他拿出刚刚获得的战利品，欣赏了一下。这只玉镯晶莹剔透，绿色的翡翠镶嵌在灰白色的玉石中，更显高贵典雅。

哈哈，回去给小美人一个惊喜！小美人一定会对我万般温存！

申透明正美滋滋地想着美事，兜里的手机突然响了起来。

申透明看了看号码，是个陌生电话。接还是不接？申透明刚刚拿下一单，心情还是挺好的。索性接一下吧，看看究竟是谁打来的！

他充满疑惑地把电话接了起来：喂，我是申透明！您是哪位？

电话里传来了一个男人的声音：四哥，是我，小凯。

申透明一听是小凯，就明白是咋回事了。按照“扒坛”的规矩，同伙或者熟悉的“同道”在同一个地方作案，通常辈分较小或者地位较低的小偷要给辈分较高、地位较高的小偷“打堆儿”，以示尊重。按理说，申透明和小凯是拜把子兄弟，是“肩膀头齐”时一起打拼过来的。可是，如今不一样了，申透明是自立山头，就相当于“独立为王”，而小凯就像扶不起来的阿斗，至今还是小打小闹，依附在邱少千门下。最重要的是，小凯今天是出来干私活儿，要是被老大邱少千发现了，肯定得重罚。

申透明说：小凯呀，好久不见了。你在老大那儿玩儿得不赖吧？

他明知道小凯就在浪潮购物中心附近，却仍然和小凯开着玩笑。

小凯说：四哥，确实好久不见了。所以，现在我想见见你。

申透明说：想见我？怎么，真的想我了？想请我吃饭吗？

小凯说：真的想你了。你现在在哪儿？我想当面向你汇报一下。

申透明诡异地笑了笑，说：兄弟，不巧啊，我现在没在本地。咱们改日好吗？

小凯说：四哥，你在逗我玩吧！方才在商场里，我看见你了。按时间推算，你现在应该就在浪潮购物中心附近。

申透明又笑了笑，说：好吧，小凯。啥事啊，还要当面汇报？怎么跟警察的口气差不多！

小凯说：四哥，你可别提警察！一提警察，我就浑身发抖。快说说你在哪儿吧，我过去找你！

申透明还是忍不住笑了笑，说：好吧，兄弟，我在浪潮购物中心后面宽窄街上的电话亭这儿等你！

好的，申哥，我马上就去找你！小凯很客气地说。

申透明放下电话，心想：小凯干点儿案子也真不容易！快五十岁的人了，还得低三下四地求我。这说明啥？说明无论从事什么职业，都得有一技之长啊！没有打人的家什儿，就只有寄人篱下、任人宰割了呀！看来，当小偷也要当个“高级小偷”啊！

申透明思考的时候，小凯已经来到了他的面前。

这么快就到了！兄弟，神速啊！申透明说。

小凯说：四哥，我们俩在浪潮购物中心见面后，我在里面转了一会儿。估计你也会转转，所以我们从商场出去的时间是差不多的。

申透明说：这么说，你也在附近，没走远？

申透明的言外之意就是：你小子刚刚在附近洗完钱，还没来得及离开。

小凯知道，遇到了申透明，什么都没办法隐瞒。于是，他对申透明说：四哥，跟你说实话，方才我干了一单，收获还不错。所以，我想给你留下喝茶的钱。

申透明说：兄弟，咱们俩还要这么客气吗？多少年的弟兄了！

小凯说：四哥，还是按老规矩吧，见面分一半！

申透明说：兄弟，你还挺懂规矩，知道见面分一半。

小凯说：四哥，你是了解我的，我不是那种吃独食的人啊！

听了小凯的话，申透明只想大笑。他说：小凯呀，小凯，正因为我太了解你了，你才混到了今天这个德行。这都快一辈子了，是不是改不了啦？

小凯说：四哥，我是啥德行啊？

申透明说：兄弟呀，你总是自以为是，而且没有自知之明。干啥事，你都觉得自己干得挺诡秘，认为别人发现不了。可是，最终还是会被人发现。被人发现了以后，你又总是欲盖弥彰，最后还是遮掩不住。

小凯说：四哥，我不就有这点儿优点嘛！

申透明十分严肃地说：小凯兄弟，快点儿拿出镜子好好照照你自己吧！就拿今天的事来说吧，老大三令五申，现在形势很严峻，要求大家收敛一下，放慢“干案子”的节奏。可是你呢，是老大身边的人，不仅没给道上的弟兄们带个好头，还背着老大干私活儿。你说说吧，大哥要是知道了，会怎么惩罚你？轻则罚你几年之内不准“干案子”，重则把你开除！

听到这里，小凯的汗毛都立起来了。他意识到了事情的严重性，于是央求道：四哥，咱们好歹也是一个头磕在地上的生死弟兄。求你了，今天这事可千万别让老大知道啊！他要是知道了，我可就惨了。

申透明说：知道会很惨，你还这么干！这些年，你怎么一点儿都没改呢？

小凯说：四哥，我改行吗？要不，我给你磕几个头吧！

申透明哈哈大笑着说：得得得，小凯，看在咱们兄弟一场的分儿上，我就信你一回。可是，你拿什么来报答我呀？

小凯说：四哥，我把今天的战利品都孝敬你。

申透明问：多少啊？

小凯磕磕绊绊地说：四……四千。

申透明严肃地质问道：到底多少？

小凯说：四哥，八千……就八千！

申透明哈哈大笑起来：兄弟，这要是警察审讯你，你恐怕早就当了叛徒了。我这两句话就把你的实话给逼出来了，哈哈哈！

小凯说：四哥，你这一笑，我感觉瘆得慌。钱全给你，全给你！

说完，他哆哆嗦嗦地把一只手伸到了兜里。

申透明说：兄弟，拿两千算了，其余的算你欠我的。保不准哪天我想起来了，再向你要。

小凯说：好好好，四哥，还是你好说话。只要别向老大或者“老便”举报我就行！

说完，小凯从兜里掏出钱，数了两千元，交给了申透明。

申透明接过钱，笑着说：兄弟，还是钱好使啊！你别往心里去啊，刚才我只是吓唬吓唬你！咱们老大不是讲“盗亦有道”嘛，我也是有道的人。咱们兄弟一场，我能那么做吗？

小凯说：四哥，你早说呀，吓得我都快尿到裤兜子里了！

申透明说：活该！谁让你总背着老大干私活儿呢！以后可不能再这么干了！再这么干，就是对不起咱们老大这些年对你的栽培了。还有啊，最近市面上的确风声很紧，过不了多久警察就会出动，“老便”就会进入商场、市场。所以，我们都得谨慎。我这次到商场来，就是奉老大之命来观察形势的。

小凯说：四哥，我懂了。以后，我就听你和老大的，再也不出来惹事了。

申透明拍了拍小凯的肩膀，鼓励道：这才像个扒手的样子！

申透明说完，转身走了。

看着申透明的背影，小凯在心里骂道：真他妈黑呀！一个手指头都没伸，就从我这儿揩了两千块钱的油。这还是生死弟兄吗？

4

老大，市场上一片繁荣啊！该来的、不该来的都来了！申透明对邱少千说。

丘陵山庄前面的广场上，邱少千正在专心致志地练习太极神功。飞鱼儿在不远处观望着，手里拿着一把芭蕉扇，等邱少千练完功休息时，好给他扇一扇。申透明站在邱少千跟前，汇报着什么。

这么多势力，警察很快就会警觉的。我们是不是该往下撤一撤了？邱少千说。

他的步伐依旧轻盈，手脚伸缩自如。

是的，老大。我也觉得咱们都应该收敛一些了！我听说，公安那边开展了一个行动，是专门针对咱们的。所以，我们要收敛一些，看看风头再定。申透明小心翼翼地说。

你说的对呀！我会让他们安排的！邱少千轻松地移动着脚步说：对了，喂给警察的东西准备好了吗？

准备好了，老大。有一伙从外地来的聋哑人，在这儿干了好多天。商场、市场、车上，他们都去。昨天，我在购物中心发现了两个可疑的人，没看见他们动手。但是，昨天警察那边应该接到了报案。申透明说。

既然是从外地来的，那就马上把他们的信息提供给警察吧！要搞准了，让警察一下子把他们打掉！邱少千说。

明白了，老大。放心，错不了！申透明回答道。

想好提供给谁了吗？邱少千问。

就给我们的那个内线吧。合适不？申透明试探着说。

不合适。我看，还是给郑东风比较合适。邱少千说。

为啥？申透明不解地问。

最近，这家伙又开始盯着我了。我干了几件愚蠢的事，特别是偷那个老娘儿们钱的事，影响太大了。谁能想到，那个老娘儿们的钱是给孩子治白血病的？邱少千说。

老大，这件事，您干得是有点儿冒失。您都这个身价了，不该轻易出山。再说了，就那么十万八万的，值得劳您大驾吗？申透明说。

邱少千看了看站在那里的飞鱼儿。飞鱼儿正在那儿轻轻地摇着蒲扇，像江南美女一样，裙摆在风中慢慢地飘着。还不都是为了这个女人嘛！邱少千在心里琢磨着。千金难买一笑，他这是为了向心爱的女人展示一下“贼王”的技术和魅力，的确有点儿冒险的味道。

男子汉大丈夫，干都干了，还后悔个啥？不过，有一件事，我有些过意不去。那个丢钱的女人，她的孩子看病急需医药费。你想办法找到她农村的亲戚，给她寄过去两万块钱。回头，我让柳叶儿把钱转给你。记住，这事要做得严密，绝对不能把咱们暴露了。懂了吗？邱少千说。

懂了，老大。我这就去办！申透明说。

还有，神偷儿，干完这几件事，你就该隐藏起来了。没有必要的话，就不要露面了。为了那个行动，我们做了充分的准备，包括消失一段时间。具体的事，我会让柳叶儿通知你的。我也不再和你单线联系了！邱少千叮嘱着。

明白了，老大。我会照办的，等你的消息！申透明说。

邱少千练完了功，挺胸收腹地站在原地。飞鱼儿走过来，给邱少千扇了扇风。

没关系，只是稍微出了点儿汗。邱少千说着，转向了申透明：神偷儿，你先回去吧。记住我说的话！

是，老大，我会记住的。

申透明没有再说什么，静静地走出了广场。

5

早晨刚一上班，郑东风就换上了警服，准备叫上夏雨荷，一起去医院找失主李富珍进一步地聊聊。夏雨荷推门进来的时候，看见郑东风穿着一身笔挺的警服。她说：师父，很少看见您穿警服，真的很威严！

郑东风说：去医院取证，应该穿得正式点儿。

夏雨荷说：师父，那我也回办公室换上警服。

不一会儿，夏雨荷也换上了一身警服。她的女式警服上衣看上去很合身，胸部和腹部显得凹凸有致，再加上那十分合体的短裙，配上潇洒的贝雷帽，俨然一个飒爽英姿的女战士。

夏雨荷站在师父面前，十分标准地敬了一个礼。

师父，您看怎么样？

真帅气！女式的警服就是比男式的警服好看！郑东风说。

夏雨荷柔声说道：师父，您看到哪儿去了！不是警服好看，而是穿警服的人好看！

郑东风笑了笑，说：哈哈，相得益彰，都好看！

这时，郑东风的手机铃声响了起来。是个陌生的号码！郑东风接起了电话，想看看是谁打来的：你好，哪位？

你是郑东风吗？

手机里传来了生硬而沙哑的声音。

我是。郑东风犹豫了一下，回答道：你是哪位？我们认识吗？

郑东风，认识不认识不重要，重要的是我想帮你，给你一个能让你立功的活儿！对方说。

给我活儿？听起来还真是好事！难道是天上掉馅饼了吗？郑东风

表示怀疑地说。

是的，这活儿挺好的。从山东流窜过来了一个聋哑人团伙，没准儿是条大鱼。不对，是鱼群！对方说。

还有鱼群？郑东风十分惊诧地说。

还有能让你感兴趣的呢！咱们市里有一个绰号叫“夜猫儿”的老贼，是他的内应。夜猫儿，你是知道的，对吧！对方提示道。

你怎么知道得这么详细？还有，咱们素不相识，你为啥向我举报这件事？郑东风问。

哈哈，你肯定不认识我。可是，我认识你呀！我知道你是咱们市抓小偷的专家，人很正统，就把情况告诉你了。我想让你这个正经人立功，就这么简单！对方说。

这些情况，你是怎么知道的？郑东风问。

我是怎么知道的并不重要，重要的是有了这个线索。对方说。

咱们明人不做暗事，能告诉我你是谁吗？郑东风问。

对方挂断了电话，手机里再无声音。

郑东风把手机放到桌子上，静静地看着手机，似乎还要从手机上寻找答案。其实，答案已经有了。举报人特意选择了他，说明举报人对他是高度信任的。同时也说明，举报人想要看到夜猫儿落网，还想看到聋哑人犯罪团伙被打掉。总之，不管举报人出于什么目的，这“天上掉下来的大馅饼”不吃白不吃。

师父，谁的电话？夏雨荷好奇地问。

陌生人。

陌生人？

提供了一条线索，说山东的一个聋哑人扒窃团伙流窜到了咱们这儿，正在作案。

师父，这条线索挺重要啊！咱们接手吗？夏雨荷问。

当然接手了！但是，得向岳队汇报一下。郑东风说：走吧，咱们去岳队的办公室！

岳剑正在办公桌前翻看前一天的“发破案登记本”。浪潮购物中心又发生了几起案子，一个顾客的玉镯被盗了，另一个顾客丢了八千元现金，还有两位老人丢失了现金和存折。岳剑把前几天的“发破案记录”都翻出来，整合了一下数据，然后开始研究发案规律。

郑东风和夏雨荷敲门进来之后，岳剑说：师父，你们今天是不是要去医院取证？

郑东风说：是的。这不，刚要出发，我就接了一个电话。是举报电话！

举报电话？岳剑十分惊异地说。

是的，说是专门向我举报。举报的是从山东流窜过来的聋哑人犯罪团伙，他们的内应是“夜猫儿”钱伏齐。

是吗，师父？举报得这么详细！

可不是嘛，举报人说得有鼻子有眼的。郑东风说。

巧了，师父，昨天浪潮购物中心又发生了几起案子。两位老人丢失现金和存折的案子，没准儿就是这伙聋哑人干的。岳剑说。

郑东风说：是吗，岳队？那你看怎么办？我和雨荷继续查？

郑东风提出问题了。这是个现实问题，他和夏雨荷的手里已经有好几起案子了。

岳剑当然知道郑东风手里有多少活儿了，那些活儿都跟“影子”有关。这个案子尽管被举报到郑东风这里了，但是必须分给别的组去侦破，并且不能让举报人知道。假如举报人知道不是郑东风在破案，而是别人在破这个案子，后果就不堪设想了。所以，岳剑说：师父，这个案子还是您牵头搞吧。谁收到了举报，谁就要一查到底。是这个道理吧？雨荷，你说是不是？

郑东风说：岳队，我手头上还有李富珍的案子，红毛的案子也没审结呢！

岳剑看了一眼郑东风。他觉得师父没弄明白自己的意思，所以笑了笑，说：哈哈，师父，我说的是由您牵头，明白吗？牵头和主办不是一回事。

郑东风这回听明白了，他说：好的，我牵头。这件事就交给你了，我和雨荷马上要去医院找李富珍。

去吧，师父！祝您顺利！岳剑说。

郑东风和夏雨荷走后，岳剑把苏晨宇和楚梦琪找了过来。

晨宇、梦琪，有个案子要交给你们俩办。岳剑说。

啥，有案子交给我们？苏晨宇激动地说。

这段时间，苏晨宇正愁没米下锅呢！听岳剑支队长说要交办案子，他差点儿蹦起来：啥案子？快说说！

看你急的，像猴儿似的！咱们师父接到了举报，有个聋哑人团伙。挺像样的线索，交给你们俩办吧！但是，要记住，由师父牵头。你们俩要随时向师父汇报，对师父负责。懂了吧？岳剑说。

懂了。

苏晨宇和楚梦琪对视了一下，击了一下掌。

精诚团结，合作愉快！

精诚所至，金石为开！

你们俩这活儿还没干，就开始庆祝胜利了！

岳剑挖苦着苏晨宇和楚梦琪。

哈哈，岳队，庆祝胜利是迟早的事！我们提前做个演练，哈哈哈！

苏晨宇嘻嘻哈哈地笑得很开心。

第十章　失主的愤怒

1

“一号行动”轰轰烈烈地展开了。

对社会面而言，这个行动是秘密进行的。商场、市场、公交车站、火车站、医院、影剧院等公共场所都由市局刑警支队、属地公安分局增派便衣警察蹲坑守候，以便控制局面。

这天上午，岳剑召集大家在反扒支队的会议室开了个小会。会上，根据“一号行动”的需要，岳剑给支队的各个大队做了微调式的分工。

岳剑说：经过考虑，我给各大队分一下任务。一大队负责侦办发生在公交车上的案件。二大队负责侦办大小商场里发生的案件。三大队负责侦办发生在车站内、列车上的案件。四大队负责侦办早市、夜市、医院、影剧院等公共场所发生的案件。综合大队负责侦破案件的统筹、推进和督办。重案大队负责侦办有影响的、上级领导交办的重特大案件。各大队实行大队长负责制，各司其职，各负其责。郑东风同志作为咱们的反扒专家，除了自己手头上的主侦案件以外，随时参与和指导各个大队的行动。

任务明确了以后，各个大队的大队长回到大队，开始研究如何开展业务。

会后，岳剑和郑东风一起商量下一步的工作。对岳剑来说，关键时刻，郑东风便是他的主心骨。

岳剑来到郑东风办公室的时候，郑东风正坐在椅子上抽烟。烟雾升腾着，一圈儿一圈儿的。见岳剑进来了，郑东风站起来，让岳剑坐下。岳剑说：师父，您坐下吧，我过来就是想找您聊会儿天。

郑东风没有坐回原位，他说：岳队，那我就陪你站会儿吧。你是不是有啥心事啊？

岳剑说：师父，我有啥心事，您是知道的。还不是“一号行动”嘛！得快点儿“搂”来几个案子，我们需要战果。

郑东风吸了一口烟，吐出的烟雾升腾起来。他看出来了岳剑的心思，想尽快拿下几个案子，好对上级有个交代。郑东风说：岳队，这破案嘛，也不能太急！心急吃不了热豆腐！但是，如果赶到点子上了，案子就会一串一串地破。这就像打鱼一样，有时候网是空的。但要是赶上了鱼群，一网下去，捞上来的可就都是鱼了。

听了师父的话，岳剑笑了。他说：师父说的很有道理。那咱们就到处撒网，等待鱼群了！

是的，鱼群一直都在。关键在于我们撒网的时机！郑东风说。

岳剑说：师父，我觉得现在时机就已经成熟了。关键问题是，我想要的是那条大鱼，还有大鱼后面的鱼群。

郑东风说：岳队，你的胃口可真不小啊！从李富珍的案子来看，大鱼已经咬钩了。

岳剑说：师父，那咱们就多撒些鱼饵。

郑东风吸了一口烟，吐出的烟圈儿升腾着。

我明白了，岳队。那咱们就放长线钓大鱼，最终一网打尽。郑东风说。

英雄所见略同啊！岳剑感慨道：对了，师父，师母最近怎么样了？

岳剑突然想起了卧床的师母。师母被撞成植物人以后，师父依然一心扑在案子上，对师母的照顾成了一个大难题。可是，师父始终坚持一边照顾师母，一边办理案件，从来没有向组织上提出任何要求。每次想到这些，岳剑都觉得有点儿愧对师父。

郑东风说：岳队，你师母现在挺好的，有人照顾。正好我妹妹在农村没啥事，我就让她来护理了。爽爽要是有时间，也会回家照顾她。你放心吧，暂时不用去看她。过段时间，我们搬到新房，我打算把大家请到家里来庆祝一下。

岳剑说：师父，我知道了。您家的拆迁房下来了？

郑东风说：是的，已经分下来了。你师母这辈子跟着我受苦了，连个楼房都没住上。现在，应该感谢政府把棚户区改造了，把造纸厂的房子动迁了，给了我们一套楼房。房子下来了，你师母却失去了知觉。

岳剑说：师父，您别难过。师母吉人自有天相，会恢复过来的。等您和师母搬进了新房子，我们过去给你们好好庆祝一下。您回家帮我在师母面前叨咕一下，就说到时候我会给她买一束鲜花！

郑东风说：岳队，我先替你师母谢谢你了！

岳剑说：那好吧，师父，我就改日再去您家拜访吧。这些日子，您辛苦了。有啥需要我帮忙的，您就告诉我一声。

岳剑回忆起了师母被车撞伤的场面，心里十分愧疚。师母推着自行车过人行横道时，一辆无牌无证的灰色微型面包车突然出现，径直冲向了师母。这不是简单的交通肇事，而是一起蓄谋已久的刑事案件，是谋杀。这就是岳剑一直对此事耿耿于怀的原因。岳剑明白，师父心里也一定很明白，师母被撞绝对不是偶然的。师父也一定在暗暗较劲儿，想找到原因，只不过是没有表达出来。这段时间，岳剑一直没有放弃对师母被撞案的调查。他与刑警支队的高广生支队长事先有约，对于这起案件，无论如何都要穷追不舍，一查到底。

郑东风的问话打断了岳剑的思路。

对了，岳剑，我有一件事想拜托你。爽爽在派出所当片儿警，都好几年了，也该换换岗位了。你这个当支队长的人脉广，能不能帮我找找咱们王局，把她调到刑警队？

郑东风忽然想起了爽爽的事。

怎么了，师父？爽爽在分局工作，不是很顺心吗？岳剑说。

岳队，爽爽工作得还是很顺心的，分局领导也对爽爽很好。我就是觉得，在咱们公安局当一回警察，不到刑警队锻炼锻炼就白瞎了。所以呀，我考虑，你能不能在建军副局长面前美言几句，让爽爽到刑警队或者咱们反扒队锻炼锻炼？不知道这事儿能不能行得通。郑东风说。

当年，郑爽爽从省警校毕业后，被分配到了江南分局衡山路派出所当了一名外勤民警。在派出所，外勤民警每天都会遇到一些棘手的治安案件，每天都要参与调解和处理一些纠纷，偶尔也参与抓赌、打击毒品犯罪的专项行动。这些工作，是公安工作的重要组成部分。但是，在郑东风眼里，最好的警种就是侦查破案抓小偷的刑警。这才是警察的主业，到了那里才能真正得到锻炼。郑东风希望爽爽能继承他的事业，当一名反扒警察，像他一样和小偷作斗争。

岳剑十分了解师父，他对公安事业的热爱和对反扒警察的钟爱十分令人钦佩。尽管当警察没有让郑东风在经济上有所好转，但是他仍然对自己的事业矢志不渝。为了让自己的事业后继有人，他希望岳剑能够快速成长，更希望爽爽能够接过老一代反扒警察的衣钵。

岳剑说：师父，爽爽的事儿，我找个机会和建军副局长说一下。虽然他不管干部，但是他可以让政治部主任通融一下。实在不行，我就让王局请主任吃顿大餐，我陪着。几杯酒下肚，这事儿没准儿就成了。

郑东风说：还得请客吃饭呀，这钱我出！就是辛苦你和王局的胃了！

岳剑说：哈哈，师父，为了爽爽的事，我豁出去了。

郑东风笑了笑，说：哈哈，岳队，也别太拼了，咱们还得留个好身体干革命工作呢!

岳剑说：师父说的对，我们还要干革命工作呢!

郑东风说：对了，岳队，你和王局说的时候策略点儿，别说爽爽是我的女儿。

岳剑说：师父，不说爽爽是您的女儿，王局能亲自出马吗?

郑东风说：那倒也是。没办法了，你就看着办吧。

岳剑说：好了，师父，王局出马找政治部主任，估计这事儿能成。爽爽的事如果成了，就让她来咱们反扒警察支队呗! 放在我这儿，我多带带她，您看行不?

郑东风说：岳队，干吗让爽爽来咱们支队? 父女在一个单位，是需要回避的。

岳剑说：师父，您又不是领导，和爽爽不是上下级关系，不需要回避。

郑东风说：不需要回避，父女俩在同一个部门也不好。

岳剑说：师父，咱们俩先别争论了，等办完了事再说吧。

其实，岳剑的话说到了郑东风的心里。郑东风很想让自己的女儿来反扒警察支队，当一名神圣的抓小偷的警察。在郑东风的内心里，最喜欢的职业就是警察。在警察里面，他最喜欢刑警。在刑警里面，他最喜欢的就是抓小偷的反扒警察。他认为，小偷是靠智慧和绝活儿吃饭的，所以抓小偷的警察就必须具备比小偷更胜一筹的智慧和更绝的绝活儿。其他的警种，比如治安警、户籍警、片儿警，虽然每天也很忙活，但是干的都是些婆婆妈妈的零散活儿，没有什么技术含量。有了这样的“偏见”，郑东风当然希望女儿郑爽爽能够子承父业，成为一名合格的反扒警察了。当然，这点儿小心眼儿，他跟谁都不会说，包括他最信任的徒弟——支队长岳剑。岳剑十分理解师父，想通过努力让爽爽来反扒支队，这正好合了这个老反扒队员的心意。

2

江城市第一医院是一家规模很大的医院。在西部地区，这家医院算是一流的了。内科、外科、心血管科等，各个科室都是江城市最权威的，有的科室在全省乃至全国都是领先的。当年，省里的第一例肝脏活体移植手术，就是这家医院的一个肝外科主治医师做的。而且，患者手术后活了十三年。这么长的存活时间，在国内的肝脏移植手术中实属罕见。

李富珍的女儿孙玲玲住在第一医院的血液科病房 601 室。李富珍夫妇每天都轮流护理孩子。

上午十点，雨依然没停，不过变成了小雨。小雨淅淅沥沥地，一阵一阵地下着。郑东风带着夏雨荷走在去第一医院的路上。他们从一个超市的门前经过，细心的夏雨荷到超市里给孙玲玲买了一箱“飞鹤”牌牛奶。

他们停好了车，拿上了装有调查笔录和法律文书的公文包，还有那箱给孙玲玲买的牛奶。夏雨荷打着雨伞，兴高采烈地招呼着郑东风。

师父，您慢点儿！咱们一起往里走吧，我来给您打伞！

夏雨荷一边打伞，一边招呼着师父。

郑东风和夏雨荷一路打着雨伞，迈进了医院的大门。收起雨伞之后，他们跟着护士向大厅走去。

请问，你们是就诊还是看病人？护士彬彬有礼地问道。

看病人——在血液科住院的孙玲玲。夏雨荷回答道。

好的，六楼 601 室。您二位走好！

护士说着，把他们引到了电梯旁。

六楼到了。他们顺着走廊向前走，病房的护士和医生迎了过来。

他们一起穿过两边的病房，到了右侧最里面孙玲玲的房间。

门开了，护士提前进屋打招呼去了。

郑警官他们来看你们了，想了解一下情况。护士说。

随后，郑东风和夏雨荷走了进来。他们刚走进病房，就从里面传来了一个女人的怒吼声。

你们这些当警察的有什么用？抓小偷，抓小偷，这小偷越抓越多！光天化日之下就敢偷钱，我都怀疑你们和小偷是一伙的！绑到一块儿偷钱，然后分赃吗？

李富珍在女儿的床边跺脚咒骂，把一肚子的火气都发泄在了郑东风和夏雨荷身上。

夏雨荷被这突如其来的骂声惊得不知所措，手里的那箱牛奶瞬间掉落在了地上。

老婆子，你这是干啥？咱们丢了钱不假，但是丢钱的原因是你看管不严。人家来了解情况，给咱们破案，你怎么不分青红皂白，冲人家发火呀？

在一旁照料女儿的李富珍的老伴儿孙洪山急忙劝说了几句。孙洪山看上去就是个老实巴交的农民，很讲道理。

在场的医生和护士也被这一幕惊呆了，回过神儿来之后才开始劝说：玲玲她妈，你这是咋回事，朝警察发什么火？

可是，钱丢了，要是找不回来，我们拿什么给女儿治病啊！

李富珍还是不依不饶。

这时，躺在床上的女儿孙玲玲声音微弱地说：妈妈，您这是怎么了？是您自己把钱弄丢了，又不是警察叔叔弄丢的！现在，警察叔叔阿姨帮我们破案找钱，您还冲他们发火，您这是糊涂了吗？妈妈，钱丢了，可以再挣。这人品要是丢了，咱们去哪儿找啊？妈妈，咱们是农民，农民也要有人格！

孙玲玲断断续续地说完了话，吃力地示意爸爸把警察叔叔和警察阿姨让到里面去。十一岁的孙玲玲说出了比成年人都成熟和感人至深的话语。李富珍不言语了，慢慢地挪到女儿的床边，给面色苍白的女儿擦了擦嘴角，泣不成声。

孙洪山说：实在对不住啊，郑警官，怠慢了！请里边坐吧！

看到这场景，郑东风、夏雨荷心里十分难受。

郑东风说：大兄弟，你媳妇冲我们发火，我们能理解。丢了这么多钱，案子又迟迟没破，搁到谁身上都会发火的。

郑东风说完，从自己的口袋里掏出了一千元钱。见师父掏了钱，夏雨荷也掏出了三百元钱。两个人来到床边，默默地把钱塞在了孙玲玲的枕头下面。

谢谢叔叔、阿姨，这钱我不能要！孙玲玲声音微弱地说。

夏雨荷说：收下吧，孩子！这是叔叔和阿姨的一点儿心意，愿你早日康复！

孙玲玲说：警察阿姨、警察叔叔，对不起，我妈妈她也是急的。

孙玲玲代表妈妈向郑东风和夏雨荷道了歉。

没关系的，玲玲。你好好养病，过几天叔叔和阿姨再来看你。

走出病房，郑东风对出来送他们的孙洪山说：大兄弟，我们这次就不找你媳妇聊了。你先劝劝她，让她回忆一下乘车前和乘车后周围都有哪些人。要是有长得有特点，能引起她注意的，一定要告诉我们。我们会尽快找她聊的，这对破案有帮助。

郑警官，请您放心，她听我女儿的话。我会和女儿一起劝她，让她回忆一下，再去找你们谈。孙洪山说。

不用去我们那儿了，护理孩子要紧。对了，你女儿的看病问题，我们岳剑支队长已经和这家医院的院长沟通过了。手术会如期进行，药费可以宽限些时日。但是，拖欠的时间不能太长。女儿的手术要紧，其他的我们再想办法。郑东风说。

能如期做手术，把我女儿的命保住，这是天大的事啊！

孙洪山颔首如捣蒜。

3

外面的雨停了，郑东风他们来到了警车里。

夏雨荷开车，郑东风坐在副驾驶的位置上。他点燃了一支烟，闷闷不乐地吸着。烟雾升腾着，直到车顶。

不好意思，雨荷，又让你被动地吸烟了。

郑东风表示着歉意。

没事的，师父。您抽支烟缓解一下情绪吧，李富珍太不冷静了！夏雨荷说。

这事搁到谁身上，都过不去。闺女躺在病床上，因为没钱而做不了手术。那可是一条人命啊！

郑东风十分理解李富珍刚才的表现。

是的，师父。道理是这个道理，可我们是来解决问题的，她也不至于想把咱们轰出去吧！夏雨荷说。

郑东风吸了一口烟，语气缓和地说：雨荷，理解万岁吧！咱们目前能做的，就是尽快把案子破了，把小偷抓起来。要是能把钱找回来，那就更好了！

夏雨荷深情地看着善良的师父，一种崇敬的感觉涌上心头。

我明白了，师父。破案、抓贼才是硬道理！夏雨荷说。

郑东风说：明白就好。雨荷，咱们先别回警队。去刘敏家，再和她好好谈谈，没准儿会有新的发现。

好的，师父，咱们去刘敏家！夏雨荷说。

她发动车子，驶出了医院。

夏雨荷用眼角的余光看了看郑东风，发现师父还在大口大口地吸烟。烟雾顺着师父的面颊升腾着，覆盖了额头上的横纹。夏雨荷发现，这段时间，师父苍老了许多，不禁一阵心酸。

夏雨荷说：师父，您真的很善良，总是替别人着想。

郑东风把拿着烟的手从嘴角挪开，身子稍微倾斜着，转向了夏雨荷。

雨荷，人之初，性本善嘛！善良是人的本性。李富珍他们夫妻俩也很善良，只是女儿的不幸遭遇改变了他们的性格。郑东风说。

夏雨荷继续用眼角的余光看着师父，说：师父，您还是那么善解人意，处处替别人着想。

郑东风说：雨荷，我还是觉得这一家人挺可怜的。咱们走进孙玲玲病房的时候，我心里有一种说不出的愧疚感。

夏雨荷说：师父，听了玲玲的话，我也差点儿落泪。

郑东风忽然想起了什么事，说：雨荷，你们年轻人对信息很敏感，喜欢玩手机。有个什么网站，不是可以募捐吗？你帮我查查！

夏雨荷说：师父，是给师母募捐吗？

郑东风说：你帮我查查吧！不是为你师母募捐，是为玲玲募捐。

明白了，师父。您是想给孙玲玲募捐移植骨髓的手术费。夏雨荷再一次被师父的举动震撼了，她说：师父，这个我可以帮您。我们可以从微信进入一个公益服务网站，那里有“公益医疗救助募捐”。

郑东风说：傻丫头，我这么大岁数了，哪会玩微信呀！鼓捣微信，是你们年轻人的事。干脆，你帮我弄吧。给孙玲玲募捐，知道吧？

明白了，师父。调查结束后，咱们回到办公室，我就开始给孙玲玲办理公益募捐。夏雨荷微笑着说。

师父的爱心让夏雨荷的心里开满了鲜花。

郑东风说：太好了！如果能募捐到一部分钱，解决了玲玲的部分手术费用，玲玲的病就有好转的可能了。

夏雨荷十分仰慕地看着郑东风说：师父，我怎么看您特别像大慈大悲的观音菩萨呀！

傻丫头，纠正一下，我是党员。咱们都是共产党员，不是什么观音菩萨。

说到“党员”时，郑东风感到很自豪。

夏雨荷说：知道了，师父。不过，我还是想表达一下对您的无比尊重！

郑东风说：谢谢你的理解！

4

郑东风和夏雨荷火急火燎地赶到了刘敏家。

刘敏的家在三栋三门 502 室，没有电梯。夏雨荷把车停在小区的停车位里，和郑东风一起进了楼。爬到五楼，郑东风已经上气不接下气了。夏雨荷年轻气盛，爬楼相对轻松些。她在楼道里等着郑东风：老同志，我这叫守株待兔！

看见郑东风爬楼时艰难的样子，夏雨荷和郑东风开着玩笑。

郑东风喘着粗气说：都啥时候了，还说俏皮话！像我这么老的兔子，哪有能力撞到“株”上啊！

听了这话，夏雨荷也顾不上少女的矜持了，哈哈地笑出了声。

此时，恰巧刘敏一个人在家。儿子上学去了，丈夫上班去了。刘敏把郑东风和夏雨荷迎进门，让他们坐在了客厅里的沙发上。她给他们每人倒了一杯茶水，放在了茶几上。

一路辛苦了，喝点儿茶解解渴吧！刘敏说道。

别客气了，刘姐，你也坐吧。我们想向你了解一些情况。夏雨荷说。

好吧。刘敏搬来一把椅子，坐在了郑东风他们的对面。

没等郑东风问话，刘敏就先说话了：郑警官，就算你们今天不来找我，我晚上下班后也会去找你们。

是吗，刘姐？你为啥主动找我们？夏雨荷问。

那个农民大姐给孩子救命的钱，是在我们的车上被偷的。从那天开始，我心里一直很不安。这钱要是找不回来，那个大姐家的孩子就不能及时地得到抢救。你说，我能不受到良心的谴责吗？所以，我翻来覆去地睡不着觉，仔细地回忆了一下那天的细节。我想起了一件事：我把那个男人和那个女人上车的地点给记错了。刘敏思考着说。

怎么搞错的？郑东风问。

郑警官，我觉得，他们是从友谊县跟李富珍一起过来的。到了市里，他们换乘了十三路公共汽车。刘敏说。

肯定吗？郑东风问。

肯定。刘敏说。

雨荷，我明白了。在县里的公共汽车站上车时，这个老贼就盯上了李富珍，不是到市里以后才盯上的。看来，他们是早有预谋。郑东风对夏雨荷说。

应该是这样的，师父。夏雨荷说。

郑警官，还有一个情况，我想说说。刘敏说。

啥情况？郑东风说。

那天，我让李富珍补票时，那个女孩极其热情地替李富珍交了钱，这本身就不符合常理。特别是在她举手交钱的瞬间，露出了一个缝隙，正好让那个戴鸭舌帽的男人向后转头。当时，那个男人紧挨着那个中年妇女。等穿白衣服的女子交完钱，我再看那个戴鸭舌帽的男人，他已经向后面挤过去了，都快到后车门了。刘敏说。

太好了！刘敏，这就是我们要找你了解的细节！郑东风用十分钦佩的眼光看着刘敏说：刘敏，我再问你一个问题。那个男人转身的时候，你看没看见他的脸？

刘敏沉思了几秒钟，然后肯定地说：郑警官，看见了，我看见了！那个人的脸形有点儿特点，高颧骨，高鼻梁，眉毛很淡。他好像是三角眼，眼窝很深。

不对吧，就那么一回头，你怎么看得那么清楚？

夏雨荷感觉不对劲儿，便提出了疑问。

对呀，你怎么看得那么清楚？郑东风问。

那张脸嘛，和一个喜剧明星有点儿像。对，像葛优！如果他是秃头，就更像葛优啦！

刘敏提到葛优，格外激动。看来，他是葛优的粉丝。

像葛优，就是他了！

在郑东风的心里，一块石头总算是落了地。

看来，邱少千是按捺不住了，要亲自出马，上车干案子。这个“影子”啊，也不太稳当了。他藏了十几年，也该出来了。郑东风说。

看来，那个人确实是“影子”。可以肯定吗？夏雨荷问。

可以肯定！郑东风语气坚定地说。

第十一章　老伴儿

1

那条带着血腥的抛物线，曾一次一次地在郑东风的脑海里闪过。三年前，妻子被撞飞的那一瞬间，鲜血像一道彩虹，在半空中形成了一条抛物线。在空中飞行了一段时间，妻子凌海云的身体重重地摔落到了地面上，形成了一摊血水。那时，郑东风正在办案的途中。他得到妻子被撞伤的消息时，妻子已经被送进了医院。后来，医生全力进行了抢救，才保住了他妻子的一条命。只是，她已经变成了植物人。

事后，郑东风来到了妻子被撞伤的事故现场。作为足迹鉴定专家，他对现场遗留的痕迹特别敏感。根据现场遗留的车辆撞击形成的碎片，他判断出了撞伤凌海云的车辆种类、颜色，以及行驶的路径、肇事后逃走的路线。这与后来刑侦部门提供的车型完全吻合，是银灰色“松花江”牌微型面包车。据此，郑东风判断，这绝对不是一起普通的交通事故，背后一定有极其复杂的原因。而且，这起事故与他本人有关，与他的警察职业有关，与他抓小偷不计其数有关。郑东风思考了一下，这种关联导致了打击对象的报复，甚至是疯狂的报复。这样的报复，首先体现在他的家人身上，结果是故意伤害，甚至杀人。每当想到自己在前方抓小偷，后方家人的安全没有保障，郑东风都会不寒而栗。他千方百计地寻找保护家人的方法，查找撞伤妻子的凶手。他隐隐约约地感觉到，发生在妻子身上的这起交通事故是有人在幕后导演的。这个人应该就是他长期打击的对象，那个始终与他针锋相对的“影子”。但是，他又对“影子”做出这样的行为表示怀疑。郑东风知道，“影子”始终标榜“盗亦有道”的做贼原则，类似于“绝不打家劫舍，只有杀富济贫”，再有就是同情弱者，不伤害警察。

审讯邱少千时的情景，郑东风还清楚地记得。

郑东风点燃了一支烟，慢慢地吸着。烟雾升腾起来，在他和邱少千之间形成了一条分界线。郑东风说：老千，你是工人家庭出身，父亲是有名的技术能手，母亲又那么善良，你为啥非得走这条路？你觉得做贼光荣吗？

郑东风递给了邱少千一支烟。邱少千大口大口地吸着烟，就像一只由于饥饿而奄奄一息的狼看到了一块肥肉。邱少千说：郑警官，你是不是站着说话不腰疼？这都是社会把我给逼的。闹动乱的时候，他们不让我学习。我爸爸因公牺牲，不给定工伤。妈妈没有工作，根本养活不了我。换了你，你不出去偷吗？我还没杀人抢劫呢，就不错了！

郑东风说：老千，这些错误都不能成为你报复社会的理由，也不能成为你走向犯罪的原因。我也是“文革”的受害者，我也很早就在乡下当了羊倌儿。咱们都没能在应该上学的时候去上学，为什么只有你走上了犯罪道路呢？怨天尤人和自暴自弃都是人性的弱点，也是你最终走上犯罪道路的原因。

邱少千低头不语，一口接一口地吸着烟，一副很惭愧的样子。

我找到你的病根了。郑东风说。

我从来也不偷弱势群体，偷的都是那些大款、大腕和贪官污吏。邱少千辩解道。

可是，绝大多数受害者都是普通百姓。也许你没那么干，你手下的那些人可不见得按照你所谓的要求行事。他们祸害老百姓的次数还少吗？

郑东风的言辞有些犀利。他把烟头放在烟灰缸里，狠狠地摁了摁。烟头熄灭了，一股余烟冒了出来。

邱少千看了看郑东风，知道这是对他的表里不一感到厌烦。他继续抽着烟，眼看着就要抽到烟嘴了，却还在抽。郑东风看着邱少千的模样，直想笑。他又从烟盒里抽出一支烟，点燃之后，递到了邱少千戴着手铐的手里。郑东风把那个抽剩下的烟蒂接过来，放到烟灰缸里，掐灭了。

还挺圆滑！再赏给你一支烟！郑东风说。

郑警官，我不是在胡编乱造。无论我们当什么样的小偷，都有自己的底线，那就是绝对不伤害警察。我不仅自己不伤害警察，而且告诉手下的小偷们，不要伤害警察。我说，警察抓小偷是天经地义的。特别是在警察抓我们的时候，不要使用暴力手段，不要出手伤害警察。邱少千说。

听了这话，郑东风想：邱少千在这一点上的确做得不赖。警察抓捕他时，他还真没有拒捕过。至于其他小偷有没有袭击警察，郑东风没有考证。想到这里，郑东风笑了笑，说：老千，看来，我还得代表全体警察感谢你了！

邱少千狡黠地笑了笑，说：郑警官，感谢就不必了。希望你能改变一下对我的看法，不要用别人看小偷的眼光来看我。我和一般的贼不一样！

郑东风说：有啥不一样？不都是贼眉鼠眼的嘛！

邱少千说：郑警官，请你不要用这种词侮辱我。我有我的底线，包括做人。小偷也是人，你知道吗？所以，请你尊重我，尊重我的弟兄们。他们都是有良知和道德的！

说到这儿，邱少千差点儿没把郑东风的鼻子给气歪了。郑东风大笑着说：哈哈哈，老千，你方才说不伤害警察，还挺好！现在，你说小偷也有道德，是不是想让我笑掉大牙？

邱少千说：郑警官，你笑啥？我这儿有例子能证明！

老千，你说说，啥例子？郑东风问。

比如说，我的人偷了人家的身份证、银行卡。如果取不出来钱，我们就会按照失主身份证上的地址把东西寄回去。再比如，我们会在小区的公示板上贴出失物招领的启事，变相地告诉失主到哪里去取自己的包，还有里面的各种证件。当然，钱包里的钱我们已经拿走了。还有，发现扒窃对象是穷人或者老弱病残，我们会想方设法把一部分钱寄还给失主。这些都是我们有道德的体现！邱少千说。

哈哈，老千，你们这是有道德的体现吗？顶多也就是良心发现，为你们良心泯灭的犯罪行为贴上了一层遮羞布而已！你的这个观点，我绝对不能认同。郑东风依旧哈哈大笑着说。

郑东风始终在哈哈大笑，弄得邱少千摸不着头脑，又把一支烟抽成了烟头。

那次审讯以后，邱少千的“盗亦有道”给郑东风留下了深刻的印象。其主要原因就是，郑东风并不是信奉“好人的儿子一定是好人，贼的儿子一定是贼”这样的错误信条。他觉得，邱少千的本质是好的，继承了他母亲的善良和他父亲的本分。所以，他最初是相信邱少千有善良的一面的。即使做了“贼王”，邱少千人性的本真也是不会改变的。

可是，后来发生的一些事情，似乎改变了郑东风对邱少千的印象。郑东风认为，发生在妻子凌海云身上的离奇车祸，就是一次经过精心策划和预谋的谋杀。如果凶手作案的目的是报复郑东风，那么唯一值得怀疑的人就是邱少千，因为这些年他与郑东风争斗得最激烈。邱少千几次入狱，都与郑东风有关。可以说，郑东风是邱少千的眼中钉、肉中刺，是邱少千的死对头和绊脚石。多次地“捉放曹”，并没有使邱少千改邪归正、重新做人。他甚至在犯罪的道路上愈演愈烈、越挫越勇，当上了“贼王”。从某种角度来看，这算是郑东风的失败吗？郑东风常常因此而自责。打击与改造之间的矛盾，恰恰反映了法律的“真空”与“无奈”。看来，改造邱少千这样的罪犯，任重而道远。

邱少千会不会对郑东风的老伴儿凌海云下手？能不能认定凶手就是邱少千？在案件没有破获之前，郑东风不敢下结论。最主要的是，郑东风相信，邱少千还有一点儿良知。可是，如果不是邱少千干的，那么凌海云的车祸又怎么解释呢？邱少千有那么多手下，不可能都与邱少千想法一致。所以，他们替邱少千出气的可能性是存在的。但是，如果确实是邱少千的手下干的，那么邱少千就不可能不知道这件事。所以，这件事一定和邱少千有关。这就是郑东风最后得出的结论。

2

老伴儿凌海云发烧了。

上午，妹妹打电话给郑东风，告诉他了这件事。对于一个植物人来说，发高烧是最不利于康复的。发高烧会引起交叉感染，使器官衰竭，甚至会导致死亡。所以，接到妹妹的电话之后，郑东风十分着急，只好到岳剑的办公室去请假了。

岳队，你师母发烧了，我得回家去看一下。郑东风说。

啊，师母发烧了？这是啥时候的事？岳剑焦急地问。

早上东英来电话说，你师母发烧三十八度五。我怕她烧出毛病来，得回去看看。郑东风小声说。

早上就发烧了，您咋不早说呢？师父，您快回去看看吧！这几天光忙案子了，您都好几天没回家看师母了。要不要我和您一块儿去？岳剑说。

不用了，岳队，那么多案子等着你研究呢！我先回去看看情况！有什么急事，我会打电话给你的。郑东风不好意思地说。

好吧，师父，路上小心！有什么急事，一定打电话给我！你是知道的，我同学是第一医院的院长。师母那儿万一有情况，我可以随时给他打电话叫医生。岳剑说。

我知道了，岳队。需要的时候，我会告诉你的。

郑东风说完，推门走了出去。

为了照顾妻子，郑东风常常为请假的事发愁。对郑东风来说，连吃饭和睡觉都是很奢侈的事，更何况请假回家照顾老伴儿了。有时候，他很想坐下来像模像样地吃顿饭，享受一下家庭的温馨与快乐。他很想放松地睡上一觉，心无旁骛地睡到自然醒。当警察三十多年了，他一次都没有做到过，吃饭和睡觉反而成了他的负担。那么多案子等着他去办，他必须像风车一样不停地转啊转，永远都停不下来。

今天，郑东风终于硬着头皮请假回家了。他十分担心妻子的健康，他知道一个植物人发烧了意味着什么。

家中的灯光还不算太暗，柔和地照在凌海云的身上。她安静地躺在床上，脸蛋儿红红的，额头上渗出了细密的汗珠。

郑东风刚进家门，郑东英就走过来说：三哥，三嫂她发烧了，是从早晨开始烧的。中间好了一些，你回来之前又开始烧了。我刚给她量过体温，三十八度八。

东英，给你嫂子吃药了没有？

郑东风一边问，一边脱掉了外衣。

他急迫地走进凌海云的房间，来到床边，摸了摸凌海云的前额。郑东英跟了进来，说：三哥，我刚给她吃完退烧药，估计一会儿就会缓解。

东英，这是你嫂子卧床以后第三次发烧。她一烧起来，光吃退烧药是不管用的。我知道用啥办法能让她退烧！郑东风说。

说完，郑东风坐在老伴儿床边的椅子上，盯着她的脸看了一会儿，然后轻轻地摸了摸她的额头，试了试体温。

郑东英说：三哥，你还没吃饭吧！我给你煮碗面条吧，你先吃了再来照看嫂子。

郑东风说：我在单位吃过了。东英，你到外面去把那瓶五十六度的老白干拿来，再拿一个小碗和几块脱脂棉。

郑东英说：知道了，三哥。马上就来！

不一会儿，郑东英就端着一个小碗进来了。她把老白干和小碗递给郑东风，又把放脱脂棉的小瓶放在了床头上。郑东风说：东英，你整天伺候你嫂子，挺累的。到床上去躺一会儿吧，今天我替你的班！

郑东英说：三哥，我不累。这儿比农村强多了！以前在家里干农活儿，多累呀！在这儿就是洗洗涮涮，哪有重活儿呀！

郑东风说：虽然不累，但是也挺忙活。去吧，去休息一下。需要的时候，我再叫你过来。

郑东英说：好的，三哥。那我就先去躺一会儿了，有事就叫我！

说完，郑东英退出了房间。

郑东英出去以后，郑东风开始给凌海云退烧。他把五十六度的老白干倒进小碗里，用棉球蘸了蘸白酒，在凌海云的额头和太阳穴上轻轻地涂抹了几下。然后，他用手在凌海云的额头和太阳穴上按摩了五分钟。五分钟后，他又拿起蘸了白酒的棉球，在自己的手上涂抹了几下。他先把右手的掌心涂上白酒，然后按摩了五分钟。结束后，他又将白酒涂在凌海云的左手掌心上，反复按摩了五分钟。按摩结束后，他掀开被子，把老伴儿的两只脚露了出来。他给老伴儿的两个脚心涂上白酒，用同样的方法按摩了五分钟。按摩结束后，他把老伴儿的被子重新盖好了。他到外面取来一个热水袋，用毛巾包好了，放在老伴儿的胸前，用来取暖发汗。

郑东风对凌海云说：海云啊，按摩完了，你暖和暖和，发发汗！一会儿，你的烧就退下去了，你就不会再冷了！听话，好不好？

凌海云静静地躺着，像是在倾听郑东风说话。

忙活完之后，郑东风重新坐到了椅子上。他牵着凌海云的右手，陪老伴儿说话。从凌海云变成植物人的那天起，郑东风一有时间就这样默默地陪伴着老伴儿。现在，在郑东风的概念里，除了工作就是老伴儿。

郑东风坐在老伴儿的病床边，摸了摸凌海云的手，又摸了摸她的额头。他不时地掖一下被角，再往老伴儿的嘴唇上抹点儿水。做完这些，他就开始陪老伴儿聊天了。

郑东风不厌其烦地给老伴儿讲家里发生的事，讲邻里之间的故事，讲社会上的奇闻逸事，还有他抓小偷的故事。每次讲起这些事，郑东风都觉得凌海云在认真地听他讲述，并且能够听懂。

郑东风默默地坐在凌海云的床边，轻柔地给老伴儿按摩着手臂。他感觉老伴儿的烧在逐渐退去，脸也红润了起来，便开始给老伴儿讲孩子的事。

郑东风说：海云啊，爽爽现在已经是一名优秀的人民警察了，在江南分局衡山路派出所当片儿警。她平常工作时表现非常好，总受表扬。不过，我还是希望爽爽将来能当个刑警。我希望她能像我一样，当个反扒警察。这样，她就可以面对面地与犯罪分子作斗争了。这个心愿，我没跟爽爽说过，怕实现不了，影响她的情绪。这件事，我跟岳剑说了，让他跟王局说说。我不知道，这算不算不讲原则。可是，我一想啊，我都当了一辈子警察了，从来都没这么求过人，这次算是破例了。也不知道领导能不能答应！

郑东风觉得，凌海云的嘴角露出了微笑，肯定是听懂了他的话。他用手抚摸了一下老伴儿的面颊，然后拿起小勺，往老伴儿的嘴上抹了一滴水。他用纸巾帮老伴儿擦了擦嘴角，然后继续跟老伴儿唠嗑。

郑东风说：海云啊，自从你出了车祸，爽爽的性格就有了一些变化。原来活泼开朗的孩子，变得沉稳了许多。尽管工作非常紧张，但她还是会抽时间回家来照顾你。这孩子很懂事，成熟多了。在个人问题上，她和明明处朋友了。虽然还没有明确关系，但是他们两个人走得很近。说实在的，儿女的事儿，咱们当家长的没有权力干预。可是，我总觉得明明的身份是个谜，似乎与我抓的那个老贼有着千丝万缕的联系。这一点，我不好确定。所以，我不能反对女儿和明明处朋友。这件事让我陷入了两难的境地。老伴儿，你要是听明白了，就给我出出主意，告诉我该怎么处理。

郑东风想起了第一次见到邱向明时的情景。他永远也忘不了明明当时的眼神，总觉得很熟悉，却又想不起来在哪里见过。

3

女儿爽爽小的时候，郑东风经常骑着自行车去学校接她。

那天，天阴得像拉下脸子的老人。郑东风在背包里准备了一件塑料雨衣，必要时可以拿出来遮风挡雨。一路骑过来，他经过了几条街道，才到了育新小学的门口。在这里，已经聚集了好多学生家长，都是来接孩子的。学校门前交通秩序混乱，有些家长很不自觉地把车停在了人行道上、马路中间，挤占了大部分道路。有些骑自行车的家长把自行车横在马路中间，自己到学校门口去等孩子了。郑东风每次来都把自行车停在远处的车棚里，自己走路过来。他告诉爽爽，他每天都会在学校的收发室门口等她。

下午五点，放学了，学生们陆续从校园里走了出来。爽爽才上小学二年级，并且身高比同龄的孩子矮一些，走路比较慢。所以，她每次从校园里走到收发室门口，都要花十分钟左右的时间。这时，郑东风会紧盯着人群，直到那个“小不点儿”从人缝里钻出来，才着急地冲她挥挥手。

郑东风远远地看见爽爽走了过来。和她并排走过来的，是一个男同学。郑东风像往常一样，向爽爽挥手示意。爽爽远远地看见了爸爸的那只像风向标一样的手，一边叫着“爸爸”，一边快步走到了郑东风跟前。旁边的那个男同学十分羡慕地看着爽爽。

郑东风迎上来说：慢点儿，注意安全！

爽爽说：爸爸，这是我的同学邱向明。您就叫他“明明”吧！

郑东风看了看明明，发现这孩子的眼睛里透着机灵。他上下打量了一下这个孩子，不由得吃了一惊。这孩子眼窝深陷，眼神中有一种让人难以察觉的冷峻。这样的眼神，他好像在哪儿见过。一闪念的工夫，就听见明明对郑东风说：叔叔，我妈妈来接我了。再见！

郑东风说：好的。一会儿要下雨，穿好雨衣啊！

明明说：谢谢叔叔！

这时，一个三十五岁左右的穿着雨衣的女人向明明走了过来，手里还拿着一件小雨衣。

女人说：明明，过来，妈妈把雨衣给你穿上！

叔叔再见！明明很有礼貌地对郑东风说。

然后，他对爽爽挥了挥手，说：明天见！

说完，明明跑向了妈妈。

郑东风弯腰给爽爽穿上雨衣，然后直起身来，拉住了爽爽的手。就在他直起身子的一瞬间，他无意中感觉到了前方有一个熟悉的目光。那目光一直追随着明明，追随着他们母子的背影。郑东风觉得，他对这个目光十分熟悉，仿佛在哪里见过。明明的眼睛里也有这样的目光！只是，明明的目光是天真无邪的，而那个人的目光有些阴森。

郑东风拉着爽爽的手，向自己存放自行车的地方走去。

小手真凉，爸爸给你焐一焐！郑东风说。

爽爽说：爸爸，您的手真热乎！您知道明明的爸爸为啥总也不来接他吗？

郑东风说：为啥呀？

爽爽说：明明说，他妈妈告诉他，他爸爸去了很远很远的美国，要很久很久以后才能回来。

郑东风说：是这样啊！明明的爸爸不在，你以后可要多关心他呀！

爽爽说：知道了，爸爸。

郑东风抬头看了看天，说：宝贝儿，雨要下来了。一会儿要是下起雨来，你就钻到爸爸的雨衣下面，别让雨水浇着你的头。知道了吧？

爽爽说：知道了。

父女二人边说边来到了自行车棚旁边。郑东风跨过自行车的大梁，回身把爽爽抱到了后面的座椅上。他把手从雨衣里伸出来，双手扶把，双脚用力蹬。

宝贝儿，开车了！

郑东风说完，就骑着车往前冲。

开车了，真好玩儿！

爽爽高兴得手舞足蹈。

乌云压得越来越低了，雨很快就要下来了。

郑东风说：要下雨了！藏好啊，爽爽！

爽爽掀开宽大的雨衣，把雨衣绕到身后，自己钻进去把头紧紧地靠在郑东风的后腰上。

雨下得很大，郑东风驮着爽爽，在雨中艰难地骑行。雨水顺着雨衣流下来，把郑东风的裤脚都淋湿了。这时，爽爽忽然大叫了起来：爸爸，您看，明明的妈妈和明明都倒在雨水里了！

听见女儿的喊声，郑东风向前望去，只见明明和妈妈正在大雨中艰难地行走，他们的背影在雨水中显得特别可怜。

爸爸，咱们去救救明明他们吧！爽爽声音稚嫩地继续说着。

郑东风说：好的，女儿，我们这就过去。

雨越下越大，路面上的积水已经有半尺深了。自行车在积水里不断地打滑，左右摇摆。郑东风奋力地推着自行车，在大雨中艰难地追赶着明明和妈妈。几分钟过去了，他们终于追上了明明和妈妈。这时，明明已经坐在了半尺深的水里。郑东风一伸手，把明明拽了起来。然后，他把明明抱到了自行车前面的座椅上。明明的妈妈走过来，和郑东风一起推着自行车，在瓢泼大雨中艰难前行。

一辆出租车行驶过来，冲起了一米多高的水柱，把郑东风掀了个趔趄。受到了强烈的冲击，郑东风终于支撑不住了，身体失去了平衡，和自行车一起向左面倒了下来。

爸爸，爸爸！

郑东风听到了爽爽的喊声。

他用左脚艰难地把自行车支撑住，没让自行车整体落地。然后，他用右手扶住自行车的大梁，把自行车立了起来。

乖女儿，你没事吧？

这时，爽爽身上的雨衣已经滑落了，整个人都在雨里。她仍然死死地抱住车架，没让自己从车座上掉下来。明明被吓哭了，双手捂住了脸。爽爽却表现得像个男子汉：爸爸，我没事！您去看看明明吧！

明明双手紧紧地抓住车把，冻得浑身不停地颤抖。

郑东风说：孩子们，别怕，有爸爸在！爸爸推着你们走！

郑东风鼓励着爽爽和明明，继续在暴雨中艰难地行走。明明的妈妈跟在后面，和他们一起前行。几个人都被大雨浇成了落汤鸡。走了一会儿，雨渐渐地小了。可是，天气却突然凉了起来。郑东风把车放在路边，把雨衣脱下来，给爽爽套上了。然后，他把自己的外衣脱下来，给明明披上了。明明的妈妈走过来，对郑东风说：大哥，您真好！我该怎么谢您呀？这衣服，您还是拿走吧！雨停了，我带着孩子回去就好了。

郑东风说：这衣服就让明明穿回去吧，别把孩子冻感冒了！明天再让孩子捎到学校去就行了！

明明的妈妈向郑东风深深地鞠了一躬，然后领着明明向家中走去。

郑东风和爽爽看着这母子二人的背影，久久没有离去。

这样的眼神，我在哪儿见过呢？

郑东风陷入了沉思。

凌海云的嘴角明显地动了一下。她似乎在说：东风，孩子们的事儿，就让孩子们自己决定吧。

郑东风似乎听见了凌海云的话。他看着老伴儿，欣慰地笑了笑，说：海云，我知道了。你就放心吧！孩子们的事儿，就让他们自己做主吧。

凌海云似乎微笑了一下。

郑东风静静地看着老伴儿的面庞。在不知不觉中，困意上来了，他趴在老伴儿的床边睡了过去。

在梦里，他和老伴儿紧紧地依偎在一起。

4

晚上，江南分局衡山路派出所门前的路灯散发出了昏黄的灯光。几名下了班的警员，随着人流急匆匆地走入了夜色。郑爽爽站在路边，向远处张望着。邱向明穿着一身牛仔服，显得十分洒脱。他骑着一辆“雅马哈”牌摩托车，由远及近，嘎然停在了郑爽爽的身边。

久等了，爽爽！上车吧！

没关系，我刚刚出来。

爽爽说着，坐到了摩托车的后座上。她把一个小纸箱放到座位上，双手搂住邱向明的腰，把脸贴在了邱向明宽大的后背上。

坐好了吗，亲爱的？邱向明说。

好了，可以出发了。郑爽爽说。

爽爽，给妈妈买高钙牛奶了吗？邱向明问。

买了。你没感觉到有东西硌你的腰吗？郑爽爽在后面笑嘻嘻地说。

感觉到了。咱们回家吧！邱向明说。

摩托车瞬间启动，像箭一样行驶在夜色里。

邱向明和郑爽爽从小就在一起，小学、初中、高中都是同学，关系非常好。

邱向明是个沉默寡言的孩子，显得有些自卑，即使被人欺负了，也会忍辱负重，从不还手。在这一点上，郑爽爽与他正相反。她是一个大方泼辣的女孩子，一副天不怕、地不怕的样子。上学时，邱向明一旦被同学欺负了，郑爽爽就会像男子汉一样挺身而出，保护邱向明。

两个人日久生情，邱向明渐渐地喜欢上了郑爽爽。最初，郑爽爽没有往这方面想，像姐姐保护弟弟一样保护着邱向明，不让他受委屈。邱向明逐渐对郑爽爽有了一种依靠的感觉，后来就形成了对郑爽爽的心理依赖。这种依赖在邱向明和郑爽爽考上警校时达到了高潮。

夜晚，江城市的大街上十分幽静。月光轻柔地照射着地面，几颗耀眼的星星在月亮的周围闪烁着，像是与月亮相依相偎。邱向明和郑爽爽悠闲地散着步，路灯把他们的身影时而拉长，时而缩短。有时，他们的影子相互交叉，像一对相互依偎的情侣。在这迷人的夜色中，他们尽情地说着悄悄话。

郑爽爽说：明明，明天咱们就要上学了。到了警校，咱们俩都得好好学习。

邱向明幽幽地说：爽爽，不知为什么，我一想到要离开江城去外地上学了，心里就有些惧怕。还好，有你在我身边。如果没有你，我真的不知道该怎样面对即将到来的警校生活。

郑爽爽说：明明，你是个男子汉，将来要好好学本领，像我爸爸一样当警察，去抓小偷。所以，上学后，你要坚强起来，好好地磨炼自己的意志。遇到了事情，我们可以一起商量。好在咱们俩在一个学校，互相之间还能有个照应。

邱向明说：爽爽，听说警校里的男生和女生不在一个校区上课，这不就等于咱们不能在一起学习和生活了吗？这些年受你的保护，我都习惯了。这三年的时光，对我来说简直就是煎熬。

郑爽爽笑了笑，说：明明，看你傻的！不在一个校区，也就是前后院的区别。下课了，不就见面了吗？你要是有啥事，随时可以告诉我，我就可以帮助你了。

邱向明有些担心地说：要是学校规定女生和男生不能私自见

面呢？

郑爽爽又笑了笑，说：明明，说你傻，你还真傻呀！咱们要是想见面，找啥理由都行！放心吧，这点儿困难还能难倒我们？

邱向明说：我知道了。爽爽，别总笑话我胆子小啊！我从小没见过爸爸，在别人面前总觉得矮三分。所以，我很自卑。这些年，如果没有你的帮助，我都无法想象自己会是什么样子。将来要是失去了你的帮助，我也很难想象自己会是什么样子。

郑爽爽说：明明，到了学校以后，换了一个新的环境，你会慢慢好起来的。再说了，我们又不是生离死别！咱们在一个学校读书，想见面还不容易！有我在，你什么都不用怕！

邱向明说：爽爽，谢谢你的鼓励！

郑爽爽温柔地看着明明，情不自禁地把自己的手和明明的手牵在了一起。

此时，两个人走到了路灯下面。郑爽爽停下来，靠在了灯杆上，月光柔和地照着她俊俏的面庞。邱向明面对着爽爽，用高大的身躯把爽爽包围了起来。此时此刻，两个人的身影融合在了一起。

邱向明充满柔情地说：爽爽，我离不开你。我想一辈子和你在一起！

郑爽爽抬头看着邱向明的眼睛，看着他那双充满了火一样真情的眼睛，仿佛要被融化了。

郑爽爽说：明明，咱们还小，还要完成学业。这件事情，咱们以后再谈好不好？不能因为这件事影响我们的学业！

邱向明说：爽爽，你要是不答应，我就不去上学了。

郑爽爽说：明明，你别说傻话了。你妈妈和我都希望你能好好上学，你不能一时冲动，耍小孩子脾气。我会继续关心你、照顾你，前提是咱们俩一块儿在警校完成学业。

邱向明激动地抱住郑爽爽，说：爽爽，你会陪我一辈子吗？

郑爽爽害羞地点了点头，轻轻地把头贴在了邱向明的胸前。

第十二章　大爱无疆

1

“一号行动”像一张悄悄张开的无形大网，撒向了这个城市的各个角落。经过市局精心挑选的便衣警察们乔装改扮，悄悄地潜入商场、车站等人员密集的公共场所，分散在不同的位置。

当然，反扒支队的各行动小组也没闲着，纷纷撒网捕鱼。他们蹲坑守候、内查外调，寻找着线索。

郑东风更是没闲着，把夏雨荷叫到了自己的办公室。

郑东风问夏雨荷：雨荷，我上次交给你的任务完成得怎么样了?

夏雨荷被这突如其来的问话给弄蒙了，一时不知道该如何回答。

郑东风疑惑地看着夏雨荷说：我让你帮我办的事，你怎么这么快就忘了?

夏雨荷还是没反应过来。她问郑东风：啥事呀，师父?

郑东风说：你忘了，公益捐款的事！听明白了吗?

夏雨荷这回听明白了，豁然开朗：师父，您这么突然地问话，我有点儿摸不着头脑。这回弄明白了，是给孙玲玲募捐的事。

郑东风板着脸说：对，就是这事。办得怎么样了?

夏雨荷说：师父，你板着个脸，吓着人家了！公益捐款的事挺顺利的，您就放心吧。

郑东风说：我是怕耽误了玲玲的治疗。咱们尽快动员社会力量吧！

夏雨荷说：明白了，师父。您吩咐完这件事以后，当天晚上我就以孙玲玲的名义注册并进入了公益捐赠网站。第二天，我又向孙玲玲的父亲把玲玲的基本情况要来了，然后在网页上发布了一个接受捐赠的公告，开设了个人账户。很快，这些网上的操作就都进行完了。

郑东风说：雨荷，还不错！我还以为你没拿我的话当回事，把这么重要的事给忘了呢！

郑东风的情绪有所好转了。

夏雨荷娇嗔地说道：师父，您说的话，我每次都当成圣旨，怎么会忘记呢？

郑东风笑了笑，说：雨荷，我知道。没忘了就好！

夏雨荷用手机打开了公益捐赠的网页，然后把手机递给了郑东风。她指着手机屏幕说：师父，您看，这段就是我给孙玲玲编辑的接受捐赠的公告。

郑东风认真地看了看公告的内容，上面写着：

我叫孙玲玲，刚满十一岁，是一个上小学五年级的农村孩子。我的父母都是农民。上学的时候，我是一个品学兼优的学生，每次考试都是班里的第一名。爸爸、妈妈为我感到骄傲，村里的叔叔、阿姨也为我感到自豪。可是，天有不测风云。今年春节刚过，我的身体就出现了持续低烧和乏力的症状，连续几个月不见好转。后来，父母把我带到江城市第一医院去看病，被医生确诊为急性淋巴性白血病。为了给我治病，父母花光了家里的积蓄。为了给我做骨髓移植，医生说至少还得要二十万元的手术费。可是，母亲和乡亲们一起东拼西凑，只凑了十万元钱。谁知祸不单行，在来医院的途中，母亲身上带的这十万块钱在公交车上被小偷给偷走了。

现在，我们家一贫如洗，我的救命钱没有了着落。请叔叔阿姨们伸出援手，救救我吧……

看到这里，郑东风的眼泪已经在眼睛里打转儿了。夏雨荷也流着泪，给师父拿了一张纸巾：师父，您别伤心了。咱们都是好人，愿玲玲转危为安，平安地渡过难关。

郑东风擦了擦眼泪，说：雨荷，咱们这些当警察的，要是抓不住小偷，就对不起像玲玲这样的孩子啊！所以，我们要尽快把这个案子破了，尽到我们应尽的职责呀！

夏雨荷说：明白了，师父。到现在为止，正好一周的时间。给孙玲玲的公益捐款已经接近十万元了，可以把这部分钱转到为孙玲玲开设的账户上了。孙玲玲的手术费，可以用这些钱来支付。

郑东风感叹道：没想到，短时间内就捐了这么多。社会上还是好人多呀！

夏雨荷说：当然了，师父。我刚把捐款的信息发到朋友圈，就有数百个好友转发了这个信息。在咱们支队和市局的民警圈子里，转发的力度也不小！所以，捐款的速度相当快了。

郑东风说：真是出乎我的意料！原来，微信这么神奇啊！可惜我还不会用！雨荷，有时间你得教教我。我也想转发一下这个消息，好让更多的人捐款救助玲玲。

夏雨荷说：知道了，师父。等您有了空，我就教您使用微信。到时候，您就可以进入捐款界面了。您会看到捐款人的姓名，但是有些人只留网名，不愿意透露自己的真实姓名。一人有难，八方支援。面对别人的难处，这些好心人会义无反顾地伸出援助之手。这就是人间的真爱，大爱无疆啊！

郑东风说：雨荷，这就是我们中华民族的大爱无疆！一人有难，众人相帮！

夏雨荷说：是啊，师父！这样的大爱，是我们中华民族的传统啊！

郑东风说：雨荷，大家都捐得这么踊跃了，我也要捐款一千元。麻烦你教师父一下，该怎么通过微信把钱捐出去！

说完，郑东风拿出一千元现金，递给了夏雨荷。

郑东风说：雨荷，这是师父个人捐赠的。你帮我把钱存到公益账号上吧！

夏雨荷接过钱，说：师父，您家的生活已经够困难的了。师母至今还躺在病床上，每天都要花钱维持。这钱您就别捐了，您有这份心就行了。

郑东风说：雨荷，爱心捐赠是咱们发起的，连咱们自己都不带头捐款，怎么号召其他爱心人士捐款？收下吧，这是师父的一点儿心意。

夏雨荷被师父的行为感动了。她接过这一千元钱，准备存到公益账号上。

2

这天，艳阳高照。

在阳光的照耀下，反扒支队的办公楼像刚刚沐浴过的美人，格外地干净醒目。

李富珍、孙洪山夫妇捧着一束鲜花，火急火燎地来到反扒警察支队，走进了岳剑支队长的办公室。

您是岳剑支队长吧！我们是孙玲玲的父母，是来感谢郑东风警官和夏雨荷警官的。一进门，孙洪山就热情地拉住岳剑的手，激动地说。

这突如其来的拜访，让岳剑有些“丈二的和尚摸不着头脑”：你们二位为啥感谢他们？

他们是我们孩子的救命恩人。那天，我还把人家给骂了。

李富珍接过话茬儿，十分不好意思地低下了头。

岳剑突然反应过来了：你们就是发生在十三路公交车上的那个扒窃案件的失主吧！孙玲玲是你们的女儿，患白血病住院了，对吧？

对对对，您是领导。我们是当面给他们赔礼道歉来的，感谢他们！你们不但帮我们破案，还给我们的女儿捐了那么多钱，我们真的过意不去。

孙洪山、李富珍一个劲儿地道歉。

岳剑又蒙了，怎么还捐款呢？他十分纳闷儿。

什么捐款，谁捐款了？岳剑问。

是郑警官和夏警官捐的款。捐了十几万块钱，还在陆续捐款呢！李富珍说。

好吧，我越来越听不明白了。大哥、大嫂，来来来，咱们一起到会议室去吧。我把郑警官和夏警官找来问一下情况，好不好？

岳剑一边说，一边将孙洪山、李富珍夫妇带到了会议室。

岳剑打电话给夏雨荷说：雨荷，看看师父在不在！在的话，你和师父一起到我的办公室来一下！

好的，我过去看看，马上就回来。夏雨荷回答说。

孙洪山和李富珍在会议室里坐了下来，岳剑给他们倒了水。大哥、大嫂，你们先喝口水。郑警官他们一会儿就到了。岳剑说。

说话间，夏雨荷和郑东风推门进来了。一进门，他们就看见了坐在桌旁的孙洪山夫妇。

师父、雨荷，你们来了！先坐下，看看认不认识这两位老乡！岳剑说。

夏雨荷看了看孙洪山和李富珍，说：岳队，怎么不认识啊！这就是玲玲的爸爸妈妈！

说完，夏雨荷转而对孙洪山夫妇说：大哥、大嫂，是你们啊！你们这是……

李富珍低下头，沉默不语。她不敢直视郑东风和夏雨荷，心里充满了歉意。她对那天自己的冲动感到十分后悔，所以此时有些尴尬。

孙洪山见此情况，很理解妻子现在的处境，马上就接过话茬儿说：郑警官、夏警官，我们因为那天的举动而感到十分羞愧，是来赔礼道歉的。救命的钱丢了，本来是她自己保管不严，她却把责任推到了警察身上，还发了一通火。后来，富珍她后悔了，一个劲儿地让我想方设法通知二位警官，想要当面赔礼道歉。所以，我们就来了。

夏雨荷走过来，亲切地对李富珍说：大姐，事情已经过去了，我和师父都没有责怪你的意思。大家把话说开了，就别把过去那点儿事放在心上了，好吧！大姐，咱们还有玲玲呢！咱们共同努力，把你女儿的病治好，这才是最重要的目标！

李富珍低着头，像犯了错的孩子一样。听了夏雨荷的这番话，她终于把头抬了起来。

李富珍看着郑东风和夏雨荷，深情地说：警官同志，你们真的原谅我了？你们不但积极地帮我们破案，而且给我们捐了那么多钱，真的让我们很感动。你们是人民警察，是我的恩人啊！

李富珍说着，眼泪在眼睛里直打转儿。

孙洪山接过话茬儿，对岳剑说：岳支队长、各位警官，人在落难之时，才能检验出真情冷暖！你们能对我们伸出援助之手……这样的大爱，我们永生难忘！请允许我把这束鲜花献给尊敬的郑警官和夏警官！

好吧。东风同志、雨荷同志，请你们代表支队接受鲜花！办公室的同志给他们拍张照片吧！岳剑说。

说完，岳剑示意孙洪山、李富珍夫妇起身献花。郑东风坚决不肯接受，他们两口子只好捧着鲜花，强行靠近郑东风和夏雨荷。办公室的同志立即端起照相机，开始抓拍。没想到，郑东风突然躲到了夏雨荷身后，滑稽地露出了半张脸。后来，郑东风的这张滑稽的照片被警队的同志们珍藏起来，有的还把它做成了微信的“封面”。

这个滑稽的献花仪式就此结束，岳剑对捐款的事还是不知所终。他充满了怀疑地问郑东风：师父，给孙玲玲捐款是咋回事？我怎么不知道？您家里生活那么困难，师母又瘫痪在床，每天都需要钱，哪有钱捐款啊？

郑东风说：岳队，这款不全是我捐的，是雨荷帮我想的办法。

岳剑看了看夏雨荷，说：雨荷，是你给师父出的歪点子？

夏雨荷笑了笑，说：岳队，这可不是什么歪点子。应该说，是师父想到了网络捐款，我帮师父在网上找到了公益捐款账号。而且，捐款的效果特别好，不到三天就捐了十几万元。

岳剑听了夏雨荷的话，深深地被师父的善举感动了。岳剑说：这个办法好！筹集了玲玲的救命款，也缓解了医药费的压力，一举两得呀！我代表玲玲的父母谢谢师父，谢谢雨荷！这捐款嘛，也算我一份，我捐一千！

孙洪山夫妇再一次被感动了。孙洪山说：岳支队长，郑警官的妻子瘫痪在床，这是真的吗？郑警官家里这么困难，还为我们筹集捐款，我们该如何报答呢？

郑东风说：我老伴儿卧床都三年多了，现在已经不碍事了，你们不必挂在心上。要说报答，你们好好配合我们一下，把那天丢钱的经过好好回忆一下，给我们下一步破案提供一些线索，这就是对我们最好的报答。

孙洪山、李富珍听了这话，立马像捣蒜似的点头回答道：放心吧，郑警官。我们现在就配合，去和你们谈话。

3

和李富珍的谈话再一次证明了一个事实：李富珍被扒窃的案子是邱少千和一个白衣女孩所为。

郑东风刚进屋就说：岳队，跟李富珍谈完了。雨荷刚把笔录材料整理完。你一边看材料，一边听我们汇报情况吧！

岳剑说：师父，情况我都能猜到。我掐指一算，那个穿白裙子的女孩从友谊县开始，一直跟踪李富珍。她锁定了李富珍这个作案目标后，又追随李富珍换乘了十三路公交车，在十三路公交车上出手行窃。师父，我说的对不对呀？

郑东风和夏雨荷互相使了个眼色。郑东风心想：岳剑同志很行啊！

可是，郑东风嘴上说的可就完全不一样了。

郑东风说：岳队，你不要太得意。你只说对了一半！

岳剑挑衅似的看了看郑东风，又看了看夏雨荷，说：这另一半嘛，一定是还有一个老贼躲在白衣女孩背后。白衣女孩只是个幌子，钱是那个老贼偷的。我说的对不对呀？

夏雨荷有些惊讶，心想：岳队不愧是支队长，是郑东风的大徒弟呀！我们还没汇报呢，他就跟参加了审讯似的，什么都知道了。

郑东风看着一旁的夏雨荷说：雨荷，你别听岳队在那儿咋呼了，他那是猜测的情节，和咱们询问的结果能一样吗？

夏雨荷说：也差不了多少吧！

郑东风说：当然了，最后证实那个男的就是老贼邱少千，这个结论就对头了。

岳剑哈哈大笑着说：师父，我就是想要说出这个结论，又被您抢先了！大家只有喝茶的份儿了，来尝尝吧！我给你们泡了上好的武夷山红茶，叫什么“大红袍”……不对，叫什么“铁罗汉”，据说是又能提高免疫力，又补气养血抗衰老，很适合师父这个岁数的人喝。

这么好吗？

郑东风端起茶杯，一饮而尽。

这是啥好茶呀，我喝不习惯！还是抽我的黑杆烟舒服！进屋这么长时间了，也没人给拿烟！

郑东风说着，自己从衣袋里拿出一盒烟，又掏出打火机，把烟点燃了，连续抽了几口，吐出的烟很浓很浓。

好舒服啊！比喝茶爽多了！郑东风感叹道。

岳剑说：哈哈，师父，这茶嘛，是给我和雨荷准备的！不好意思啊，忘记给您点烟了！

郑东风笑了笑，说：岳队，你每次都是事后诸葛亮。

4

终于盼到了，政府的棚户区改造兑现政策了。

郑东风只交了几千块钱，就用原有的七十平方米的平房换来了七十三平方米的楼房。他把房间简单地装修了一下，刷了刷墙壁，厨房和卫生间贴了贴瓷砖，装上了简单的橱柜，看上去既简单又整洁。换了个新环境，他想让卧床的老伴儿感觉更舒适一些，就把十六平方米的那个最大的房间给老伴儿用，在里面安装了一张可以自由伸缩的那种医用吊床。一切料理停当之后，他把自己的单人床放在靠窗的那一面墙边，生怕卧床的老伴儿白天被阳光直射。因为房间比较紧张，所以郑东风考虑让爽爽和他妹妹郑东英住一间屋。后来，爽爽怕影响姑姑，非要搬到客厅去住，郑东风也就默许了。因为厨房小，所以客厅有时候会被当成饭厅使用，会客时才被当成客厅。爽爽像个男子汉，十分理解姑姑昼夜护理妈妈的辛苦。为了让姑姑闲下来的时候能有一个好的休息环境，她偷偷地搬到了客厅，把那个十二平方米的独立房间让给了姑姑。郑东风回家的时候，有时在老伴儿的房间住，有时就在一进门的小过道里将就一宿。

星期天中午搬家的时候，郑东风格外高兴。他让爽爽买来很多好吃的东西，自己做了几道拿手的好菜。妹妹在里屋照顾着嫂子凌海云。

岳剑、苏晨宇、楚梦琪、夏雨荷等反扒支队的老同志如约而至，前来庆祝。于是，爽爽把他们迎进了屋。

快进来！大家把鞋脱了，换上拖鞋，再把衣服挂在一进门的衣架上！爽爽一边招呼大家，一边把大家脱下的衣服挂到了衣架上。

岳剑一进来就喊郑东风：师父，我给您带来了两瓶北大仓百年老酒，一会儿咱们一起喝！希望您在这个吉祥的房子里长命百岁！

郑东风接过装白酒的兜子，说：谢谢岳队！这酒好啊，名字也吉祥！一会儿咱们就喝了它！

楚梦琪说：师父，您这乔迁之喜，我们不拿点儿东西也过意不去呀！所以，我们就约好了，分头给您带来了您爱吃的小菜。

郑东风说：来就来呗，还带什么东西呀！不过，我还是很高兴的。谢谢大家的一片心意！

大家进屋后，纷纷落座。爽爽在客厅里放好了桌子，桌子上摆了七个人的碗筷。

郑东风对爽爽说：爽爽，你去厨房忙活忙活，把做好的东西都端上来！今天你当大家的服务员！

爽爽说：知道了，爸爸。今天你们大家是主角，我就是伺候“局子”的。

说完，爽爽快步走进了厨房，夏雨荷也跟着进了厨房。

爽爽说：雨荷姐，你先去坐吧，我一个人能忙得过来。

夏雨荷说：我来给你打个下手，免得你手忙脚乱地出错！

爽爽说：这么点儿事，我至于手忙脚乱吗？

夏雨荷说：手脚不会乱，我是怕你心不在焉。

爽爽笑了笑，说：你们来了，我干吗心不在焉呢？

夏雨荷说：哈哈，听不明白呀！你的心上人没来呗！

爽爽说：雨荷姐，就你贫嘴！今天，分局反扒队让明明蹲坑去了。

夏雨荷说：我说怎么没见到明明呢！

说着，她端起一盘菜，向屋里走去。爽爽紧随其后，跟了出来。

屋子里很热闹，楚梦琪把大家带来的几个装着菜的餐盒放在了桌子上。

楚梦琪说：师父，我去厨房再拿几个盘子来，把这几个菜也装在盘子里。

这时，恰好夏雨荷走了进来。

夏雨荷说：梦琪，你不用动了，我去拿吧！

夏雨荷把手里的菜盘放到桌子上，又返回厨房拿盘子去了。

不一会儿，桌子上就摆满了菜肴。爽爽拿来了啤酒和饮料，放到了桌子下面。

郑东风招呼大家坐好了之后，看了看这桌丰盛的菜肴，心情十分激动。

他说：岳队，今天我才知道什么叫力量。我们瞬间准备了一大桌子好吃的菜，这就是我们反扒支队团结的力量。这力量很了不起呀！这就叫“众人划桨开大船”！岳队，你说对不对呀？

岳剑说：师父，团结就是力量。最主要的是，您给我们大家带来了力量，给咱们反扒支队带来了力量！

郑东风说：岳队，“人无头不走，鸟无头不飞”呀！是您领导得好，我们才取得了现在的成绩！

苏晨宇说：对，我们得先敬岳队一杯！

岳剑说：师父、晨宇，别把今天的主题引导歪了！咱们今天的主题是祝贺师父一家乔迁之喜。

苏晨宇说：岳队，你说的对。咱们祝贺师父、师母住进楼房，祝愿师母早日康复！

郑东风说：好了，爽爽，开几瓶白酒，再开几瓶啤酒，给大家把酒倒满！

爽爽先开了一瓶北大仓百年老酒，递给了郑东风。

郑东风说：各位领导、各位同志，今天是我们全家大喜的日子。

搬新家了，就让我来给大家倒上这第一杯酒吧！

夏雨荷站起来说：师父，还是我来替您倒吧！

郑东风说：雨荷呀，这第一轮酒就让我这个户主给大家倒吧！我想表达一下对大家的诚意和谢意，你就别抢着倒了！

夏雨荷把手缩回来，坐在了原来的位置上。从岳剑开始，郑东风依次给大家倒酒，最后转到了楚梦琪和夏雨荷那里。

轮到楚梦琪了。楚梦琪站起来，恭恭敬敬地双手把杯子捧到了郑东风面前。楚梦琪学着京剧的唱腔，小声地强调说：师父，求您老人家高抬贵壶，把我的酒杯斟满为盼啊！

那姿势十分夸张和滑稽，桌旁的人们笑得前仰后合。

楚梦琪又说了：有什么好笑的嘛，师父都没笑！

郑东风看着楚梦琪滑稽的样子，也笑了起来。

郑东风一本正经地说：嘿，楚梦琪同志，请问你今天这是抽的哪门子风啊？咋还主动要酒喝呢？

坐在楚梦琪旁边的夏雨荷忍不住又笑了起来。

楚梦琪说：雨荷，有什么可笑的地方吗？你至于笑起来没完没了吗？

夏雨荷看着郑东风，一脸憨相地对郑东风说：我的好师父，您也太老实了点儿吧！梦琪姐她就是那前世的白狐，专门欺骗您这样的老实人。难道您没发现楚梦琪同志的真实意图吗？她用的这招叫“欲擒故纵”！她觉得，越是主动让您给她倒酒，您就越会劝她别喝了。您不让她喝，正好随了她的心意。您说说，您这是不是被某些人给套进去了？

楚梦琪说：雨荷，就你聪明！我看你比我还像白狐，竟然当着大家的面戳穿一个善良的姑娘！谁说我主动让师父倒酒是另有目的？这一次，我偏要让你们见识见识！师父，听我的，给我满上！

楚梦琪显得十分豪爽。

郑东风又笑了笑，说：梦琪，那师父就将计就计了！

楚梦琪说：没问题，您就给我满上吧！我要是喝不了，不是还有雨荷嘛！谁让我们俩是好姐妹呢！

夏雨荷说：我说梦琪姐，别把我给扯进去呀！我可不会喝酒！

楚梦琪说：不会喝酒没关系，练一练不就会了嘛！今天是师父他们一家人乔迁的日子，咱们不喝点儿，师父能高兴吗？

夏雨荷看了看郑东风，说：师父，给我也倒上一杯！祝贺您的乔迁之喜，我也要表示一下诚意！

郑东风说：雨荷，你看看，你也沉不住气了吧！又上了梦琪的当，是不是啊？

夏雨荷说：师父，放心吧！我会以其人之道还治其人之身的，哈哈！

郑东风说：这酒宴还没开始，你们姐妹俩就先掐上了！今天我这客可是请得值了！

说完，郑东风愉快地给两位美女斟满了白酒。

酒倒完了，郑东风说：大家先品尝一下菜品，一会儿我再发表重要演说。

岳剑说：师父，我都饿了。您的那个不能叫“重要演说”！还是让我们先吃点儿东西，您再说吧！

郑东风说：好吧，不叫“重要演说”！既然不重要，那么大家就先吃点儿东西吧。捡自己爱吃的夹！

岳剑用筷子夹起一片三文鱼刺身，蘸了点儿“辣根儿”，放到了郑东风的盘子里。

郑东风说：我这是头一次这么吃鱼！原来，这鱼肉还可以生吃啊！

岳剑说：师父，这三文鱼是深海里的鱼，最主要的吃法就是把鱼肉切成薄薄的片，放在冰盘里，蘸上“辣根儿”直接吃。今天的三文鱼，是我特意到海鲜店让厨师给切的，十分新鲜。我还带来了日本“辣根儿”和生鲜酱油。

郑东风说：这也太奢侈了吧！

说完，他把那片三文鱼夹起来，放到了嘴里。那浓浓的“辣根儿”味道瞬间“串通”了他的七窍，他的眼泪都流出来了。

岳剑说：师父，您慢点儿吃！“辣根儿”这东西，吃第一口的时候都这样。等会儿您少蘸点儿，再吃一块就好了。

郑东风说：缓一会儿，我得适应一下。现在眼泪还没下去呢！

看着郑东风的窘态，大家都憋不住笑出声来。

这时，苏晨宇夹了一块排骨，放到了郑东风的盘子里。

苏晨宇说：师父，您尝尝我亲手做的红烧排骨。味道好极了，正好顶一顶“辣根儿”的味儿！

郑东风说：晨宇，你会做红烧排骨，不简单啊！我尝尝！

郑东风把排骨夹起来，放到嘴里，细细地品了品味道，立马啧啧称赞道：好味道，香甜可口啊！

楚梦琪说：师父，您别忘了吃我做的这道菜——水果素食沙拉！

郑东风说：我正想吃呢！

楚梦琪说：师父，我这道菜可是西餐厅里最名贵的菜品，里面光水果就有五六种。这五六种水果一混合，得多复杂呀！就凭这工艺，这道菜也应该排在前边吧！

苏晨宇斜眼看了看楚梦琪，说：你别蒙师父了！你的那道菜，不就是弄几个水果切一切，再拿现成的沙拉酱一拌嘛，再简单不过了！你就别忽悠了，行不？

就你能说实话！楚梦琪故意嗔怪道。

气氛很活跃！郑东风看着满桌子的菜品，看着几个小同事欢快地说笑，心里十分高兴。

郑东风说：为了今天的宴会，我给你们做了几个拿手的小菜。鲤鱼跃龙门，其实就是红烧鲤鱼加几根像瀑布一样的粉条。吉祥如意，其实就是用我们农村的“溜达鸡”做的“郑氏烧鸡”。

师父，啥是“郑氏烧鸡”呀？夏雨荷惊奇地问。

“郑氏烧鸡”就是我独家配方、独家制作的烧鸡。待会儿你们尝尝，和你们在外面买的烧鸡绝对不一样！郑东风得意地说：还有一道特别的菜，叫“清白分明”。你们猜猜，是用什么料做的？

这些菜不是都在桌子上摆着嘛！小葱拌豆腐，桌子上也没有啊！师父，我就看到了萝卜丝。岳剑说。

对了，学问就在这萝卜丝里。就是把洋葱和青萝卜切成细丝，用糖、醋、盐、鸡精调汁凉拌。你们看看，是不是青白分明？郑东风十分得意地说。

你还真别说，师父这道菜还真有创意！岳剑说：我建议呀，咱们当警察的，特别是咱们这些抓小偷的警察，要常吃这道菜。它会时时刻刻提醒我们，要泾渭分明，与小偷划清界限，绝不能黑白不分、猫鼠一家。

没想到，师父做这道菜有这么深的含义！大家可不能真把它当菜吃呀！

苏晨宇略带挖苦地提示着大家。

也没那么严肃！还有几道菜，尖椒土豆丝、盐焗花生米、猪肉酸菜粉、尖椒干豆腐，都是家常菜。大家放开了吃！郑东风说。

酒宴在大家的谈笑风生中开始了。

岳剑对大家说：大家安静一下！我呢，先给咱们师父“打个场子”！然后呢，让师父给咱们讲几句话！大家说好不好啊？

大家齐声说：好啊！

岳剑说：那就有请我们德高望重的郑东风同志给大家讲几句吧。大家热烈欢迎！

大家使劲儿地鼓起掌来。

郑东风站起来，愉快地看了看大家，说：今天是我前半生最高兴的日子，我们全家住上了新房子。

说完这句话，他自己就心酸起来。他停顿了一下，眼泪在眼睛里打转儿。大家看着师父，也感到有些心酸。在场的人，谁也不说什么，平心静气地等待着郑东风诉说心中的苦闷。

为啥选这样一个日子搬家呢？因为今天是你们师母的生日！当年，你们师母最大的愿望就是住上楼房，过上不用生炉子做饭的日子。现在，她终于如愿以偿地搬进了新家。你们的师母虽然不能说话了，但是她心里明白着呢！不信，你们瞧瞧，她脸上带着笑容呢！

郑东风说话的时候，微微地笑了一下。

咱们不说这些了。今天是大喜的日子，你们应该和我一块儿开心。你们是不是很奇怪，我为啥多摆了一双筷子和一个碗？那是给你们的师母摆的！一会儿，咱们和她一起庆祝乔迁之喜，同时祝她生日快乐！郑东风说：来，我们大家共同干杯！

郑东风说完，把自己的那杯酒喝了下去。随后，大家也把酒喝了下去。

气氛一下子变得严肃了！今天是师母的生日，也是师母出车祸的日子。一晃三年过去了，师母出车祸时的情景历历在目。特别是岳剑，他和师父郑东风一样，对那次的车祸耿耿于怀，一直没有放弃追查凶手。

岳剑说：爽爽，你再给大家满上！我们共同敬一下师父和师母！

爽爽站起来，给大家把酒倒满，和大家一起端起了酒杯。

岳剑说：我来说两句吧！今天，是咱们师父和师母大喜的日子，也是师母的生日和师母出车祸的日子。师父在这个日子把大家召集在一起，说明这段时间师父心里的那个死结已经解开了。大家都知道，师父这些年真的很不容易。他从一个家境贫寒的羊倌儿，到足迹专家、反扒专家，真是一路艰辛啊！早些年，师母在工厂工作，挣钱少。他们一家三口基本上靠师父挣的那百八十块钱的工资维持生活。孩子上学要交学费，家里的几张嘴等着吃饭，生活的艰辛可想而知。不仅如此，师父和师母还要省吃俭用，把节省下来的钱寄给农村的父母，赡养双方的老人。爽爽上班了，家里的生活条件刚刚有所好转，师母就无端地被黑车给撞伤了，成了植物人，至今还躺在病床上。为了给师母治病，师父把所有的积蓄都花光了。师父除了拼命地工作，就是不离不弃地照顾师母。只要有一点儿时间，他就会陪师母聊天，给师母讲反扒警察破案的故事。我们应该庆幸，我们有这样一位好师父！在警营里，他是我们全体警察的榜样。在家庭中，他把对师母永恒的爱恋和对子女无尽的关爱融入了生活。这就是我们的好师父郑东风！今天，他把大家请到家里聚会，与大家高高兴兴地畅谈，说明他已经把长久以来压抑的心情抛到了九霄云外。他是要告诉大家，人不能总活在压抑和痛苦里。我们还有事业和孩子，生活的路还很长。他是要告诉师母，只要还有一口气，就要活得快乐，活出质量。他相信，卧床的师母一定能恢复神智，最终像好人一样站起来。为了获得“新生”的师父，让我们共同干杯！愿师母早日恢复健康，干杯！

听完岳剑的话，大家的眼睛都湿润了。爽爽哭了，楚梦琪和夏雨荷也流下了眼泪。

干杯！干杯！！干杯！！！

爽爽依然哽咽着。

郑东风笑了笑，说：大家都坐下吧！岳队把我的心情都表达了！我自己总结呀，不管生活有多么糟糕，都要记得微笑，这是最重要的。不管你经历了怎样的坎坷和痛苦，都要怀揣梦想，不能绝望。所以，师父今天要告别过去，快乐地生活。怎么样，师父的心结都解开了，大家还有什么不开心的？

岳剑说：爽爽，还有梦琪、雨荷两个美女，别哭鼻子了！你们看看师父的态度！我们是不是更应该放松心情，好好吃，好好喝，让师父和师母高兴啊？还有啊，我让爽爽事先买好了生日蛋糕和生日蜡烛，摆在了师母那屋的床头柜上。一会儿，我们一起到里屋去看看师母，给她老人家过一个特殊的生日。

听完这话，爽爽停止了哭泣，楚梦琪和夏雨荷也不再抹眼泪了。

房间里，凌海云静静地躺在床上，面容和善而安详。左边的床头柜上摆着一个大大的蛋糕，上面插着六支蜡烛，象征着凌海云五十六岁生日。蛋糕旁边摆放了十几支玫瑰花。爽爽提前离席，来到了母亲的床边。她左手端着小碗，右手拿着小勺，给母亲喂水。妹妹郑东英坐在床边，静静地看着凌海云。

这时，岳剑领着大家推门进来了。爽爽停止了喂水，和郑东风一起站了起来。

岳剑走到床边，大家跟着聚拢过来。爽爽从右边走到左边来，把床头柜上的玫瑰花发给了大家。

岳剑对爽爽说：爽爽，你看，咱们的师母多安详啊！

爽爽说：岳叔叔，妈妈一直挺安静的。而且，今天早上起来，我发现妈妈的眼角带着笑意。

大家俯下身子看了看，发现凌海云面色红润，眼角带着一丝笑意。

岳剑说：师母知道，今天她住上了梦寐以求的新楼房。她也知道，师父今天卸下了压抑已久的心理包袱。她在为自己的老伴儿高兴啊！

郑东风走过来，笑呵呵地说：老伴儿啊，今天咱们住进了新房子，你高兴了吧！还有啊，今天你过生日。好久没有给你过生日了，算是我这几年欠你的。今天，岳剑他们都来了，爽爽也回来了。我们一起给你过生日，祝你生日快乐，快点儿恢复！

听到郑东风的话，凌海云的眼睛微微地眨了一下。

郑东风说：老伴儿，我知道，你听懂我说的话了，也接受了我们的生日祝福。就让我们一起为你唱一首《生日快乐歌》吧！

夏雨荷带着大家唱了起来：祝你生日快乐！祝你生日快乐……

爽爽说：妈妈哭了！妈妈的眼泪流出来了！久违的激动的泪花！

大家的眼睛湿润了。

第十三章 第一次收网

1

苏晨宇和楚梦琪领受任务后，便开始了秘密侦查。他们俩没有想到的是，这个聋哑人犯罪团伙已经把作案的阵地转移到了公共汽车上。

梦琪，咱们俩假装两口子吧！苏晨宇说。

干吗非得装两口子？楚梦琪不解地问。

不装两口子，难道还真是两口子？苏晨宇不怀好意地笑着说。

坏蛋！你就是想占便宜！楚梦琪说。

天气晴朗，公共汽车在宽阔的街道上行驶着。车里面有点儿热，乘客们纷纷拿出扇子来扇着风。苏晨宇和楚梦琪手牵着手，在车上站着。他们把另一只手搭在座席旁边的扶手上。两个人都穿着紫灰色的休闲服装，像一对情侣。他们一边靠近对方小声地聊天，一边观察着车上每一个乘客的动向。

在车上，还有一男一女，是两个少年。他们的年龄不是很大，十六七岁的样子。特别是那个女孩，清秀而稚嫩。这两个少年就是苏晨宇和楚梦琪寻找的目标——那个聋哑人扒窃团伙的成员。

举报人举报得非常具体，所以苏晨宇他们侦查起来没有大费周折。直到两个聋哑少年下了车，苏晨宇他们才跟着下了车。步行了一段路之后，两个聋哑少年坐上了一辆出租车。苏晨宇他们也上了一辆出租车，在后面紧紧地跟随着。出租车停在了齿轮厂家属小区的大门外，两个聋哑少年付完车费，下了车。他们向周围看了看，没发现跟踪的人，便径直向小区的大门走去。不一会儿，他们就进了小区。

他们住在这儿？楚梦琪问。

可能吧！我们需要进去深入调查一下。苏晨宇说。

2

这些天，李晓雨似乎适应了江城市的气候和环境。正值秋高气爽的季节，天空湛蓝高远，与南方高温潮湿的天气形成了鲜明的对比。

李晓雨觉得，江城市比较适合长期居住。这里的天气总是不冷不热，并且空气清新，没有污染。这里的物价很低，生活无忧。这些优点，是很多其他城市所没有的。如果不是每天都要过流浪的生活，他觉得自己真应该在这样的城市找个老婆，安个家，安安稳稳地生活。可是，现在呢，这些都成了奢望和梦想。他是谁？是个贼！是个见不得天日的“地下工作者”！他的生活只能是暗无天日的！一想到这儿，他就会仇视社会，仇视那些所谓的“正常人”。

可是，李晓雨有时候也会运用“精神胜利法”。他觉得自己现在的样子也蛮好的，有一群可以呼来唤去的聋哑人为他“赚钱”。他招募了一批又一批聋哑人，像幽灵一样在全国各地流窜，疯狂地攫取钱财。他认为，这本身就是最大的成功。这样一来，他就可以过上皇帝般的日子了，每天更换一个聋哑女孩为他服务。这些聋哑女孩是流浪儿童，李晓雨把她们收留了。经过精心培养，她们每个人都精神百倍。简单地梳洗打扮一下，她们就会变得妩媚动人，简直可以和影视明星比美。小凤就是这样一个女孩，才十六岁，身体就已经十分丰满了。她那火辣的身材，与韩国的当红女星有一拼。所以，李晓雨无论走到哪里都要带着小凤，让小凤陪他睡觉，伺候他的生活起居。于是，小凤就有了双重身份，晚上陪李晓雨睡觉，白天照样和大壮一组，到车上去“拿货”。当然，李晓雨在发“工资”时，会偷偷地给小凤多发一份，算是对小凤服侍他的回报。仅有小凤的服侍，显然不够。凡是新来的小聋哑人，只要是女孩，李晓雨就不会放过。一定要把她们睡了才能让她们入伙，这是规矩。

为此，潘立曾经提醒李晓雨：头儿，有的“小聋女”还是幼女呢，有的还傻，你欺负她们是犯法的。

李晓雨说：你小子装什么文明？我们不是每天都在犯罪吗？

潘立被劈头盖脸地臭骂了一顿，只好悻悻地离开了。在这一点上，李晓雨简直丧失了人性。一旦哪个聋哑少女被他玩弄之后怀了孕，他就会毫不客气地让她自行处理，还不允许去医院堕胎，致使很多聋哑女孩流血又流泪，对身体造成了极大的伤害。

屈指算来，他来到江城市已经二十一天了。在这二十一天里，他可以说是收获颇丰。每天将近两万元的“进账”，对李晓雨来说是一笔不小的收入。这更让他感觉到，来江城市开拓市场的选择是英明的。一是，这里虽然经济不是很景气，但老百姓的钱袋子却是鼓鼓囊囊的。二是，这个地方“地皮子很松”，警察看管得不是很严。他干了这么多天，也没有发现盯梢的警察。这种情况在其他地方可不多见！即使这样，李晓雨也没有放松警惕。这不，他连续几天让大家休息，主要就是为了观察一下市场上的反应和警察的动静。他觉得，刚来的时候作案太频繁，节奏太快，容易引起警察的注意。所以，他认为，停下来几天是必要的。这几天，李晓雨让小凤陪自己好好地睡了几个晚上，养足了精神。

睡觉前，李晓雨一边比画，一边说：小凤，明天我就要派他们出去干活儿了，你回自己的房间去睡一晚上吧。和李晓雨在一起的时间长了，对李晓雨说的话和比画的动作，小凤也能猜出个八九不离十。她和李晓雨打了个招呼，就回自己和小红同住的那个房间去了。小凤回到自己的房间以后，李晓雨独自睡了一个晚上。他觉得，现在的形势是，他们的行动还没有引起江城市警察足够的重视。这里的警察似乎还在休眠状态，没有行动的迹象。所以，一大早，天还没有亮，他就把二柱、小红找来了。

李晓雨说：二柱、小红，你们也歇了好几天了。今天，我先派你们俩出去试试手。

潘立用手语给二柱、小红翻译过来，二柱和小红就明白了。于是，他们俩就回去准备了。

潘立说：头儿，今天就出去一伙人吧。

李晓雨说：就一伙人！好几天没干了，让他们俩先去探探路。

潘立提醒道：头儿，是不是有点儿冒失啊？用不用我先上车探探路，看看有没有便衣？

李晓雨说：得了吧，就你那两下子，还探路？不用出去了！你没见这几天我每天都出去走走嘛，就是去探路的！没发现什么情况，你就放心地让他们去吧！

潘立点头称是：还是头儿英明！

李晓雨说：等着二柱、小红他们的好消息吧！如果成功了，晚上咱们聚一聚！你可以提前出去买些熟食，顺便买几瓶当地产的北大仓白酒。

潘立说：头儿，我早就听说江城市的“北大仓”好喝了！这个酒有一百多年的历史了，和茅台一样，都是酱香型的。我出去买几瓶，今晚我们陪您喝点儿！

李晓雨说：买吧，正好我也想尝尝“北国茅台”北大仓白酒。

3

苏晨宇和楚梦琪很快就摸清了这个聋哑人犯罪团伙的基本脉络。

他们的头儿叫李晓雨，是从山东流窜过来的。他带了五个人——两对聋哑人，还有一个参谋。

苏晨宇向岳剑和郑东风汇报了一下情况。

搞得挺快呀！咋摸得这么准？岳剑说。

我们秘密跟踪了几天，找到了他们租房子的小区。我们调取了小区的监控视频，进一步确认了他们的人数，以及他们租房子时使用的身份证信息。另外，我们安排社区的工作人员进屋核实了他们的身份。楚梦琪说。

工作做得挺细致！他们作了多少起案子？岳剑问。

他们来了二十几天，主要在商场、市场和公交车上活动，作了三十多起案子。苏晨宇说。

没少作案啊！可以收网了吗，师父？岳剑问郑东风。

郑东风正在吸烟，吐出的烟雾升腾着。他慢条斯理地说：没有家贼，引不来外鬼。谁把他们引进来的，查清了吗？

查清了，是钱伏齐引进来的。李晓雨和钱伏齐很熟悉，来到江城第一个投奔的就是钱伏齐。他们曾经在一个叫“懒猫风味餐厅”的饭店里见过面。苏晨宇说。

晨宇、梦琪，你们俩不错，工作效率挺高，都整准了！郑东风表扬道。

哈哈，男女搭配，干活儿不累嘛！谢谢岳队，把任务交给了我们俩！以后再有这样的好事，别忘了交给我们俩办啊！从现在开始，我们俩就绑在一块儿了，像梁山伯和祝英台一样永不分离！苏晨宇美滋滋地说着。

楚梦琪生气了，说：苏晨宇，你就臭美吧！谁跟你绑在一块儿了？

在场的人都笑了。

郑东风吸了一口烟，吐出的烟圈儿在眼前画了一条弧线。郑东风说：岳队，可以收网了。但是，要把夜猫儿留下来。

师父，我也是这个意思。留下夜猫儿，是为了避免打草惊蛇，等着和大鱼一起钓。岳剑说：晨宇、梦琪，准备好了，明天夜里收网。

是！两个人齐声回答道。

4

入夜，一弯新月高高地悬挂在天空。一片云彩在悄悄地靠近，一个个小星星被遮掩了起来。天空逐渐变得迷蒙，齿轮厂的家属小区笼罩在神秘的夜色中。

从小区的监控室出来以后，苏晨宇拨通了岳剑的电话。

岳队，目标已经确定，在十一栋三单元302室。我们是否行动？苏晨宇说。

岳剑通过对讲机下达了命令：我是001。现在，我宣布行动命令。先期负责监控的几组原地继续监控！要时刻注意，一旦有人员强行逃离，立即抓捕。004带领增援的刑警绕到十一号楼南面，小区外围的公路上，对小区南面进行封锁。行动开始后，发现从十号楼、十一号楼、十二号楼翻越栅栏逃跑的人员，一律抓捕。005带领技术人员、特警队员和我一起进入小区，在十一号楼内外进行布控，实施抓捕。救护组在救护车里待命，随时接应伤员。

夜幕下，一辆辆关闭了警灯的警车悄无声息地移动着，各就各位。

岳剑、郑东风、苏晨宇带着由反扒队员、开锁的技术人员和十名特警队员组成的抓捕小分队，荷枪实弹，在夜色的掩护下，迅速向十一号楼集结。

到了楼下，岳剑吩咐道：师父，您带着四名特警队员和两名反扒队员迂回到302室前面，防止犯罪嫌疑人跳窗逃跑。晨宇，你带着开锁的技术人员和六名特警队员、三名反扒队员依次上楼，埋伏在门口。行动命令下达之后，立即让技术人员打开门锁。如果里面有门闩，立即剪断，冲入室内抓人。我和梦琪带着两名特警队员在指挥车里等候，根据事态的变化及时增援。

郑东风说：领令！

说完，他立即带领几名警察迂回到了楼的前面。

苏晨宇说：领令！

说完，他带着警察向楼梯口移动。

岳剑看了看自己的夜光手表，时针正好指向了二十一点。

岳剑用对讲机发出了行动命令：时间已到！各组立即进入行动状态，开始收网！

反扒队员和特警队员像离弦的箭一样，飞向了夜幕里的幽灵。

5

李晓雨做梦也没想到，自己会在今晚“掉脚儿”。或者说，他根本就没想到会在这个自己最喜欢的城市落网。

最近一段时间，他没有收到钱伏齐的任何信息。既然钱伏齐没有通知他罢手，李晓雨就认为是安全的。在此之前，钱伏齐提供的地方都是比较安全的。他安排手下去那些地方干活儿，一直都很顺利。所以，李晓雨对钱伏齐言听计从，感恩不尽。二十几天过去了，李晓雨没有和警察遭遇的经历，这就让他那紧绷的神经放松了下来。经过短暂的休整，他们又开始肆无忌惮地作案了。

白天的好天气影响了李晓雨的心情。他觉得，在这样好的天气里，他的心情会很好。所以，他让潘立出去买了几瓶“北大仓”，又买了一些小菜，准备晚上好好放松一下。恰好，二柱和小红又出去干了一票，从一个老头儿身上“下了一坎子”现金，在总账上又添了一万元。李晓雨喜不自胜，对二柱说：二柱，你们干这一票，没有被警察盯梢吧？

潘立给二柱翻译了一下。二柱看着潘立的手势，用手比画着：没有被盯梢，还挺顺利的。我们回来时，绕了好多弯。

李晓雨问小红：二柱说的对吗？

潘立翻译完，小红说：二柱说的对，我们没发现跟踪的。

李晓雨这才哈哈大笑着说：太好了！这回我们可以放心地庆祝了！

晚上六点半，李晓雨对潘立说：潘立，把大家都叫过来，咱们开喝！今儿个不论男的女的，都得喝点儿！这“北大仓”号称“北方小茅台”，咱们得多喝点儿，一醉方休！

不一会儿，潘立就招呼大家过来了。李晓雨开始敬酒：江城市真是个好地方！大家到这儿才十几天，就有了不小的收获。今天，我感谢大家，敬大家一杯！

说完，他和大家碰了碰杯。几个聋哑人似乎也理解了李晓雨的话，与李晓雨碰杯后，一起喝酒。两个女孩也把酒喝了下去，而小红却因为喝不惯这种浓烈的白酒，呛得直咳嗽。大家在一起，连喝酒带打闹，折腾了一个半小时。李晓雨醉醺醺地说：我醉了。都回房间睡觉去吧！小凤，你跟我走！你是我的人！

大家一看这架势，纷纷回到了自己的房间。小凤很无奈，只好跟着李晓雨去了他的房间。进了房间，李晓雨一下子就把小凤按倒在床上，撕开了小凤的衣服。小凤也没有反抗，流下了苦涩的泪水。

李晓雨做了一个奇怪的梦，梦见自己赤身裸体地躺在大街上，一阵瓢泼大雨猛烈地浇了下来。他打了个寒战，突然惊醒了。他看见小凤还在自己的身边，蜷缩着身子。他这才意识到，自己是在做梦。可是，有一种刺啦刺啦的响声传了过来，声音很小。李晓雨听得十分清楚，有人在用钥匙开门。他猛地从床上跳下来，抓起自己的衣服就往身上套。这时，只听“砰”的一声，门开了。几个屋的灯都被打开了，瞬间亮如白昼。再一看，一群警察仿佛从天而降。一个个黑洞洞的枪口对准了他们，一声声“警察！不许动，举起手来”的呐喊声震天动地。李晓雨回过神儿来，心想：我是不应该动，可是不动行吗?不动就是死路一条！赶紧动！

李晓雨一个箭步蹿到了阳台上。他知道这是二楼，跳下去摔不死，便随手拽起床上的棉被，抱着棉被撞破了中间的玻璃窗，跳了下去。

有人跳楼，抓住他！

随着一声霹雳般的呐喊，一个黑影像离弦的箭一样跟着李晓雨跳了下去。跳下去的人正是苏晨宇！

裹着棉被的李晓雨重重地摔在了地上。过了一会儿，他转动了一下脑袋。还好，头部的神经很快就运转起来了，带动着四肢，使他迅速地站起来，一个劲儿地向前跑。好在苏晨宇很灵巧，跳到地面上之后稍微愣了一下神儿，马上就开始向前猛追。这时，埋伏在楼下的郑东风带着特警队员及时赶到，死死地封住了李晓雨的退路。两名特警队员迅速"上压"，把李晓雨绊倒了。随后，特警队员们冲上来，紧紧地按住了李晓雨，给他戴上了手铐。郑东风赶过来，发现苏晨宇倒在距离此处不足两米远的地方，龇牙咧嘴地抱着自己的右脚踝，疼痛难忍，哗哗地流汗。

晨宇受伤了，快抬担架来！

郑东风一边喊，一边用双腿支撑着苏晨宇的后背，减轻他的疼痛。几名特警队员从救护车上抬下了一个担架，大家一起用担架把苏晨宇抬到救护车上，送往医院。

302室内，抓捕行动进展得十分顺利。潘立和四个聋哑人都乖乖地束手就擒，被押上了警车。几名反扒队员和刑事技术人员留在现场清理勘查。

6

江城市公安局破大案了。这个消息像风一样，迅速传遍了江城市的大街小巷。

几天后，江城市公安局反扒警察支队打掉了一个特大扒窃团伙的消息不胫而走，成了老百姓热议的话题。

咱们江城市的反扒警察抓了一帮小偷，听说都是聋哑人。

这回呀，咱们可以放心地坐公交车去商场买东西了。

听说，有一个警察在抓小偷时摔伤了。这个警察真勇敢啊！

可不是嘛，市里的领导都去医院慰问了！

这些老百姓的街谈巷议，把江城市公安局人民警察的形象一下子推上了顶峰，更把江城市公安局反扒警察支队的这些便衣警察推到了前所未有的高度。当然，在抓捕中光荣负伤的苏晨宇队长也成了老百姓议论的焦点。他们说苏晨宇是英勇无畏的反扒英雄，把个人的生命置之度外，毫不犹豫地跟随犯罪团伙的主犯从楼上跳下去，摔断了脚踝。他强忍着剧烈的疼痛，奋力追出了二百多米，最终把犯罪嫌疑人擒获了。

其实，老百姓的传说并不夸张。在抓捕的瞬间，主要犯罪嫌疑人李晓雨从二楼跳了下去。苏晨宇紧紧跟随，奋不顾身地跳下楼去的场面，让每一个亲眼目睹的同志都感到非常震撼。苏晨宇跳下去之后，根本没有感觉到自己的右脚踝骨折了。他继续追赶李晓雨，直到郑东风带着特警队员赶到。他一个趔趄倒在地上，然后又坚强地爬起来，直到郑东风指挥着几名特警队员用担架把他抬到救护车上。在救护车上，苏晨宇还担心地问郑东风：师父，那几个小偷抓到了没有？

郑东风说：放心吧，晨宇，一个都没有漏网。

苏晨宇微笑着握住了郑东风的手。

一周后，江城市的日报和晚报同时发表了这样一则消息：江城市公安局打掉了一个由聋哑人组成的特大扒窃犯罪团伙，侦破案件七百二十余起，涉案总金额五百万元，缴获赃款一百二十万元，抓获团伙成员三十二名。反扒警察支队一大队大队长苏晨宇在抓捕中光荣负伤，经市公安局党委批准，荣立二等功。

第十四章　破案高潮

1

审讯室里，红毛的橘红色头发在灯光的映射下显得更加鲜艳了，像是魔鬼的头发。他高高地扬起头，仿佛并不是一个正在接受审讯的扒手，而是一个战斗英雄。

郑东风和夏雨荷坐在对面的椅子上。郑东风慢慢地吸着烟，死死地盯着红毛，而夏雨荷则在整理桌上的材料。

郑东风目光犀利，即使在光线较暗的审讯室里，也能刺痛坐在铁椅里的被审讯者。红毛与郑东风四目相对的时候，短短的几秒钟，红毛就不寒而栗了。

说说吧，红毛，最近作了多少案?

郑东风的话随着吐出的烟圈儿飘了过来，有点儿瘆人。红毛低下头来，想着对策。不一会儿，他忽然抬起头来。

政府，我就干了这一回。算我倒霉，刚出手就被你们给按住了。红毛说。

就这一次吗?郑东风质问道。

我向政府保证，就这一次。红毛点头哈腰地说。

郑东风吸了一口烟，吐出的烟圈儿升腾着，一圈儿一圈儿地从红毛的眼前飘过。红毛看不清郑东风的脸，正好可以回避一下郑东风那锐利的目光。

想就事论事，是吧？打一次性官司？郑东风慢条斯理地说。

是。红毛说。

说完之后，红毛又觉得不妥，意识到自己掉进了郑东风设下的陷阱。他马上补充说：不是想打一次性官司，是就干了这一次。

是吗？郑东风冷笑着说：红毛，知道我是干什么的吗？

不知道。啊，知道！你是郑东风，我们这些贼都怕遇到你。红毛说。

红毛，还真有你不知道的呢！我是羊倌儿出身，连羊蹄子留下的踪迹都能看出来，更何况你这个大活人了！你去过啥地方，我能看不出来吗？

郑东风说话的语气突然严厉起来。红毛这才听明白，也回想起来了，郑东风是足迹专家、反扒能手，是小偷们共同的敌人。还有一点，是红毛和邱少千共同的秘密。这个秘密是和郑东风紧密相关的，是打死他也不能说的秘密。或许，红毛会把这个秘密带到棺材里。

郑警官，我知道你的厉害，也领教过你的厉害。

红毛说话时，目光里暗藏着杀机。

既然知道了，那就说说吧。打饭口、售票口、收费口，活动挺多吧！郑东风说：这些地方都有你的足迹，对吧？

郑东风吸了一口烟，吐出的烟圈儿一圈儿一圈儿地环绕在他的头顶。

这些你都知道了？红毛吃惊地说。

我不仅知道了这些，还知道你给你的主子邱少千交了多少租子。郑东风慢条斯理地说。

啊？不会吧！

红毛更加惊讶了。

怎么不会？红毛啊，最近你是太恨活儿了！有句话说得好，贪多嚼不烂，早晚必完蛋。懂了吧？

郑东风还在吸烟，吐出的烟雾萦绕在红毛面前。

郑警官，能给我一支烟吗？红毛说。

到抽烟的时候了！

郑东风笑了，那笑容冷冷的。审讯对象一旦要抽烟，就说明他已经缴械了，心理防线已经被攻克了。他准备吸一支烟，振作起来，好好交代问题。

郑东风打开烟盒，从里面抽出一支烟，慢慢地用打火机把它点燃，然后走过去，把它递到了红毛手里。红毛用戴着手铐的手接过烟，微微颤抖地把烟放到嘴里，狠命地抽了起来。浓浓的烟雾从他的鼻孔和嘴里冒了出来。

雨荷，准备记录吧！郑东风对夏雨荷说。

说完，他倒背着双手，开始在审讯台上踱步。

2

深秋时节，天空湛蓝湛蓝的。王建军副局长的办公室里，阳光十分充足。早上，他一走进办公室，心情就非常愉快。最近，接连破案的好消息传到他的耳朵里，刺激着他的神经，令他高度兴奋。

几员大将陆续来到王建军的办公室，王建军特意拿出最好的茶叶招待大家。

老蔫儿同志，你得品品，看看这茶口感如何！

王建军热情地招呼着郑东风，把一杯茶放在了郑东风面前。

然后，他对大家说：大家也随便坐，品品我的茶！

岳剑、郑东风、高广生围坐在一个小型会议桌旁。岳剑把茶壶从王建军手里接过来，给高广生倒了一杯，也给自己倒了一杯。

岳剑拿起茶杯，放在鼻子下面闻了闻，又轻轻地啜了一小口，然后故意咂了咂嘴，说：王局，这茶味道不错呀！绵软温润，浓郁馨香，回味无穷！该不会是冻顶乌龙吧？

厉害呀，岳支队长！不仅会品茶，还会识茶！这些年没好好抓小偷，就坐在茶馆里喝茶了吧！王建军揶揄道。

岳剑说：王局，这就是您的不对了。您让我们品一品您的好茶，我们要是说不出个子丑寅卯来，给您捧捧场，您能高兴吗？我们不就是为了满足一下您的虚荣心嘛！

王建军笑了笑，说：对呀！世界上啥最可怕？就怕警察有文化呀！看来，你是个有文化的警察。

岳剑突然觉得自己有文化了，沾沾自喜起来。

老蔫儿，你觉得这茶怎么样？王建军问。

郑东风看了一眼正在兴头上的王建军，说：老领导，我还没感觉呢！这么小的一杯茶，我一口就咽进去了，只能润一润嗓子，还不如美美地吸一支烟过瘾呢！郑东风憨憨地笑着说。

哈哈，这是个没文化的警察！老蔫儿啊，烟瘾又犯了吧！我这儿还真有一盒好烟，叫什么“九五至尊”，是别人送给我的。我不会抽烟，正好给你这个烟鬼抽吧！岳剑，烟在我办公桌左边的抽屉里，去给你师父取来！

王建军笑容满面地调侃着。

岳剑站起来，要去取烟，郑东风急忙制止道：岳剑，别去取了。你知道师父抽啥牌子的烟，那个什么“尊”牌的，我抽不习惯。

岳剑，你师父不习惯，也要去取。换一换口味嘛！王建军说。

郑东风说：老领导，您还不了解我的脾气吗？这些年，我除了抽旱烟，就是抽黑杆儿雪茄。别的烟劲儿小，我抽了咳嗽。

是啊！

在这方面，王建军比谁都了解郑东风。活了大半辈子，郑东风只有抽烟这么一个老毛病。你可以不给他饭吃，不给他酒喝，就是不能不让他抽烟，尤其是在办案的时候。郑东风之所以有足够的精力审讯犯人，是因为有烟来支撑。

好了，老蔫儿，那我就不勉强了！我这儿的好烟啊，都给你攒着呢！等你退休了，想换口味了，我就给你送过去。王建军深情地看着郑东风说。

他知道，眼前这个布衣出身的警察是江城市公安队伍中的宝贝，更是省公安厅乃至公安部的无价之宝。

警察队伍，就需要郑东风这样的国之重器呀！

王建军在内心里感叹着。

3

打掉了一个团伙，社会面上就有点儿“毛脚”了吧！

说话的时候，王建军看了看大家，又看了看岳剑。

岳剑说：王局，起码能消停一阵儿。从这一周的报表上看，扒窃案件的发案数下降了五成。

这么快！

王建军感到十分吃惊。

郑东风点燃了一支烟，抽了起来。尽管是在王建军的办公室，郑东风还是忍不住想抽几口烟，好在王建军了解他。

郑东风吐出了一口烟，话语随着烟雾溜了出来。

老领导，这只是表面上短暂的平静。这伙老贼狡猾着呢！他们举报的目的就是借刀杀人，借我们的手打掉外部的流窜势力，还转移了我们的视线。这叫一箭双雕！

郑东风说话从来都是一针见血。

老蔫儿，你看出问题的本质了。你们俩呢？王建军问岳剑和高广生。

岳剑说：的确是这样。除了师父前一段时间抓的那个红毛以外，本地的贼几乎毫发无损。

高广生也发表了意见：这些老贼还在和我们捉迷藏，玩李代桃僵的把戏。高广生是资深的反扒大队大队长，是郑东风的恩师，也是最早和邱少千他们这伙老贼打交道的老一代反扒警察的代表。所以，他对江城市社会面上的几股扒窃势力十分了解。

王建军看了看高广生，说：就连我们的老反扒战士都看出了这个猫儿腻。今天我把你们找来，就是要一起商量一下这个重要问题。大家来研究研究这个猫儿腻，从根本上解决问题。

高广生、岳剑、郑东风都恍然大悟，现在才知道王建军副局长葫芦里卖的什么药。他绝对不是把几个干将叫过来，只为了品一下他的高级茶。

从根本上解决问题？岳剑说。

对。从现在开始，你们都要做好思想准备。我们的目标就是“影子”的若干股势力。这些横行多年的老贼，把江城市的社会面折腾得乌烟瘴气，严重影响了本市的投资环境。在外地客商的眼里，我们这儿已经成了贼窝子，谁还敢来投资兴业？还有，这些年深圳、北京、上海等地都受到了我们的“南下支队”和“北上支队”的困扰。我们江城市别的不出名，这两个支队倒是成了我们的“品牌”，简直不成体统！部里对我们很不满意，省里也给我们下了最后通牒。市委书记已经找咱们贺局谈话了，再不把“贼城”的帽子摘下去，贺局的乌纱帽就被摘下去了。王建军说。

有这么严重吗？

三个人面面相觑。现在想来，王副局长对他们说的话绝对不是危言耸听。这几句话传递的信息量的确很大！如今，江城市贼匪横行，作为江城市打击刑事犯罪的主力干将，他们负有不可推卸的责任。这件事情已经到了影响城市经济发展的地步，这是他们没有想到的。

王建军说：为了摘帽子和保帽子，我们该出手了，也到了算总账的时候了。养兵千日，用兵一时。现在，该轮到我们四个顶在前头了。老蔫儿，你说说吧！

这时，岳剑和高广生不约而同地看向了郑东风。他们发现郑东风正在那里大口大口地吸着烟。烟雾在他面前升腾着，像一团薄薄的纱布，平添了一些神秘的色彩。

郑东风从口袋里掏出几张纸，让岳剑给王建军递了过去。郑东风说：老领导，这里面有邱少千出道以来的详细材料，还有最近几年邱少千作过的和参与过的案子的情况，都是我收集整理出来的。您先看看！

王建军从岳剑的手里接过这张皱皱巴巴的纸，从头到尾仔细地看了一遍。

郑东风的这份材料写得十分详细，从邱少千出生到当上扒手“老千”，再到现在的“影子”，都记录了下来。从他成立小偷公司，到掌控四股势力，整个就是一部“贼王成长史”。

太好了！收集得太全面了！就凭这份材料，再加上一些其他证据，我们抓邱少千几个来回都够用了。

王建军兴奋地说着，把面前的茶水端起来，一饮而尽。

还有一些新情况！岳队，你对王局说说吧！郑东风说。

啥情况？快说！

王建军持续地兴奋着。

邱少千的弟兄红毛已经在我们手里了。这个红毛是邱少千犯罪集团的主要成员，没少帮邱少千作案。他受过打击处理，最近又活跃起来。打饭口、医院收费窗口、车站售票窗口的案子都是他干的！岳剑说。

抓住了？王建军问。

是的，王局。被我师父和夏雨荷抓了现行！岳剑说。

太好了！通过这个红毛，我们又可以“绕一绕”邱少千了。王建军说。

是的。这个人已经审完了，我师父主审。岳剑说。

“扫上”邱少千了没有？王建军问。

老领导，您放心吧，绑得牢绷着呢，基本上是死鱼了。郑东风说。

太好了！这就是锁定邱少千的直接人证。

王建军很有信心地握紧了拳头。

还有更好的消息呢，老领导！郑东风说。

还有好消息？老蔫儿，你能不能让我消化消化，好东西不能可着今天吃完吧！王建军高兴地说。

岳剑笑了笑，说：王局，好东西多的是，保证您天天都有的吃。

郑东风抽了一口烟，吐出的烟圈儿升腾着。

郑东风说：老领导，李富珍的案子又有了进展。

是吗？王建军惊讶地说。

是的。我们经过详细调查，基本上可以确定是邱少千亲自干的了。尽管邱少千那天化了装，但我们还是找到了他作案的证据，因为我们太了解这个老贼了。

郑东风作了进一步说明。

太好了！如果李富珍的案子是邱少千干的，那么我们就又多了一个锁定邱少千的理由。王建军说。

是的，那我们是不是现在就可以动他了？岳剑试探着问。

王建军看了看高广生，说：广生，你半天没说话了。说说你的意见吧！

高广生清了清嗓子，说：那我就说说吧。王局，正像您说的那样，要想摘掉“贼城”的帽子，我认为只抓一个邱少千是远远不够的。他手下的四股势力，还有四股势力以外的其他势力，以及一些四处活动的张牙舞爪的蟊贼，这些是不是都要一网打尽呢？我们必须把活跃在这座城市里的老贼们扫除干净，这样才能保证我们的社会面有一段时间是干净的。我说完了，有不对的地方，请领导批评。

说得好！这正是我要说的！王建军说：岳剑、老蔫儿、广生，咱们今天要研究的事，你们三个都说出来了。这就是当下我们必须解决的问题！为了早日解决这个问题，我事先安排郑东风同志进行秘密调查，已经半年多了。可以说，郑东风同志的调查很有效果，邱少千犯罪集团的雏形基本上勾勒出来了。下一步，我们要解决的是他本人和他手下的多股势力的问题。我们要继续秘密搜集证据、固定证据，为统一收网做好准备。广生，作为全市打击刑事犯罪的主要负责人，你这个刑警支队长要发挥作用，把刑警都抽调过来，配合全市的反扒警察，打一场清剿扒窃集团的攻坚战。

王建军副局长的讲话字字珠玑，明确了下一步的工作方向，敲响了邱少千集团的丧钟。

4

入夜，尹大力办公室的灯光依然明亮。

尹大力把自己最信任的反扒队员靳士谦找来研究破案对策。尹大力仰靠在办公座椅上，一只脚架在办公桌的一角，双臂环抱，看着靳士谦，仿佛沉思了很久。靳士谦手里端着茶杯，坐在尹大力旁边的一把椅子上。

尹大力说：士谦，你说说，苏晨宇这是走了什么狗屎运，破了这么大一个案子？可是，我们大队呢，到现在还没“开胡”，一个案子也没破。你说说，这是不是很奇怪？我一个堂堂的部队营长出身的破案高手，怎么就干不过警校出身的毛头小子呢？

靳士谦小脸、小眼睛，天生一副狡猾的长相。他的眼睛一眨巴，就能想出一个道道来。听了尹大力的话，靳士谦眨巴着小眼睛说：尹队，您不是也听说了嘛，他苏晨宇的案件线索原来是举报到郑东风那里的，是岳队把案子“掰”给苏大队他们的。据我所知，这个举报人是小偷内部的人，是他们黑吃黑才给郑东风打的举报电话。这种成型的线索，就像秃子头上的虱子。掌握了这样的线索，连三岁的孩子都能破案。岳队不把这个案子交给咱们，是不是太偏心眼儿了！

可不是嘛，啥东西都往他们那儿送。

尹大力突然把腿从桌角上拿下来，把身子直起来，问：士谦，举报的事，你是听谁说的？消息来源可靠吗？

靳士谦说：应该可靠。我是听苏晨宇他们警队的人说的，说这伙聋哑人来到江城市扒窃，投奔的是一个叫“夜猫儿”的老扒手。后来，有人举报夜猫儿，顺便就把这个聋哑人团伙给举报了。

尹大力说：士谦，你说的那个夜猫儿，我怎么听着这么耳熟呢？会不会是邱少千手下的那个叫钱伏齐的老贼呀？

靳士谦假装不知道，说：尹队，应该是吧。

尹大力说：我明白了，这个举报人就是邱少千他们内部和夜猫儿结仇的人。如果真是这样，那么举报人绝对不是单纯地举报聋哑人犯罪团伙。他们最终的目的应该是借警察的手干掉夜猫儿。可是，奇怪了，这次夜猫儿也没被抓呀！

靳士谦说：是啊，我也琢磨呢！夜猫儿至今还好好的呢！我们能不能抓了夜猫儿？抓了他，就能立功了。

尹大力说：士谦，这个夜猫儿，咱们暂时还动不得。一是，我们没有足够的证据。二是，市局没准儿在下一盘大棋。虽然棋局的走向尚不明朗，但是我已经嗅出了“山雨欲来风满楼”的味道。所以，这个夜猫儿，咱们暂时还是不要动为好。

靳士谦说：知道了，领导。我们下一步该怎么办呢？

尹大力说：士谦，我们也需要放开思路，另辟阵地。最好把原来的线人拿出来晒晒，看看还管不管用。

靳士谦听到“线人”这两个字，一下子就精神起来了。

靳士谦眨巴着小眼睛想了一会儿，说：尹队，您这是一语惊醒梦中人啊！是啊，我们完全可以把过去的线人找出来利用一下！

尹大力站起来，反剪着双手来回走了几步。他沉思了几分钟之后，突然说：士谦，我记得你说过，你以前用过一个叫小凯的线人，挺好使的，帮你破过好多案子。如今，这个小凯到哪儿去了？还能不能找到他？

靳士谦不停地眨巴着眼睛，若有所思地说：尹队，您说的那个小凯，我已经好几年没跟他联系了。不过，这小子前几年被分局的警察抓过一回。据说，那天他准备扒窃一对夫妻，结果看走眼了，错把这对夫妻当成了普通顾客。在对他们进行扒窃时，他被那个便衣警察"丈夫"抓了个正着，直接被押进了看守所。后来，他被送进去蹲了一段时间。出来后，我听说他一直在北京、天津一带活动。这段时间，不知道他回没回咱们江城市。

尹大力说：前几年，这个小凯给咱们提供线索，你是不是还给过他特情费呀？

靳士谦说：当然了，还没少给呢！

尹大力说：要不这样吧，士谦，你先问一问小凯最近的情况。如果他在江城，就约他见个面。如果能用上他，就让他给咱们"上个线"。

靳士谦说：知道了，尹队。我明天就去办这个事儿！

尹大力说：士谦，太好了！咱们要在线人身上拿线索！

靳士谦说：我会尽快把这条线接上的！

尹大力忽然意识到了什么，说：士谦，小凯是不是你养的小偷啊？这些年，你是不是没少拿人家的保护费呀？

靳士谦的脸一下子就红了。他回过神儿来，急忙解释说：领导，抓小偷的警察如果和线人处理不好关系，互相不信任的话，谁会给你提供线索呀？所以，猫和老鼠有时候是分不清的。

尹大力说：士谦，我只是提醒你一下。在这一点上，你要把握好尺度。

靳士谦眨巴眨巴眼睛，说：放心吧，领导，我心里还是很有数的。

5

今天，小凯算是露出了本来面目，素颜面见了警察。这既需要勇气，又需要底气。其实，小凯是个既没有勇气又没有底气的人。

这些年，作为邱少千的马仔，小凯虽然不是核心人物，但也是磕头弟兄中的一个。总的来说，他还是深得邱少千信任的。不然，邱少千不会把那么重要的任务交给小凯去完成。虽然邱少千派了一个人在后面监视，但是并没有影响小凯的发挥，他的北上支队给邱少千创造了不少效益。所以，即使小凯有干私活儿的毛病，邱少千也会睁一只眼、闭一只眼，假装不知道。还有，邱少千当年立规矩的时候，给这些小偷布置了一项任务，那就是不惜一切代价拉警察下水。那时，邱少千设立了“公关费”，由武追风负责支配，专门用于对警察进行公关。后来，申透明和小凯都使用过这笔费用。他们吹嘘自己把某某警察拉下了水，变成了内线。邱少千经过考证，发现他们说的是实话。

小凯给靳士谦当过线人，为他提供了一些线索。可是，小凯心里很清楚，提供给靳士谦破案线索这件事情，是邱少千让他干的。那时，邱少千为了保护自己的领地，一旦发现他们经常作案的商场、市场等场所有外来的扒手和本地的新扒手出现，就让小凯给警察递点子，让警察把他们统统拿下。这种“借刀杀人”的把戏，邱少千演得十分得心应手，屡屡见效。借助警察的手把对手清理干净，让“市场”风平浪静一段时间以后，小凯就又开始作案了。等警察发现“市场”上扒窃案件的发案数上升了，他们就会再次上演“借刀杀人”的把戏。这就是小凯这些年给警察表演的“大变脸”。所以，小凯是把“两面人”的嘴脸演绎得最好的小偷。这一次，他肯出来给警察当线人，完成邱少千交给他的任务，就是想借机了解一下警方的动向，给邱少千报个信儿。

那天，靳士谦给小凯打来了电话。前些年，小凯给靳士谦当过线人，所以靳士谦知道小凯的电话号码。只是，他们好久没有联系了，靳士谦为啥突然给他打电话呢？小凯有些摸不着头脑。这个靳士谦，怎么忽然想起他来了？是要揩油，还是在北京、天津、江城犯了事？小凯十分害怕，云里雾里地弄不明白靳士谦打电话的真实意图。

小凯愣了好一会儿，差点儿把手机扔到地上。接还是不接呢？当然不能贸然接电话了！不一会儿，电话铃声停止了，电话断了。这时，小凯收到了一条短信，是靳士谦发来的：有线索的事找你，不用害怕。请接电话！

小凯刚看完短信，手机铃声就响了起来。还是靳士谦打过来的！这时，小凯心里有了谱儿，接起了电话。

靳士谦在电话里质问道：小凯，你咋不接电话？我是靳士谦，你用不着害怕。我有事找你，明白了吧？

小凯一下子就听出来了！听到靳士谦的声音，小凯反而镇定下来了。

小凯说：是谦哥呀！您找我？

靳士谦说：你小子听着，我告诉你是啥事啊！

小凯说：我知道了。谦哥，您有啥事尽管吩咐！

靳士谦说：小凯，你听着啊！这段时间，你得给我提供点儿线索。你知道我们正在搞破案战役吧？

小凯说：知道，谦哥。

靳士谦说：知道就好。我跟你说，小凯，我们领导呢，到现在为止一个案子也没破，被领导的领导一顿猛批。再搞不到线索，破不了案，我们领导就要受处分了。领导逼我找案子破，我就忽然想起你了。咱们俩是老朋友了，关键时刻，需要你给我们提供点儿活儿干，明白吧？

小凯听明白了，原来他是为了找活儿干。小凯悬着的一颗心终于放下了，他对靳士谦说：我知道了，谦哥。领导需要，我可以提供。

靳士谦说：知道就好。电话里，我就不多说了。今天中午十二点之前，静怡路231号，天籁风味餐厅“静月”房间，你必须到啊！

小凯哆哆嗦嗦地说：谦哥，我一定到！可是，我要是去了，你们不会直接把我抓起来吧！

靳士谦笑了笑，说：怎么，你做贼心虚了？放心吧，抓你不会用这种方式的！

小凯说：我知道了。我会准时去的！

放下电话，小凯发现自己已经是满头大汗了。小凯心想，“做贼心虚”这个词，真的不是瞎造出来的。贼和警察通话，警察镇定自若，贼都快吓尿了。这就是警察和小偷的本质区别。小凯知道，这个靳士谦和别的反扒警察不一样。他一方面利用这些小偷，让他们提供破案的线索；另一方面，从小偷那里抽头和揩油。这些年，靳士谦死死地控制住了一些小偷，可以说是呼风唤雨了。靳士谦最厉害的就是掌握了“地皮子”。哪个小偷，哪天出现在哪个“地皮子”上，干了哪些“活儿”，只要靳士谦上手，就没有掌握不了的。靳士谦在小偷的圈子里声名远扬，小偷们都管他叫“谦哥”。一提起“谦哥”，哪个小偷都会给三分薄面。一次，小凯在浪潮市场作了一起案子，偷了一个少妇的红色皮钱包。小凯正在一个小区的角落里洗钱，电话铃声突然响了起来。小凯一看手机屏幕，显示的是靳士谦的手机号。小凯立刻就明白了，他刚刚作完案，靳士谦就知道了。他把钱包揣进自己的口袋，接听了电话。

靳士谦问：是小凯吗？

小凯说：是我，谦哥。

你现在在哪儿呢？靳士谦说。

我，我在……

小凯说话时有些吞吞吐吐。

靳士谦说：别装糊涂了！刚才你是不是在“浪潮”干了一起案子？

小凯说：谦哥，我……

快他妈说！是不是？靳士谦说。

是，谦哥。小凯说。

靳士谦说：是就好！赶紧把钱包给我送过来！你偷的这个女的，是领导家的亲戚。懂了吧？

懂了，谦哥！我不知道这个女的是领导家亲戚呀！小凯辩解道。

靳士谦说：少啰嗦！赶紧把钱包送回来，我在“浪潮”对面的书刊亭旁边等你！

知道了，谦哥，我这就过去。您可别直接把我抓了！小凯说。

靳士谦说：抓个屁！把钱包送过来了事！要抓你，我早就动手了，还用给你打电话？快点儿过来吧！

好的。小凯说。

靳士谦挂断了电话。小凯出了一身冷汗，心想：靳士谦可真厉害，我刚刚偷了钱包，就被他发现了！一是偷了领导亲戚的钱包；二是靳士谦一下子就确定是他干的了。面对靳士谦这样的老警察，小凯只能打掉门牙往肚子里咽了。他不仅要把吃到嘴里的肥肉吐出来，没准儿还要赔礼道歉，搭上一顿饭。认倒霉吧！

撂下电话，小凯赶紧向浪潮购物中心对面的书刊亭走去。

十分钟后，小凯来到那个书刊亭附近，老远就看见靳士谦站在书刊亭南面的一棵树下。

靳士谦见小凯过来了，伸出右手示意小凯到树下来。小凯战战兢兢地走了过来。

靳士谦开玩笑说：小凯，你不用害怕。你说你偷谁的钱包不好，偏偏偷了市领导小姨子的钱包。小姨子长得难看也就罢了，偏偏她长得漂亮又风骚，市领导能不管吗？

小凯听明白了，靳士谦这是在指桑骂槐。小凯虽然挨了骂，但是心里明白，靳士谦是在告诉他，的确是某领导的小姨子惹的祸。

小凯急忙点头哈腰地说：谦哥，我知道领导的小姨子不好惹。怪我有眼无珠，碰到“碴子”了。

说完，小凯赶紧从兜里掏出钱包，恭恭敬敬地递给了靳士谦。靳士谦接过钱包，说：小凯，里面的钱一分不少吧？

小凯说：谦哥，不瞒您说，我刚要洗钱，您的电话就打过来了。没洗成，当然一分不少了。

靳士谦说：一分不少就好，我也没白吹牛皮。

小凯说：谦哥，您哪是吹牛皮呀！就凭您，拿回去个钱包还不是易如反掌嘛！

靳士谦说：小凯，你还挺会说话！还不是你们给我面子嘛！

小凯心想：不给您面子，您还不得整死我们呀！

靳士谦说：小凯，这次我就不抓你了，也不让你孝敬我了。算你帮我立了一功，让我在领导面前风光风光。我可告诉你啊，市领导的小姨子丢了钱以后，在市领导面前哭天抢地。市领导见不得小姨子伤心，就给我们领导打了电话。我们领导告诉我，必须在两个小时之内把市领导的小姨子找回来。

小凯说：谦哥，不是小姨子，是小姨子的钱包吧！

靳士谦说：对，是小姨子的钱包。你看我，就知道冲着人家小姨子使劲儿！说心里话，哪用得了两个小时呀！在“浪潮”那块儿，你小凯最近活动频繁。这个小姨子的钱包，不是你偷的，就是你的同伙偷的。即使不是你和你的同伙偷的，你也能在短时间内找到干这个活儿的家伙，所以我就找你了。当然了，一打通你的电话，我就意识到，这个活儿就是你小凯干的。

小凯说：谦哥真是料事如神！我们这些当贼的，谁也逃不出您的手心。

靳士谦说：小凯，这次的事，你做得很到位。哥请你撮一顿去！以后，哥需要线索了，你还得给哥提供几个，懂不？

小凯说：懂了，谦哥。您要立功，随时吩咐我。饭我就不吃了！

靳士谦说：也好，咱们找时间再约。我一定请你吃一顿，这次就算了吧。市领导的小姨子还等着呢，我先把钱包给人家送回去!

小凯说：谦哥，那我就走了。

靳士谦拍了一下小凯的肩膀，说：去吧。你以后再干事走点儿心!

小凯说：是，谦哥。

小凯心想：哥呀，我又没长透视眼，哪知道偷的是领导小姨子的钱包呀!

小凯转身走了，留给靳士谦一个清瘦的背影。

6

这一次，靳士谦又找到了小凯。小凯虽然知道靳士谦找自己的真实意图，但是为了慎重起见，他还是想向老大邱少千报告一下。现在，想见到邱少千或者和邱少千通个电话，已经是很困难的事情了，必须经过几道坎儿，主要是必须经过柳叶儿和飞鱼儿这两大美女的关口。

小凯给飞鱼儿打了个电话，飞鱼儿很快就把电话接了起来。

小凯说：飞鱼儿，我是小凯。我想找老大说话，有要紧的事禀报。

飞鱼儿说：我知道是你。正好，我和老大在一起。

此时，飞鱼儿穿着一件薄纱睡裙，正坐在邱少千的大腿上和邱少千调情。

邱少千问：谁呀？扫了老子的雅兴!

飞鱼儿说：是小凯哥。他说有要紧事儿向您汇报!

邱少千说：是小凯呀，把电话给我!

说完，他接过飞鱼儿递过来的手机，开始接听。飞鱼儿知趣地从邱少千的大腿上下来，躲到屋里去了。

老大，是我，小凯。小凯说。

知道了。啥事？邱少千说。

大哥，警察刚才找我了。小凯说。

听了这话，邱少千吓了一跳，急忙问：什么？警察找你了，你还敢打电话给我？

小凯说：大哥，警察是找我，不是抓我。他让我给他当线人，提供几个案子的线索。

邱少千这才长出了一口气，说：吓死我了！我还以为警察又要抓你呢！

小凯说：大哥，估计这次不会抓我，因为找我的警察是跟我关系最好的那个警察。我们以前相互利用过，这您是知道的。

邱少千说：是那个“谦哥”吗？

小凯说：是的，大哥。不过，他已经有好几年没找我了。这次，他突然找我，我心里没底。所以，我去不去，还要征求您的意见。

邱少千略加思索，说：小凯，我觉得，谦哥这次找你，不是为了抓你。一是，我们现在作的这些案子，他们不会了解得那么清楚。二是，几年的时间过去了，他们不会贸然抓你。三是，他们现在需要的是侦破案件的线索。他们认为，你是最可靠的线人。他们在迷茫的时候，必然会想到你。

小凯说：大哥，你说的对。看来，我去是不会有啥危险的。

邱少千说：去吧，兄弟。多好的机会呀！现在，全市的警察都在搞一个啥行动。这个行动，就是为了抓咱们小偷的。现在，警察为了找到案件的线索，真是下了血本。这正是我们转移警察视线的最好时机！你把咱们掌握的外来小偷的情况梳理一下，多提供给警察一些线索，让他们破案立功。这样一来，我们的势力就保全了。

小凯说：大哥，有了您的支持，我的这颗忐忑不安的心就放下来了。可是，我还是不敢去见警察。这是发自内心的惧怕！

邱少千说：小凯，没啥可怕的。谦哥不会对你下手的，因为你手里有他的把柄。你落网了，他也不会囫囵。所以，大可不必担心。这个人以前不是给我们提供过很多内部信息吗？必要的时候，你要代表大哥出面，给他些甜头儿。这笔费用，由公司来支付。你懂了吗？

小凯说：懂了，大哥。

7

走进餐厅，小凯心里有些忐忑不安。房间里，尹大力戴着礼帽和墨镜，坐在那里一动不动。靳士谦站起来，让小凯坐下。小凯见到尹大力这身打扮，感觉有些发怵。

靳士谦赶紧介绍说：小凯，别拘束，这位是我们领导。

小凯点头哈腰地说：领导好！

尹大力朝小凯微微点了点头，算是还礼。

靳士谦眨巴眨巴眼睛，说：小凯，你有啥可拘束的？放松点儿！今天领导感冒，怕传染给咱们。今天我请客，还省钱了，点两份就行。等领导身体好了，咱们再请他。所以，今天你就不用客气了，咱们好好吃饭、聊天！我还特意要了几瓶啤酒，陪你喝点儿。

听靳士谦这么一说，小凯紧张的情绪有所缓和。他还是一个劲儿地点头，说：谦哥，我叫“不紧张”！我吃啥都行，随便！

靳士谦乐了，说：小凯，你还跟我装起文明人来了！你就应该不紧张！我们呢，是警察不假！你呢，过去是小偷，这也不假！可是，今天呢，你是我们的线人，是为我们服务来了。所以，我们今天请你吃饭是理所当然的。

小凯还是没有坐下，一直站在那里点头哈腰地继续说：谦哥，我看这顿饭还是我请吧。感谢您这些年对我的关照！

靳士谦冷下脸来说：小凯，别当着我们领导的面胡说八道！我关照你，都是为了案子的事，别扯远了！来，你先坐下！咱们别争论谁请客了，今天这顿饭必须我们请。要是反过来呢，你花钱请我们吃饭，我们可就违法违纪了。警察让线人请客吃饭，这要是传出去，我们轻则受纪律处分，重则被开除出警察队伍。你说说，今天这顿饭，我们敢不敢让你花钱请客？

小凯战战兢兢地坐下来，说：谦哥，这些年，我别的没有长进，不会说话这毛病倒是有长进了。

靳士谦说：哈哈，长歪了不是！

小凯说：是，没长好。谦哥，我听您的，让您破费了！

说完，他斜了一眼尹大力，只看到了一副黑乎乎的眼镜，像个独行侠。小凯心想：看来，今天这位领导是不想让我见到他的庐山真面目啊！

不一会儿，女服务员端来了六个小菜，放到了桌子上。然后，她又端来了三个啤酒杯，摆在了他们三个人面前。

靳士谦说：小姐，把啤酒给我们倒上，你就可以出去了。我们不叫你，你就不要进来了。

女服务员说：好的，先生。

说完，她往三个杯子里倒满了啤酒。然后，她温柔地说：几位先生慢用！有事及时叫我，再见！

女服务员很有礼貌地退了出去。

女服务员走后，靳士谦说：小凯，咱们也算是老相识了，这叫"不打不成交"。虽然政府没少教育、改造你，但是你自己不好好改造，就怨不得政府了。

小凯说：谦哥，是我没改造好，对不起政府。所以，只要政府需要我，我就会老老实实地给政府干事。

靳士谦说：小凯，你的认识还是挺深刻的，我们心里很清楚。这些年，尽管你没少做对不起政府的事，但是你也给政府提供了一些可贵的帮助。所以，从这个角度来看，你对政府是有贡献的。来，我敬你一杯！

小凯说：谦哥，贡献得还不够！

靳士谦说：把杯举起来，咱们俩干一杯！

小凯举起酒杯，又看了一眼纹丝不动地坐在那里的尹大力。

靳士谦说：不用看我们领导！他感冒了，咱们喝。

说完，他把酒杯端起来，主动和小凯碰杯。随着一声清脆的撞击声，靳士谦举起酒杯，一饮而尽。小凯还在观望，犹豫着喝还是不喝。

靳士谦眨巴眨巴眼睛，脸上露出凶相，催促说：小凯，干了！

这回，小凯不再犹豫，端起酒杯，一饮而尽。

靳士谦说：小凯，你吃菜。

小凯说：你吃。

靳士谦并没有去夹菜，而是拿起啤酒瓶，给小凯倒酒。小凯急忙站起来说：靳警官，我来倒酒吧！怎么能劳您的驾倒酒呢？

靳士谦说：小凯，坐下！这次我倒，下次你倒！

小凯重新坐了下来。靳士谦倒满了两杯酒，继续说道：小凯，干了这杯酒，别再装犊子了！咱们可是老朋友了，今天让你来干啥事，你心里明白吧？

小凯说：明白。

靳士谦说：明白就好。你向我们领导表个态，整几条像样的线索，好让我们领导在上级领导面前挺直腰杆！

小凯说：明白。

靳士谦说：你怎么总是“明白、明白”的，还不表态？

小凯看了看戴着墨镜的黑乎乎的尹大力，还是觉得有点儿发怵。他战战兢兢地说：领导，我保证让您破获一系列大案，给您提供几条重要线索。请您等着我的消息，我一定能办到！

尹大力说话了，声音低沉而沙哑：哼哼，你要是耍花招儿呢？

小凯说：领导，我不会耍花招儿的！我诚实着呢，谦哥能证明！

尹大力说：那好，我就等着你的消息了。

说完，尹大力潇洒地站起来，转身就向外面走，留给了小凯一个神秘莫测的侠客般的高大背影。

尹大力走了，小凯长长地舒了一口气。

小凯说：谦哥，刚才的气氛太压抑了。我还以为我犯了事，你们领导立马就会抓我呢！

靳士谦说：你犯了事？啥事？

小凯说：我说错了。不是我犯了事，是你们领导在这儿，我不敢喘气。

靳士谦狡黠地笑了笑，说：小凯，几年没见，你这几年是不是没闲着？是不是干了很多我不知道的“大活儿”？

小凯说：没，没啥，谦哥。

靳士谦横眉立目地说：小凯，你跟我“打囫囵语”是吧？别以为我没时间管你，你就可以放肆了。惹急了，咱们新账、老账一起算！

小凯害怕了，说：谦哥，息怒！我就干了那么一点点小活儿，都是在外面干的。要是在本地干，根本逃不过谦哥您的火眼金睛！

靳士谦说：小凯，别跟我耍花样！这件事，别让我们领导打脸！该咋办，你心里有数！

小凯说：谦哥，您放心吧。不过，这费用嘛……

靳士谦说：小凯，这费用，你不张嘴要，我们也会给你的。不过，咱们丑话得说在前面，先付一半特情费。至于另一半嘛，就要看案子的质量了。

小凯说：行，我懂这个规矩。

靳士谦从兜里拿出一个牛皮纸信封，里面装了一千元钱。他把钱交给小凯，小凯并没有推辞。

靳士谦说：这回相信我们警方的诚意了吧！咱们放心地喝酒吧！

小凯说：我敬您！谢谢您给我找活儿干，还给我酬劳。我最近正愁没钱花呢！

靳士谦说：小凯，拿了人家的钱财，可别忘了替人家消灾呀！

小凯说：忘不了。放心吧，谦哥。咱们干一杯，合作愉快！

靳士谦说：合作愉快！

两个人的酒杯又碰到了一起，发出了清脆的响声。

干杯！

靳士谦和小凯一饮而尽。

小凯觉得，这是另一种意义上的鸿门宴。他只有把“特情费”收了，警察才能相信他。

小凯说：谦哥，谢谢您还信任我！这笔钱，我必须照单全收。还有一笔钱，您也要收下。不瞒您说，来之前，我和我们老大通了电话。老大听说是您找我，就嘱咐我好好为您做事。老大还说，这些年您没少帮助我们。他特意给您准备了一笔酬金！您给我一个卡号，我把酬金打到您的卡里。

靳士谦说：亏得你们老大还想着我！我这不是无功受禄嘛！

小凯说：谦哥，您就收下吧！您要是不收，我就把您给我的钱也退回去。这线索的事嘛……

靳士谦说：小凯，你这个浑蛋，拿线索说事！好吧，你把线索的事弄明白，别让我们领导失望。懂了吧？

小凯说：放心吧，谦哥。

两个人相视一笑，举起酒杯，一饮而尽。

小凯很讲江湖义气，给尹大力和靳士谦提供了一个“打饭口系列扒窃案件”的重要线索。尹大力带人迅速抓获了犯罪嫌疑人蝈蝈，同时抓获了另外五名团伙成员。他们破获了扒窃案件一百零二起，缴获了赃款九十七万元、各类银行卡二十七张、手机九部，还有身份证和各类有价证券等。

“打饭口系列扒窃案件”的破获，在江城市公安局掀起了新一轮的破案高潮。

重案中队破获了“早市、夜市系列扒窃案件”，破案二十二起。反扒三大队破获了“火车站货场系列扒窃案件”，破案四十一起。反扒四大队破获了“文化广场系列扒窃案件”，破案五十三起。七个区的公安分局共破获扒窃案件一百一十多起，为失主挽回经济损失四百二十多万元。

市公安局打击扒窃犯罪的“一号行动”取得了阶段性的胜利。

第十五章 风声鹤唳

1

在一段时间内，江城市的社会治安出现了空前的好转。连续两个月，“110”指挥中心接到有关扒窃案件的报警电话不到四十个，提到的都是零星的小偷小摸。

王建军坐在办公桌旁的靠椅上，手里拿着一份“110”指挥中心提供的“每日警情”，认真地看着。岳剑和郑东风坐在办公桌前面的两把椅子上。岳剑手里拿着一份材料，郑东风手里拿着一本卷宗。

王建军说：岳剑，我看了今天早上的“每日警情”，全市的刑事案件发案率大幅度下降了。看来，“一号行动”收到了很好的效果。

岳剑说：是的，王局。市局党委适时部署“一号行动”，效果还是非常不错的。我们只是来了一个小冲锋，扒手们就闻风丧胆了。现在看来，震慑作用已经发挥出来了。

王建军说：岳剑，这段时间，打击扒窃犯罪的效果充分显现出来了。可是，你发现咱们破的这些案子有什么特点了吗？

岳剑说：王局，您是“老刑侦”了，有些现象当然逃不过您的眼睛了。您是想说，我们破的这些案子的突出特点就是：外地人流窜作案居多，本地的那些老贼落网的很少。

王建军笑了笑，说：岳支队真聪明呀！猜出来了！

岳剑说：王局，再笨的人，恐怕也能猜出来吧！看看咱们近期破案的名单，那些小偷还是有点儿名气的！

王建军哈哈大笑着说：岳剑啊，你是聪明呢，还是糊涂呢？你师父还在这儿抽烟，没派上用场呢！怎样才能抓住那些有名气的小偷呢？

岳剑看了看坐在自己身边的郑东风，发现师父点燃了一支烟，刚抽第一口。他说：师父，又犯烟瘾了！咱们离王局这么近，把领导熏坏了咋办？

王建军说：岳剑，你怎么还管起你师父抽烟的事来了！咋的，我是纸糊的吗？还怕烟熏？

郑东风赶紧说：老领导，对不住啊！今天您没给我们喝好茶，所以我就抽支烟。您没意见吧！

王建军说：哈哈，老蔫儿，我就是有意见，又有啥意义呢？你不还是照抽不误嘛！

郑东风尴尬地笑了笑，说：老领导，我下次注意！

王建军说：老蔫儿啊，抽吧！不抽烟，你就没精神了。说说你对当前形势的看法吧！

郑东风抽了一口烟，吐出的烟雾升腾着，一圈儿一圈儿地在他的头顶上转动着。

郑东风说：老领导，您发现的这个问题，我和岳队也意识到了。我说句老实话吧，您和岳队可别不爱听！

王建军说：咱们三个人哪有里外呀！有啥不愿意听的？

郑东风说：老领导，那我就说说吧。我觉得，前期的破案高潮只是昙花一现、表面繁荣。打掉的团伙，多数都是从外地来的，流窜作案。有好多案件都是现行案件，今年发生在咱们市区的重特大扒窃案件一起也没破。活跃在咱们市区的那些老扒手无一落网，根本没有伤及老贼。所以，这些破案的人又是立功，又是受奖，是不是在糊弄咱们贺飞局长？是不是想让市委领导看看，咱们公安局的人真的干活儿了？

郑东风的话真够噎人的，一点儿客气的成分都没有，弄得王建军很没面子。

岳剑说：师父，同志们干活儿了，给点儿奖励是对的，怎么能说是给别人看呢？您是说，我们为了向市委邀功，干的都是面子活儿？

岳剑这话听起来是在批评郑东风，实际上却起到了推波助澜的作用。王建军听明白了，可他不但不生气，反而笑了。

王建军说：老蔫儿，你咋净说大实话呢？我们破了这么多起案子，不该向市局报告吗？市局不该向市委报告吗？这难道不是成绩吗？

郑东风还在吸烟，烟圈儿升腾着，飘向了王建军。王建军用手扇了几下，烟雾向别的方向飘去。

老领导，咱们确实破了这么多案子。可是，那都是些啥案子呀？抓了一些小蟊贼顶雷！市委领导看不出来，咱们自己不应该心知肚明吗？郑东风说。

王建军说：老蔫儿啊，不管怎么说，领导们看了这些破案的数字，都很高兴，还表扬了咱们贺局。他们说贺局落实市委的决策速度快、效果好，在短时间内就破了大案。这不是挺好的吗？市委领导满意了，剩下的事就好办了。按照既定方针，除恶务尽呗！

郑东风笑了笑，说：老领导啊，我这是故意将了一军啊！我怕您被短暂的胜利冲昏了头脑，忘记了重大行动！

岳剑说：师父啊，您可真敢说！还真把王局当成自家人了！

王建军说：岳剑，难道你们俩把我当成外人了？

岳剑说：那倒不是。王局，不瞒您说，在此之前，我和师父已经分析过了。这些案子，特别是聋哑人犯罪团伙的案子和“打饭口系列扒窃案件”，有两个共同的特点：一个是有不明身份的人打电话举报；一个是利用线人。而且，打举报电话的人和线人提供的犯罪嫌疑人的情况准确无误，稍加侦查就能破案。我们觉得，这两个系列案件的破获是偶然的。

王建军说：为什么这样说？

岳剑说：根据实际情况，我觉得这种表面繁荣的背后，一定隐藏着某种阴谋。比如，这些举报人、线人及时给我们提供了破案的线索，同时恰到好处地转移了我们的视线。所以，我总感觉，有一个在幕后操纵一切的高手悄悄地布下了这个绝妙的棋局。

棋局？王建军对这个词很感兴趣。

郑东风吸了一口烟，思考了一下，接过了话茬儿：老领导，的确是这样。这个棋局应该是“影子”给我们布下的，我们大家都被“影子”牵着鼻子走呢！

王建军闭上眼睛，认真地想了一下，忽然一拍大腿，说：对呀，老蔫儿！他们频繁地向我们举报，为我们提供线索，目的就是转移我们的视线，让我们因破案而沾沾自喜，他们好趁机策划更大的行动。这的确是个妙招啊！

岳剑随声附和道：王局，感觉这招是挺妙的！

王建军诡异地笑了笑，说：岳剑、老蔫儿，将计就计，明白吗？

明白。岳剑说：刀枪入库，马放南山！师父，您可以好好回家照顾师母了。

哈哈，那就让我提前退休吧！郑东风笑着说。

郑东风连续吸了几口烟，吐出的烟雾升腾着。一次绝密行动在郑东风吐出的烟雾里酝酿着。

2

深秋的风清凉了许多，隐含着萧杀的色彩。唯有丘陵山上那一棵棵火红的枫树，像燃烧的火苗一样，与金黄色的山杏林交相辉映，勾勒出了一幅温暖而美丽的图画。秋风吹过，树叶一片一片地随风飘落，把秋后的蚂蚱遮盖在了下面。

一排大雁呱呱地鸣叫着，从天空中飞过，去南国寻觅温暖的地方了。

邱少千在院子里潇洒地练习着太极步法，身形就像那飘飞的叶子，轻舞飞扬。飞鱼儿身着一袭白裙，立在一旁，端着一杯透明的矿泉水，等待着邱少千最后的收场。

邱少千轻舒圆步，脚下生风，旋转了几圈儿，忽然立定，气定神闲。他静立了一分钟后，飞鱼儿恰到好处地走过来，把手里的水杯递给了邱少千：干爹，请您喝水！

邱少千接过水杯，把里面的矿泉水全部喝掉了，然后把水杯交给了飞鱼儿。

飞鱼儿说：干爹，申哥和武哥都到了，在大厅候着呢！

邱少千说：知道了，前面带路吧！

飞鱼儿像仙女一样在前面飘然行走，邱少千紧紧地跟在后面。不一会儿，两个人就来到了议事大厅。邱少千径直走进了大厅右面的会客厅，武追风和申透明正在这里等候。

老大好！

看见邱少千进来了，武追风和申透明站起来给邱少千请安。邱少千还礼之后，说：两位兄弟，请坐下议事！

申透明说：大哥，您先坐下，我们再坐。

邱少千走到最前面的沙发旁边，坐了下来。申透明和武追风分别坐在了两边的沙发上。

飞鱼儿走进来，给他们倒上了茶水。邱少千说：飞鱼儿，去把柳叶儿、夜猫儿喊过来，大家一起商量一下。

是。

飞鱼儿说完，走了出去。

邱少千说：二位，听说最近外面挺热闹。

武追风说：老大，外面是挺热闹的。警察忙破案，忙得不可开交。据说，他们把从外地来咱们这儿兴风作浪的“同道”都抓得差不多了。

申透明说：真够热闹的！警察们都忙着破案、总结、表彰、奖励，还在进行大力宣传和走访慰问呢！他们造的声势非常大，老百姓都知道，他们抓了好多小偷。

邱少千哈哈大笑着说：这正是我们要达到的效果！

申透明也笑了，说：哈哈，是啊，老大！“老便”们现在心情超好，估计每天都在喝酒庆祝呢！

武追风说：让警察们尽情地庆祝吧！警察们越是这样，我们就越安全。

邱少千说：太好了！我们布下的“移花接木”的棋局生效了，警察们完全掉在了我们的圈套里。

武追风奉承地说：还是老大高明啊，略施小计就让警察们就范了！不过呢，老大，我还是要善意地提醒一下，以后做事还是要慎重一些，特别是对同道之人。

邱少千说：风神儿，你提醒的对。我也觉得，以后我们打击同行要谨慎些。这要是传出去，江湖上好多派别就把我们当成仇敌了。我们今天举报这个，明天举报那个，将来我们就成了江湖上的害群之马了。

武追风说：可不是嘛，老大！

邱少千问：听说，在警察的一次行动中，有个便衣受伤了。

武追风说：是的，老大。警察是在抓李晓雨的时候把脚踝摔断了。

邱少千说：是摔断的，那就好！我还以为是我们拒捕，把警察给打坏了呢！弟兄们啊，我还是那句话，可以和警察周旋，拼技术、拼耐力、拼智慧，但是绝对不能伤害警察。我们是贼，既然走上了贼道，这辈子就得“一贼到底”了，没有回头的余地。而警察呢，他们本来就是抓贼的。人家当上了警察，吃上了官饭，代表的就是正义。

抓小偷，就是警察们的天职。所以，我们和警察这两个相互矛盾的对立面，是针尖对麦芒，永远不可能融合。但是，形成对立面的是“贼”和“道”。人家警察是“道”，是“人间正道”。我们呢，是“贼”，是“恶”，是“背道而驰”。所以，我们也要追求我们的“盗亦有道”，在任何情况下都不允许伤害我们的对立面。你们要牢记这个道理！

武追风说：老大，我们明白了。

申透明说：老大，你讲的道理，我们都明白。这些年，我们几乎都是这么做的。有的时候，就是火候把握得不太好。特别是一些刚出道的“愣头青”，在警察面前拒捕的大有人在。所以，有些事情是在所难免的。

邱少千说：神偷儿，这就需要我们管好自己的手下，不可轻易与警察交手。

申透明说：我们也在教育手下的弟兄，会避免的。

这时，柳叶儿、夜猫儿走了进来，邱少千示意他们分坐两边。

老大好！

两个人打过招呼，分别坐在了申透明和武追风的旁边。

邱少千清了清嗓子，说：人齐了，我说说吧。今天，把大家找来，就是想和大家说一说下一步的打算。大家都知道，我们这个公司发展到现在，走过的道路是十分曲折的。为了保住这些来之不易的成果，我们每个人，包括我在内，都多次被警察打击处理。还好，在历次的风浪中，我们都活过来了，而且是越挫越勇，越来越强大。大家知道这取决于什么吗？要我说，这主要取决于我们与警察斗智斗勇的斗争精神。比如，这次警察部署的“一号行动”，明显就是冲我们来的，目的是摧毁我们。我们及时发现了这个苗头，采取了合适的应对措施，比如安排人打举报电话，安排人给警察当线人，还有提供外地人在我们这里“干活儿”的线索，供警察破案。实践证明，效果非常好。我们让警察破了一堆案子，不仅让警察每天忙着立功受奖，转移了他们的视线，而且成功地借助警察之手，打掉了活跃在江城市社会面上的其他蟊贼，净化了我们的地皮。你们说说，这是不是我们的智慧呢？我觉得是。

申透明、武追风、柳叶儿、钱伏齐都点头称是。

申透明说：老大英明！

武追风说：老大，我们能有今天，主要是靠您的智慧。

柳叶儿说：师父英明！每当我们进入最关键的阶段，都是您及时提醒、提示，让我们化险为夷，转危为安。

钱伏齐说：这次，警察整了个什么行动，又是老大您在最初得到消息时及时告诫大家暂时收手，把我们的弟兄们撤下来，保护了起来，又把其他的同道兄弟递了出去。事实证明，到现在为止，我们没怎么受损失。这不都是因为您英明嘛！

邱少千说：谁让我是你们的老大呢！我的作用就是，在关键时刻审时度势、准确判断，制订正确的方案。当然，最重要的一条，还是大家都能够听话，都很懂规矩，不乱来。所以，收到的效果就是事半功倍的。下一步，随着元旦、春节、元宵节三大节日的到来，我们需要准备一下属于我们的“办年货的季节”。但是，“办年货”一定要在确保安全的前提下进行。这段时间，警察的行动还没有结束，我们需要暂时冷静一下，给警察点儿面子。千万不要顶风作案，要尽量做到偃旗息鼓两个月。在这两个月里，要给警察一种错觉，那就是经过他们的打击，案子真的少了。于是，他们就会被麻痹。等到他们麻痹甚至麻木的时候，正赶上春节前的消费高潮。那时候，我们再出手，好好地捞上几把。大家说，是不是这个道理呀？

申透明说：老大，是这个道理。您部署得非常到位！

武追风说：老大，您部署得很好，我们会执行的。可是，我得给您提个建议。这段时间，社会面要是太干净了，也不对吧！这么大个江城市，一起案子也不发生，会不会让警察觉得我们在布局呀？

钱伏齐说：老大，我觉得风神儿说的很有道理。让弟兄们零星地干点儿活儿，控制一下节奏，这是对的。

邱少千沉思了片刻，说：好吧。我觉得，零星地干几起，也是必要的，至少不会让警察产生错觉。不过，一定要把握好尺度，控制好节奏。神偷儿、风神儿、夜猫儿，这就在于你们怎么摆布自己的人马了。要记住，安全第一。一旦有人“掉脚儿”了，必须做到“个别处理”，绝不能牵扯到“整体利益”。

明白了！几个人异口同声地回答道。

邱少千说：今天的会就到这儿吧。神偷儿，你留下。其他人陆续撤离，不允许两个人一块儿从山庄走出去。

大家都出去了，屋子里只剩下了邱少千和申透明。

两个人凑在一起，几乎是嘴对嘴地说着话。

邱少千说：神偷儿，金行的任务怎么样了？

申透明很神秘地对邱少千说：老大，任务基本上完成了，就等您吩咐了！

邱少千说：图纸拿来了吗？

申透明从怀里掏出一个十厘米见方的小皮夹子，里面夹着一张叠得方方正正的硬纸。

申透明说：老大，您看看这个，全在里面了。

邱少千把硬纸接过来，在两个人面前铺开，看了一眼，很是惊讶。

邱少千说：神偷儿，这简直就是威虎山上土匪的联络图啊！制作得太精致了！是你亲手做的？

申透明说：老大，这可不敢交给别人去做。

申透明指着图纸上的一个地方，让邱少千看。

申透明说：老大，您看这里。这就是百丽珠宝金行晚上停业之后，金库所在的位置。金库在柜台后面的一个房间里，房间的门是一个十分坚固的防盗门。顶棚上的两个角落各有一个监控摄像头，金库的后面有一个电子报警装置。

邱少千看着图纸问：这两个摄像头的连接线和报警器的连接线能切断吗？

申透明说：切断连接线是我的拿手好戏，一点儿问题都没有。

邱少千说：能切断就好！那么，我们怎么进入金库呢？

申透明再次指着图纸说：您看这里！进入金库，有两种方法。一种方法是，通过外墙的防火梯进入大楼的排烟道，把排烟道扒开一个缺口，从缺口钻到金行的天棚。另一种方法是，我提前进入金行，用轻功爬上厕所的天棚，隐藏起来。这两种方法都是我先潜入金行做内应，您从外面通过卷帘门进入金行。

邱少千看着图纸说：神偷儿，你觉得哪种方法更有把握？

申透明说：老大，我要做两手准备，事先把排烟道的缺口打开，确保万无一失。

邱少千说：好吧。密码锁的事，还要进一步研究一下。到时候，可别掉链子。

申透明说：这个没有问题。老大，技术的难关已经攻克了。

邱少千十分兴奋地说：太好了，神偷儿！我现在已经在憧憬和期待那惊天动地的场面了！

申透明说：放心吧，老大。我一定好好配合！

邱少千忽然想到了什么。他说：神偷儿，我们得注意一下郑东风的动向。前一段时间，他们抓了红毛。我们的内线说，虽然红毛没有把我供出来，但是郑东风知道红毛是我们的兄弟。红毛被抓了，他能不关注我吗？还有，那个女人不依不饶，郑东风早晚会知道这个案子是我作的。你说，咱们是不是得派人监视一下郑东风啊？

申透明明白了邱少千的意图，他说：老大，监视郑东风的事就交给我吧。

邱少千说：神偷儿，咱们可说好了，只是监视。说实话，郑东风是值得我佩服的警察。他跟我斗了大半辈子，但我还是喜欢他这样的对手。他不仅是个好警察，而且是个好丈夫。他老伴儿被撞成植物人已经很长时间了，他一直不离不弃，伺候着老伴儿。据说，郑东风每天除了去单位就是回家照顾老伴儿。三年来，他风雨兼程，从不耽误。如果我们不是小偷，和他不是对立面，那么我们就应该向他好好学一学做人。对他妻子凌海云的伤害，是我们造成的。所以，我一直都很内疚。

申透明十分惊讶地说：什么？老大，不会吧！郑东风的老伴儿是我们的人撞的？

邱少千说：是啊！这事儿是红毛背着我干的，事后我才知道。红毛把撞伤凌海云的那辆车藏起来了，为这事我对他发了一通脾气。可是，事情已经出了，我总不能把红毛递出去吧。

申透明说：老大，红毛恐怕要有大麻烦了。金行的事，幸亏没让他参与。

是啊！要是让他参与了，他进去了之后没准儿就会把这件事说出来。真是万幸啊！邱少千感慨道。

申透明说：还是老大英明，果断地把他踢出去了。

还不是你及时提醒嘛！邱少千说：还有啊，神偷儿，郑东风老伴儿的这件事，与我始终强调的“盗亦有道”背道而驰，我觉得太对不住人家了。后来，我采取了一些补救措施，每个月给郑东风的女儿寄一笔钱，是从郑东风的老家寄出去的。

申透明说：老大，您骨子里还挺善良的。不过，您也不要自责。警察和小偷在相互碰撞中发生任何事情都是正常的。我们和警察永远都不会行走在同一条道路上！

邱少千说：神偷儿，我们这辈子就这样吧。我们的孩子可不能再走这条“不义之道”了！

申透明说：老大，希望如此吧。我们的行为，会让孩子们也难见光明。

邱少千说：我本善良啊！神偷儿，不要感慨了。都到这个地步了，开弓没有回头箭啊！时间不早了，咱们一起去吃午饭吧。以后，这样的日子不多了。

申透明说：好的，老大。我听您的！

邱少千喊来飞鱼儿，对飞鱼儿说：飞鱼儿，让柳叶儿到餐厅来陪神偷儿吃饭！

是，干爹。飞鱼儿回答道。

然后，她就去和柳叶儿一起准备午餐了。

邱少千和申透明一起向餐厅走去。

3

入夜，江城市笼罩在一片繁华的灯饰之中。弯弯曲曲的清江穿城而过，把两岸林立的高楼倒映在江水里。彩虹般的跨江大桥连接着城市的东西南北，给这个北方城市点染出了江南的味道。

与江城市区美丽的夜景形成强烈反差的是江城市人才培训中心。这个培训中心位于江城市南郊开发区的西南部，是一个相对独立的院落。以往，这里除了零星的昏暗的路灯以外，再没有其他照明设备了。从学员的宿舍里散发出来的微弱的灯光，显示出院子里还有一丝生机。

今夜，这里与往日形成了鲜明的对比。江城市人才培训中心宿舍楼三楼的会议室里灯火通明，亮如白昼。会议室外面，两名着装严整的警察分立左右。里面，十几个警察正在召开重要会议。除了几个穿警服的警察以外，他们绝大多数都穿着便装。

王建军副局长表情严肃地坐在座椅上。岳剑、郑东风、苏晨宇、楚梦琪、夏雨荷、郑爽爽，还有被抽调过来的来自十二个县公安局的专案组成员，分别坐在会议桌的两边。

在岳剑的建议和王建军副局长的推动下，郑爽爽被正式调入市局反扒警察支队，成了一名反扒队员。这一次，郑爽爽也被抽调到了专案组。

每个人面前都摆着一个水杯、一支签字笔和一个记录本。岳剑、苏晨宇、郑东风、楚梦琪的面前各有一份个人整理的汇报材料。

王建军在听各组的汇报。

苏晨宇首先发言：王局，我们这个组主要负责调查风神儿、神偷儿的情况。从四个县来的十六名同志由我负责调遣。从前期的工作情况来看，我们已经初步查清了风神儿和神偷儿两个“头目”的自然情况，以及家庭成员的情况，还有前科、劣迹情况，包括他们笼络的一些团伙成员的具体情况。我们发现风神儿，也就是武追风，是“影子”南下支队的主要成员和主要作案者。这个人是“影子”邱少千的“智囊”，也是邱少千的得力干将。神偷儿，也就是申透明，是“影子”手下的二级头目中发展团伙成员最多的一个。我们初步掌握，在神偷儿手下干活儿的成员不下四十个。这些人技术高超，活跃在江城市的火车站、汽车站、码头，以及各大商场、商店、早市、晚市等地方，可谓无缝不钻、无孔不入。可以说，这些年来，江城市大大小小的扒窃案件，有百分之三十以上是神偷儿及其手下干的。

王建军说：这个申透明，我多少了解一些。他是和“影子”邱少千一起成长起来的兄弟，江城市著名的老贼之一，人称“商场流星”。他干案子像流星闪电一样迅速惊人，“神偷儿”的绰号就是这么来的。真没想到，这个人已经把这么多人笼络到了自己的麾下。如果任其发展下去，此人就是第二个“影子”了。

苏晨宇说：是的，王局。下一步，我们想紧紧围绕神偷儿、风神儿及其骨干成员开展工作，搜集每一个成员的犯罪证据，掌握他们的作案规律，力争做到各个击破。同时，还要注重打击他们参与的现行犯罪。

王建军说：好的。下面，请岳剑同志汇报吧。

岳剑清了清嗓子，说：王局，我这儿……一是负责全部四个组的工作情况汇总，二是负责柳叶儿、夜猫儿的情况收集……也抽调了来自四个县的十六位同志，由我来调遣。目前，我这边进展的情况和晨宇同志差不多。突出特点就是，摸清了柳叶儿是“影子”邱少千的财务主管，也是邱少千的情人，更是其团伙的重要力量。这个女贼号称邱少千的“第一女弟子”，得到了邱少千的真传。她在南下广州、深圳作案时表现出色，是让当地警察最为头疼的女贼。再有就是“夜猫儿”钱伏齐，这个人也是小巧玲珑、身轻如燕。这些年，他带领手下的弟兄们，专门在早市、夜市活动，主要是夜市。可以说，发生在夜市、夜店、夜总会、影剧院的案子，百分之八十以上都是夜猫儿和他的手下干的。

王建军说：看来，这个柳叶儿是“影子”集团的核心人物，我们必须重点监视。

岳剑说：是的，王局。这个女人给“影子”当半个家。所以，她的安全尤为重要。到时候，我会安排专人盯她的。

柳叶儿，一个关键而重要的女人，一定要盯死她！王建军说。

岳剑说：明白了，王局。

王建军说：好，请楚梦琪汇报一下情况！

楚梦琪说：王局，我带着四个县的十六名同志，主要负责调查邱少千身边的红毛、小凯、纪秃子等人。目前，我们的工作进展得很顺利，掌握了他们的基本情况和他们在“影子”集团中扮演的角色。红毛相当于邱少千的重要打手和助手。小凯是邱少千的帮手，但不是很得力。纪秃子是邱少千的启蒙老师，是他无法割舍的大哥。所以，这三个人都没有另立山头。这些年来，他们没少进出看守所和监狱。出来后，他们又集聚在邱少千门下，继续原来的“事业”，表现出了对邱少千的忠诚。

王建军说：很好。梦琪，对这三个人的调查，你要高度重视。主要是固定证据！

是，王局！楚梦琪说。

岳剑，红毛已经在我们手里了，对吧？王建军问。

对呀，王局，被师父抓了现行！前些天，我们向您汇报了审讯情况，交代得还算彻底。岳剑说。

好的，我知道了。王建军说：把他攥在我们的手里面，关键时刻可以作为重要证人。

王建军说完，看向了郑东风。此时，郑东风正在专注地吸烟。烟雾升腾着，他的上身笼罩在烟雾里。

王建军说：老蔫儿，你说说吧。你既是指导组的，又是实战组的，把情况给大家说一说吧。

郑东风把拿烟的手放下来，说：王局，我们这个组的主要任务是围绕“影子”开展工作。按照您上次提出的要求，我们把“影子”的基本情况、“影子”集团发展壮大的过程，以及他们的成员情况、经营情况、业务范围等情况都摸清了。这么多年来，没有侦破的积案，我们也调查清楚了。有些情况是涉密的，我找机会再向您汇报。

王建军说：好的，老蔫儿。能不能彻底打掉“影子”集团，关键在于你们这个组的工作。还有，你是总的协调和联络人，要清楚所有小组的行动情况，每天都要收集上报和分析研判。你们要针对随时可能出现的情况，制订我们的工作方案。

郑东风说：明白，老领导。

王建军对岳剑说：岳剑，总的情况，你要及时和师父一起分析和研判。必要的时候，可以不经过我的允许，直接行动。但是，凡是涉及侦查和抓获现行的行动，必须事先向我报告。不能因为动了枝节而伤了骨干，进而影响全局。

岳剑说：知道了，王局。您看看，有没有必要通知各区的反扒力量，说明一下情况？最近，打击扒窃犯罪的时候，不能擅自行动。

王建军说：很有必要。但是，不要暴露我们行动的真实意图。

岳剑说：明白了！

王建军说：大家还有什么要说的吗？

说完，王建军环顾了一下四周。大家都点头称是，没有需要发言的了。

王建军说：既然大家都没有什么可说的了，那我就跟大家说一说。夏雨荷，请你做好记录！

夏雨荷说：王局，笔和记录本都准备好了。

王建军说：好吧，那我就给大家讲几句。咱们这个秘密专案组，抽调了这么多人上来，目的只有一个，那就是打掉以老贼邱少千为首的“影子”犯罪集团。方才，各组的负责人把前期的工作情况汇报了一下。我认为，进展得很快，也很顺利。对于下一步的工作，我需要强调的是，一是要严格保密，严守纪律。保密的目的就是不让我们的对手有任何察觉。不到最后统一收网的那一刻，不能泄露任何消息。这是我们每一个参战的侦查员必须遵守的纪律。二是要全面排查，突出重点。对“影子”集团及其分支机构的骨干成员、主要成员，要全面排查，做到底数清、情况明，不能留下任何死角、死面。要把这些成员作为重点来攻坚，全面掌握情况，做到心中有数。三是要广泛搜集，固定证据。要积极搜集和整理“影子”集团成员的犯罪证据，包括失主的证言、报案的记录、目击证人的证言、扒手的视听资料等。能搜集的，尽量搜集。特别是涉及外来犯罪和异地犯罪的，要通过协查通报把案发地的情况搜集上来。必要的时候，要派侦查员去当地搜集证据。这些证据的搜集和固定至关重要，能够对下一步的审讯、认定罪名、逮捕、法院判决等程序起到关键性作用。所以，大家务必做好这些工作。四是要合力攻坚，统一收网。专案组在工作期间遇到重特大疑难案件，要统一指挥、密切协调、及时分析、综合研判，合力攻坚。同时，要根据整体工作的进展程度，把握最佳时机，统一收网，力争把“影子”犯罪集团一网打尽。要让长期困扰我们的社会治安问题得到彻底解决，让危害江城人民生命财产安全的扒手们彻底毁灭，还我们青山绿水、朗朗乾坤！

王建军副局长的这一段充满激情的讲话，激励着所有参会人员。

现场爆发出一片热烈的掌声。

4

天空灰蒙蒙的，一场冬雪悄无声息地从天而降，令江城大地银装素裹。丘陵山脚下，雾凇一夜之间染白了松枝、柳枝和山杏树枝，像白鸽长出了晶莹的羽毛。

被白雪覆盖的丘陵山，萧杀而神秘。衰草和落叶无奈地藏在白雪下面，新一轮的罪恶又开始在白雪皑皑的丘陵山脚下发酵。

丘陵山庄的议事大厅里，邱少千端坐在高高的虎皮靠椅上，威风凛凛。靠椅后面的墙壁上，盗贼的老祖宗“盗跖”的大幅画像十分醒目。画像下面，“盗亦有道”四个大字遒劲有力。两个穿黑衣服的保镖分立在邱少千的两侧。风神儿、神偷儿、夜猫儿、柳叶儿、小凯、纪秃子、飞鱼儿分别坐在左右两边的沙发上，每个人面前的茶桌上都放了一杯热茶。一盆炭火在大厅的中央熊熊燃烧，把整个大厅都映红了。

高高在上的邱少千俯视着台下的众人，拉开嗓子，开始说话了。

邱少千说：各位兄弟，这是我们聚得最齐的一次了。我把大家请来，就是要告诉大家，元旦和春节两大节日就要到了，就要进入我们的“黄金抓钱期”了。各路人马要马上进入“抓年货”阶段。在这样的关键时刻，我要及时提醒大家，千万不能一心为了“抓钱”，忽视了“安全”这个底线。警方部署的“一号行动”还没有结束，那些休眠的便衣警察会像蚯蚓一样，随着春季的到来而复苏。所以，我们绝对不能掉以轻心。前一段时间，弟兄们已经蛰伏了两个月。在这两个月里，大家很懂规矩，基本上没有出去“干私活儿”。当然，也有“抽冷子”干几把的。这些，我没有看见，警察也没有抓到，就算我们侥幸过关了。总之吧，除了红毛以外，还真没发现谁“掉脚儿”了。这是不幸中的万幸，好在我们顺利地过来了。现在，就要开始新一轮的战斗了。在这两个月里，大家都要憋足了劲儿。还是那句话，我们“聚财公司”要按规则行事，任何人都不能违反规则。当然，从这次行动开始，规则要有所改变。大家的福利会有所上调，原定的“三七开”变为“五五开”，多劳多得。弟兄们听到这个消息，一定会很激动。现在，科技在不断进步，各种电子结算方式被广泛使用，使用现金的人越来越少了。对我们来说，这些都是不利因素。可以说，银行卡、微信、支付宝等新型支付方式的出现，是对我们这些传统意义上的扒手最大的冲击。这种改变来得快捷迅猛，我、神偷儿、风神儿、纪秃子这些老家伙基本上无法跟上时代的脚步。严酷的现实告诉我们，一是要发扬老传统，盯住不愿意放弃原始支付方式的人群，甚至要把周边的县城变成我们的“抓钱”阵地。二是要研究新问题。我们可以借鉴政府招聘人才的方式，把大学生甚至研究生吸收进来，研究现代化的扒窃手段。我听说，现在南方已经有“扫码扒窃”的方法了。同时，在一些省份，电信扒窃和诈骗也很活跃。我们要是只靠传统的扒窃手法吃饭，将来会揭不开锅的。这些，我准备让飞鱼儿这样的年轻人去研究，发展我们的事业。

讲到这里，邱少千感觉口干舌燥，便停下来喝了一口水。趁此机会，大家小声议论了起来。

老大真的是意识超前啊！是该学学新的手法了，否则我们早晚会被饿死。申透明说。

老大这是居安思危呀！我们是该开动脑筋研究一些新问题了。武追风说。

我们“小偷界”也要招揽“人才”了！柳叶儿说。

听到大家的议论，邱少千继续说道：弟兄们，下一步，我们必须居安思危，谋求新的发展。这是大势所趋，人心所向。不发展，我们就会被淘汰。所以，我赞同柳叶儿的说法，我们需要尽快招揽“人才”。目前，大家都憋足了劲儿，做好了“办年货”的准备，想在节日期间大显身手，这我完全赞同。但是，我想再次提醒一下大家。一是要发挥自己的“技术特长”，立足阵地，打一枪换一个地方。二是行动时要“错峰”，切不可在一段时间内密集出手，引起警方的注意。三是一旦有了“掉脚儿”的，就立即按照我们的规则，打“就事论事”的官司，切实保护好自己的“上级”。四是要严守规矩，注意保密。所有人都要保持单线联系，没有特殊情况，我不会接见任何人。联络的事，由武追风负责。从这次会议开始，我会淡出大家的视野。我可能会离开丘陵山庄。新的地点，暂时不方便告诉大家。五是弟兄们要做好面临危险的准备，给自己找一个安全的藏身之处，确保进退自如。我的提醒、告诫就到这里了，请大家认真体会，好自为之！

邱少千讲到这里，大家不约而同地鼓起掌来。

掌声经久不息，邱少千还真有些感动。大家都觉得，邱少千讲得很精彩、很实在，既布置了任务，又教了方法；既总结了老方法，又指出了新路径。这说明邱少千确实与其他小偷有不同之处，他具备了当“贼王”的坚实功底。

接着，大家纷纷表态。

武追风说：谢谢老大的提醒！我们会严格按照您的要求，不折不扣地去落实。

钱伏齐说：放心吧，老大，我们会好好把握的。保护好了自己，就是保护好了其他人。

纪秃子说：老大，我虽然年龄比您大，但是见识比您差远了。我的手下曾经因私自行动而被处罚。这一次，绝对不会再出现这种情况了。我会把“错峰”的事合理地安排好，不会和其他弟兄“抢山头”。

飞鱼儿说：干爹，我刚刚单独立“山头”。感谢您的精心栽培和扶持！请您放心，我会沿着前辈们走过的道路不断地成长进步。我要把握住这次年关行动的机会，力争有所收获。

邱少千看了看大家，又看了看飞鱼儿，说：各位兄弟，各位老大，我思虑再三，决定让飞鱼儿在年关正式出道，独立“门户”。掐指算来，她在我身边已经五年多了，跟我学到了一些东西。但是，她和大家相比，还有很大的差距。特别是在社会经验上，还有很多不尽如人意的地方。所以，我拜托大家，鼎力支持飞鱼儿，让她在道上更快地成长！

听到这儿，大家纷纷颔首表示认同。

飞鱼儿站起来说：谢谢干爹，谢谢各位师兄！

邱少千说：议事到此结束，请各位到餐厅就餐。神偷儿，你留下来！

众人纷纷告退，在服务人员的引领下向餐厅走去。

大家走后，邱少千示意两个黑衣保镖退下。议事大厅内只剩下邱少千和神偷儿两个人了。

邱少千走近申透明，低声说：神偷儿，金行的事，再次确认了没有？

没问题，老大，一切都准备就绪了，就看您想什么时候动手了。

邱少千神秘地说：神偷儿啊，咱们需要选择最佳时机！你要时刻准备着，一接到我的电话就立即行动。

申透明说：明白了，老大。只有我们两个人，恐怕人手不够。第三个人选好了吗？

邱少千说：选好了。这个人叫邱大林，是从甘肃老家来的。他长得很结实，很有力气，给我们卖力气不成问题。他干完了活儿，给他点儿酬劳，就把他打发回老家，神不知鬼不觉！

申透明说：老大想得真周到！这个人再合适不过了。

邱少千好像忽然想起了什么，问申透明：神偷儿，以前我们忽略了一件事。那个更夫如果在里面不出来，我们怎么解决他？

申透明也像忽然惊醒了似的，说：对呀，那个更夫晚上要是在里面的话，总不能指望他睡不醒吧。要不，他醒了，咱们就弄死他？不弄死他，咱们就无法顺利行动了呀！

邱少千感到十分震惊，说：绝对不可以弄死他，这违背了我对“盗亦有道”的信仰和追求。整死更夫的想法绝对不可以有，还是想一想有没有其他办法吧！

申透明挠着脑袋说：啥办法？

邱少千说：要么用麻醉剂，让他昏迷；要么趁他熟睡，把他绑在床上，用胶布把他的嘴封起来。

申透明说：老大，这个办法真好！就这么定了，我去准备乙醚！

邱少千说：太好了！

申透明说：老大，干完了，我们的东西怎么处理？还有，我们去哪儿躲几天更好些？

邱少千说：神偷儿，这些细节我都想好了。先把金银珠宝藏起来，然后咱们连夜去“天涯海角”避风头，彻底偃旗息鼓。

申透明说：老大，“天涯海角”在哪儿？

邱少千得意地笑着说：在海南。我已经把出去以后躲藏的地点找好了。躲一段时间，等过了风头，咱们再回来处理“金货”。到时候，咱们俩就成了千万富翁了。

申透明说：老大，您就是当大哥的料！这计划太周密了，连退路都想好了。

邱少千说：当了一辈子贼，没有比干“金库”这一单更过瘾的了。我们计划得这么周密，警察根本就不会想到是我们干的案子。警察破不了案，过一段时间就消停了。到时候，我们就不必东躲西藏了。我们要回江城市，这里有我们的根！

申透明说：老大，太好了！一切由您安排！

邱少千说：这次的年关行动，你就别再出现了。只有确保绝对安全，咱们才能一起完成这个“大单子”。

申透明说：我知道了，大哥。那我就回去练功了！

邱少千说：回去吧，随时准备着！

申透明说：好的，老大。

申透明没有去餐厅吃饭，直接走出大厅，下山去了。

5

晚上八点，郑东风回到家里，警用棉大衣上的雪花还没有融化。进屋后，郑东风脱下棉大衣，掸了掸肩上的雪花。妹妹郑东英走过来，接过了大衣。

哥，你回来了！

郑东英问候着，随手把棉大衣挂在了衣架上。

你嫂子怎么样了？

郑东风一边问，一边换上拖鞋，准备往屋里走。

嫂子最近越来越好了，脸越来越红润。郑东英说：哥，要不要我给你热口饭吃，再过去看嫂子？

郑东风说：我在单位吃过了。我先过去看看你嫂子，都三天没回来了。

郑东英说：去吧。待会儿，爽爽带着对象过来。

郑东风说：那你还不准备一下！把大厅收拾一下，别让爽爽的对象看见咱们家破破烂烂的样子。

郑东英说：知道了，三哥。你们家未来的姑爷进门，咱们自然得把房间收拾干净。

郑东风说：去吧。这是城里，咱们住的是楼房，干净利落是必须的。那就辛苦你了，妹妹！

郑东英嘟囔着：好，干净利落，就可着我一个人祸害吧！

郑东风没有理会妹妹的抱怨，径直走到屋里，来看老伴儿。

只见凌海云安静地躺在床上，面色红润，表情安详。郑东风坐在老伴儿身边，搓了搓手，让手指和手心热乎些。他搓了几下，热度上来了，便用右手抚摸了一下凌海云滑润温暖的额头。然后，他用五个手指顺着老伴儿的额头向后轻轻地梳理着头发。

郑东风说：老伴儿，一会儿，爽爽就要带着她的对象来看你了。我给你梳梳头，让你也精神精神。

凌海云好像听懂了郑东风的话，温顺地任凭郑东风抚摸，脸上洋溢着幸福的微笑。

郑东风像开玩笑似的说：海云啊，待会儿孩子回来了，你可别把她小时候不听话的事说出去，她会难为情的。

凌海云的脸红了。

郑东风说：海云真聪明！来，再喝点儿水，让嘴唇湿润些，看上去更美。

郑东风用蘸了水的脱脂棉球给凌海云擦了擦嘴唇。

郑东风一边擦，一边说：海云啊，爽爽进步了，被抽调到我身边抓小偷了，跟她雨荷姐一组。这孩子很有灵气，就是有点儿倔，和我年轻的时候差不多。你是知道的，倔脾气有时候会耽误事。所以，我跟她雨荷姐说了，多敲打敲打她，好让她快点儿成长。

擦完了嘴唇，郑东风又握住凌海云露在被子外面的手，把嘴贴上去试试体温。还好，手暖暖的，说明血液循环正常。

郑东风继续说：海云啊，我们单位呢，最近有好多人都破了大案。他们又立功，又受奖，我真替他们感到高兴。现在，到了年轻人求上进、出成绩的时候了。只是，晨宇受了伤。这孩子很优秀，拼了命地干工作，生怕被落下。就像我当年带着岳剑工作一样，干活儿不要命。不过，反扒支队有了这些年轻人，我们这些老反扒队员就轻松了不少。你放心，我们会做好“传、帮、带”的。

郑东风看了看凌海云，觉得她还在津津有味地听他讲述，十分高兴。

郑东风说：老伴儿，你是不是听得口渴了？再给你补充点儿水吧！

郑东风拿起小勺，喂了凌海云一点儿水。

然后，他说：海云啊，你被撞的事儿，咱们市局的王建军副局长一直想着呢！我们反扒支队的同志们也一直想着呢！我感觉快查清楚了，你就放心吧。等把事情弄清楚了，我会第一时间告诉你的。这么长时间了，你也能坦然面对这样一个结果了。我们都不要把这件事当成负担！最重要的是，你要尽快好起来。努力吧，海云！咱们一起努力！

郑东风感觉到，凌海云的手在用力地攥着他的手。

爸爸！

郑叔叔！

不知什么时候，女儿爽爽和男朋友明明已经站在郑东风的旁边了。明明的手里拿着一束鲜花，爽爽给妈妈买了一个可爱的泰迪熊。

郑东风说：你们来了！来了就好！

爽爽说：爸爸，明明说要来看看妈妈，我就决定带他来了，事先也没告诉您。

郑东风说：好啊，明明来了，你们就一起陪陪你妈妈吧！她正盼着你们来呢！

明明说：郑叔叔，爽爽跟我说过凌阿姨的事。我非常气愤，就对爽爽说，我要追查那个撞伤凌阿姨的凶手，给凌阿姨报仇。

郑东风说：明明，你还年轻，刚当警察没多长时间。你阿姨的事，不需要你们年轻人插手。

明明说：凌阿姨不是被人报复，伤害成这样的吗？

郑东风说：你阿姨的事，即使是报复陷害，也有法律去制裁呢！我们不可以官报私仇，这是不可取的。

明明说：郑叔叔，我懂了。

爽爽说：你们别说这事了。明明，你看看，我妈妈笑着呢，这是在欢迎你的到来！

明明恭恭敬敬地把鲜花摆放在凌海云的床边，看着凌海云的脸。这时，凌海云的眼中有泪花在闪烁。

爽爽说：明明，妈妈是激动得哭了吧！

郑东风也看到了妻子的眼泪。

6

十冬腊月，寒风凛冽，丘陵山脚下滴水成冰。林带下面，是一个宽阔的地带。从这里，可以直达山脚下的公路。后面是巍然耸立的丘陵山主峰，两侧的树木像颓败的士兵一样不规则地排列着，树冠上覆盖着白雪。山脚下，宽阔地带的边缘，有一个一米多高的墓碑立在高高隆起的坟头前面。墓碑后面的坟头被密密麻麻的蒿草包围着，而蒿草则被白雪点缀着。十几只乌鸦呱呱地哀嚎着，瘆人的叫声在山野中回荡。

一辆黑色奔驰轿车缓缓地停在了山脚下。一个男人和两个女人从车上走了下来。来人正是邱少千和他的两个女人——柳叶儿和飞鱼儿。

邱少千身着灰色雪貂领毛呢大衣，头戴一顶火红色狐狸皮帽子。柳叶儿和飞鱼儿都穿着银白色长款貂皮大衣，手里拿着鲜花和几炷香。她们一左一右，陪着邱少千走到了他母亲的墓碑前。

邱少千用手套撣了撣母亲墓前平台上的残雪。柳叶儿和飞鱼儿把两束鲜花和几炷香摆放在平台上，然后退到了后面。邱少千反复擦拭着墓碑上的照片，端详了很长时间。然后，他垂首侍立在母亲的墓碑前，跪在地上给母亲磕了三个头。

他眼含热泪，说：母亲，儿子对不起您。您和爸爸对我的要求，我恐怕永远都达不到了。只希望您的孙子别再像我一样了。请保佑您的孙子，让他成为对社会有用的人吧！

回忆起母亲去世时的场景，邱少千不禁泪如泉涌。三年前，邱少千的母亲死在了家中。邻居发现时，她已经去世七天了。那时，尸体已经高度腐烂了。打开房门，一股恶臭扑面而来。满屋子的苍蝇嗡嗡地叫着，像飞机在轰鸣。邱少千赶来的时候，母亲的尸体已经被警察用塑料布包裹起来了。家属签完了字，母亲的尸体就会被送去火化。母亲的意外死亡，使邱少千受到了很大的打击。邱少千忙着经营自己的“公司”，有半个多月没来看母亲了。没想到，这个孤独的老人带着遗憾悄悄地离开了这个世界。她离开的时候，竟然没有被发现。后来，邱少千听公安局的法医说，老太太服了大量的安眠药，一觉就睡过去了。邱少千知道，母亲是在对他的极度失望中悲哀地自杀了。母亲的死，留给了邱少千无尽的悔恨。

柳叶儿给邱少千擦拭着眼泪。

干爹，人死不能复生，您要节哀！

飞鱼儿劝慰着邱少千。

邱少千停止了哭泣，对着母亲的墓碑深深地鞠了三个躬。然后，他毅然转身，健步如飞地走向路边的轿车，柳叶儿和飞鱼儿紧紧地跟在后面。

7

这个冬天，下了两场大雪。第一场雪还没来得及融化，第二场雪便飞飞扬扬地飘落下来。厚厚的积雪形成了小山，在城市的犄角旮旯里堆积着。好在主要街道的雪都被清理得差不多了，保证了车辆和行人通行。

可是，零下三十度的严寒并没有削弱小偷们“办年货”的热情，商场、市场里出现了犯罪的高潮，顾客的财物被扒窃的现象屡屡发生。春节前，新的犯罪高潮已悄悄地来临。警察们开始了新一轮的应对，大部分社区民警、治安民警被派到了这些场所进行巡逻。反扒支队的便衣警察们秘密地潜入这些场所，蹲坑守候，抓获现行。

小偷们频繁地作案，吸引了警察的注意力。这个时候，邱少千却突然失踪了，犯罪集团的几个主要成员也像冬眠的老鼠一样，突然停止了活动，悄无声息地隐藏了起来。

将近中午的时候，郑东风和岳剑、夏雨荷正在人才培训中心三楼的会议室里研究案情，负责监控邱少千的民警突然闯了进来。

这个民警十分紧张地对郑东风说：师父，邱少千不见了。

邱少千不见了？

郑东风非常吃惊，岳剑和夏雨荷也十分震惊。

你再重复一遍！邱少千不见了？郑东风急切地问。

民警说：是的。目前，邱少千的丘陵山庄已经空无一人了。

郑东风说：什么时候发现的？为什么不早点儿报告？

民警说：今天上午十点。往常这个时间，邱少千会从木屋里走出去，到屋子前边的小广场去练功。可是，昨天我们没发现他出来。今天，到时间了，他还是没有出来。更可疑的是，这个山庄已经连续几天没有人进出了。情况不明，我就从监视车里下来，装作路人，向山庄走去。到了山庄附近，没有发现人迹。我往木屋的窗户里看了看，发现里面空无一人。接着，我把所有的房门都敲了一遍，依然没有人应声。于是，我就确定，邱少千不在里面。

郑东风把嘴里的烟拿出来，掐灭了。他有些愤怒地质问道：这几天，你们监控的人都在岗上吗？是不是认真履行职责了？

民警低下头，说：师父，后半夜，可能有睡着的时候。

郑东风哭笑不得，说：这是严重失职！我真拿你们没办法！你先下去吧，好好反省一下！

民警沮丧地走了出去。

岳剑说：师父，先不要责怪民警了。老虎还有打盹儿的时候呢，更何况普通民警了！好在，还没到决战的时候。邱少千躲得过初一，躲不过十五。

郑东风说：道理是这个道理，可我总感觉邱少千突然转移了，是另有目的。

夏雨荷说：师父，我也觉得挺蹊跷。按理说，我们这段时间的行动是不会惊动他的。我们的同志只是在暗中跟踪，应该不会暴露。所以，我觉得不应该是我们的问题。师父，我们成立专案组的消息，会不会让邱少千知道了？

郑东风说：可能性不大。目前，在市局，知道这个专案组的只有贺飞局长和王建军副局长。在咱们反扒支队，知道这个专案组的只有我们这几个人。再说，专案组的所有人都是从县区抽调上来的，组织性、纪律性都很强，不会这么快就泄密。

岳剑听着大家的议论，若有所思地说：我觉得，师父说的很有道理。邱少千暂时还不至于知道我们行动的目的。同时，他也不会为了躲避我们而失踪。他很自信，相信我们不会掌握他的情况，也相信我们不会轻易抓他。所以，他暂时不会对我们有所防范。那么，他离开山庄的目的只有两个：一个是觉得山庄不够安全，想换个地方；再一个就是，他想干一件大事，干完之后外出躲藏。我觉得，后者的可能性比较大。

郑东风说：是啊，岳队！狡猾的邱少千搬离了长期盘踞的老巢，绝不仅仅是为了躲避我们。他或许是在预谋新的罪恶，我们不能不防啊！

岳剑说：所以说，师父，我们当下的任务就是，尽快摸清邱少千的下落。

郑东风说：是的。在这个关键的节点上，让主要人物逃脱，是万万不可以的。

岳剑说：师父，把邱少千所有的联系方式都查一查！

郑东风说：岳队，雨荷早就查过了。邱少千所有的联系方式都失灵了。

夏雨荷说：是的，岳队。邱少千用过的所有手机号码，现在都是空号。目前，我们手里没有关于邱少千的任何信息。或许，狡猾的邱少千早就不使用通信工具了。

岳剑说：我们和邱少千斗了这么多年，这家伙是越练越精了。看来，这样的对手确实挺难缠。

这些年，郑东风和邱少千斗智斗勇，虽然始终都能占上风，但是邱少千也在进步，把迂回的战术运用得淋漓尽致。这一次，邱少千又走在了他的前面，把监视山庄的警察全都甩掉了，神不知鬼不觉地脱了身。他为什么要这么做呢?

郑东风苦苦地思索着。他又点燃了一支烟，烟雾一圈儿一圈儿地伴随着他的思绪盘旋着。

郑东风说：岳队，根据我对邱少千的了解，这家伙突然隐匿起来，肯定有不可告人的目的。他具体要做什么，我还不太清楚。正如你所说，我们当下最主要的任务就是把他找到。掘地三尺也要把他找到!

岳剑说：师父，您分析的对。从现在开始，您主攻邱少千的下落。这些情况，我得向建军副局长汇报。鉴于当前的形势，我们要做最后收网的准备了。

郑东风说：是啊，岳队！我了解了一下，各组的证据基本上固定了。邱少千犯罪集团主要成员的位置，随时可以固定。我们已经做好了准备，就等着行动的命令了。

大家陆续走出了会议室，岳剑让郑东风留下来。

岳剑说：师父，从现在开始，您就带着雨荷盯住邱少千吧。需要上啥手段，我让技术支队的人支援你们。一定要用最短的时间把他找到！擒贼先擒王，我们现在就把“王”给弄丢了，这贼可怎么擒啊?

郑东风说：放心吧，岳队，我们很快就会进入寻找邱少千的模式。

郑东风狠狠地掐灭了手中的烟头。

8

此时，邱少千的确已经转移到了丘陵山下的一栋不为人知的别墅里。这栋别墅在丘陵山北坡的半山腰上，下面就是滚滚流淌的丘陵河。每到汛期，河水上涨的时候，这里的风光便格外旖旎。丘陵山就像一个调皮的孩子，把两只小脚丫伸到河水里，玩耍嬉戏。两个山谷就像两只大脚，在河水里沐浴。

南坡的山脚下，就是埋葬山杏儿父母的地方。每到春季，那里是杏花儿开得最繁盛的地方。

邱少千特意把别墅建在这里，就是为了山杏儿。这里是山杏儿的家乡，也是山杏儿的父母最终的归宿。山杏儿喜欢丘陵山，喜欢丘陵山上开满杏花儿的时候。

这座别墅是为了山杏儿建造的，可是山杏儿根本就不知道这座别墅的存在。因为，这座别墅建成时，山杏儿已经从邱少千的生活中彻底消失了。那时，邱少千对山杏儿许诺说：等我有钱了，要在你的家乡给你建造一座豪华的别墅，让你在杏花儿开放的时节看到飘落的“杏花儿雨”，让你能时刻陪伴在父母身边。那时，山杏儿也满怀幸福地憧憬过。后来，这座别墅建与不建，山杏儿都不再关心了。因为，在山杏儿心里，这世间的一切浮华都是过眼烟云，只有儿子明明才是最真实的存在，是她的希望。所以，山杏儿下定了决心，切断了与邱少千的联系。在山杏儿的心中，邱少千为她提供的一切都是肮脏的，都会玷污她和儿子的名声。她绝对不会让儿子知道有这么一个做贼的父亲。如今，明明也不可能“认贼作父”了。别墅没有了女主人，也就失去了意义。尽管邱少千安排了人打理，但是别墅里依然显得十分阴森恐怖，毫无生气。

邱少千带着柳叶儿、飞鱼儿，连夜从丘陵山庄撤到了这里。他们并没有发现监视丘陵山庄的警察。在着手干一件“大事”之前，他们必须对自己进行保护。

邱少千对柳叶儿说：柳叶儿，在丘陵山的北坡，咱们还有一处房产——近三百平方米的三层别墅。那里已经好多年没人住过了，但是一直保持着干净整洁。

柳叶儿不解地看着邱少千说：师父，咱们在这里住得好好的，为啥突然决定去那儿？

邱少千说：柳叶儿，这个地方，我们住的时间太长了。知道的人太多了，目标也太大了。这段时间，咱们的人活动得这么频繁，万一有人被抓进去了，把这里供出来，咱们就全军覆没了。

柳叶儿说：那里就不会有人知道吗？

邱少千说：不会的。到目前为止，那个地方，除了建筑工程队的人和我，就没有人知道了。

柳叶儿说：即使是为了安全，咱们也不用这么快就搬走啊！最起码，现在还没有什么风吹草动呢！

邱少千说：必须现在搬！而且，要在夜里悄无声息地搬走。搬走之后，我们要把所有的通信工具都废掉，把使用过的手机号码全都注销。我让飞鱼儿到街上去买几个“黑卡”换上。

柳叶儿说：师父，至于这么谨慎吗？有点儿草木皆兵了吧！

邱少千说：这叫狡兔三窟！警察要是知道了我们的老巢，我们再撤离就来不及了。这些年，你跟着我，还没看出我聪明吗？

柳叶儿说：我真的很佩服您，师父！搬吧，我同意！不过，飞鱼儿会同意吗？

邱少千说：会同意的。她就知道服从！

柳叶儿说：师父，您的言外之意就是，我很倔呗！

邱少千说：不倔！你们俩，我都惹不起。

柳叶儿俏皮地说：惹不起，还不躲着点儿！您要是不喜欢，我可去找替代品了！

邱少千说：哈哈，去吧！别再找一个跟我一模一样的！

柳叶儿说：不会的，顶多也就是再找一个师父，哈哈哈！

邱少千说：过几天，你到城里去，用公用电话给武追风打个电话，就说丘陵山庄已经停用了，我去了外地。这段时间，大家上交的管理费，统一汇到临时的卡里。过几天，我就回来。有急事，就把情况写在纸条上，放在丘陵山庄第三个木屋窗户下面的木缝里。另外，让他给你一个不常用的手机号，二十四小时保持联络。遇到紧急情况，咱们好和他联系。

柳叶儿说：知道了，师父。您想得可真周到！

邱少千说：接下来，我们要做的事情不能有任何闪失。所以，必须切断与外界的一切联系。另外，你再嘱咐一下武追风，这段时间，聚财公司由他来管理。要控制好干活儿的节奏，别整过火了。别让弟兄们连年都没过去，就被抓了！

柳叶儿说：师父，我会全力配合的。后方的阵地，有我和风神儿呢，您就放心吧！

两个人抱在一起，如饥似渴地亲吻了起来。

第十六章　天涯海角

1

三个小时以后，邱少千乘坐的飞机准时降落在了三亚国际机场。柳叶儿、飞鱼儿驾驶着豪车，前来接机。

大年初一，三亚温暖如春，景色十分优美。亚热带的海风徐徐吹来，让邱少千的心情十分舒畅。

邱少千和柳叶儿、飞鱼儿在接机大厅里紧紧地拥抱在了一起。申透明拿着行李箱，紧紧地跟着他们。四个人离开大厅，来到停车场，上了奔驰跑车。

柳叶儿说：师父，您辛苦了！

邱少千哈哈大笑着说：柳叶儿、飞鱼儿，师父虽然很辛苦，但是一见到你们，这辛苦劲儿就跑到九霄云外去了。

柳叶儿说：师父，您高兴就好。我们今晚就住在亚龙湾海水浴场附近的“椰梦长廊”海滨度假区。那里阳光灿烂、海水澄碧、椰林如画，享有“天下第一湾”的美誉。我们住的地方，前面是沙滩，背面是椰林，简直就是人间仙境。

邱少千说：柳叶儿、飞鱼儿，师父提前把你们派过来就对了。你们先体验一下这里的风光，好给我做导游。现在看来，我们就剩下享受了。

飞鱼儿笑了笑，说：师父，您还可以享受一下海南的妹子，我和柳叶儿姐都没有意见。

邱少千哈哈大笑着说：没意见就好！在北方待的时间久了，山珍海味没少吃，就是没尝过南方的妹子啊！

一路上，四个人有说有笑。

2

邱少千还是低估了郑东风的“眼力”。他处心积虑、精心策划的这起特大案件，没有逃过郑东风的火眼金睛。郑东风根据现场的痕迹，认定了这起案件是邱少千所为。

撒下天网射天狼，追捕邱少千的行动开始了。

为了干成这起惊天大案，邱少千可以说是绞尽了脑汁。他从一年前就开始策划了，安排神偷儿扮演多种角色，多次深入百丽珠宝金行摸情况。他研究出了若干套方案，学习了多种技术手段，制订了周密的行动计划。

腊月二十三，家家户户都在过小年，要把灶王爷送上天。邱少千没有送灶王爷，他在策划一件大事。

上午十点，邱少千和柳叶儿在住处商量着事情。

邱少千说：柳叶儿，你马上通知神偷儿，做好行动的准备。

柳叶儿说：知道了，师父。

邱少千思考了一下，说：目前，我们的住地是绝密的。你通知一下神偷儿，让他务必赶在大年三十上午潜入百丽珠宝金行。他要提前两天从家里出来，甩掉跟踪的警察。

柳叶儿说：知道了，师父。

邱少千说：行动前，你和飞鱼儿要提前转移。你们马上去买明天的机票，飞海南。在那儿，你们要选好地点，等着我们。

柳叶儿说：知道了，师父。海南那边，已经联系好了。我们的人会在那里接机，您一到达就能安全入住。

邱少千说：很好。我们大年初一就能到！

柳叶儿说：师父，您要保证安全啊！

邱少千说：放心，宝贝儿。我选择大年三十晚上作案，就是要麻痹所有人。这个时间，是绝对安全的。大年初一，你就在海南等着我们胜利的消息吧！

柳叶儿说：好吧，师父，我等着您的好消息！

说完，柳叶儿钻到了邱少千的怀里。

3

一场轰轰烈烈的战役在江城打响了。抓捕邱少千扒窃犯罪集团的收网行动正在进行。

2 月 21 日，大年初七。上班的第一天，从白天到深夜，秘密的抓捕行动在紧锣密鼓地进行着。

江城市的大街小巷，警车疾驰，警灯闪烁，警笛轰鸣。

当晚，二十点二十四分，邱少千扒窃犯罪集团的主要成员“风神儿”武追风落网。二十二点十三分，“夜猫儿”钱伏齐在藏匿地落网。集团的其他成员，包括纪秃子、小凯、傻笛子、靳二拐等，纷纷落网。

收网行动，雷霆万钧，该到案的都到案了。可是，犯罪集团的主犯，涉嫌杀人抢劫的犯罪嫌疑人邱少千依然逍遥法外。这是摆在郑东风面前的最棘手的问题。

这边，郑东风苦苦地追查着邱少千的下落。那边，邱少千在三亚玩儿得正欢。

邱少千着实在三亚疯玩儿了几天。他和柳叶儿、飞鱼儿在一起，每天都住别墅、看大海、洗海澡、游椰林，过着神仙般的日子。

这天中午，柳叶儿和邱少千、飞鱼儿在海滩上散着步。习习的海风吹来，让人感觉十分惬意。空气中散发着海水的味道，沁人心脾。

邱少千牵着两个美女的手，一路向前走着。突然，眼前出现了一个黑灰色巨石。邱少千仔细一看，发现巨石上刻着“天涯”两个红红的大字。

飞鱼儿兴奋地叫着：干爹，我们到天涯海角了！

邱少千一听“天涯海角”这四个字，忽然心情大变。做贼的要是走到了天涯海角，那不就相当于走到尽头了吗？这是绝路，更是死路呀！

飞鱼儿并没有意识到邱少千心情的变化，倒是柳叶儿有所察觉。飞鱼儿拉着邱少千的手，说：干爹，咱们在“天涯”这里拍个照片，留作纪念好不好？

柳叶儿急忙接过话茬儿，说：飞鱼儿，干爹对这个景点不太感兴趣，咱们还是去别的地方拍照吧！

飞鱼儿这才注意到邱少千的表情，只好悻悻地说：好吧，姐姐，咱们去别的景点拍照吧！

说完，她拉着邱少千，绕过刻着“天涯”的石碑，继续向前走去。

走着走着，柳叶儿胸前挂着的手机忽然响了起来。柳叶儿接起了电话。

对方在电话里说：你是柳叶儿吗？

柳叶儿说：是我。您是哪位？

对方说：我是风神儿的朋友。风神儿进去了，你知道吗？

柳叶儿急忙问：什么时候的事？

对方说：昨晚。另外，你们这边，大部分人都进去了。建议你们赶快躲一躲，暂时不要回来。

柳叶儿说：怎么会这样？是真的吗？

对方说：还有一件更重要的事呢，百丽珠宝金行的更夫死了！

啊，更夫死了？柳叶儿吃惊非小。

她想再问点儿什么，对方挂断了电话。

怎么了？紧张兮兮的！邱少千敏感地说。

柳叶儿说：师父，出大事了！武追风被警察抓了。

听到这个消息，邱少千很是震惊。

邱少千说：为什么抓武追风？他最近也没啥大动作呀！

柳叶儿说：师父，还有比这更严重的呢！听说，我们的人大部分都进去了。

邱少千一听，大吃了一惊，连说话的声音都有些颤抖了：这是为什么？警察对我们的人下手了？

柳叶儿说：师父，还有你。百丽珠宝金行的那个更夫死了。

啊？

邱少千听到这个消息，如五雷轰顶。他呆呆地站了好半天，才回过神儿来。

这个申透明，怎么搞的？为啥把更夫给弄死了？这下事可大了！真是成也神偷儿，败也神偷儿啊！邱少千捶胸顿足地说。

要不，我再打听打听？没准儿不是真的呢！柳叶儿哆哆嗦嗦地说。

邱少千说：赶紧问问我们的那个当警察的内应！

柳叶儿说：也只好如此了！师父，咱们回住处吧。我用其他方式和那个警察联系！

邱少千说：马上回去！住处安全吗？

柳叶儿说：这个地方，暂时是安全的。只是，我们来时的机票，会露出马脚。

柳叶儿的话提醒了邱少千。他说：虽然警察暂时还追查不到我们，但是我们必须转移到更加安全的地方，因为这里的人已经对我们很熟悉了。

柳叶儿说：我知道了，师父。我会尽快安排！

他们再也没有了观看景色的心情。邱少千迈开大步，带着两个女人走出了海滩。他回头看了看那块刻着“天涯”的巨石，一种凄楚的感觉油然而生。

回到住处，邱少千把申透明叫到自己的房间，破口大骂：你这个浑蛋是怎么搞的？把更夫弄死了！

申透明战战兢兢地说：老大，我不是故意的。那天晚上，我可能是太匆忙了，把他的鼻子和嘴一起封住了。

听到这儿，邱少千仰天长叹，随后哈哈大笑着说：绝我者，神偷儿也！

4

这段时间，郑东风对邱少千的几个落脚点进行了侦查，没有得到任何消息。郑东风决定，搜查丘陵山庄。

上午十点，警察包围了丘陵山庄。

郑东风、苏晨宇、楚梦琪、夏雨荷拿着手枪，和几名持枪的特警队员一起从警车上跳了下来。他们呈扇形，从两边向山庄包抄了过来。眼前是三个不同的“木刻楞”房屋，中间的那个屋子就是邱少千的“聚义大厅”。

郑东风、楚梦琪、苏晨宇和夏雨荷一起冲了进去，看到了高高的虎皮靠椅，还有“盗跖”的画像，以及“盗亦有道”四个大字。他们吃惊地瞪大了眼睛。好阔气的场面，好霸气的“盗贼之王”！

夏雨荷说：师父，邱少千真的把自己当成“盗贼之王”了。您看看这排场！

苏晨宇走过去，坐在了邱少千的虎皮靠椅上。他扶着把手，把后脑勺靠在椅背上，故意学着《智取威虎山》里座山雕的声调喊着：喽啰们，赶紧给三爷拜寿！

他学得还真挺像！那声音低沉而沙哑，引得大家哄堂大笑。

楚梦琪说：还真别说，晨宇，你这要是再化化装，没准儿就是一个小土匪，比邱少千威风多了。

苏晨宇说：别这么说！我怎么也得混个土匪头子吧！

楚梦琪说：好，那就把你留在这个山庄，当土匪头子吧！

苏晨宇嬉皮笑脸地说：梦琪同志，这个主意真不错！要不，你也留下来，免得我一个人寂寞！

夏雨荷被他们俩给逗笑了，说：要不就满足你们俩的心愿吧，我和师父带着同志们打道回府了。

大家都笑了。

在三栋“木刻楞”房屋的后面，是一排用铁皮建造的房屋。周围是浅黄色的铁皮，上面是天蓝色的彩钢瓦，屋子十分漂亮。共有五间屋子，全部是车库和杂物间。

郑东风和苏晨宇带领大家来到后院，看见后院的铁皮房前面满是积雪，说明这个院子已经很久没有人打扫了。于是，苏晨宇叫人把更夫找来了。更夫从没见过这么多荷枪实弹的警察，吓得腿肚子都转筋了。

苏晨宇问更夫：你在这儿工作多长时间了？

更夫说：两个月前，这里就没人了。我来的时候，有一个姓武的五十岁左右的男人跟我谈了一下，说每个月给我两千块钱，让我帮着看看院子。有几个房间，人家不让我进去。

苏晨宇问：这些车库的钥匙，你这儿有吗？

更夫说：人家就给了我最东边的那个车库的钥匙。那里面装的是一辆工程车，还有铁锹、扫帚等清扫工具。

苏晨宇对郑东风说：师父，得让技术部门派一个能开锁的人来。我怀疑邱少千的几辆高档车就在这里面，必须把车库门打开看看。

郑东风说：雨荷，技术部门的同志来了吗？

夏雨荷说：师父，技术部门有个同志来了。

这时，一个二十七八岁的穿着警服的小伙子走了过来。

小伙子说：苏队、师父，我是市局刑事技术支队的小吕。请问，有什么任务？

苏晨宇看了看他，说：小吕，我们见过！听说，你技术挺过硬的。打开车库的卷帘门，没问题吧？

小吕说：没问题。刚才在“木刻楞”房子里搜查的时候，我在邱少千的房间里找到了这些车库的电子钥匙。

郑东风说：小伙子，不愧是技术部门的人，处处留心啊！

小吕说：我这儿正好有其余四个车库的遥控器。把四个车库的门一起打开，大家进去搜查吧！

说完，他用遥控器把四个车库的门全部打开了。大家齐刷刷地往车库里面看，发现了一辆粉色宝马车、一辆黑色奔驰车和一辆咖啡色奥迪车。其中的一辆是男士开的车，其余的两辆都是女士开的车。大家感到十分惊讶，老贼邱少千竟然如此富有，一般的老百姓可买不起这么好的车。

再看另一个车库，里面的那辆车就惨不忍睹了。那是一辆无牌照的银灰色面包车，上面布满了灰尘，尾部的灰漆有一部分脱落了，但是镶嵌在车牌子上方的三个银色的扁字体“松花江”依然十分醒目。从后面看，可以隐约地看见前挡风玻璃已经破碎了，左前方的车门已经扭曲变形了。

看到这辆车的尾部以及醒目的“松花江”三个字，郑东风感到十分震惊，苏晨宇和楚梦琪也很吃惊。银灰色的微型“松花江”面包车！这辆让郑东风踏破铁鞋无觅处的面包车，竟然会出现在这里。郑东风不相信自己的眼睛，一时间愣在了那里。

楚梦琪喊道：师父，这会不会是撞伤师母的那辆车呢？银灰色、微型、无牌照，很符合撞伤师母的那辆车的条件。

苏晨宇说：师父，太像了！过来两个同志，进去把这辆车弄出来！

这时，两名特警队员把枪背在后面，走进了车库。苏晨宇和楚梦琪也跟了进来。他们看见这辆车的前挡风玻璃全都碎了，左侧的钣金被撞瘪了。几个人一起把车从里面推出来，大家才彻底看清楚了。这就是那辆交通肇事后藏在这里的车，一直没有动过。

郑东风这才回过神儿来。他围着这辆车转了几圈儿，眼泪在眼睛里打转儿。

海云，这就是把你撞成植物人的那辆车吗？我们踏破了铁鞋，没想到它就在邱少千的车库里。

郑东风哽咽着。

楚梦琪走过来，扶住了郑东风，说：师父，我们的艰苦查找终于有了回报。苍天有眼啊！师母的案子终于有眉目了。

苏晨宇说：师父，我们把这辆车交给办案的刑警吧！车上应该留有一部分微量物证，或许还可以用来做 DNA 鉴定和比对。

郑东风说：好吧。晨宇，这件事情就由你来办吧，我需要回避。

说完，郑东风擦了擦眼泪。

然后，郑东风接着说：邱少千，你恐怕要承担谋杀的罪名了！

夏雨荷含着泪说：师父，这是报复性谋杀。我要亲手抓住邱少千这个魔鬼，为民除害，替师母报仇。

郑东风压抑着心中的悲愤，说：雨荷，我们只有国恨，没有家仇。老贼邱少千与人民为敌，这就是我们警察为民除害的最大理由。

5

邱少千像空气一样，在人间蒸发了。

在此期间，郑东风通过追查申透明、柳叶儿、飞鱼儿的身份，确认三个人逃往了海南。为此，公安部刑侦局给海南警方发出了协查通报，并签发了通缉令。通缉令签发后，收到了奇效。3 月 16 日，申透明在海南省海口市琼山区龙塘镇落网。

听到神偷儿在海口市落网的消息，岳剑十分兴奋，急忙把郑东风找来研究对策。

岳剑对郑东风说：师父，申透明在海口落网了。这说明前期我们对邱少千等人逃往海南的判断是正确的。我建议您带着苏晨宇、夏雨荷、邱向明去一趟海南，押解申透明回江城。让您去，有两个任务。一个是在海口就地突击审讯申透明，力争侦破百丽珠宝金行的案子。再就是，查出邱少千和柳叶儿的下落。一旦确认了邱少千的落脚点，你就可以和苏晨宇兵分两路，去抓捕邱少千了。

郑东风说：明白了，岳队。向明也跟着去吗？

岳剑知道邱向明是郑东风未来的女婿。专案组成立时，他就把邱向明从分局反扒队调到了市局专案组，负责一部分扒窃案件的调查工作。

师父，让向明和爽爽都跟您去吧！出去磕打磕打他们，也好近距离地跟您学点儿东西。岳剑说。

好吧，岳队。既然爽爽去了，就应该再配个女生。我建议，让梦琪也去。邱少千身边有两个女人，梦琪和爽爽一起参与押解方便些。郑东风说。

好的，师父。那你们就准备出发吧，我在家里等着你们的好消息！岳剑说。

郑东风和岳剑握了握手，说：一定成功！

岳剑说：师父，告诉您一个好消息，刑警支队那边已经把从那辆微型“松花江”面包车上提取的痕迹物证报公安部检测了。今天，我们接到了鉴定书。这辆车就是撞伤师母的肇事车辆！驾驶这辆车的人应该就是邱少千犯罪集团的某一个成员。我们正在采集这些人的

DNA，一旦比对成功，犯罪嫌疑人就可以确定了。

郑东风说：谢谢你，岳队！等凶手抓到了，我们再去告诉你师母。我相信，你师母听到这个好消息时，一定会非常高兴。

第二天，郑东风、苏晨宇、楚梦琪、夏雨荷、郑爽爽、邱向明一行六人抵达了海口机场。

飞机是在下午三点降落的。海口市公安局外协支队的同志们开了一辆“考斯特”汽车前来接机。上车后，郑东风要求海口的同行直接把车开到海口市公安局看守所。

四十分钟后，他们来到了海口市公安局看守所的审讯室。申透明坐在铁椅子里，郑东风、苏晨宇、楚梦琪坐在铁栅栏外面，夏雨荷、郑爽爽、邱向明站在郑东风身边。这样的审讯阵容，形成了很强的威慑力。

申透明看见了来自江城市的反扒警察，一切都明白了。作为江城市的老贼，申透明很熟悉郑东风他们这些反扒警察。他第一眼就看到了郑东风，接下来是苏晨宇、楚梦琪、夏雨荷。后面的两个年轻警察，他不太熟悉。前天，他被海口的警察在清查暂住人口时抓到了。这些天，他东躲西藏，非常不容易。他被公安部在全国范围内通缉，身份证已经无法使用了。他的这张脸，还有小巧玲珑的体型，在通缉令上被表述得特别清晰。他在异乡，人生地不熟，当地人一看就知道他是从东北来的。抹也抹不去的北方印记，成了他的“致命名片”。果然，他很快就被群众认出来了，向当地警察举报了。当地警察不费吹灰之力就把他给抓住了，临时羁押在海口市看守所。

申透明看到了家乡的警察，反而不那么害怕了，就像见到了亲人一样。

申透明说：郑警官、苏警官，我认识你们。你们来了，快点儿把我从这个鬼地方押解回老家吧！

郑东风说：怎么，神偷儿，受委屈了？不像飞檐走壁地偷金行那么自由自在了？

申透明说：郑警官，我知道您是专家。但是，没想到您这么快就知道这案子是我作的了。

郑东风说：你们作案的第二天，我就知道是你们干的了。神偷儿，我对你很熟悉。对“影子”邱少千，我更熟悉。这些年，他明里暗里地跟我斗，每一次都逃不过我的眼睛。

申透明说：郑警官，我们小偷都佩服您的火眼金睛，都怕落到您手里。所以，每次作案，我们都想避开您。可是，在本地作案，您一看就能看出来是谁干的。我们这些当贼的，一遇到您，就像周瑜遇到了诸葛亮，没有胜算啊！

郑东风笑了笑，说：神偷儿，你还挺会比喻！

申透明说：的确如此啊！您是不知道，小偷们都躲着您，就像躲避瘟神一样。这些年，折在您手里的小偷是不是得用车皮装了？

郑东风说：神偷儿，别夸张了。给你一支烟抽，缓解一下你的情绪。

郑东风说完，示意明明拿过来一支烟。明明拿过来一支烟，用打火机点燃之后，递给了郑东风。郑东风从审讯窗口把烟递给了申透明。

申透明猛吸了几口烟，十分感激地看着郑东风说：郑警官，有什么事，您就问吧。我知道，躲得过初一，躲不过十五，早晚都得供出来。

郑东风说：不急，你先抽几口烟，缓一缓再说。你要是好好说，一会儿我安排人出去给你买点儿咱们北方的水饺。恐怕，你连大年三十都没吃上饺子吧。

郑东风的话一下子戳到了申透明的痛处。申透明说：可不是嘛，大年三十，人家都在过年。可是我呢，正在别人家的棚顶上撑着呢！我连夜开车往滨城跑，又连夜坐飞机来到了三亚。这就是我过的年！

郑东风说的话，没有一句严厉训斥，只有提示和点拨，申透明就被感动得主动开口说话了。苏晨宇暗暗佩服师父的高明之处。

郑东风说：神偷儿，邱少千很会选人、用人。在他的众多手下之中，你是他最赏识的。作金行这个案子的时候，只有轻功没有胆量是无法完成潜伏任务的。而这两点，恰恰你都具备。所以，邱少千选择了你做他的最佳搭档。对邱少千来说，这是他最明智的选择，也是必然的选择。你的轻功和你的开锁技术，是别人无法超越的。我说的对吗？

申透明放下拿烟的手，看了看郑东风，说：郑警官，您怎么什么都知道？这个案子，就像你在现场一样！

郑东风说：案发后，我去了现场。你们留在现场的痕迹，足够我分析和判断了。

申透明说：郑警官，您真是太厉害了！我们这些小偷，没有不服您的。

郑东风说：神偷儿，现在看来，你和邱少千也不是徒有虚名啊！可是，你们这是聪明反被聪明误。过于自信的毛病毁了邱少千啊！你们也不好好想一想，咱们江城市有几个像你们一样会轻功的人呀！这一点，我能不清楚吗？

听完郑东风的这番话，申透明彻底傻了。他手里的烟头都烧到手指了，把他烫得一哆嗦。

申透明自言自语地说：这叫人算不如天算，天算不如你郑警官算得准呀！

郑东风说：神偷儿，说说吧，你们把盗窃的金银珠宝藏在哪儿了？

申透明说：那天作完案以后，邱少千给了雇用的力工一些钱，把他打发走了。然后，我们连夜开车到了丘陵山的后山坡，把那个装着金银珠宝的黑色皮包藏在了一个山洞里。那个山洞是邱少千事先选好的。藏好东西以后，我们俩驾车直奔滨城市飞机场，连夜飞往三亚。

郑东风问：丘陵山的后山坡，你还记得吗？

申透明说：那里地形很复杂，是邱少千事先选定的。我是夜间去的，只记得大概方位。到了现场以后，我或许能找到。

郑东风问：你可不可以给我们画一张图呢？

申透明说：郑警官，这也需要去现场，根据现场的情况去画。

郑东风说：好吧。你再想一想，后山坡附近有什么标志性的东西？另外，和你们一起作案的力工，是你找的还是邱少千找的？

申透明说：是邱少千找的。他跟我说，这个人是他的老家甘肃那边的。作完了案，这个人当天晚上就离开江城市了。这个人的具体情况，只有邱少千知道。

郑东风说：神偷儿，很好。现在，你说说邱少千的去向吧！我们早一点儿抓到他，就能早一点儿返回江城市。

申透明看了看郑东风，又看了看另外几个人，然后说：郑警官，我也想尽快和你们一起返回江城。这个鬼地方，我实在待不下去了。可是，我现在真的不知道邱少千和柳叶儿、飞鱼儿在哪里。我们是2月28日在海南省三亚市亚龙湾的一座别墅里分开的。那天，柳叶儿他们去天涯海角景区游览了。中途，柳叶儿接到了一个电话。邱少千知道家里出事了，急忙回到了我们在亚龙湾的住处。回来后，我们决定各自躲藏，各奔东西。

郑东风说：你们分开后，应该约定联系方式了吧！

申透明说：邱少千说，为了稳妥起见，我们暂时就不要联系了。我们要是都没有出问题，就约定今年“五一”节那天中午十二点，在藏匿金银珠宝的山洞前见面。如果一个人去了，另一个人没有到，那么山洞里的东西就不能动，要等两个人联系上以后再共同分配。

郑东风说：看来，你和邱少千还是遵守诺言的。如今，“五一”节见面的梦破灭了。神偷儿，你帮我分析一下，我们会在“五一”节前抓到邱少千吗？

申透明说：会的，会的。不过，郑警官，请你相信我，我们分开后的确没有任何联系。邱少千会和柳叶儿、飞鱼儿在一起。只要找到柳叶儿、飞鱼儿，就能找到邱少千。

苏晨宇问了一句：神偷儿，柳叶儿和飞鱼儿有新的手机号码吗？

申透明说：苏警官，我知道柳叶儿的一个手机号码。可是，凭我对邱少千的了解，他和柳叶儿、飞鱼儿离开后，会掐断所有的通信联系。

郑东风说：神偷儿说的对呀！以我对邱少千的了解，他不会给警方留下任何破绽。

第十七章　回头是岸

1

郑东风率领民警们不间断地追捕，连邱少千的影子都没有抓到。

他们万万没有想到，邱少千正和柳叶儿、飞鱼儿历尽千辛万苦，一边躲避，一边行走。他们悄悄地潜回了江城市，住在丘陵山北坡的那座鲜为人知的别墅里。

这座别墅掩映在一片苍松翠柏之中，很难被路过的人们发现。

别墅有一个特别方便的地方，就是有两个车位的地下车库直通楼上。邱少千和柳叶儿可以驾驶车辆从外面直接进入地下车库，然后从地下车库直接上楼，省去了从别墅正门出入的麻烦。

结束了逃亡的生涯，回到了熟悉的家乡，躲进了这座被茂密的树林遮掩的别墅，邱少千觉得安稳了许多。

这几天，他让柳叶儿和飞鱼儿化装成农妇，到附近的农贸市场去买米、买菜。柳叶儿和飞鱼儿化装后，有时会开着奔驰车到城里去。她们去曾经作案的地方打探一下外面的消息，观察一下警察的动向。

每一次出去，柳叶儿和飞鱼儿带回来的都不是什么好消息。邱少千知道，他苦心经营的“聚财公司”已经被警方彻底摧毁了，就像被洪水冲毁的堤坝一样。风神儿、夜猫儿、纪秃子、红毛、小凯等人都在里面。这些年，他们费尽心思笼络的那些小偷，几乎都被警方抓获了。他们名下的财产，也都被查封了。

蓦然回首，邱少千这才意识到，尽管他恪守着“盗亦有道”的底线，但是到头来，贼就是贼，贼心不死。他们永远不可能有底线！

这天下午，柳叶儿出去探听消息了，别墅里只剩下了邱少千和飞鱼儿。

邱少千坐在大厅的沙发上，把飞鱼儿揽在了怀里。飞鱼儿知道邱少千现在的处境，更知道邱少千现在的心境。所以，她温顺地躺在邱少千的臂弯里，用一双美丽的大眼睛紧紧地盯着邱少千，用一双温润的小手抚摸着邱少千的面颊。

邱少千长长地叹了一口气，说：飞鱼儿，干爹老了。看看目前这趋势，再想回到从前，已经是难上加难了。

飞鱼儿安慰邱少千说：干爹，凭您的实力，咱们先躲藏一段时间，很快就能东山再起。

邱少千一边轻抚飞鱼儿的秀发，一边深情地说：我的傻孩子，说起来容易，做起来难呀！再说，现在是啥时代了，支付宝、微信、银行卡、购物券等现代化支付手段满天飞，我们这些靠“抠皮子”起家的传统意义上的小偷，即使不被警察抓光，也快要饿死了。我们的道是越走越窄了，已经没有出路了，所以我们才去盗窃金行。本来不是我们应该作的案子，却招来了这么大的麻烦，导致了最后的灭亡。

飞鱼儿抚摸着邱少千的胸膛，说：干爹，您也不要过于悲观。我们这些传统的小偷，虽然是在夹缝里生存，但是日子还都过得去呀！比如，今年春节前夕，大家的收入是很可观的。

邱少千说：飞鱼儿啊，谢谢你，这样体贴和安慰干爹！在夹缝里生存的滋味，越来越不好受了！这就等于，我们不能像过去那样任意躲藏了。我们不得不暴露在警察的眼皮子底下，因为使用现金支付的群体越来越少了。

飞鱼儿说：干爹，是这个道理。那怎么办呢？

邱少千说：我的鱼儿，时代在变，科技在飞速地进步，我们的观念必须随之改变，传统的扒窃方式也需要改变。我们要用信息化对付信息化，用现代化的扒窃手段对付现代化的支付手段。

飞鱼儿惊讶地抬起头，看着邱少千说：干爹，您是说，我们也可以研究现代化的扒窃手段?

邱少千说：这就是我今天想跟你探讨的话题。我所说的现代化扒窃手段，就是他们用微信支付，咱们就用微信窃取。他们扫码支付，咱们就扫码盗取。他们刷卡支付，咱们就刷卡收取。总之，我们要研究出新型的现代化扒窃手段，来适应现代化的支付手段。只有这样，我们这些传统的扒手才会有明天的辉煌啊!

飞鱼儿说：干爹，您说的这些，都需要用心琢磨。

邱少千说：飞鱼儿啊，现在互联网如此发达，网络诈骗、电信诈骗花样百出，已经没有什么秘密可言了。我要说的是，这个任务需要你们年轻人来完成。师父准备把这个任务交给你，因为你几乎没有案底，即使被警察抓住了，也顶多判个一年半载。所以，你有足够的时间完成师父交给你的任务。这是师父最后的心愿!

飞鱼儿抚摸着邱少千的脸，说：干爹，干这么大的事，我一个女孩子恐怕不行。

邱少千说：凭你的机智勇敢，师父觉得你一点儿问题都没有。关键是，我们在这里，也不是长久之计。在江城，警察只要抓不到我，就永远不会放弃。所以，我被抓获是迟早的事。与其到时候全军覆没，不如你先逃出去。你可以先去海南，或者国内的其他地方。在那里，你可以研究新方法，保存实力，以便日后东山再起。

飞鱼儿搂紧了邱少千的脖子，说：干爹，我一个人好怕!我不想离开您和柳叶儿姐!

邱少千态度坚决地说：飞鱼儿，必须听话。事到如今，我们必须拿出舍我其谁的勇气，背水一战!我感觉，警察已经把触角伸向了我们，你必须择机出逃。把这辆车开走，直接去别的地方!具体怎么逃出去，你自己想办法。现在，该到你独立的时候了。

飞鱼儿的眼泪流了下来。

她抱紧邱少千，嘤嘤地哭了起来。

2

转眼到了清明，又到了春暖花开的季节。丘陵山上桃花儿、杏花儿爆炸式地怒放着。花瓣在风中飘飞，把丘陵山变成了粉色的海洋。丘陵山脚下的杏树茂密地生长着，杏花儿的香气飘到了十几里外。

山杏儿穿着朴素，手里拎着一个布包，里面装着水果、鲜花和线香，还有几张黄纸。

她来到父母的坟前，准备给两位老人上香烧纸。

很奇怪，老人的坟前明显被人打扫过，而且还有烧过纸钱的痕迹。是不是舅舅们来过了呢？山杏儿想。

不管谁来过，都不影响她来祭奠父母。于是，她把布包里的供果、鲜花拿出来，摆在了父母的坟前。她又拿出线香来，点燃了，摆在了供果边上。在坟前的一块空地上，她把黄纸拿出来，点燃了。她用一根草棍儿拨了拨燃烧的黄纸，火越烧越旺。

山杏儿对着火苗叨咕着：爸爸、妈妈，我把你们的外孙子培养成了光荣的人民警察。这也是你们一辈子的心愿！你们的在天之灵可以安息了！

火苗似乎听懂了山杏儿的话，欢快地跳跃着。

山杏儿说：最近，机床厂的生产形势好了。我也退下来拿社保工资了，每个月两千多块钱，不会拖累明明。妈妈，这回您放心了吧。每年的清明，我都会来看你们。愿你们安息！

火苗渐渐熄灭了，山杏儿跪在地上，朝父母的坟头磕了三个头，然后起身，拿起布包，准备走了。

就在转身的一瞬间，她似乎看到了一个熟悉的身影。那个身影飞速地闪过，消失在了不远处的杏林里。

是邱少千！山杏儿惊讶地睁大了眼睛。

3

郑东风和苏晨宇带领的追捕小组在海口市停留了几天。其间，他们到邱少千在三亚市住过的亚龙湾海滨别墅去了解了一下情况。

在这栋别墅里，确实有人接待过邱少千、柳叶儿、飞鱼儿和申透明。不过，是武追风的一个朋友委托三亚市接待办的人免费接待的。那个朋友并不知道武追风是扒窃集团的主要头目。至于邱少千离开这栋别墅之后去了哪里，这个负责接待的人一概不知。而且，邱少千他们是趁夜间无人偷偷溜走的，属于不辞而别。打柳叶儿的电话，她的手机已经停机了。

三天后，郑东风把邱少千等人的通缉令留给了海口和三亚的警方，一行人押解着申透明回到了江城市。

为了不打草惊蛇，郑东风请示岳剑之后，决定暂时不去丘陵山，不到那个神秘的山洞去取那些赃物。他派人秘密监视那个山洞，准备引蛇出洞。

眼看着三月就要过去了，四月即将来临。江城的春天来得不算早，满天的风筝让春天变得热热闹闹。

人才培训中心三楼的指挥部里，岳剑和郑东风焦急地翻看着各种关于邱少千、柳叶儿的材料，想要查到邱少千的下落。他们就像大海捞针一样，不放过任何蛛丝马迹。

岳剑说：师父，从春节到现在，又过去四个多月了。邱少千除了在海南露过一面，没有在其他地方出现过。至今，他一点儿动静也没有，的确很奇怪。

郑东风默默地吸着烟，吐出的烟雾弥漫开来。

他在烟雾中冷静地思考着。

追捕邱少千的这段时间，他的头发又白了许多，几乎没有多少黑发了。

郑东风说：岳队，我琢磨着，如果只有邱少千一个人消失了，那么可以说是目标很小。可是，他和两个女人一起消失了，这么大的目标，我们还是发现不了，就太奇怪了。

岳剑说：可不是嘛，师父！除非他们死在了人迹罕至的深山老林里，否则的话，即使是自杀了，也应该有报警记录啊！

郑东风吸了一口烟，说：岳队，以邱少千的智商，自杀的可能性微乎其微。他极有可能是隐藏在了一个十分隐蔽的地方。

岳剑说：师父，这样的地方有可能在三亚吗？邱少千对那里根本不熟悉，没有在那里生活的经验啊！

郑东风突然一拍桌子，说：岳队，你这话一下子提醒我了，邱少千不可能在海南一直躲到现在！按照他的习惯，他会逆向思维。他应该就在江城市，回到我们的眼皮子底下了。

岳剑顿时明白了，也猛地拍了一下桌子，说：哈哈，师父，我们把注意力都集中在外围了，怎么就忽略了眼皮子底下的事了呢？邱少千这个老狐狸，一定认为越危险的地方越安全。我们又被他调虎离山了，哈哈！

郑东风说：岳队，这回你可说对了。既然老虎在山里面，我们就只好将计就计了。

岳剑说：师父，咱们都是江城市的老人，都和邱少千打了多年的交道。您分析一下，邱少千最有可能在什么地方藏身呢？

郑东风吸了一口烟，烟雾升腾着。

他迅速地思考了一下，说：岳队，我总感觉，这些年，邱少千对丘陵山一带的山区有种特殊的依赖性。他会不会选择在这一带的山里躲藏呢？

岳剑说：有道理。邱少千生长在铁东地区的机床厂附近，他把好多房子都建在了丘陵山脚下。那里地形复杂，有山有水，便于隐蔽。所以，他极有可能藏在我们目前还没有发现的一栋房子里。

郑东风说：岳队，要安排几组人搜山吗？

岳剑说：好的，师父。您和雨荷、明明一组，我、苏晨宇、楚梦琪和县里来的同志一组。咱们兵分两路，明天就开始搜山。

郑东风说：知道了。我马上让雨荷去通知！

郑东风把烟头放进烟灰缸，狠狠地掐灭了。

4

搜山的行动在紧锣密鼓地进行着。

警车里，郑东风对夏雨荷说：不搜不知道，一搜吓一跳。原来，丘陵山里还隐藏着大大小小的别墅和许多“木刻楞”的房子。

夏雨荷说：师父，听一个在建设部门工作的同学说，这里的房子，多数都是违章建筑，没有经过任何审批手续。而且，这些房子，普通人是建不起的，不是老板、开发商建的，就是某些腐败的领导建的。

郑东风说：我说嘛！咱们到房管部门去查房产证的底子，丘陵山这边的房子没有一个有档案的。原来，问题出在这里啊！

这就增加了他们排查的难度，他们只能进入新一轮的大海捞针模式了。

邱向明说：师父，听我妈妈说，我的外公、外婆去世以后，就埋在丘陵山脚下的一片杏林里。每年清明的时候，我妈妈都会去那里祭奠他们。妈妈说，那是她生长的地方。爸爸在世的时候，也经常去那里，还想把我们的房子建在那个地方。

听邱向明说完，郑东风心里一惊。

明明的妈妈从小在丘陵山脚下长大，外婆和外公就埋在山脚下的杏林里，而邱少千的活动地点就在丘陵山，把丘陵山庄作为基地。

郑东风把这些现象联系起来，不由得想到了揣测已久的一个秘密。莫非邱向明就是邱少千的孩子？

想到这儿，郑东风不由得仔细打量了一下坐在驾驶员位置上的邱向明。

真像啊！特别是那双眼窝深陷的眼睛，就像从邱少千的脸上扒下来的一样！

难道邱向明真的和邱少千有牵连？

郑东风再也不敢仔细想下去了。

如果这是真的，邱少千的儿子竟然当上了人民警察，这是不是极大的讽刺呢？

深夜，邱向明回到了家里。

山杏儿一直没有睡觉，在客厅里等着他。看见他进来，山杏儿来到了门边。

邱向明脱下了皮鞋、外衣。山杏儿把外衣接过来，随手挂在了门边的衣帽钩上。

山杏儿说：明明，去洗手间洗一下手，再去厨房吃口饭吧！饭和菜都在锅里热着，我去给你端出来。

说完，山杏儿走进了厨房。她把热气腾腾的饭菜从蒸锅的笼屉里拿出来，摆在了桌子上。

一盘大葱炒鸡蛋、一盘尖椒土豆丝、一碗米饭，还有一碗萝卜粉丝汤，这几样菜都是邱向明爱吃的。

邱向明连手都没洗就进了厨房，狼吞虎咽地吃了起来。

山杏儿站在餐桌对面，看着儿子可爱的样子。

邱向明说：妈，您站那儿干啥？要不要再吃点儿？

山杏儿说：我吃过了。看你，吃得太快了，要细嚼慢咽才健康！

邱向明说：妈，今天搜查了丘陵山，饿坏了。

山杏儿一听，脸上的表情瞬间凝重起来。

邱向明并没有注意到山杏儿表情的变化。他夹了一块炒鸡蛋，放到了嘴里，然后说：妈，我们要抓的老贼可真是神了，都四个多月了，一点儿消息都没有。最近，我们好不容易判断出来，他有可能就在咱们江城。郑叔叔怀疑，他藏在丘陵山上。可是，丘陵山上的房子太多了，很难找到老贼的藏身之处。所以，我们就得挨家挨户地搜查，累死了。

一碗米饭被邱向明风卷残云般地吃了下去。他还没吃饱，便问山杏儿：妈，还有米饭吗？

山杏儿说：有，在电饭煲里。我给你盛饭去！

说着，山杏儿接过邱向明递过来的碗，给邱向明盛饭去了。

山杏儿把饭端回来的时候，邱向明继续说：妈，我吃完了就得睡，明天还要继续搜山。郑叔叔说，就是掘地三尺，也要把老贼挖出来。也难怪，为了抓老贼，我们连天涯海角都去了，郑叔叔的腿都差点儿累断了。我真的担心他会吃不消！

山杏儿一直没有说话，看着邱向明吃饭，听着邱向明说话。

邱向明吃完了，山杏儿才开口说话：明明，快去睡觉吧，明天还有任务！记住，要好好地照顾你郑叔叔，保护好他。

邱向明说：知道了，妈妈。郑叔叔是专家，是国家的宝贝，我会保护好他的。

邱向明说完，回到自己的房间，睡下了。

山杏儿收拾完桌子上的碗筷，来到了邱向明的房间。

此时，邱向明已经睡熟了。山杏儿给儿子掖了掖被角，默默地站在儿子床前，眼泪止不住地往下流。

当年，为了不让儿子知道他有一个当小偷的父亲，为了让儿子像其他孩子一样健康地成长，山杏儿毅然决然地与邱少千断绝了来往。

她偷偷地带着儿子从邱少千给她买的那所房子里搬出来，租了一间房子，和儿子一起居住。明明的父亲变成了机床厂的工人邱万福，邱万福已经因病早逝了。她靠着那点儿微薄的工资，维持着他们母子俩的生活。

还好，明明从小就聪明伶俐，是个懂事的孩子。山杏儿辛辛苦苦地工作，供儿子考上了大学。

儿子考学的时候，山杏儿犯了难。儿子和同学郑爽爽一样，想上警校，将来当警察。

山杏儿心里清楚，明明的父亲是个小偷。如果明明真的当上了警察，将来知道了自己的父亲是小偷，该如何面对？

可是，山杏儿并没有阻止儿子去当警察。

最终，邱向明考上了警校。警校毕业后，他如愿以偿地当上了警察，而且成了一名反扒警察。

这也许就是命吧！山杏儿想。

山杏儿了解邱少千，知道邱少千藏身的地方。那时，邱少千为了表达对她的爱意和对儿子的歉疚，在丘陵山北坡为他们建了一所房子。

山杏儿虽然没见过这所房子，但是她知道邱少千一定建了这所房子，因为她很熟悉邱少千的性格。邱少千许下的诺言，是一定会实现的。

现在，邱少千隐藏起来了，谁也找不到。山杏儿判断，邱少千一定是藏在了那所房子里，就在丘陵山的北坡。

山杏儿又看了一眼熟睡的儿子，内心又掀起了波澜。

如今，儿子在苦苦地追捕他的亲生父亲，正义与邪恶的较量即将在一对父子之间上演。她该如何选择呢？

也许，到了给儿子助力的时候了。山杏儿暗暗地下定了决心。

第二天早晨，满天的乌云把太阳遮了起来。

邱向明一觉醒来，已经是早上七点了。

他急忙穿好衣服，来到了客厅。妈妈站在客厅里，似乎是在等他。

邱向明说：妈，我来不及吃饭了。郑叔叔告诉我，八点钟准时集合，还去丘陵山搜捕。

山杏儿把一个封好的牛皮纸信封递给了邱向明。

山杏儿对邱向明说：儿子，妈妈给你郑叔叔写了封信。见面后，你把这封信交给郑叔叔。

邱向明接过信，说：知道了，妈妈。我会交给郑叔叔的！

邱向明认真地把信封装进自己的上衣口袋，急忙和山杏儿告别：妈妈，保重！

然后，他转身走出了家门。

看着儿子的背影，山杏儿的眼睛湿润了。

5

清明过后，丘陵山下的丘陵河已经结束了冰冻期。河水带着部分“冰排”，在河床里一路狂奔。天空中阴云密布，一场大雨就要来临了。

丘陵山脚下，邱向明把一辆乳白色的捷达轿车停在了路边，郑东风、夏雨荷站在车旁。

郑东风手里拿着邱向明刚刚交给他的那个信封。他打开信封，里面有一个长长的纸条。他把纸条拿出来，只见纸条上歪歪斜斜地写着一行黑色的字：邱少千藏在丘陵山北坡的一栋别墅里。

看完纸条上的字，郑东风十分震惊。

山杏儿怎么会知道邱少千的藏匿地点？山杏儿为什么要举报邱少千？

一个念头在郑东风的脑海里闪过：山杏儿是邱少千的妻子，难道邱向明是邱少千的儿子？

看完了纸条，郑东风愣了好一会儿。见此情景，夏雨荷开口问道：师父，纸条上写的啥？您在想什么？

郑东风回过神儿来，说：雨荷，有紧急情况。邱少千藏在丘陵山北坡的一栋别墅里。

夏雨荷震惊了，问：师父，哪儿来的消息？准确吗？

夏雨荷看了看被郑东风揉成一团的纸条。

郑东风说：是刚才明明交给我的那个纸条上写的，应该不会有假。

夏雨荷说：那我们就赶快去丘陵山北坡，查找那栋别墅吧！

郑东风说：好的，我们马上行动！我给岳队打个电话，让那几个小组向丘陵山北坡的别墅集结。

郑东风说完，拨通了岳剑的电话。

郑东风说：岳队，有邱少千的确切消息了。

岳剑在电话里激动地说：您说什么？有邱少千的消息了？你们搜到他的藏身地点了？

郑东风说：岳队，不是我们搜到的，是有人举报。

岳剑说：太好了，师父！具体在哪儿？我们尽快去那里集结。

郑东风说：在丘陵山北坡。我先去确认一下地点！

岳剑说：好的，师父。咱们保持联系，我和其他人随后就到。

积雨云在不断地增厚，天空阴沉了下来。一阵阵冷风吹来，裹挟着乌云。一场大雨就要来临了。

郑东风说：雨荷，马上上车，立即出发！要不然，大雨就下来了。

夏雨荷帮师父打开车门，郑东风坐到了车里。夏雨荷也上了车，邱向明发动了车子。

师父，去哪儿？邱向明问。

丘陵山北坡！郑东风说。

邱向明调转车头，车子沿着丘陵山脚下的公路向北进发。

邱向明问：师父，有情况吗？

郑东风说：邱少千藏在丘陵山北坡的一栋别墅里。

邱向明说：师父，怎么这么快就确定位置了？

邱向明在工作时，随着大家称郑东风为“师父”。私下里，他还是管郑东风叫“郑叔叔”，感觉这样更亲切。他正在和爽爽处对象，在结婚之前，管郑东风叫“郑叔叔”再合适不过了。

郑东风说：内部消息。先别问那么多了，我们必须马上行动。

邱向明说：知道了。

车辆在道路上加速前行。

郑东风说：明明，你妈妈身体还好吧？

邱向明说：我妈妈身体挺好的。她每天除了惦记我，就是做家务。

郑东风说：是啊！这些年，你妈妈一个人带着你，很不容易。当年你爸爸是怎么去世的？

邱向明说：听妈妈说，我爸爸是机床厂的技术能手。我还没出生的时候，爸爸就作为厂子里的技术骨干被派去支援非洲了。后来，他在非洲染上了病毒，不幸去世了。

说话间，车子很快就到了盘山路的北侧。

此时，外面的气压越来越低，大有山雨欲来风满楼的态势。

郑东风说：明明，我们把车子停在路边的安全地带，下车查看一下。

邱向明说：好的。

邱向明看好了前面的一段较为宽敞的直路，把车停在了路边。

三个人走下车来，沿着山间的小路向北坡的山腰处走去。在距离山腰五十米左右的地方，邱向明透过树林的缝隙发现，一个蓝色铁皮房顶露了出来。再往前走不到十米，就能看到浅黄色房子的轮廓了。

邱向明说：师父，您看，蓝色房顶和黄色墙壁，别墅的雏形！应该在海拔一百米左右的半山腰上！

郑东风说：看见了，距离我们不到五十米。

夏雨荷也看见了，说：好隐蔽的一栋房子啊！我们在山下走，是很难找到的。

邱向明说：是很隐蔽。

郑东风说：明明，你和雨荷马上到车里去，开车从北山脚下向右上方寻找别墅的出口。我从这里爬上去，看个究竟。咱们在别墅后面会合！

邱向明说：好的。师父，您多加小心！我和雨荷去找通往别墅的路。

邱向明和夏雨荷下山后，郑东风一路披荆斩棘，向别墅进发。

眼看着浅黄色的别墅由远及近，整个别墅的轮廓尽收眼底。这个别墅建在半山腰上，从后面看，露在地面上的只有一层楼。从前面看，却是三层楼，还有地下室。别墅的前面有很大一片平地，周围都是山杏树和李子树。杏花和李花开满了枝头。一个小型游泳池和一个小型运动场通过中间的几排开满杏花的山杏树连接在了一起，让整个别墅变成了世外桃源。

院墙很高，郑东风沿着墙根，一边侦查，一边前进。他从后山转过来，观察了一圈儿，又回到后山去等邱向明他们。

邱向明开车拉着夏雨荷，在北坡下面，沿着盘山公路上到了大约三百米的地方。再向上盘，就能在岔路口看见一条三米多宽的石子路，通向左前方的山上。

夏雨荷说：明明，你把车倒回来一些！这条石子路会不会是通向别墅的路？

邱向明降低了车速，小心翼翼地把车倒回岔路口，说：差不多。咱们进去看看！

说完，邱向明调转车头，沿着岔路往里面行驶。刚行驶了几分钟，他们就看见前面有一辆黑色轿车迎面而来。

邱向明说：有车从里面出来！看来，有人在里面活动。

夏雨荷也注意到了这辆迎面驶来的黑色轿车。她对邱向明说：是啊，明明！这辆车会不会是从别墅里出来的？

说话间，黑色轿车与邱向明驾驶的乳白色捷达车擦肩而过。

邱向明说：雨荷，这是一辆奔驰轿车。开车的好像是个女的，穿着白色打底衫和白色针织外套。

夏雨荷说：明明，你观察得挺仔细呀！

邱向明笑了笑，说：这一点，我很像师父。

夏雨荷笑了笑，说：哈哈，不是因为驾驶员是个女生吧！

不会的。我身边不是有现成的美女嘛！对了，雨荷，我怎么觉得有点儿反常呢？如果邱少千藏在别墅里，那么此时从这里出去一个女人，也太不正常了。会不会是他的同伙呢？是不是应该赶紧通知他们一下，堵截这辆车呀？邱向明说。

听了邱向明的话，夏雨荷立即反应过来了：对呀，向明！坏了，是不是柳叶儿和飞鱼儿跑了？得马上告诉师父！

夏雨荷给郑东风打电话说：师父，刚才我们在路上发现了一辆车，和我们的车擦肩而过。

郑东风吃惊地问：雨荷，你说什么？

夏雨荷说：师父，我们看见一辆黑色奔驰轿车，开车的是一个穿白衣服的女人。

郑东风说：你们怎么不早说？

夏雨荷说：师父，我是第一时间给您打的电话。

车是什么牌子的？车号多少？

是一辆无牌照的黑色走私车，奔驰牌的。

雨荷，你把电话挂了，和向明一起向我靠拢！我马上通知指挥中心，对这辆车进行堵截！

挂上电话之后，郑东风立即拨打了“110”指挥中心的电话：指挥中心，我是郑东风。有紧急情况，请立即在全市范围内布控。立即设卡堵截一辆黑色无牌照奔驰车！

明白，我们立即安排！指挥中心的值班员回答道。

接着，郑东风给岳剑打了个电话：岳队，你们到哪儿了？我们已经在别墅里了，刚才出现了紧急情况。一辆黑色无牌照奔驰车从别墅里开了出来，开车的是一个穿白衣服的女人。我们怀疑，跟随邱少千的那两个女人中的一个逃跑了。邱少千是不是在车里，现在很难判断。

岳剑说：不管邱少千在不在这辆奔驰车里，我们都必须全力堵截这辆车。

郑东风说：岳队，我已经给市局“110”指挥中心打过电话了，要求他们立即安排设卡堵截。

好的，师父。你们要密切监视那栋别墅，一旦有人出去，立即抓捕。

明白了。

师父，我马上就到。我到了以后，咱们一起进别墅进行抓捕。

好的。我和雨荷、向明在这儿等你们。

几分钟后，两辆警车停在了别墅门前。岳剑带着苏晨宇、楚梦琪和两名特警队员赶到了，郑东风、夏雨荷、邱向明也赶了过来。

岳剑说：师父，您和雨荷、向明带着一名特警队员，从一楼的车库开始，逐层搜查。我和晨宇、梦琪带着一名特警队员，从三楼向下搜查。搜查完毕，再折回来，在二楼集合。

郑东风说：明白了。

还有，遇到邱少千或者楼里的其他人，必须立即抓起来，然后再辨别真假。

明白。

开始吧！

岳剑、郑东风他们拔出手枪，冲向了别墅正中的大门。

6

天空中乌云滚滚，邱少千的心情也像这天空一样布满了阴云。

他一个人站在大厅里发呆。

清明节那天，邱少千到山杏儿父母的坟前去祭扫时，看见了山杏儿的背影，内心感慨万千。

这些年，他最对不起的就是这个女人。

她出生在杏山脚下，有着像杏花一样温存的性格。她承受着各种压力，一个人把儿子带大了。邱少千用盗窃来的钱财资助山杏儿，山杏儿一文不动，与邱少千彻底决裂了。邱少千不知道山杏儿在干什么，也不知道儿子明明在干什么，更不知道这对母子是怎么生活的。

那天，在山杏儿父母的坟前，邱少千有好几次想走过去，抱住山杏儿，问问儿子的情况，倾诉一下自己的无奈。可是，他最终还是忍住了，远远地望着这个女人的背影。邱少千知道，警方追捕的脚步越来越近了，他不想给山杏儿和儿子带来任何麻烦。

飞鱼儿走进大厅，从后面抱住了邱少千。邱少千转过身来，两个人相互拥抱着。柳叶儿走进来，看到紧紧地抱在一起的他们，停下了脚步。

邱少千说：飞鱼儿，是时候了。你一会儿就出发吧，趁着这阴雨天，警察还没有来。

飞鱼儿哭着说：干爹，我不想离开您和姐姐。

邱少千说：不想离开也得离开！留得青山在，不怕没柴烧。我和你姐姐的案底太深，罪孽深重，警察是不会放过我们的。目前，你还没有陷得太深。马上离开吧，你是我和你姐姐的希望。

飞鱼儿说：干爹，那我就先出去了。像上次一样，我找个地方躲起来，等着您和姐姐。

邱少千一边用纸巾给飞鱼儿擦眼泪，一边说：去吧，马上离开！不要再哭鼻子了，要学会坚强。

飞鱼儿在邱少千的额头上轻轻地亲吻了一下，然后松开抱着邱少千的双手，转身下楼去了。她没有注意到，柳叶儿站在门口，哭成了泪人儿。

五分钟后，一辆黑色奔驰轿车缓缓地驶出了别墅的车库，离开了这里。

邱少千站在二楼上，目送着飞鱼儿离开。

邱少千站在窗前，突然看到了一个熟悉的身影。尽管外面天空灰暗，尽管这个身影一闪而过，但邱少千还是捕捉到了这个身影。

第六感告诉他，这个身影就是郑东风，就是那个和他争斗了几十年的反扒神探、足迹专家。

郑东风怎么这么快就找到这儿了？邱少千感觉难以置信。

虽然他已经做好了撤离的准备，但是就在他犹豫的一瞬间，就在他想离开而没有离开的一瞬间，郑东风先他一步来到了这里。

一种不祥的预感紧紧地锁住了邱少千的神经。无疑，警察马上就会包围这栋别墅。

修建这栋别墅的时候，邱少千就给自己留了一个秘密逃生的门。这个门在三楼最里面的一间卧室里。卧室的拐角处有一个画着梅、兰、竹、菊的“四君子”屏风，屏风的后面有一个暗门。打开暗门，就能看见一个通往后山的地道。从地道出去，不超过五十米，就是后山的半山腰。后山山势险峻，正面和侧面都是悬崖峭壁。峭壁下面就是蜿蜒曲折的丘陵河，旁边有一条幽静的山间小道。沿着小道走出去，穿过一片林地，就能走出大山，进入山间公路。

必须马上离开！邱少千的第一反应就是冲上三楼。

卧室的旁边就是更衣室。他换上了平时练功时穿的黑色紧身衣、紧身裤，又换上了一双黑色登山鞋。他在腰间别了一把防身用的蒙古刀，还在怀里揣了一张用别人的身份证注册的银行卡。

一切准备就绪，邱少千就去隔壁的卧室叫柳叶儿了。不料，卧室的门紧紧地锁上了。

邱少千喊：柳叶儿，快点儿开门！我们马上离开！

叫了几遍，里面也没有任何动静。

柳叶儿、柳叶儿……

邱少千继续大声喊着，屋内依然没有动静。

邱少千急了，用气功在脚上发力，猛地一脚把门踹开，冲了进去。他看见柳叶儿躺在床上，穿着干净的粉红色纱裙。邱少千知道，这是柳叶儿最喜欢的一件纱裙。柳叶儿曾经说过，将来有一天，她要穿着这条粉色的纱裙走进婚礼的殿堂。如今，这条鲜艳的裙子却沾染了一片片血污。

柳叶儿！邱少千悲愤地喊着。

柳叶儿左手腕上有一条长长的口子，鲜血还在慢慢地渗出。在她的右手旁边，一把盗窃用的“飞鹰”牌刀片掉落在床上。

柳叶儿，你这是怎么了？邱少千扑到床上，抱起柳叶儿的头，放声大哭。

不能停留太久！邱少千下意识地跳下床，迅速跑回自己的卧室，来到“四君子”屏风后面，打开了那个通往后山的暗门。

别墅的楼道里，郑东风他们已经冲了上来。

邱少千一路狂奔，后面的脚步声和断喝声离他越来越远了。

抓捕行动中，除了先期带来的人，岳剑又让指挥中心派人来增援。一时间，江城市的街道上，一辆辆警车风驰电掣般地驶向了丘陵山。

岳剑和郑东风兵分两路，上下搜索，没有搜到邱少千，却在三楼的卧室里看见了割腕自杀的柳叶儿。

看见柳叶儿床上的脚印，郑东风说：坏了，邱少千已经逃跑了，而且是刚刚离开。

岳剑说：师父，是不是有通向外面的秘密通道？

郑东风说：快去邱少千的房间！

几个人冲进了隔壁邱少千的房间。郑东风发现，地板上的脚印消失在了屏风后面。

郑东风指着屏风后面说：岳队，暗门就在那里！

邱向明搬开屏风，露出了一个防盗门。

打开防盗门，一个地洞出现在了大家面前。

快追！

随着岳剑的一声大喊，郑东风他们钻进地道，追了过去。

郑东风脚步飞快，跑起来像风一样。

跑过很短的一段地洞，出来就是后山的半山腰。

此时，外面刮起了大风。乌云在天空中旋转，雨很快就要下来了。

郑东风观察着眼前的地形，分析着邱少千可能逃跑的方向。

郑东风看清楚了，从这个地方向左就是邱少千藏珠宝的那个山洞。邱少千会不会去那儿呢？人为财死，鸟为食亡。郑东风决定赌上一把，邱少千很有可能去藏宝的地方了。

果然，他在地形复杂的山地里，在偶尔露出土壤的地方，发现了邱少千的足迹。“码踪”的神功，在这个时候发挥了威力。寻着隐约的足迹，郑东风在林间快速穿行，很快就到了半山腰的一块平地上。

郑东风隐隐约约地看到了邱少千的身影，便加快脚步追了过去。

出了山洞，邱少千一边奔跑，一边考虑是不是去藏宝的地方取出一部分珠宝。不知不觉中，他奔向了那个藏宝的山洞。

跑了一半路，邱少千才意识到，即使他取出了珠宝，也运不走。有那么沉的一包东西拖累着，哪有逃跑的可能？

想到这儿，邱少千转身就往山间公路跑。可是，他发现追上来的郑东风已经快到近前了。

怎么办？继续跑吧！

邱少千忘了，再往前跑，就是丘陵山上最高的悬崖。

邱少千，你跑不了啦！

从后面传来了郑东风的声音。

邱少千回头看了看，发现郑东风和他之间只有不到三十米的距离了。

他心想：我轻功很好，健步如飞。郑东风的速度比我更快，功夫了得呀！

没时间想那么多了，继续跑吧！

当他再次抬头看向前方的时候，悬崖峭壁已经近在咫尺了。

前面，已经无路可走了。

邱少千身后，只有两米的距离，就是万丈深渊。

此时，郑东风已经追了上来。

他看到了前面的悬崖绝壁，不由得倒吸了一口凉气，停下了追赶的脚步。

此时，郑东风和邱少千之间只剩下了五米的距离。

邱少千无路可退了。

7

又一阵冷风吹来，雨点淅淅沥沥地落了下来。

郑东风用右手握住手枪，用左手托住右手，把枪口对准了邱少千。

邱少千，你已经无路可逃了！承担法律责任，是你唯一的选择。

郑东风大声地向邱少千喊着话。

郑东风，算你狠！我是要负法律责任，这次玩儿的有点儿大。说实在的，我没想到，你这么快就把金行的案子给破了，而且认定是我干的。我低估了你的能力！邱少千说。

不是我把案子破了，而是这些年，你玩儿得越来越过火。你打着“盗亦有道”的幌子，干的却是些鸡鸣狗盗的事。郑东风说。

郑东风，说实在的，这些年，我虽然作了很多扒窃的案子，积累了一定的财富，但是我没有伤害过任何一个被扒窃的人。我教育自己的手下，必须按照老祖宗“盗跖”立下的“盗亦有道”的规矩行事，不允许他们伤害警察，不允许他们无端抢劫、动手伤人，不允许他们欺负弱者。我所做的一切，难道你们都看不到吗？

邱少千，你要清醒地认识到，我们的国家是人民当家做主的社会主义国家，不允许存在封建社会的那种打家劫舍、杀富济贫的土匪。你扒窃人民群众的财产，这本身就侵犯了人民群众的利益，触犯了中华人民共和国的法律。做到不打人、不伤人，就是“文明扒手”了吗？这就是所谓的“道”吗？其实，你口口声声说的“道”，只不过是给自己犯罪找一个借口罢了。

郑东风，你说的都是大道理，我做的是实实在在的事。咱们俩打交道，已经快三十年了。我是小偷，你是警察，这是千真万确的。警察是你的职业，警察抓小偷是天经地义的。在这一点上，我绝对不恨你，更不会因为多次被你抓到而报复你和你的家人。我自己是这样做的，我也教育我的手下必须这样做。这一点，你为什么不理解呢？

听了邱少千的这些话，郑东风不由得怒发冲冠：邱少千，你说你没有报复警察，简直就是在放屁！我真想一枪毙了你！可是，我是警察，不能官报私仇。我的爱人凌海云，是个无辜的人。就因为她是我的爱人，是反扒警察的妻子，就被你们用车撞成了植物人，至今还躺在病床上。活生生的例子摆在这儿，你让我怎么理解你？

郑东风一边说，一边持枪逼近了邱少千。

雨越下越大，邱少千被浇成了落汤鸡。

他一边慢慢地后退，一边说：郑东风，对不起，是我没有教育好手下。红毛对你抓他、处理他耿耿于怀，背着我开车出去，撞伤了你的妻子凌海云。当时，红毛只想吓唬吓唬她，没想到把她撞成了植物人。为了这件事，我狠狠地教训了红毛。为了补救，我每年都以你老家亲友的名义，给你的女儿郑爽爽寄一万元钱。

听到这里，郑东风握枪的手在颤抖。雨下得越来越大，雨水顺着枪柄流进了他的袖口。

郑东风说：好吧，这件事，我们暂且不谈。你组建的所谓“聚财公司”，实际上就是个“小偷公司”。你和你的手下扒窃老百姓的钱财，造成了很大的危害。你怎么解释？你为了讨好你的小情人，展示你的盗窃绝技，把一个母亲给女儿治疗白血病的十万块钱盗走了。这又怎么解释？还有，你抢劫金行，杀害更夫，这是不是暴力？是不是抢劫？你又作何解释？难道这些都是所谓的“盗亦有道”吗？

郑东风的话刺痛了邱少千的神经。

邱少千好不容易构建起来的“小偷哲学”，像一块脆弱的玻璃一样，瞬间被郑东风连珠炮般的话语击得粉碎。

邱少千嗫嚅着：郑东风啊，郑东风，我精心编织的“做一个讲道德的贼王”的理由，在你这个反扒警察面前彻底破灭了。我真是心服口服！最后，我只想说一句，我藏身的地方十分隐蔽，一般人很难找到。你能告诉我，你是怎么找到我的吗？

郑东风说：你应该能想到，有一个人知道这个神秘的地方。

邱少千的脑海里出现了妻子山杏儿的身影。

邱少千声嘶力竭地喊道：是山杏儿吗？

他的喊声淹没在了哗啦哗啦的雨声里。

郑东风喊道：是山杏儿！她最终选择了正义！为了你，也为了你们的儿子，她悬崖勒马，回头是岸。你们的儿子邱向明，现在是一名反扒警察。所以，请你主动投案！

邱少千说：我的儿子……我们的儿子是警察，我投……

“案”字还没有喊出来，邱少千就脚下一空，从悬崖上跌了下去。

就在这千钧一发之际，郑东风冲了上来。他用尽全力，把邱少千拽了上来，自己却脚下一滑，向下坠落。被拽上来的邱少千瞬间抓住了郑东风的一只手腕，把所有的功力都集中在了手上。

在雨中，一个年轻的警察冲了过来，死死地抱住了邱少千的双腿。他就是邱少千的儿子邱向明。

8

东风，东风，给我口水……

在郑东风坠下悬崖的那一刻，家里的病床上，凌海云的嘴微微地嚅动了一下，不一会儿就发出了声音。

妈妈，你醒了……

坐在她身边的爽爽听见了妈妈的声音，激动地喊了起来。

姑姑，姑姑，快过来！妈妈醒了，妈妈醒了……

爽爽焦急地喊着外面的郑东英。

郑东英闻声赶来，看见嫂子凌海云睁开了眼睛，惊奇地打量着周围的一切。

嫂子真的醒了，真的醒了！爽爽，快去给你爸爸打电话……

尾声

以邱少千为首的犯罪集团被彻底打掉了，集团的主要成员悉数落网。

飞鱼儿驾车逃跑后，再无音信，警方一直在追捕。

警察靳士谦、管兵主动投案。

附录

“中国法治文学网络作品征文”获奖名单

一等奖：

长篇小说《警察生死情》（原名《警官生死情》），作者：关玺华

二等奖：

报告文学《中国反商业贿赂第一案》（原名《国家行动——葛兰素史克商业贿赂案侦破纪实》），作者：易卓奇

长篇小说《惊天御瓷案》，作者：刘庆玉

长篇小说《警察与小偷》，作者：葛辉

三等奖：

长篇小说《刑事检察官》，作者：徐苏林

长篇小说《天道》，作者：许丽晴

长篇小说《咒怨》，作者：李双其、陈怡静

中篇小说《断链之谜》，作者：张国庆

中篇小说《疑路归途》，作者：沈雪

报告文学《黄海行动》，作者：殷毅

报告文学《无欲的坚守》，作者：夏晓露

报告文学《老马识途》，作者：艾璞

报告文学《松绑的土地》，作者：李错

散文《往事并不如烟》，作者：肖范科

优秀奖：

短篇小说《抢岗》，作者：张玲玲

短篇小说《法院实习生》，作者：郭雅菲

短篇小说《笔架山的镇山虎和守护神》，作者：黄玉华

中篇小说《调解风云》，作者：骆丁光

中篇小说《无声世界的守护》，作者：杨递锋

长篇小说《滨江利剑》，作者：苏晓慧、李大志

长篇小说《誓言嘹亮》，作者：楸立

报告文学《寻找一种温暖——医患纠纷人民调解之昆山纪实》，作者：蓝鸿

散文《巡回人的巡回事》，作者：王毓莹

散文《寻找》，作者：范桂荣

散文《让学法伴随我们的人生》，作者：赵建华

诗歌《山涧那一泓清泉》，作者：童国梁

诗歌《儿歌声声唱法治》，作者：林蓝

诗歌《念奴娇·昆仑利剑——和田地区扫黑除恶有感》，作者：杨前勇

诗歌《插上法治的翅膀》，作者：苗云辉

诗歌《法治的力量》，作者：张莎莎、康忠慧、张霞